JENSEITS

JENSEITS

Yassin Musharbash

Thriller

Kiepenheuer & Witsch

Fast alle Personen und Ereignisse, die in diesem Buch geschildert werden, sind fiktiv. Das schließt bewusste Anspielungen ebenso wenig aus wie absichtliche Verfremdungen. Zitate aus Koran und Hadith sind in der Regel an einschlägige Übersetzungen aus dem Arabischen angelehnt. In Einzelfällen habe ich mich allerdings an Varianten orientiert, die in islamistischen Zirkeln kursieren.

Verlag Kiepenheuer & Witsch, FSC® N001512

1. Auflage 2017

© 2017, Verlag Kiepenheuer & Witsch, Köln
Alle Rechte vorbehalten. Kein Teil des Werkes darf in irgendeiner Form (durch Fotografie, Mikrofilm oder ein anderes Verfahren) ohne schriftliche Genehmigung des Verlages reproduziert oder unter Verwendung elektronischer Systeme verarbeitet, vervielfältigt oder verbreitet werden.
Umschlaggestaltung: Rudolf Linn, Köln
Umschlagmotiv: © akg-images / Gerard Degeorge
Autorenfoto: © Nadia Bseiso
Gesetzt aus der Aldus und der Rusted Plastic
Satz: Buch-Werkstatt GmbH, Bad Aibling
Druck und Bindung: CPI books GmbH, Leck
ISBN 978-3-462-05046-2

*Dieses Buch ist Z. gewidmet,
mit der zusammen kein Abenteuer zu groß ist.*

»Der Schreibtisch ist ein gefährlicher Ort, um die Welt zu betrachten.«

John le Carré

Prolog

Es gibt keinen Gott außer Gott – *ratatatatatata!*
Es gibt keinen Gott außer Gott – *ratatatatatata!*
Natürlich hatte er Angst. Auch wenn niemand auf ihn schoss, alle stattdessen bloß in die Luft feuerten. Aber diese Kugeln kamen irgendwann wieder herunter, nur dann ohne ratatatata, sondern einfach so. Zwei Mal hatte Gent an diesem Nachmittag schon gesehen, wie Brüder, die von einer solchen Kugel auf ihrem Rückweg getroffen worden waren, blutüberströmt vom Wagen fielen. Am Wegesrand wurden sie versorgt, bekamen Verbände, Wasser und irgendwelche Tabletten. Gut sahen sie nicht aus.
Es gibt keinen Gott außer Gott – *ratatatatata!*
La Ilaha illa Allah – *ratatatatata!*
La Ilaha illa Allah – *ratatatatata!*
Auch Gent drückte ab, wenn die anderen schossen. Sein Zeigefinger war längst taub, sein Arm zitterte vor Erschöpfung. Er versuchte, ein wenig schräg zu schießen. Er hoffte, dass die Kugeln, die er abfeuerte, in dem Wassermelonenfeld niedergehen würden, das merkwürdigerweise direkt neben der Straße lag, obwohl sie schon fast im Zentrum angekommen waren. Er musste daran denken, wie er das erste Wassermelonenfeld angestarrt hatte, das er zu sehen bekam. Das war kurz nach seiner Ankunft gewesen. Er hatte sich vorher nie gefragt, wie und wo Wassermelonen wuchsen.
Im Schritttempo kroch der Konvoi durch die Stadt. Seit einer Stunde schon, dabei war es nur eine kleine Stadt, eher ein großes

Dorf. An einer Tankstelle vorbei; an einem staubigen Blumenladen, an Geschäften, in denen man Pistazien und Kürbiskerne kaufen konnte, an einem kleinen Restaurant mit roten Plastikstühlen, an einer Bäckerei vorbei; an einer Schule vorbei, aus deren Fenstern Kinder in blauen Uniformen starrten. Im Augenwinkel sah Gent, wie ein Mann auf einer Leiter balancierte, die an ein Haus gelehnt war. Der Mann hatte Schweißperlen auf der Stirn und ließ eilig ein Bettlaken über das Schaufenster seines Ladens fallen. Alkohol, vermutete Gent. Einer der Brüder auf dem Wagen vor seinem zeigte auf den Mann und lachte. Er hatte einen Revolver. *Tack. Tack.* Im Fallen warf der Mann die Leiter um.

Es war heiß. Einige Brüder tanzten auf den Fahrzeugen: dunkelgrüne Mannschaftswagen, gepanzert gegen Sprengfallen, ein Kettenfahrzeug, das sich keuchend und qualmend um die Kurven quälte, weiße Toyota-Pick-ups mit Flecktarnnetzen über den Ladeflächen und sogar zwei Polizeimotorräder mit blau-roten Lampen. Immer wieder ließen die Brüder, die sie bestiegen hatten, die Sirenen aufjaulen.

»*Takbir!*«, schrie ein Bruder irgendwo neben oder hinter ihm auf der Ladefläche des Transporters, auf dem er gelandet war. Vielleicht war es Kalashin oder Shruki, vielleicht jemand ganz anderes, Gent wusste es nicht, er sah nicht hin, aber gemeinsam mit allen anderen folgte er der Aufforderung: »Allahu Akbar! Allahu Akbar! Allahu Akbar!«

Gott ist größer!

Ratatatata!

Aber wie auch nicht, wenn es doch keinen anderen Gott außer Gott gibt?

Gent schloss die Augen, und alle Geräusche um ihm herum verschmolzen zu einem Stampfen, einem gewaltigen Mahlen, alles fügte sich ein, die peitschenden Schüsse, die schweren Motoren, die wabernden Gesänge, der Jubel, die Schreie, selbst das Zirpen der Grillen, sogar der Geruch von Öl und Feuer. Ihm wurde übel. Natürlich hatte er Angst.

1

Als Titus Brandt das unauffällige kleine Ladengeschäft in der Bergmannstraße verließ und dann von außen abschloss, bemerkte er nicht, dass gleich zwei Menschen ihn beobachteten. Sonst hätte er nicht vor sich hin gesummt. Und ganz sicher hätte er nicht in einem Anfall überreizter Albernheit versucht, den Schlüssel, den er gerade abgezogen hatte, mit einem Wurf aus der rechten Hand und über seine linke Schulter in den halb geöffneten Rucksack fliegen zu lassen, der an den Schiebegriffen seines Rollstuhls angebracht war. Mit einem Klirren schlug der Schlüssel auf dem Asphalt auf. Titus seufzte, wendete den Rollstuhl und machte sich bereit, den Schlüssel aufzuklauben. Er war auf seiner linken Seite gelandet, sein Gehör hatte ihn nicht getäuscht. Doch bevor er den Schlüssel aufheben konnte, ergriff ihn eine andere Hand. Sie war groß, das war das Erste, was Titus wahrnahm. Dann sah er die dazugehörigen Hosenbeine, eine grau karierte Anzughose mit Aufschlag, und als Nächstes die geflochtenen schwarzen Lederschuhe. Titus hob den Blick und erkannte einen hochgewachsenen Mann von etwa fünfzig Jahren mit schütterem grauem Haar. Der Mann war stämmig, aber nicht dick. Sein Gesicht war rund, und seine Augen waren sehr klein und versteckten sich hinter den dicken Gläsern einer Hornbrille. Der Ausdruck des Mannes war ... ausdruckslos, dachte Titus. Nicht freundlich, nicht unfreundlich, nicht offen und nicht verschlossen, als hätte ein Kind ihn gemalt, und sein Gesicht bestünde aus ein paar Strichen und ansonsten aus unbemaltem

Papier. Der Mann hielt ihm den Schlüssel hin. Neben dem Mann stand eine Frau, etwa im selben Alter.

»Hier«, sagte der Mann.

»Danke«, antwortete Titus.

Als Titus die Frau ansah, lächelte sie schüchtern.

»Wir wollten eigentlich reinkommen. Wir dachten, es sei noch geöffnet«, sagte der Mann.

Norddeutschland, tippte Titus.

»Kein Problem«, sagte er.

»Wir haben von Ihnen gehört«, sagte jetzt die Frau und lächelte erneut. Aber das Lächeln war schnell wieder verschwunden.

»Es gab einen Stau«, warf der Mann ein.

»Woher sind Sie denn gekommen?«, fragte Titus.

»Aus der Nähe von Rostock«, sagte der Mann. »Sie sind doch Titus Brandt, oder?«

Titus war eigentlich verabredet. Er trainierte für den Rollstuhlbike-Marathon im September, und in einer halben Stunde wollte er sich mit Ernst auf dem Tempelhofer Feld treffen, um ein paar Runden zu drehen und danach ein Bier zu trinken.

»Wir könnten um die Ecke gehen, da gibt es eine Tapas-Bar«, schlug er vor.

»Wir wollen Ihnen keine Umstände machen«, sagte die Frau. »Wir könnten bestimmt hier irgendwo ein Zimmer finden und morgen früh wiederkommen.«

Sie sah müde aus. Titus fragte sich, ob sie wohl enttäuscht war. Ob sie etwas anderes erwartet hatte als einen Mittdreißiger im Rollstuhl, der Schwierigkeiten hatte, seinen Schlüssel zu verstauen.

»Sohn oder Tochter?«, fragte er.

»Sohn«, sagte der Mann.

»Gent«, sagte die Frau im gleichen Moment. »Er heißt Gent.«

»Lassen Sie mich kurz telefonieren«, sagte Titus.

Die Bar war ziemlich voll, aber sie hatten Glück und fanden einen Tisch. Den kurzen Weg hatten sie schweigend zurückgelegt. Auch jetzt, da sie saßen, hatte noch niemand ein Wort gesagt. Die Kellnerin brachte die Speisekarten. Der Mann und die Frau schlugen sie auf, legten sie aber gleich wieder auf den Tisch.

»Wo ist ihr Sohn jetzt, wissen Sie das?«, fragte Titus.

»Nicht genau«, sagte der Mann.

»In Syrien, glauben wir«, sagte die Frau. »Er ist vor ungefähr einem Jahr verschwunden.«

»Wo wir wohnen, gibt es niemanden, der sich so richtig mit so etwas auskennt«, sagte der Mann.

Die Kellnerin kehrte zurück, und Titus bestellte ein Glas Rioja und Schinken und Käse. Der Mann fragte, ob es Bier gäbe. Es gab welches. Die Frau bestellte ein Mineralwasser. Und dann, kurz entschlossen, auch einen Rioja.

»Entschuldigung, Herr Brandt, dass wir Ihnen so aufgelauert haben«, sagte sie, nachdem die Kellnerin verschwunden war. »Wir waren uns nicht sicher, ob man einen Termin machen muss. Und dann sind wir einfach losgefahren.«

Titus nickte. Er war froh, dass die Musik nicht allzu laut war.

»Wir haben uns noch gar nicht vorgestellt«, sagte der Mann. »Sassenthin. Karl Sassenthin. Und das ist meine Frau.«

»Elisabeth Sassenthin«, sagte die Frau. »Freut mich sehr.«

»Meinen Namen kennen Sie ja«, sagte Titus.

»Ja, das stimmt«, sagte Karl Sassenthin.

Titus saß an einer Seite des kleinen, quadratischen Holztisches, der Mann und die Frau saßen ihm gegenüber, eng an eng. Immerhin, dachte Titus. Er hatte Eltern getroffen, die einander nicht mehr ertragen konnten.

Elisabeth Sassenthin muss einmal eine sehr schöne Frau gewesen sein, dachte er. Ist sie immer noch. Braune, glatte Haare. Hohe Wangenknochen. Große, grüne Augen. Schlank. Karl Sassenthin hatte sich offenbar beim Rasieren am Morgen geschnitten. Ein winziger Schnitt am Kinn, ein dünner, senkrechter Strich verkrusteten Blutes. Er trug eine braune Cordjacke und umfasste sein Bierglas mit beiden Händen, die kräftigen Finger auf der Rückseite des Glases ineinander verschränkt.

»Seit einem Jahr ist er weg?«, fragte Titus.

»Ja«, sagte Elisabeth Sassenthin. »Zwei Jahre nachdem er den Islam angenommen hat. Er hat nicht mehr bei uns gelebt. Aber wir haben fast jede Woche telefoniert, uns oft gesehen. Und plötzlich war er fort. Von einem Tag auf den anderen.«

Den Islam angenommen, registrierte Titus. So wird er es gesagt haben. Sie verwendet seine Worte. »Keine Anzeichen, dass er ins Ausland wollte?«

»Nichts«, sagt der Mann. »Da war gar nichts. Ich meine, wir wussten, dass er, wie sagt man das ... dass er abgedriftet war, über nichts anderes mehr reden konnte. Aber es gab keine Ankündigung, keine Abschiedsbotschaft, nichts.«

»Außer, na ja, er war eine Woche vorher noch einmal bei uns. Er war auf dem Dachboden und kam mit einem Schlafsack wieder herunter. ›Wofür brauchst du das alte Ding denn?‹, habe ich ihn gefragt. ›Ach, ein Ausflug‹, hat er gesagt.«

»Elli, daraus konnte man doch nichts ableiten.«

»Ich weiß. Ich dachte nur, vielleicht ist es ja wichtig.«

Titus sah, dass sie kurz davor war zu weinen. Er war froh, dass die Kellnerin sein Essen brachte. »Entschuldigen Sie bitte«, sagte er, »aber ich habe heute Mittag nichts gegessen.«

»Herr Brandt«, sagte Karl Sassenthin, der ihn gar nicht gehört zu haben schien, »könnten Sie uns kurz erklären, wie das läuft? Also Ihre Arbeit? Wie funktioniert das?«

»Können Sie manchmal helfen?«, warf Elisabeth Sassenthin hinterher.

Titus, der gerade den Mund voll hatte, machte den beiden ein Zeichen mit dem Zeigefinger, um zu bedeuten, dass er gleich so weit sein würde.

»Ob ich helfen kann«, antwortete er schließlich, »hängt nicht von mir allein ab. Es hängt von Ihnen ab. Es hängt von Ihrem Sohn ab. Es hängt von Dritten ab, auf die wir keinen Einfluss haben. Es kann von den Sicherheitsbehörden abhängen. Ich kann Sie nur beraten. Ich kann Ihnen nichts versprechen.«

Titus wusste, dass es nicht half, Hoffnung zu schüren. »Haben Sie Kontakt zu Ihrem Sohn?«, fragte er stattdessen.

»Das ist es ja«, antwortete Elisabeth Sassenthin. »Gestern hat Gent sich gemeldet. Zum ersten Mal, seit er uns vor über elf Monaten eine SMS aus der Türkei geschickt hat, dass wir uns keine Sorgen machen sollen. Aber wir wissen nicht, was die Nachricht bedeutet.«

Drei Stunden später saß Titus Brandt in dem kleinen Garten vor seiner Wohnung in Friedrichshain an seinem Laptop und rauchte langsam die eine Zigarette, die er sich jeden Abend noch erlaubte. Eine Ligusterhecke schirmte seinen Garten nach vorne von der Bänschstraße und nach rechts vom Hauseingang ab. Auf der linken Seite begrenzte die gelbe Hauswand den Garten. Fast alle Häuser in der Bänschstraße waren gelb oder orange gestrichen, eigentlich alle, wenn er genauer darüber nachdachte, bis auf die rot geklinkerte Kirche natürlich. Das war nicht immer so gewesen. Mit den Ureinwohnern des Samariterkiezes konnte man kaum ein Bier trinken, ohne dass man vor Augen geführt bekam, wie es hier früher ausgesehen hatte, wahlweise vor der Wende, vor der großen Sanierungswelle oder vor der Gentrifizierung. Er selbst kannte die Bänschstraße nur in Gelb-Orange, seit er durch einen glücklichen Zufall die Wohnung gefunden hatte; vor sieben Jahren war das gewesen. Sie war etwas teuer, als er es sich eigentlich leisten konnte, weil sie für zwei Personen gedacht war. Dafür war sie behindertengerecht.

Den Garten mochte er besonders gern, auch wenn der Rasen braun und stumpf war und er die Pflanzen kaum pflegte, weil er davon nichts verstand. In dem Garten war er vor Blicken geschützt und bekam trotzdem mit, was um ihn herum geschah. So wie jetzt, als er von der gegenüberliegenden Straßenseite die spielenden Kinder hörte und von rechts, aus dem portugiesischen Café ein paar Schritte die Straße herunter, Gesprächsfetzen herüberwaberten.

Es war noch warm, auch wenn die Sonne schon vor einer Stunde untergegangen war. Der Bildschirm tauchte seine Hände in bläuliches Licht. Er hatte angefangen, einen Bericht über das

Gespräch mit Elisabeth und Karl Sassenthin zu verfassen. Er betreute derzeit 23 Fälle. Das bedeutete 23 Familien, 23 verkorkste Lebensgeschichten, 23 junge Männer und junge Frauen, die nach Syrien oder in den Irak gezogen waren, kurz davor standen oder bereits zurückgekehrt waren. 23 Fälle, die ihn schon jetzt rund um die Uhr beschäftigten. Zwölf Mal hatte sein Handy geklingelt oder SMS-Nachrichten empfangen, während er mit den Sassenthins in der Tapas-Bar gesessen hatte. Und bevor er heute ins Bett ging, würde er nicht nur diesen Bericht zu Ende schreiben und einigen der anderen Eltern eine Antwort schicken, auf die sie ohne Zweifel schon warteten, sondern anschließend noch eine Stunde oder auch zwei Stunden damit verbringen, sich durch die im Laufe des Tages veröffentlichten Videos aus Syrien und dem Irak zu zwingen.

So sah sein Leben an den meisten Tagen aus, seit er vor fünf Jahren in der Beratungsstelle zu arbeiten begonnen hatte.

Anfangs waren sie zu zweit gewesen, nur er und Lotte. Das Büro in Kreuzberg gab es da noch nicht, bloß einen improvisierten Schreibtisch in Lottes Gästezimmer, den sie sich teilen mussten. Er hatte sich kurz nach Abschluss seines Studiums bei ihr beworben, das sich viel zu lange hingezogen hatte, weil er schon nach dem zweiten Semester nicht mehr gewusst hatte, warum er dabei war, Sozialarbeiter zu werden. Auch wenn alle anderen es logisch fanden, dass er Sozialarbeiter werden wollte. Oder vielleicht: Gerade weil alle anderen es logisch fanden. Seine Mutter zum Beispiel, die ihm das Studium vorgeschlagen hatte. Und ein paar Kommilitonen, die ihm allen Ernstes auf tausend verschiedene und immer noch verschwiemeltere Arten wissen ließen, dass sie ihn regelrecht beneideten, weil er ja aus eigener Erfahrung wisse, wie es sei, wenn man Unterstützung brauche.

Aber abbrechen wollte er das Studium auch nicht. Stattdessen bemerkte er, dass ein bestimmter Gedanke sich immer wieder in seinen Kopf schlich und jedes Mal ein wenig länger blieb. Ein rätselhafter Gedanke, den er selbst nicht ganz verstand: Wenn ich schon helfen muss, dann will ich Arschlöchern helfen!

Nazis zum Beispiel. Üblen Nazis. Solchen von der Sorte, die ihn in der Tram umgestoßen und »Ins Gas mit dir, du Missgeburt!« gerufen hatten.

Er sprach mit niemandem über diesen Gedanken. Aber eines Tages, kurz bevor die letzten Klausuren anstanden, klaubte er in der Mensa eine Broschüre auf. »Soziale Arbeit in der Stadt« oder irgend so etwas stand darauf. Darin war auch »Neuanfang« erwähnt, eine Beratungsstelle, die dabei half, Nazis auf dem Weg aus der Szene zu begleiten. Darunter stand Lottes E-Mail-Adresse.

»Nichts zu machen, Herr Brandt. Keine Stellen bei den Nazis, tut mir leid! Aber ich hätte eventuell trotzdem etwas für Sie«, hatte sie gesagt, als er ein paar Wochen später vor ihr saß. »Falls Sie Lust auf etwas ganz anderes haben!«

Dann hatte sie ihm von ihrem neuen Projekt erzählt. Davon, dass immer mehr Jugendliche und junge Erwachsene aus Deutschland nach Syrien und in den Irak zogen, um sich Terrorgruppen anzuschließen. Und warum sie glaubte, dass dieselben Techniken, mit denen sie selbst jahrelang den Rechten beigestanden hatte, vielleicht auch bei den Dschihadisten funktionieren könnten. »Es geht auch bei denen ganz sicher nur, wenn sie es selbst wirklich wollen. Und es geht auch bei denen vermutlich am ehesten, wenn man die Familien einbezieht. Tja, das ist jedenfalls der Plan.«

Monatelang hatte sie Experten kontaktiert, Imame in sogenannten Problem-Moscheen besucht, schließlich auch Eltern gesucht und gefunden, deren Kinder zur ersten Rutsche deutscher *Foreign Fighters* gehört hatten, die schon Jahre zuvor nach Waziristan zu al-Qaida oder nach Somalia zu den Shabaab gezogen waren. Dann hatte sie ein Konzeptpapier geschrieben. Und tatsächlich erreicht, dass »Neuanfang« eine neue Sparte eröffnete: jetzt neu – *Beratungsstelle Islamismus*.

»Und jetzt geht es los, Herr Brandt. Und Sie könnte ich gerade noch so bezahlen. Wenn Sie genügsam sind.«

Einen Moment lang hatte er sie über die auf zwei Holzblöcken stehende Sperrholzplatte hinweg angesehen und kein Wort gesagt. Er wusste nicht, was er sagen sollte. Nicht einmal, was er denken sollte.

»Eine Frau und ein Rollstuhlfahrer«, hatte Lotte schließlich noch trocken hinterhergeschoben. »Was soll da schon schiefgehen?«

Das war der Moment, in dem er sicher war, dass er Ja sagen würde.

Mittlerweile waren sie bei »Amal« zu fünft. Amal hieß Hoffnung auf Arabisch. Auch das war Lottes Idee gewesen. Geld war jetzt kein Problem mehr. Sie bekamen Geld vom Ministerium und vom Bundesamt, und es gab sogar Spenden. Dafür war die Zahl der Fälle eine Herausforderung. Sie kamen kaum noch hinterher: mit dem Papierkram und mit der Korrespondenz mit den Angehörigen. Vor allem aber mit dem Dabeisein, wenn die Eltern mit dem Sohn oder der Tochter in Rakka oder Mosul chatteten, damit sie den Eltern in Echtzeit Ratschläge geben konnten, wie sie am besten reagierten, was sie jetzt schreiben sollten, um sicherzustellen, dass sie aus lauter Angst und Sorge und Wut nicht den letzten zarten Draht zerschredderten, der ihre – wie hatte Karl Sassenthin es genannt? – *abgedrifteten* Kinder noch mit ihnen verband.

Dieser Draht war das Allerwichtigste.

Denn ab und zu, ganz selten, führte dieser Draht dazu, dass Murad oder Amira oder Thomas den Weg nach Hause fanden. Ohne sich die Hände und den Rest ihres Körpers und ihre Seelen mit Blut beschmiert zu haben.

Die Frage, ob er es mit Arschlöchern zu tun hatte, stellte er sich nicht mehr. Sie war unwichtig geworden. Er war gut in seinem Job. Und er war gerne gut in dem, was er tat.

»Gent Sassenthin, 26 Jahre alt, im Alter von 23 Jahren zum Islam konvertiert«, hatte er bislang notiert. »Vergleichsweise stabiles Elternhaus, Vater Bootsbauer, Mutter Klavierlehrerin. Eine Zwillingsschwester, im Alter von 23 Jahren verstorben (Ursache?). Seitdem war Gent Sassenthin rastlos und offenbar auch leicht (?)

depressiv. Studium (Medizin) nicht erfolgreich, Abbruch. Gelegenheitsjobs als Rettungssanitäter. Konversion von Eltern und sozialem Umfeld halbwegs akzeptiert, Konflikte erst im Zuge zunehmender Radikalisierung (Geburtstagsfeiern plötzlich *haram*, Konflikt wegen Essensvorschriften etc.). Im vergangenen Sommer unangekündigte Ausreise nach Syrien (oder Irak?). Mutmaßlich beim ›Islamischen Staat‹. Weitere Details zurzeit unbekannt.«

Titus starrte auf den Bildschirm. Er hatte keine Zeit, einen weiteren Fall anzunehmen.

»Es kann jede Familie treffen, wirklich jede«, hatte er den Sassenthins gesagt.

»Aber irgendetwas müssen wir falsch gemacht haben!«

»Nicht einmal Gent würde das sagen, Frau Sassenthin.«

Er log die Familien nie an. Die Wahrheit konnte nicht schlimmer sein als das, was sie sowieso durchmachten. Aber sie alle verzehrten sich nach etwas, an dem sie sich festhalten konnten. Sie brauchten das Gefühl, dass es Muster gab, Gesetzmäßigkeiten, begründete Mutmaßungen. Irgendetwas, mit dessen Hilfe sie die schlaflosen Nächte überstehen konnten. Also versuchte er, ihnen wenigstens damit zu helfen. Er navigierte sie durch die typischen Phasen einer Radikalisierung. Berichtete ihnen davon, wie Rekrutierungen abliefen. Malte ihnen ein Bild von dem Leben, dass ihr Sohn oder ihre Tochter »dort unten« wahrscheinlich führten.

Ja, es gibt auch im Kalifat Krankenhäuser. Sicher, auch mit ausgebildeten Ärzten. Aber natürlich sind die Zustände nicht optimal.

Nein, nicht jeder muss an der Front kämpfen.

Nein, ich glaube nicht, dass die Rekruten gezwungen werden, Selbstmordattentate zu begehen.

Oder jemanden zu enthaupten.

Wie unwirklich auch ihm dieser Exodus von Kindern manchmal vorkam, diese böse Farce auf den Rattenfänger von Hameln, behielt er für sich. Erst am Abend, wenn er, so wie jetzt, in seinem Garten saß, erlaubte er sich, diesen Gedanken nachzugeben. Er hatte mehr als nur einen der Jungs kennengelernt, bevor sie abgehauen waren. Hatte gesehen, wie die Basecaps verschwanden, die Hoodies durch lange Gewänder ersetzt wurden, das ständige Grinsen einer undurchdringlichen Ernsthaftigkeit wich. Und wie, wenn man genau hinhörte, sogar das Getto-Nuscheln nachließ und die Aussprache deutlicher wurde, ein besonders grotesker Nebeneffekt der neu erworbenen Selbstdisziplin und Entschlossenheit. Aber wenn er die Jungs dann, wie es mitunter vorkam, in den Videos aus dem Kampfgebiet wiedersah, die Bärte faustlang, in den Augen ein Flackern, die Finger am Abzug – dann fragte er sich trotzdem, wieso er sich einbildete, helfen zu können. Etwas beobachten heißt ja nicht, es zu verstehen, schoss es ihm durch den Kopf. Es gibt gar kein Rezept. Wir alle improvisieren nur.

Trial and error.

Nicht nur ihr; wir auch.

»Antonia, du musst jetzt wirklich ins Bett«, schallte es von der anderen Straßenseite herüber. »Jetzt, Mäuschen, sofort!«

»Empfehlung: Übernahme der Beratung der Familie Sassenthin durch Amal e.V.«, tippte Titus schließlich. »Vorschlag für Berater: T. Brandt.«

Er wusste, was sie ihm in der Teambesprechung am Montag sagen würden. »O Mann«, würde Gabriel stöhnen, »wenn ich auch jedes Mal Ja sagen würde ...« Aber Gabriel hatte auch nicht mit den Sassenthins in der Tapas-Bar gesessen.

»Gestern hat Gent sich gemeldet. Zum ersten Mal, seit er uns vor über elf Monaten eine SMS aus der Türkei geschickt hat, dass wir uns keine Sorgen machen sollen. Aber wir wissen nicht, was die Nachricht bedeutet.«

»Wie hat er sich denn gemeldet?«

»Er hat mir eine E-Mail geschickt. Ganz wirr.«

»Haben Sie die Nachricht dabei?«

»Es war nur Zeichensalat.«

»Zeigen Sie doch mal, bitte.«

Aus ihrer Handtasche hatte Elisabeth Sassenthin daraufhin ein DIN-A4-Blatt gezogen und ihm gereicht. Die E-Mail war sehr kurz. Sie bestand aus nichts weiter als Buchstaben und Zahlen, geordnet in zehn Vierergruppen. Titus hatte keine Ahnung, was die Zeichen bedeuten könnten. Aber dass Gent Sassenthin diese Zahlen und Buchstaben nicht ohne Grund geschickt hatte, davon war er überzeugt.

* * *

»Sammy?«

»Ja?«

»Darf ich dich mal was Persönliches fragen?«

»Was denn?«

»Sag mal, wo finde ich denn hier das … du weißt schon?«

»Da müssen irgendwo Taschentücher sein, geht das vielleicht auch?«

»Klar. Danke, Süßer!«

Ihre Stimme klang noch genau so fröhlich wie zuvor, nur etwas gedämpft durch die Tür zwischen ihnen. Trotzdem war er sicher, dass dieser Moment das Ende des Abends einläuten würde. In ein oder zwei Minuten würde sie aus dem Bad kommen, vielleicht würden sie noch eine Runde knutschen, aber bleiben würde sie wohl nicht mehr.

Und das war ihm nur recht.

Das mit dem Toilettenpapier war ihm egal. *Süßer* war schon schlimmer. *Sammy* war zu viel.

Vielleicht konnte er das Ganze abkürzen? Wenn er jetzt ginge, zum Beispiel.

Wahrscheinlich könnte ich sie sogar mögen, dachte er, ich kenne sie ja erst seit drei Stunden. Aber er wollte allein sein, am liebsten sofort, ohne eine verkrampfte Verabschiedung. Und es war nicht davon auszugehen, dass sie zum Beispiel sagen würde: »Sammy, alter Haudegen, ich geh mal besser, vielleicht stehen die Sterne ein anderes Mal besser für uns beide.«

Das hätte etwas.

Er versuchte sich vorzustellen, wie sie diesen Satz sagte, doch es gelang ihm nicht. Also stand er auf und verließ die Wohnung. Er war zwar in gewisser Weise Experte für alles Unwahrscheinliche; aber deswegen wusste er ja auch, wie selten es war.

Eine halbe Stunde später saß Sami Mukhtar wieder auf dem abgeschürften Ledersessel, den er für zu viel Geld auf einem Flohmarkt gekauft hatte, weil er angeblich aus dem Originalbestand des Flughafens Tempelhof stammte, und sah sich selbst dabei zu, wie er sich einen Gin Tonic mixte. Es hatte nicht einmal drei Minuten gedauert, bis Nina an der Ecke Manteuffel- und Reichenberger Straße an ihm vorbeigestapft war: Eine schöne Frau in einer lauen Sommernacht. Nur etwas zu schnell: *KlackKlack … KlackKlack … KlackKlack.* Als er sie kommen sah, hatte er sich an eine Brandmauer gelehnt, sich leise geschämt und den Kopf in den Nacken gelegt.

Es war eine Vollmondnacht, und am Himmel standen Wolkenfetzen: kleine kreisförmige neben bizarr lang gestreckten, wild vermischt. Der Anblick hatte ihn an eine gigantisch vergrößerte Griechenlandkarte mit Myriaden von Inseln erinnert. Nein, nicht an eine Landkarte. Sondern daran, wie es tatsächlich aussah, wenn man über Griechenland hinwegflog, der Himmel das Meer, die Wolken als Inseln. Und dann: diese jedes Mal so spektakuläre Landung in Beirut, bei der man das Land nicht sah, wenn die Maschine aufsetzte, ganz so, als würde man notwassern. Und sobald die Flugzeugtür aufging, zwischen all dem Geschäftsmännerschweiß und der Kinderkotze und dem Schleiereulen-Parfüm: der erste Hauch Pinienduft. Von da an wusste man nicht mehr, was passieren würde. Weil man das in Beirut nie wusste. Nur, dass man am richtigen Ort war.

Sammy. Wie deutlich sollte er seinen Namen eigentlich noch aussprechen, damit die Leute ihn nicht so nannten? Vielleicht sprach er seinen Namen aber auch gar nicht so deutlich aus, wie er dachte. Vielleicht sagte er sogar mit Absicht: Ich heiße Sammy.

In der Mariannenstraße befand sich ein Späti, einer dieser Kioske, die rund um die Uhr aufhatten, diese seltsame Berliner Spezialität, wo es nicht nur Kippen und Jägermeister gab, sondern auch Spreewaldgurken und Toastbrot und Schmalz in Plastiktöpfen und was Bolle und Atze offenbar sonst noch so um Mitternacht benötigten. Dort hatte er auf dem Rückweg Zigaretten besorgt, und weil er schon einmal da war, auch Toilettenpapier. Als er an der Kasse stand, um zu bezahlen, war ihm ein metallischer Geruch in die Nase gestiegen. Den Bruchteil einer Sekunde musste er an Blut denken, also hatte er sich umgedreht, aber hinter ihm stand bloß einer dieser Menschen, die nachts schon die druckfrischen Zeitungen des kommenden Tages verkauften. Der Mann war deutlich über sechzig Jahre alt und hatte einen Rauschebart, dessen obere Hälfte gelb vom Nikotin war. Sami kannte ihn vom Sehen. Seine Spezialität war es, die Zeitungen mit selbst getexteten Reimen anzupreisen. Der Mann blickte Sami freundlich an, deutete vielsagend auf den Zeitungsstapel in seiner Armbeuge und deklamierte mit heiserer Stimme: »Wir werden alle sterben, doch sterbt lieber nicht dumm! Drum lest erst mal den *Tagesspiegel*, denn der sagt euch warum!«

Sami hatte auf die Schlagzeile geblickt, dem Mann zwei Euro in die Hand gedrückt und war nach Hause gegangen. Jetzt lag der *Tagesspiegel* vor ihm auf dem Glastisch.

Terroralarm für Berlin – Hauptstadt im Visier von Dschihadisten

Er wusste, was in dem Artikel stand, auch ohne ihn zu lesen. Und auch ohne diese Schlagzeile wäre er morgen extra früh ins Büro gefahren. Das war nach dem Scharmützel mit Eulenhauer heute Mittag schon klar gewesen. Aber jetzt war es noch wichtiger. Wütend warf Sami die Zeitung in die Ecke.

»Darf ich mal fragen, Herr Mukhtar: Wann genau finden Sie es eigentlich angemessen, Alarm zu schlagen? *Nach* einem Anschlag?«

Kann man natürlich so machen, Eulenhauer, klar, kann man machen! Aber dann habe ich, bis du um Punkt zwölf Uhr dreißig in die Kantine verschwindest, um dein Schweineschnitzel mit Paprikagemüse Balkan-Art zu essen, schon dreizehn Mal »Unspezifische Drohung« in die Betreffzeile getippt. Und dann? Dann muss irgendein Sesselfurzer, der noch weniger Ahnung hat als ich, sich damit herumschlagen. Und dann, Eulenhauer? Weißt du, was dann passiert? Melden macht frei, Eulenhauer: Glaub bloß nicht, du wärst der Einzige, der so denkt! Immer schön nach oben weiterreichen – bis irgendein Staatssekretär oder Jurist in irgendeinem Landesamt für Verfassungsschutz oder irgendein Polizeipräsident, der 1983 mal zwei Wochen in Tunesien im Urlaub war und sich im *Souq* verlaufen hat, findet: Das klingt ja *krass!* Diese Fusselbärte! Und dann, Eulenhauer, sagen die, noch bevor du deinen Wackelpudding aufgegessen hast, einen Lufthansa-Flug ab, eine Demonstration oder ein Fußballspiel.

Und wer freut sich darüber, Eulenhauer? Abu Arschloch Sohn von Arschloch freut sich darüber. Und morgen, spätestens übermorgen, twittert Abu Arschloch seine nächste »Warnung an die Kuffar«, weil er plötzlich irre mächtig ist, ein wahrhaftiger *Mudschahid*, alle zittern, sobald er seine Tastatur rausholt! Und dann, Eulenhauer?

Das hatte er gedacht. Tatsächlich hatte er nur mit den Augen gerollt und sich umgedreht. Weil er wusste, dass Eulenhauer das hasste.

Sami sah auf die Uhr. Es war zwei Uhr am Morgen. Er könnte sich jetzt hinlegen und noch vier Stunden schlafen. Aber er ahnte, dass er dafür zu wütend war.

»Was machst du denn eigentlich so? Beruflich, meine ich?«, hatte Nina ihn gefragt.

Er hatte an der Bar gesessen. In einer kleinen Kneipe am Ende der Falckensteinstraße, wo Olivenbäume in Blechkanistern neben den Tischen standen und die von der Decke baumelnden Glühbirnen in grünen Weinflaschen steckten und ein Licht verbreiteten, das ihn beruhigte. Sie hatte auch an der Bar gesessen, aber immer wieder auf ihre Armbanduhr geschaut, weswegen er mutmaßte, dass jemand sie versetzt hatte. Aus einer Laune heraus hatte er den Barkeeper gebeten, ihr einen Aperol zu bringen, was der auch unaufgeregt erledigt hatte, genau so, wie sich das gehörte: mit einem angedeuteten Nicken in Samis Richtung, als er ihr das Getränk hinstellte. Und dann war sie tatsächlich zu ihm herübergerutscht. Es waren ja nur drei Meter.

Sie war klein, dunkelhaarig und schlank, und ihm hatte gefallen, dass ihr dichtes Haar sich nicht entscheiden konnte, ob es geordnet oder wild sein wollte, halb Scheitel, halb abstehendes Chaos. Als sie sich zu ihm setzte, konnte er sehen, dass sie ungeschminkt war und braune Augen hatte.

»Danke für den Drink! Das ist mir wirklich noch nie passiert.«

»Dann ist es ja höchste Zeit!«

Aber dann, nach drei Minuten: »Was machst du denn eigentlich so? Beruflich, meine ich?«

Wieso ist das so, fragte er sich. Wieso haben fast alle langweilige und austauschbare Jobs, betrachten sie aber als derart identitätsstiftend, dass sie unbedingt, *sofort*, als Erstes, voneinander wissen müssen: Bist du Steuerberater? Systemadministrator? Oder Einzelhandelskaufmann? Er hätte sie eher gefragt, ob sie nachts gerne wach war. Oder Gedichte las.

»Was mit Akten«, hatte er geantwortet. »Sag Bescheid, wenn du mal einen Locher brauchst!«

Das war nicht einmal gelogen, außer dass er keine Ahnung hatte, ob und wo es in seiner Dienststelle Locher gab. Auswerter beim Bundesamt für Verfassungsschutz wäre präziser gewesen. Derzeitige Verwendung: das Gemeinsame Terrorismusabwehrzentrum in Berlin-Treptow. Aber das zu sagen, hätte dem Abend eine ebenso vorhersehbare Wendung gegeben, wie wenn er auf die Frage nach seinem Namen »Sami« geantwortet hätte und nicht »Sammy«, wie er es zwei Minuten zuvor getan hatte. Warum hatte er das getan?

Zu viele Fragen. Immer dieselben.

Dabei ist doch die eigentliche Frage – und wahrscheinlich, dachte Sami, während er seinen Gin Tonic austrank, ist das eine von diesen beschissenen Drei-Uhr-am-Morgen-Fragen, also ist sie entweder komplett unerheblich oder die wichtigste von allen: Warum macht mich das alles so wütend?

Er fragte sich das schon eine ganze Weile. Warum bin ich so wütend? Warum regt mich alles so auf? Warum saufe ich mir jeden Abend einen an? Warum verschwinde ich aus meiner eigenen Wohnung, um Nina auf die denkbar übelste Art und Weise loszuwerden, obwohl sie vollständig hinreißend ist? So hinreißend, dass du es jetzt schon wieder bereust.

Etwas nagt an dir, Sami. Lässt dir keine Ruhe. Klar bist du kein Vorzeige-Beamter, aber das ist es nicht. Du bist einsam, aber das ist es auch nicht. Du wärst gerne öfter in Beirut. Aber auch das ist es nicht. Was zur Hölle ist es dann?

Es war schön zu sehen, wie die Sonne aufging, dachte er weitere zwei Stunden später. Wie der Himmel, der ja überhaupt nur kurze Zeit richtig dunkel gewesen war, sich allmählich durch alle erdenklichen Blaustufen hindurch emporschwang, bis man ihn hell nennen konnte. Noch bevor er die U1 kreischen hörte, fiel ihm eine Vogelstimme auf. Er hatte sich für diese Wohnung entschieden, weil sie ganz oben lag, im fünften Stock, unter einer Schräge mit durchgehender Fensterfront, unter die er seinen Sessel gestellt hatte. Er stand auf, öffnete eines der Fenster und zündete sich eine Zigarette an, rauchte sie aber nur halb. Dann ging er in die Küche, stellte die Kaffeemaschine an, ging ins Bad, duschte mit geschlossenen Augen und zog sich danach an.

Er hatte noch nie gerne geschlafen. Er war gerne in der Nacht wach. Schon als Abiturient hatte er sich am Ende einer Party, wenn alle anderen, nachdem das letzte Bier geleert war, auf dem Fußboden lagen und leise vor sich hin atmeten, am liebsten irgendwo hingehockt, sich an die Wand gelehnt und seinen Gedanken nachgehangen. Hatte die Schlafenden beobachtet: das schönste Mädchen, das jetzt nicht mehr das schönste war, weil ihm eine kleine, silberne Sabberspur aus dem Mund lief; das viertschönste Mädchen, das plötzlich wie eine Prinzessin aussah, die Haare aufgefächert und um ihren Kopf herumdrapiert wie bei einer Meerjungfrau im tiefen Ozean; der picklige Typ, der in der miesen Metal-Band E-Gitarre spielt und beim Versuch, das vormals schönste Mädchen anzugraben, eingepennt war, seine rechte Hand noch knapp neben ihrer Brust liegend, im Niemandsland zwischen Triumph und Niederlage.

Yallah, nishar!

Los, wir bleiben wach bis zum Sonnenaufgang!

Das war etwas anderes als »die Nacht zum Tag machen« oder »durchmachen«. Für ihn jedenfalls. Und für Maha in Beirut auch, die er seine Sandkastenfreundin genannt hätte, wenn es in Beirut Sandkästen gäbe und die Kinder nicht in den Gassen des Viertels oder auf alten Friedhöfen spielen würden, wie er und Maha es getan hatten, und neben der er seither mehr als nur eine Nacht gemeinsam schweigend und auf dem Boden sitzend verbracht hatte.

Er musste lächeln, während er an Maha dachte und seinen Espresso trank. Er war bereit.

Morgens um sechs gab es fast keinen Verkehr in Berlin, eigentlich nur Taxen, ein paar übermüdete Pendler und die unvermeidlichen BVG-Busse. So brauchte er kaum eine Viertelstunde, bis er mit seinem alten Passat an der Schranke stand, dem Wachhabenden seine Ausweiskarte entgegenhielt und den Wagen im Schritttempo zum Parkplatz steuerte.

Er musste daran denken, wie ein dürrer junger Mann aus der Personalabteilung ihn am Tag seines Dienstantritts in Treptow über das riesige Gelände geführt und erklärt hatte, dass die roten Klinkerbauten, die über das Areal gewürfelt waren, einmal das Telegraphen-Bataillon der preußischen Armee beherbergt hatten. Bis heute hatte er sich nicht daran gewöhnen können, wie Berliner solche Dinge ganz beiläufig sagen konnten. Eine frühere jüdische Mädchenschule. Eine alte Farbenfabrik. Die ehemalige Zentrale der USPD. Und hier, ach so, das alte Versammlungshaus der Hitlerjugend.

Alles nur noch Kulisse und vorbei, irgendwie nicht mehr wahr. Mitten zwischen den Gebäuden der preußischen Kaserne stand jetzt ein moderner Zweckbau, entworfen und umgesetzt in einem ähnlichen Stil wie die Bundestagsbauten und fast all die anderen Gebäude, die im Zuge der Hauptstadtwerdung Berlins errichtet worden waren: Glas und helles Holz und dünne Stahlträger. Wie IKEA-Regale neben Gründerzeit-Vitrinen. Praktisch, nüchtern, unverdächtig. Es war nicht so, dass es ihn umtrieb, was in dieser preußischen Kaserne dereinst vor sich gegangen sein mochte. Aber da war ein Grusel, eine gewisse Schwere, die ihn erfasste, sobald er auch nur flüchtig darüber nachdachte.

Als er sein Büro betrat, das sich in dem IKEA-Würfel befand, war es noch nicht einmal halb sieben. Automatisch fuhr er seinen Rechner hoch, obwohl er ihn nicht brauchen würde. Jedenfalls vorerst nicht. Holger war nicht da, womit er aber auch nicht gerechnet hatte. Er legte die Füße auf den Tisch, lehnte sich zurück und überflog den Artikel im *Tagesspiegel*.

Nicht mehr lange, und das Telefon neben seinem Rechner würde klingeln. Denn Gernot Eulenhauer, der nicht nur aussah wie ein Aktenschrank, sondern auch so dachte, würde zweifellos davon ausgehen, dass er noch nicht da sei. Aber genau deswegen war er ja da: Damit er rangehen konnte, und Eulenhauer nicht würde behaupten können, er sei nicht da gewesen. Damit er dann, wie Eulenhauer es zweifellos vorschlagen würde, der Eulenhauer-Show beiwohnen konnte.

Und er täuschte sich nicht, auch wenn es etwas länger dauerte, als er vermutet hatte: Um 8 Uhr 45 klingelte das Telefon.

»Aber natürlich, ich komme sofort rüber!«

Eulenhauer war gut darin, sich seine Überraschung nicht anmerken zu lassen. Wahrscheinlich lernen das die BKAler in irgendeinem Lehrgang, dachte Sami.

Er selbst wäre am liebsten zum Bundesnachrichtendienst gegangen. Damals, als er nach dem Politikstudium auch nicht mehr über den BND wusste, als dass er für Spionage im Ausland zuständig war, genau das jedoch verheißungsvoll genug klang. Er hatte sich ausgemalt, wie er in gottverlassenen Winkeln des Globus, in Timbuktu oder Taschkent oder Tripolis, Umschläge mit Geld gegen einen USB-Stick tauschen würde, nur um eine Woche darauf am anderen Ende der Welt in einem mondänen Hotel einen Militärattaché oder Legationsrat oder Kriegsreporter betrunken zu machen. Aber der BND hatte ihn auf seine Bewerbung hin nicht einmal eingeladen. Obwohl er fließend Arabisch sprach, wonach der Dienst seit 9/11 immer noch händeringend suchte. Enttäuscht hatte er sich für die nächstbeste Alternative entschieden, den Verfassungsschutz, über den er noch weniger wusste. Erst in Heimlichheim, wie die in einem Kaff im Rheinland versteckte Ausbildungsstätte des Verfassungsschutzes von den Eingeweihten genannt wurde, hatte ihm ein Ausbilder nach dem zweiwöchigen Observationskurs abends beim Bier zwischen den Tischtennisplatten im Innenhof erklärt, dass der BND ihn niemals einstellen würde.

»Aber warum nicht?«

»Weil du Familie im Libanon hast.«

»Ja und?«

»Du bist erpressbar, Sammy. Was machst du, wenn der Geheimdienst der Hisbollah dir auf die Spur kommt und deine Cousinen unter Druck setzt?«

Bis zu diesem Zeitpunkt hatte er im Stillen gehofft, mit ein paar Jahren Erfahrung beim BfV im Rücken für den BND doch noch interessant zu werden.

»Sei froh, dass du nicht bei denen gelandet bist«, hatte der Ausbilder, Markus Helten, ihn zu trösten versucht. »Beim BND, da sind so viele Soldaten. Da würdest du gar nicht reinpassen. Glaub mir, hier ist es spannender.«

Spannender, das sagte sich natürlich leicht. Aber Sami kannte Helten da schon gut genug, um zu wissen, dass der das wirklich glaubte, aus reinstem Herzen. Denn Helten gehörte zu jenen im BfV, die beseelt waren von ihrer Arbeit. Die froh darüber waren, dass sie keine »nassen Sachen« machen durften. Und die »freiheitlich-demokratische Grundordnung« sagen konnten, ohne rot zu werden.

Er war nicht wie sie, das wusste er. Aber er hatte auch nicht vergessen, wie überwältigt er gewesen war, als er das erste Mal begriff, *wirklich* begriff, was es bedeutete, in den privatesten Geheimnissen anderer herumzustochern. Da hatte es diesen Terrorverdächtigen gegeben, Mitte 40, aus Gaza. Sami hatte zu Ausbildungszwecken danebengesessen, als die Kollegen ihn durchleuchteten. Tagelang. Hatte miterlebt, was es bedeutet, dabei zu sein, wenn die Eltern die Wahrheit über die Krankheit ihrer Tochter erfahren. Zu wissen, wie hoch die Schulden der Familie wirklich sind – und wie wenig die Ehefrau von ihrem Ehemann darüber erfährt. Zu lesen, welche Suchworte beim nächtlichen Surfen eingegeben werden, wenn Frau und Tochter längst im Bett sind und es nicht mehr um Religion oder Politik und die Verwandten in der Heimat geht, sondern darum, dass »die Zielperson 18 Minuten und 25 Sekunden lang diverse URL-Adressen angesteuert hat, die laut einer nachträglich durchgeführten Internetrecherche in hiesiger Dienststelle vorwiegend pornografische Inhalte bereitstellen«.

Bei uns ist es spannender ... Für Sami war es bis heute eine glückliche Ausnahme, wenn er als Analyst auch einmal mit Quellen reden durfte. Das war eigentlich gar nicht vorgesehen, doch weil die Beschaffer nicht immer das nötige Hintergrundwissen hatten, um die passenden Fragen zu stellen oder die Signale der Informanten richtig zu deuten, kam es seit einigen Jahren öfter vor, dass Auswerter sie zu den Treffen begleiteten. Meistens verbrachte er seine Tage allerdings damit, Terrorvideos auszuwerten, Ansprachen von keifenden Emiren zu interpretieren, in all dem Durcheinander Netzwerke zu erkennen, »seine« Jungs im Auge zu behalten und in langweiligen Vermerken all das für die Ewigkeit festzuhalten, was sie anstellten.

Immerhin: Er arbeitete im GTAZ. Weniger Theorie, dafür echte Terroristen, manchmal sogar solche mit echten Anschlagsplänen, das alles auch noch in Echtzeit – und als Dreingabe gab es nicht nur die Polizisten vom BKA und den Landeskriminalämtern sowie die BNDler, über die er Helten im Nachhinein recht geben musste, weil sie tatsächlich noch robotiger waren als die meisten anderen, die hier zusammenkamen, sondern auch noch Jack und John und Samantha vom FBI, von der NSA und der CIA, die gelegentlich in Treptow aufschlugen, als wäre das hier ihr eine Art Airbnb für Spione, nur dass sie es zugleich fertigbrachten, noch ein wenig wichtiger und geheimnisumwitterter zu schauen und zu reden als der Rest. Spannend? Das GTAZ war exakt so spannend, wie es in Deutschland eben werden konnte. Und es war eine Bühne ersten Ranges.

Der Tisch im Besprechungsraum A242 war lang und schmal. An einem der schmalen Enden stand Eulenhauer und schaute ungeduldig auf die Uhr. Sami nickte in die Runde, als er den Raum betrat, sah sich kurz um und nahm in der Mitte der langen Seite Platz, die der Tür am nächsten lag. Dort hatte er Holger entdeckt, und der hatte ihm einen Platz frei gehalten. Sie mussten ihn auf dem Weg ins Büro auf dem Handy erwischt haben. Etwa ein Dutzend Personen saßen in dem Raum. Eulenhauer hatte ein gemeinsames Treffen der AG Gefährdungsbewertung und der AG Tägliche Lagebesprechung anberaumt. Eine Viertelstunde vor dem üblichen Termin.

»Na, dann können wir ja anfangen«, sagte Eulenhauer.

»Er wird predigen«, flüsterte ihm Holger zu, während Sami mechanisch sein Notizbuch und seinen Stift auspackte. »Ich seh's ihm an.«

»Ich weiß«, sagte Sami.

Eulenhauer stand auf, trat einen Schritt zurück, nur um wieder nach vorne zu treten, und hob dann an: »Charlie Hebdo in Paris, verehrte Kollegen, dann Brüssel, Garland in Texas, dann Isère. Dann wieder Paris, Sie erinnern sich. Dann wieder Brüssel. Hannover, Nizza, Ansbach, Würzburg. Orlando. Und, verdammt noch mal, der Breitscheidplatz! Und das sind nur die, die nicht vereitelt werden konnten!«

»Ich hab es dir gesagt«, sagte Holger und stöhnte leise. Sami nickte, ohne von der Kaffeetasse aufzusehen, die Holger aus der Thermoskanne für ihn gefüllt hatte.

»Schon deshalb müssen wir jeden Hinweis ernst nehmen, der Berlin auch nur *erwähnt*. Man sollte meinen, dass wir uns darin einig sind. Aber anscheinend ist dem nicht so. Deswegen habe ich diese inoffizielle Vorabrunde einberufen. Wie Sie wissen, ist der Zweck des GTAZ die Vernetzung aller kompetenten Behörden in der Terrorbekämpfung. Zusammenarbeit sollte hier großgeschrieben werden, auch und gerade über Behördengrenzen hinweg. Gestern gab es einen sehr spezifischen internetbasierten Hinweis auf eine geplante Anschlagshandlung hier in Berlin. Trotzdem blieb er mysteriöserweise im BfV hängen. Er wurde nicht einmal vernünftig protokolliert. Der betreffende Analyst des BfV fand das anscheinend nicht zwingend, er hat den Hinweis stattdessen ad acta gelegt, und er kam zu diesem Ergebnis, ohne dass er sich zuvor mit jemandem beraten hätte – und zwar weder mit der Polizeiseite, wie ich bestätigen kann, noch mit seinen eigenen Kollegen aus dem Nachrichtendienst-Strang, wie ich mittlerweile ebenso sicher weiß. Man könnte fast meinen: Der Hinweis sollte verschwiegen werden. Dass jedem Kollegen hier, auch den jüngeren, angesichts der hohen Schlagzahl eine gewisse Erstbewertungskompetenz zugestanden wird, versteht sich von selbst. Aber genau dieser Hinweis auf einen geplanten Anschlag in Berlin liegt mittlerweile der Presse vor – und die nimmt ihn durchaus ernst.«

Eulenhauer griff in seine Jacketttasche und knallte den *Tagesspiegel* vor sich auf den Tisch.

Ein Kollege vom LKA Mecklenburg-Vorpommern oder Brandenburg, Sami war sich nicht sicher, er brachte die beiden immer durcheinander, und das Namensschild stand schief, setzte sich ruckartig auf. Er war nicht der einzige, nur der erste. Sie wittern Ärger, dachte Sami. Gesprächsstoff für später.

»Oh«, flüsterte Holger. »Die Eule meint es ernst.«

»Ich würde«, fuhr Eulenhauer fort, und ging nun langsam von rechts nach links und wieder zurück, »das gerne kurz nachbereiten. So etwas darf nicht wieder passieren. Ich habe mir erlaubt, die Drohung, um die es hier geht, noch einmal für alle auszudrucken, falls Sie sie nicht kennen sollten.«

Eulenhauer begann nun, um den Tisch herumzugehen und jedem der Anwesenden ein Blatt Papier hinzulegen.

Sami hätte seine Kopie nicht gebraucht. Er kannte den Tweet auswendig. Die Rechtschreibfehler eingeschlossen.

Allahu Akbar, die Bruder sind bereits auf dem Wege. Berlin, die Kuffar-Hauptstatt, hat exakte 24 St Zeit! #BerlinWirdBrennen

»Wir hatten wegen dieses Versehens keine Möglichkeit, mit Partnerbehörden im Ausland über diese Ankündigung eines Anschlages auch nur zu sprechen«, fuhr Eulenhauer fort. »Wir haben uns blind und taub gemacht.« Die Stimme des Polizisten wurde nun lauter. »Was, wenn unsere Partner *gewusst* hätten, was dahintersteckt? Ein Puzzlestück kannten, das wir gebraucht hätten? Was dann?«

O.K., dachte Sami: *Jetzt.*

Er räusperte sich. Unwirsch blickte Eulenhauer zu ihm herüber.

»Herr Eulenhauer«, fragte Sami, »darf ich, als der betreffende Analyst, auch etwas dazu sagen?«

»Also das hatte ich jetzt eigentlich nicht im Sinn. Ich wollte den Sachverhalt erst einmal darstellen. Danach vielleicht, also meinetwegen.«

»Ach so. Ja, gut. Dann machen wir das so.«

»Ja gut, also dann. Dann lassen Sie mich das hier bitte erst einmal zu Ende verteilen.«

»Moment noch, Herr Eulenhauer. Nur ganz kurz. Während Sie weiter verteilen. Können wir dann, also zum passenden Zeitpunkt, vielleicht auch kurz darüber sprechen, dass Sie es waren, der diesen Tweet an den *Tagesspiegel* weitergegeben hat? Ich fände es gut, wenn Sie das kurz erklären würden. Das versteht sicher nicht jeder gleich, warum das nötig war.«

Holger stieß seine Kaffeetasse um und zuckte dabei nicht einmal zusammen. Das Geräusch des auf den Boden tröpfelnden Kaffees war das Einzige, das in diesem Moment zu hören war.

»Merle, komm schon, ich muss es wissen!«
»Sami, hast du sie noch alle? Es ist halb vier am Morgen, und ich schlafe!«
»Hat Eulenhauer das durchgestochen? Ihr Journalisten redet doch alle miteinander.«
»Das kann ich dir nicht sagen, das weißt du genau. Wo bist du überhaupt?«
»Zu Hause. Komm schon Merle, du kennst die Jungs vom *Tagesspiegel*, das weiß ich!«
»Sami, echt jetzt, spinnst du?«
»Und wenn ich dir dafür auch was sage?«
»Was denn?«
»Etwas Großes.«
»Ja klar.«
»Merle, ich habe dich noch nie hängen lassen.«
»Das stimmt.«
»Also?«
»Ich kann dir das trotzdem nicht sagen.«
»Doch, das kannst du. Ich muss es wissen.«
»Warum?«
»Kann ich dir erst später erzählen.«
»Sami, du bist doch irre. Und vermutlich bist du sowieso besoffen.«
»Nein, Merle. Habe ich dich je zuvor um halb vier morgens angerufen? Ich dich? Noch nie. Du mich? Oh ja!«
»Ist es 'ne gute Geschichte?«
»Es ist 'ne gute Geschichte.«
»O. K., also …«
»Nein, warte! Bevor du etwas sagst, Merle: Ich weiß nicht, ob es 'ne gute Geschichte ist.«
»Aber?«

»Ich glaube, es könnte eine gute Geschichte sein.«
»Was denn nun?«
»Jedenfalls ist sie so wichtig, dass ich hier noch niemandem davon erzählt habe.«
»Wichtiger als Eulenhauers Geschichte?«
»Danke, Merle!«
»Mach das nie wieder, Sami!«

Nach dem Telefonat mit Merle war er ruhiger gewesen. So ruhig, dass er den zweiten Gin Tonic weggeschüttet und stattdessen von seinem Sessel aus dem Sonnenaufgang zugesehen und dem Vogel zugehört hatte, bevor er duschen gegangen war, sich einen Espresso gemacht und an Maha gedacht hatte.

Und jetzt genoss er es zuzusehen, wie Eulenhauer rot wurde. Nach Worten suchte, aber keine fand.

»Alter!«, flüsterte Holger. »War das deine Version von einem Selbstmordattentat?«

Erstaunlich, dachte Sami, wie gelassen ich bin. Vielleicht schmeißen sie mich sogar raus. Bin ich so ruhig, weil mir das egal wäre?

Ja, weil es mir egal wäre.

Und weil ich weiß, dass ich recht habe. Weil ich sie kenne: die, die nur das Maul aufreißen; und die anderen, die wirklich Gefährlichen. Und du kennst sie nicht, Eulenhauer. Du würdest einen Terroristen nicht mal erkennen, wenn er dir auf die Füße fällt.

* * *

Merle Schwalb erwachte vom zweimaligen Piepsen ihres Mobiltelefons, das sie aber zunächst nicht finden konnte, weil sie vergessen hatte, wo sich die Steckdose befand, an welche sie es am Abend zuvor zum Aufladen angeschlossen hatte. Als es ihr schließlich einfiel, stieß sie sich den Kopf an einem der Miniregale, die sich über der winzigen Plastikspüle befanden, direkt oberhalb der

Steckdose. Wie Schneewittchen bei den sieben Zwergen, dachte sie, während sie sich den Kopf rieb. Sie trennte ihr Handy vom Ladegerät, zwang sich jedoch, die Nachricht nicht zu lesen.

Draußen, dachte sie, ich werde diese SMS, von wem auch immer sie stammt, draußen lesen, nicht in dieser stickigen Dose, und dabei werde ich auf die Ostsee blicken. Und ich werde vorher durchatmen. Noch besser: Ich werde mir erst noch an der Bude am Eingang in aller Ruhe einen richtig üblen, viel zu dünnen Kaffee holen. Den werde ich trinken und dabei auf die Ostsee blicken – und dann die SMS lesen.

Merle Schwalb zog sich ihre Shorts über und trat aus dem Wohnwagen. Dankbar atmete sie die frische Luft ein. Der Rasen unter ihren bloßen Füßen fühlte sich ungewohnt, aber gut an. Von der Ostsee her wehte ein leichter Wind, der die jungen Birken vor dem Wohnwagen rascheln ließ. Sie sah auf ihre Armbanduhr. Es war erst kurz nach sechs Uhr am Morgen. Seufzend legte sie das Handy auf den Campingtisch vor dem Wohnwagen und machte sich auf den Weg.

»Versuch's einfach«, hatte Henk Lauter, ihr Ressortleiter, zu ihr gesagt, als er ihr den Schlüssel in die Hand gedrückt hatte. »Ich kann da immer sehr gut nachdenken.«

Sie hatte ihn skeptisch angeschaut, den Schlüssel aber an sich genommen. Und war dann am Samstagnachmittag tatsächlich in den Carsharing-Mini gestiegen und nach Usedom gefahren, um das Wochenende in Henks Wohnwagen zu verbringen. Henk hatte ihr eine Skizze des Campingplatzes gemalt, ein dickes Kreuz auf seiner Parzelle eingezeichnet und zur Sicherheit noch ein Schild dazugemalt, das sie auf dem Grundstück rechts neben seinem sehen würde: »Hier erholen sich Conny und Babs«.

Conny und Babs, das hatte sich im Verlaufe des Samstagabends herausgestellt, waren Bob-Dylan-Fans. Conny spielte leidlich gut auf der Gitarre, und Babs sang dazu. Ab und zu ertönte auch eine Mundharmonika, aber wegen der Hecke zwischen ihren Parzellen konnte Merle Schwalb nicht sehen, wer von den beiden sie spielte. Sie mochte Bob Dylan, und weil Conny und Babs nicht besonders laut musizierten, hatte sie den Samstagabend in ungefähr drei Metern Luftlinie von den beiden in Henks Hängematte zwischen zwei Birken verbracht, drei Flaschen Störtebeker-Pils getrunken und leise mitgesummt, während sie nachgedacht hatte.

The times, they are a-changin' …

Oder doch nicht?

Der Samstagnachmittag war hektisch gewesen, da hatten überall Kinder gekreischt, und einige von ihnen waren mehrmals einem Ball hinterhergelaufen, der auf ihr, also auf Henks Grundstück geflogen war. Und etwas später, zwischen 18 und 19 Uhr, hatten das Ploppen von Bierflaschen und das Platzen von Bratwurstdärmen auf Dutzenden Grills die Luft erfüllt. Danach war es ruhiger geworden, mit jeder Stunde ein bisschen mehr, während zugleich die Sonne in der Ostsee versank.

Am Sonntagmorgen, als sie von Mückenstichen übersät in der Hängematte aufwachte, hatte sie trotzdem noch keine Klarheit erlangt. Das blieb auch so, nachdem sie anschließend einen langen Strandspaziergang unternommen und danach einen Mittagsschlaf absolviert hatte.

Aber sie hatte ja noch Zeit.

Am Sonntagnachmittag hatte sie sich an den Campingtisch gesetzt und eine Liste angefertigt mit allem, was dafür und was dagegen sprach. Doch es war ein Unentschieden herausgekommen, und genau das half ihr gar nicht. Am Sonntagabend hatte sie dann beschlossen, ihre Gefühle zu befragen. Wenn Logik nicht half, dann vielleicht die Intuition?

Frederick Rieffen hatte aufrichtig geklungen, als er ihr das Angebot unterbreitet hatte. Geradezu begeistert von der Vorstellung. Nur deshalb hatte sie überhaupt um Bedenkzeit gebeten.

»Du musst dir das vorstellen wie einen Neustart, Merle. Die Gelegenheit, alles so zu machen, wie du es eigentlich immer machen wolltest. Ohne Kompromisse, ohne Deals, ohne Erlinger und das Dritte Geschlecht im Nacken. Ich sag dir ehrlich: Seit ich hier bin, weiß ich wieder, warum ich Journalist geworden bin. Und du würdest so gut zu uns passen!«

Dieses *Uns*, das war – ja, was eigentlich: eine »Plattform«, oder wie sollte man das nennen? Ein »Projekt«?

Gott, klingt das albern, hatte sie gedacht. Ich kann doch nicht den *Globus* für ein »Projekt« verlassen!

Oder doch?

Frederick war schließlich kein Idiot.

»Schau dir ein paar von den Sachen an, die wir gemacht haben«, hatte er ihr am Ende ihres konspirativen Gesprächs in der Kantine des Berliner Ensembles, keine hundert Meter von der Redaktion des *Globus* in dem Hochhaus am gegenüberliegenden Spreeufer entfernt, ans Herz gelegt.

Es waren gute Geschichten.

Einer von Rieffens Kollegen, der einen leicht dunklen Teint hatte, hatte sich als Asylbewerber ausgegeben und sich eine Woche lang zusammen mit syrischen Flüchtlingen zu unsäglichen Bedingungen als Schwarzarbeiter in Schlachthöfen und Hühnerbrätereien verdingt – nur um am Ende auch noch um den Lohn geprellt zu werden. Und Frederick hatte sich vier Wochen lang undercover einer selbst ernannten Bürgerwehr in Cottbus angeschlossen. In seinem Artikel beschrieb er ein Milieu, das sie nicht ohne Grund an die islamophobe Terrorgruppe Kommando Karl Martell denken ließ, die vor einigen Jahren einen Anschlag in Berlin verübt hatte, was sie einigermaßen aufwühlte.

Zuvor hatte sie *somethingisrotten.org* nicht so recht ernst genommen. In Gesprächen mit ihrem Büronachbarn Kaiser beim *Globus* war der Name der Webseite zwar ein oder zwei Mal gefallen, aber sie hatte Kaiser, wie immer, nicht richtig zugehört. Auf der Medienseite der *Norddeutschen Zeitung* hatte sie einen Artikel über *somethingisrotten.org* gesehen und in der U-Bahn überflogen, hängen geblieben war bei ihr jedoch nur, dass das Geld von einem philanthropischen US-Milliardär stammte, der ähnliche Plattformen schon irgendwo in Südamerika gestartet hatte.

Frederick Rieffen gehörte zur Gründungsmannschaft in Deutschland, wo das Projekt offiziell *etwasistfaul.de* hieß, auch das hatte sie mitbekommen. Vor einigen Jahren hatte sie mit

Rieffen einmal beim *Globus* zusammengearbeitet. Damals war er noch eines der Drei Fragezeichen gewesen, wie die ressortübergreifende Einheit für investigative Recherchen dort hieß. Doch am Ende ihrer Recherche hatte er den *Globus* im Streit verlassen, während sie geblieben war. Hätte sie damals auch gehen sollen? Gehen müssen?

Merle Schwalb lief an dem Toilettenhäuschen vorbei, aus dem ein Rentner im Unterhemd und mit Handtuch unter dem Arm trat, dann am Kinderspielplatz, in dessen Zentrum die so riesenhafte wie bizarre Figur eines surfenden Maulwurfs stand, und erreichte schließlich den Pfad, der zu dem kleinen Waschbetongebäude am Eingang des Campingplatzes führte. Eine frühe Grille zirpte träge. Erleichtert stellte sie fest, dass die Tür des Ladens, in dem die Bäckerei untergebracht war, offen stand.

Sie war damals geblieben, weil sie sich eingeredet hatte, es sei wichtiger, den *Globus* von innen zu verändern, als die naheliegende Konsequenz zu ziehen. Aber hatte sie ihn seither verändert? Unwillkürlich musste sie lachen. Natürlich nicht. Erlinger, der Chef der ehemals Drei und nunmehr noch Zwei Fragezeichen, war immer noch da. Adela von Steinwald, die Herausgeberin und Chefredakteurin, redaktionsintern das Dritte Geschlecht genannt, weil sie auf Gender-Themen allergisch reagierte und stets erklärte, sie kenne nur ein Geschlecht, nämlich das derer von Steinwald, regierte das Magazin mit derselben Mischung aus Härte und Zynismus wie eh und je.

Wäre es nicht schön, etwas Neues anzufangen?

Und waren Plattformen oder Projekte wie *somethingisrotten.org* nicht die Zukunft?

Und war sich Rieffen, anders als sie, nicht treuer geblieben mit den Recherchen, die er dort nun anstellte?

»Riechen Sie das? Riecht nach Friedhof!« Das hatte einer ihrer Ausbilder an der Journalistenschule jedes Mal gesagt, wenn sie und ihre Mitstudenten zur Blattkritik an den wichtigsten Zeitungen und Magazinen zusammenkamen. »Print ist tot, glauben

Sie mir. Natürlich melden manche Zeitungen noch gute Auflagen. Aber Fingernägel wachsen ja nach dem Tod auch noch weiter ...«
Und dann hatte er scheppernd gelacht.

Andererseits hielt sie, nach einem glücklich verlaufenen Praktikum, an dem Tag, an dem ausgerechnet dieser Dozent ihr das Redakteurszeugnis aushändigte, einen Arbeitsvertrag des *Globus* in der Hand. Und der *Globus,* mit seinem edlen nachtblauen Riesenlogo und seinen harten, unparfümiert aufgeschriebenen Recherchen, war nicht tot. Also war sie hingegangen. Und hatte sich ins Hauptstadtbüro hochgeschrieben.

Das alles aufgeben? Dieses Prickeln aufgeben, wenn der *Globus* mal wieder an den Kiosken nach vorne rutschte und die Agenda der Talkshowwoche vorgab: der aus Katar geschmierte Minister, der Kinderpornoring bei der Feuerwehr, der Spendenskandal bei der ach, ach, ach so guten NGO?

Dazu die Reisen, die Spesen, das Gehalt: all das aufgeben, um mit Frederick und drei anderen, die auch noch jünger waren als sie, in einer mit Sitzsäcken ausgestatteten Start-up-Hölle unter der ständig ratternden S-Bahn neu anzufangen, weil die Büros näher am Reichstag zu teuer waren?

Merle Schwalb wusste, dass sie eine solide Journalistin war. In den Anfangsjahren hatte sie sich beim *Globus* trotzdem unsicher gefühlt, war eingeschüchtert gewesen von Reporterlegenden wie Klaus Krien, den alle nur Kaskaden-Klaus nannten, bundesweiter Rekordgewinner von Journalistenpreisen, und natürlich auch von den Drei Fragezeichen sowie den Mythen, die sie umgaben und in denen Tresore voller Geheimdokumente und ein Reptilienfonds für Ausgaben, deren Details man den Buchhaltern ersparen wollte, eine tragende Rolle spielten. Aber sie gehörte längst dazu, hatte sich etabliert – und musste sich eingestehen, dass es nunmehr eher die Aussicht auf Veränderung war, die sie verstörte.

»Kaffee«, sagte die Frau am Tresen, »80 Cent.«

»Ich nehme noch den *Tagesspiegel* mit«, sagte Merle Schwalb, zählte das nötige Kleingeld ab und dachte an das Gespräch mit Sami in der vergangenen Nacht. Besser gesagt: vor nicht einmal drei Stunden. Dass sie danach überhaupt wieder hatte einschlafen können, war ein Wunder.

Zurück auf Henks Parzelle setzte sie sich an den Campingtisch und zwang sich, noch fünf Minuten aufs Meer zu blicken. Erst dann nahm sie ihr Mobiltelefon in die Hand und las die eingegangene Nachricht.

»Ich erwarte Sie um zehn Uhr. Wir müssen über diese *Tagesspiegel*-Story reden. Wir müssen in die Vorderhand. AvS.«

Merle Schwalb sah auf die Uhr. Wenn sie sich beeilte, konnte sie den Termin noch schaffen. Eilig sammelte sie die Flaschen und ihren sonstigen Abfall ein, stopfte alles in eine Plastiktüte, schüttete den Rest ihres Kaffees in die Hecke, schloss den Wohnwagen ab und bestieg das Carsharing-Auto. Erst als sie 45 Minuten später auf die A 20 einbog und sofort auf die Überholspur wechselte, wurde ihr klar, dass sie sich soeben entschieden hatte.

Warum, fragte sie sich.

Keine Ahnung.

Ich weiß es nicht, aber wenn es so ist, dann auch richtig. Dann ist es eben so. Um halb zehn, beim vierten Versuch, erreichte sie Sami Mukhtar.

»Ja?«

»Sami, wie geht die Geschichte, von der du mir heute Nacht erzählt hast?«

»Ist das dein Ernst? Jetzt? Sofort? Am Telefon?«

»Geht nicht anders. Ich brauche Munition.«

»Ich kann dir nicht alles sagen. Ich bin noch auf dem Gelände!«

»Erzähl mir, was du mir erzählen kannst.«

»Ein Typ aus Norddeutschland. Ist in Syrien.«

»Ich höre.«

»Ich glaube, der ist interessant.«

»Kannst du etwas weniger kryptisch sein?«

»Ehrlich gesagt nein. Aber irgendetwas läuft bei dem, da bin ich sicher.«

»Was soll das denn für eine Geschichte sein, Sami?«

»Er kennt da krasse Leute.«

»Krasse Leute?«

»Anführer. Saudis. Iraker aus der Ur-Truppe. Die sind alle Hardcore. Er hat mit der ersten Garde zu tun, soweit ich sehen kann. Oder mindestens mit der zweiten, was genauso schlimm ist.«

»IS?«

»Ja.«

»Weißt du viel über ihn? Umfeld und so?«

»Ein bisschen.«

»Ein bisschen oder ein bisschen viel?«

»Merle, ich werde dir das nicht alles erzählen können. Das kriegen die sonst raus, dass ich das war.«

»Ist es eine Geschichte? Ich meine, wenn wir schon nicht wissen, was er vorhat – ist der Typ wenigstens eine Geschichte? Kann ich nah an ihn heran? Freunde, Familie, du weißt schon.«

»Ich kann dir ein bisschen helfen. Den Rest musst du selbst machen.«

»Sami?«

»Was denn noch?«

»Der *Tagesspiegel* von heute?«

»Hat damit nichts zu tun. Eulenhauer hat sich bloß mal wieder aufgepumpt. Da ist keine Geschichte. Die Drohung ist ein Tweet von einem Dortmunder, der in Syrien aus dem Trainingslager geflogen ist, weil er zu fett ist und jetzt gelangweilt auf der türkischen Seite der Grenze rumsitzt. Der will nur spielen. Kannst du Erlinger und deiner Chefin gerne sagen.«

* * *

Was macht, dass es im Sommer warm wird? Und im Winter wieder kälter? Wieso verstehe ich das nicht?

Also: Die Erde ist eine Kugel. Sie kreist um die Sonne, auf einer elliptischen Bahn. So viel ist klar. So war es doch, oder? Die erste Vermutung wäre dann ja: Wenn sie näher an der Sonne ist, ist es auch wärmer auf der Erde. Und zwar egal ob Nordhalbkugel oder Südhalbkugel.

Aber so ist es ja nicht.

Die Erde ist außerdem unendlich viel weiter von der Sonne entfernt als zum Beispiel Berlin von Kapstadt, doch wenn es in Berlin Sommer ist, hat Kapstadt Winter. Aber welcher andere Faktor kann denn entscheidender sein als die Nähe zur Sonne?

Und abgesehen davon dreht sich die Erde ja auch noch um sich selbst. Wenn Berlin näher an der Sonne ist, ist Kapstadt das dann innerhalb desselben Tages also auch irgendwann. Oder etwa nicht?

Was unterscheidet die beiden Orte, dass an einem Winter ist und am anderen Sommer?

Ich krieg es nicht zusammen. Das ist sechste Klasse, wahrscheinlich vierte, aber ich kriege es nicht mehr zusammen. Frühling, Sommer, Herbst und Winter. Im Osten geht die Sonne auf, im Süden nimmt sie ihren Lauf ... Ich krieg es nicht zusammen.

Der Winter war hart gewesen. Das Wasser hatte in den Leitungen gestottert, wenn er im Haus gewesen war, und wenn er nicht im Haus gewesen war, hatte er noch mehr gefroren. Draußen in den Bergen, zum Beispiel, beim Üben. Er hatte erwartet, dass es die ganze Zeit warm sein würde. Verrückt. Und er hatte nur den alten, dünnen Schlafsack gehabt, den er mitgebracht hatte. Nun war es wieder Sommer geworden; und der Schlafsack diente ihm als Kopfkissen.

Gent lag auf dem Rücken und blickte durch ein fußballgroßes Loch an der Decke in den Sternenhimmel. Er wünschte, er hätte ein Teleskop. Oder wenigstens ein Fernglas. Abu Obeida hatte eines, irgendwo in den Tiefen seines Stoffbeutels, das wusste er. Und Shruki und Kalashin hatten auch eines, wobei: das war ein Nachtsichtgerät, und er war sich nicht sicher, ob das überhaupt vergrößerte. Fragen konnte er sie ohnehin nicht, sie schliefen, Abu Obeida ebenso. Er konnte sie nicht wecken, nicht wegen so etwas.

Er war sowieso nur darauf gekommen, weil der Mond sich gerade in das Loch schob, prall und orange wie ein Kürbis.

Gezeiten, dachte Gent, du machst die Gezeiten, das wenigstens kann ich mir vorstellen, denn du bist groß und nah und schwer. Die Himmelskörper als Schmuck... als Schmuck und Schutz am Himmel. Nein, Moment. Denk nach! Wir haben ... Genau: Wir haben den unteren Himmel mit dem Schmuck der Sterne versehen und ... und ... und zum Schutz vor jedem Teufel bestimmt. Ja. So heißt es richtig. *Zum Schutz vor jedem Teufel.*

»Stell dir vor«, hörte er plötzlich Abu Karims Stimme von irgendwoher, »stell dir vor, Gent, die Sonne sei das Auge Gottes. So groß ist er. So nah ist er uns.«

Er hatte es sich vorgestellt. Und sofort Angst bekommen. Einen tiefen Schreck, der sich angefühlt hatte, als würde ihn ein Blitz durchfahren. Ein Blitz, der seine Glieder, seine Knochen glühen ließ, ihm die Luft aus der Lunge quetschte. Dieses gigantische Auge. Das immer schaut. *Immer.* Er hatte sich ertappt gefühlt. Alles Schlechte, das er je getan, gesagt oder gedacht hatte. Alles Auflehnen, alles Weglaufen, alle Schmerzen, die er anderen zugefügt hatte. Alles Unreine, alles Schmutzige in seinem Leben. Alles Schlimme. Greta.

Doch dann hatte er etwas anderes gespürt. Etwas noch Unerhörteres: Ich werde gesehen! Ich werde nicht *nicht* gesehen. Nicht übersehen. Ich werde gesehen. Ich!

Im Osten geht die Sonne auf, im Süden nimmt sie ihren Lauf ... Aber immer sieht sie mich. Sieht ER mich.

»Du brauchst keine Angst zu haben!«, hatte Abu Karim leise gesagt und ihm eine Hand auf die Schulter gelegt. Erst da hatte er gemerkt, dass er zu weinen begonnen hatte. »Ich weiß«, hatte er mit belegter Stimme geantwortet, ohne nachzudenken. Weil er plötzlich spürte, dass es gut war, gesehen zu werden: nichts mehr zu verbergen, nichts mehr zu verstecken. Nur ich und ER.

Er erinnerte sich daran, wie natürlich es sich angefühlt hatte, danach, nach dieser Einsicht, diesem überwältigenden Gefühl, die Arme auszustrecken und die Handflächen nach oben zu kehren, um zu beten: Hier bin ich. Ich, dein Geschöpf! Und anschließend die *Schahada* zu sprechen, zum ersten Mal laut: *Ashhadu an la ilaha illa Allah; ashhadu anna Muhammadan Rasul Allah.*

Ich bezeuge, es gibt keinen Gott außer Gott, und Muhammad ist sein Gesandter.

Da hatte dann auch Abu Karim geweint, und sie waren einander in die Arme gefallen.

Das war vor drei Jahren gewesen, in Berlin. Lange bevor er Shruki und Kalashin kennengelernt hatte, die auf dem Autobahnrastplatz kurz hinter der serbischen Grenze auf ihn gewartet und ihn hatten einsteigen lassen, so wie es ihnen zuvor gesagt worden war. Und die ihn schon drei Minuten, nachdem er eingestiegen war, aufgezogen hatten, weil er nicht wusste, dass das grüne, duftende Zeug auf ihren Sandwiches getrockneter Thymian war: »Du kennst keinen *Saatar*? Bruder, wir fahren ins *Saatar*-Land!«

Sie hatten gutmütig gelacht. Und nahmen es ihm auch nicht übel, als er ihnen einen Monat später Spitznamen verpasste.

Kalashin: Weil Murad immer nur mit der Kalaschnikow schießen wollte, die er bloß Kalashin nannte, so wie die Tunesier und Jordanier und die anderen Araber auch. »Gib mir die Kalashin! Nimm du diese hier, aber gib mir die Kalashin!«

Und Shruki: Weil Gent erst nach einer Woche kapiert hatte, warum Muhammad den Geländewagen, den sie meistens benutzten, immer Shruki nannte: »Komm, wir nehmen den Shruki! Der Shruki ist am besten!« Nachdem er nämlich eines Tages seine Erste-Hilfe-Ausrüstung in den Kofferraum eingeräumt und im Augenwinkel festgestellt hatte, dass es sich um einen Jeep *Cherokee* handelte.

Saatar-Land. Tatsächlich war Brot mit Thymian und Olivenöl an den meisten Tagen ihr Frühstück. Aber *Saatar-Land* hatte keiner von ihnen je wieder gesagt, nachdem sie angekommen waren.

Ard al-Izza. Ard al-Malahim.

Das sagte Abu Obeida immer.

Das Land der Ehre. Das Land der Schlachten.

Gent setzte sich auf. Alles war still, abgesehen von einer einzelnen Grille irgendwo vor dem Fenster und von Abu Obeidas leisem

Schnarchen, der am vorderen Ende des Raumes lag. Am nächsten an der Tür, wie immer. Der Mond füllte das Loch in der Decke nun ganz aus. Gent streckte seine Arme vor sich aus und kehrte die Handflächen nach oben. Mondlicht fiel darauf. Hatten seine Hände immer schon so ausgesehen? Er sah Linien, Kerben und Schnitte; Schatten und hell ausgeleuchtete Flächen.

»Hier bin ich«, flüsterte er. »Hier bin ich, siehst du mich? Ich nehme Zuflucht bei dir, Herr der Welten, nehme Zuflucht vor dem *Schaitan*, dem Teufel, und seinen Einflüsterungen. Sag mir: Was soll ich tun?«

2

»Das ist sein Zimmer«, sagte Elisabeth Sassenthin. »Das Klavier habe ich erst hier hereingestellt, nachdem Gent ausgezogen war. Er hatte nichts dagegen.«

Osteogenesis Imperfecta: »Glasknochen«. Es war nicht leicht gewesen, die Treppe in den ersten Stock hinaufzukommen. Es hatte gedauert. Und mit jeder Stufe, an der er sich abmühte, hatte er gespürt, wie Elisabeth Sassenthin unsicherer wurde, nicht wusste, ob und wie sie Hilfe anbieten sollte oder ob sie gar nicht oder extra viel sprechen sollte, um es ihm möglichst leicht zu machen.

»Ich muss mich mal kurz setzen«, sagte Titus.

»Natürlich«, sagte Elisabeth Sassenthin. »Auf das Bett, ja?«

»Ja, das wäre am besten. Danke.«

Das Bett war breit und stabil. Ein Kasten aus Holz, in dessen Mitte die Matratze ruhte, das Oberbett bedeckt von einer Patchwork-Tagesdecke. Er sank kaum ein, als er sich setzte.

»Das Bett hat mein Mann gebaut«, sagte Elisabeth Sassenthin, die noch in der Tür stand, als hielte ein Bannzauber sie davon ab, das Zimmer zu betreten. »Alte Schiffsplanken.«

»Stabil«, sagte Titus. »Ein gutes Bett. So eins hätte ich auch gerne!«

»Sie können ja mal meinen Mann fragen, wenn er wiederkommt«, sagte Elisabeth Sassenthin.

»Das ist nett. Aber so habe ich es nicht gemeint«, sagte Titus und versuchte, seinem Lächeln eine besondere Wärme oder zumindest Harmlosigkeit beizumischen, weil Elisabeth Sassenthin so verunsichert wirkte. Weil er da war. Und vielleicht noch mehr, weil ihr Mann sich gleich nach der Begrüßung ohne Erklärung in den Garten verzogen hatte. Wo er, wie Titus sehen konnte, als er den Blick in Richtung des Fensters wandte, neben einem Schuppen an einem Baum stand, den Kopf an den Stamm gelehnt, die Hände in den Taschen, offensichtlich in der Annahme, dass man ihn nicht sehen könne.

Das Zimmer war nicht groß, aber es war ein besonderes Zimmer. Kein Möbelstück stammte aus einem Laden. Alles war selbst gebaut, aus schwerem Holz, stabil, praktisch, auf anheimelnde Weise schön.

Die Platte des Schreibtisches war aus einer glatt geschliffenen und dunkel lasierten Europalette gefertigt, in die breite Schubladen eingelassen worden waren. Darunter, als Beine, alte Transportkisten. Auf einer konnte er in schwarzer Stempelschrift das Wort Sansibar entziffern. Die Regale waren in vorgefertigte Öffnungen in den Wänden eingebaut, ebenfalls altes Holz, solide Handarbeit. Wer so ein Regal baut, will der auch mitbestimmen, was darin aufbewahrt wird? Er erblickte Kinderbücher, Jugendbücher, ein paar vergilbte Kartons mit Brettspielen: Halma. Schach. Vierzig Spiele für Unterwegs.

Über dem Schreibtisch: eine Weltkarte.

Die Wände waren vertäfelt, jedes Brett einzeln zugeschnitten, gesägt, gefräst, was verstand er schon davon, nur eines war eben offensichtlich: die Sorgfalt und Planhaftigkeit des Vorgehens.

»Das ist ein wirklich schönes Zimmer«, sagt er.

»Ja, wir haben uns Mühe gegeben. Auch bei … bei Greta. Mein Mann ist sehr geschickt, das hat natürlich geholfen.«

»Frau Sassenthin, es kann sein, dass es wichtig wird, in der Zukunft, dass ich etwas mehr über Gents Kindheit und Jugend weiß, wie er aufgewachsen ist, was er erlebt hat, solche Dinge. Damit ich Ihnen Ratschläge geben kann. Verstehen Sie das?«

»Ich denke schon, ja.«

»Deshalb wollte ich Sie hier besuchen.«

»Danke, dass Sie sich die Mühe gemacht haben.«

»Das ist mein Job. Aber ich kann umso besser helfen, je mehr Sie mir erzählen.«

»Ich weiß. Ich habe mir das schon gedacht. Es ist eben schwer. Auch für meinen Mann.«

»Er redet nicht gerne darüber, oder?«

»Nein. Gar nicht. Es ist beinahe wie damals, als Greta … er hat … neulich hat er gesagt: Elli, wir haben unsere beiden Kinder verloren, finde dich damit ab.«

Titus blickte weiter aus dem Fenster. Elisabeth Sassenthin hatte eine schöne, melodische Stimme. Sicher kann sie auch gut singen, dachte er. Er wollte nicht schon wieder zusehen, wie sie mit den Tränen rang.

»Frau Sassenthin, wie war das Verhältnis zwischen Gent und Ihrem Mann und zwischen Gent und Ihnen?«

»Meine Beziehung zu den Kindern war vermutlich etwas enger. Aber Karl war ein guter Vater. Leise eben. Er redet nicht so viel. Aber er hat immer mit Gent gebastelt oder irgendetwas gebaut, und lange Zeit war der Werkraum im Keller Gents liebster Ort. Aber da war auch noch Greta. Und Zwillinge, so bald nach der Wende, das war nicht so leicht, als dann auch noch die Werft, na ja, und die Treuhand und all das, und wer wollte schon Klavierstunden damals? Ich weiß nicht, ob Sie sich das vorstellen können, Sie sind ja, glaube ich …«

»Ja.«

»Na ja, hier war das eben etwas anders, und als Karl seine Arbeit verlor, hat es etwas gedauert, bis er wieder auf die Beine kam. Er war sehr zurückgezogen in dieser Zeit, oft war er im Keller, weil er sich … weil er das Gefühl hatte … ich glaube, er hatte auch Angst.«

»Ja, bestimmt.«

»Ja, und ich auch. Aber ich habe immer gesagt: Karl, die beiden sind doch ein Geschenk!«

»Ja.«

»Und das waren sie ja auch.«

»Frau Sassenthin, was ist mit Greta geschehen? Ich weiß, dass sie viel zu jung gestorben ist, aber ich weiß nicht, wie und warum.«

In dem Moment hörte Titus ein Räuspern, das unmöglich von Elisabeth Sassenthin stammen konnte.

»Du hattest doch Kuchen gebacken, Elli, oder?«, fragte Karl Sassenthin, der plötzlich in der Tür stand und lächelte und klang, als habe er unbändige Lust auf Kuchen. Und vielleicht hätte ihm Titus das auch abgenommen, wenn er nicht den Abdruck der Baumrinde auf seiner Stirn gesehen hätte.

Der Kuchen war sehr gut. Gedeckter Apfelkuchen. Auch in der Wohnküche des Einfamilienhauses waren alle Regale selbst gebaut; der große Tisch ebenfalls.

»Herr Brandt«, hob Karl Sassenthin an, »ich würde Sie gerne etwas fragen. Wie geht es jetzt weiter? Wir hatten ja nie Kontakt mit jemandem wegen dieser Sache. Wir sind nicht zur Polizei gegangen, weil Gent uns in seiner SMS aus der Türkei darum gebeten hat, und weil wir dachten, wir machen vielleicht etwas kaputt. Gehen Sie jetzt zur Polizei?«

»Nein. Dafür gibt es im Moment keinen Grund«, antwortete Titus. »Es ist so: Rein rechtlich habe ich keinen besonderen Status, weder Ihnen noch den Behörden gegenüber. Ich bin kein Anwalt, es gibt keine Schweigepflicht, nicht einmal ein Aussageverweigerungsrecht. Aber eben auch keine Pflicht meinerseits, irgendetwas weiterzuerzählen. Jedenfalls nicht sofort. Irgendwann schon, jedenfalls wenn es um Dinge geht, die mit Sicherheitsfragen zu tun haben. Aber so etwas entscheiden wir im Konsens mit den Eltern. In Ihrem Fall würde ich erst einmal nicht zur Polizei oder zum Verfassungsschutz gehen, nicht bevor wir mehr wissen.«

»Aber wie sollen wir denn mehr herausbekommen? Wir wissen doch rein gar nichts, und das ist alles ziemlich weit weg.«

»Die E-Mail an Ihre Frau könnte ein Anfang sein.«

»Dieses Geschreibsel?«

»Wer weiß. Abwarten. Aber wenn Gent ernsthaft mit Ihnen in

Kontakt tritt, dann wird es darum gehen, ihn zu beraten, ihn vielleicht auch zu beeinflussen. Dass er einen Weg zurück findet. Das könnte sein Ziel sein. Dabei kann ich dann helfen. Wenn ich genug weiß. Über ihn. Und über Sie.«

»Da gibt es eigentlich nicht viel zu erzählen«, sagte Karl Sassenthin.

»Doch«, antwortete Titus. »Denn auch jemand wie Gent lässt sein Leben und seine Vergangenheit nicht einfach zurück. Das geht gar nicht. Und diese Anknüpfungspunkte sind wichtig.«

Karl Sassenthin atmete lautstark aus. »Geboren in Rostock«, begann er in leierndem Tonfall, »Schule, danach Ausbildung beim VEB Yachtwerft Berlin, dann habe ich bis zur Wende in Rostock Fischerboote gebaut, bis der Betrieb in eine GmbH umgewandelt wurde. Dann war ich einige Jahre arbeitslos, und seit 1994 arbeite ich wieder und baue Ruderboote. Meine Frau und ich kennen uns noch aus der Schule. Geheiratet haben wir, als ich wieder aus Berlin zurückkam. Und die Kinder wurden 1991 geboren, aber das wissen Sie, glaube ich, schon.«

Also gut, dachte Titus. Dann eben anders.

»Herr Sassenthin, was war Gents Lieblingsbuch, als er noch nicht in der Schule war?«

»Das ... das weiß ich jetzt wirklich nicht mehr. Elli, weißt du das noch? Das weiß man doch nicht mehr nach so vielen Jahren, oder? Wieso ist das denn jetzt wichtig?«

»Bei der Feuerwehr wird der Kaffee kalt‹«, sagte Elisabeth Sassenthin. »Das hast du ihm immer vorgelesen.«

»Und Gretas Lieblingsbuch?«

»Der kleine Angsthase‹«, sagte Karl Sassenthin.

Seine Frau sah ihn überrascht an, sagte aber nichts.

Karl Sassenthin schob seinen Teller, auf dem noch ein halbes Stück Apfelkuchen lag, mit beiden Händen in Richtung Tischmitte.

»Ich war kein schlechter Vater«, sagte er langsam.

»Das würde ich nie behaupten«, sagte Titus. »Das steht mir gar nicht zu.«

»Warum stellen Sie dann solche Fragen? Wollen Sie herausfinden, ob Gent zu wenig Liebe abbekommen hat oder zu wenig Aufmerksamkeit?«

»Nein. Weil ich gespürt habe, dass Sie mir nichts erzählen wollen. Ich vermute, weil das bedeutet, sich daran zu erinnern, wie es war, als sie noch eine heile Familie waren. Als hier noch zwei Kinder im Haus waren. Das kann ich verstehen. Das ist sicher schmerzhaft. Aber wenn Sie über die Realität nicht sprechen wollen, dann kann ich Ihnen nur schlecht helfen. Ich kann ein anderes Mal wiederkommen, wenn Ihnen das lieber ist.«

»Karl?«, fragte Elisabeth Sassenthin leise.

»Nein«, sagte Karl Sassenthin. »Bleiben Sie.«

»Gern«, sagte Titus.

»Haben Sie Kinder, Herr Brandt?«

»Nein, habe ich nicht.«

»Ja. Es ist so, dass Greta, unsere Tochter, sie hat sich das Leben genommen. An ihrem Geburtstag. An ihrem und Gents 23. Geburtstag. Hinter dem Schuppen. Im Garten. Mit einer … mit einer Rasierklinge.«

»Das tut mir sehr leid«, sagte Titus.

»Ja«, sagte Karl Sassenthin, der jetzt auf seine großen Hände starrte. »Danach war alles anders. Für uns. Und für Gent natürlich auch. Er ist nie darüber hinweggekommen. Sind wir alle nicht. Das kann man nicht. Nur wir haben weitergemacht, irgendwann, verstehen Sie? Aber Gent, der konnte das nicht. Er war da schon in Berlin. Er war so froh gewesen, dass er diesen Studienplatz bekommen hatte, Medizin in Berlin. Aber danach ging es nicht mehr. Er konnte das einfach nicht mehr. Er konnte auch nicht mehr reden. Nicht mit uns. Ich weiß nicht, ob er mit anderen gesprochen hat, das weiß ich nicht, aber wir haben … wir konnten das nicht mehr.«

»Ich verstehe«, sagte Titus.

»Nein«, sagte Elisabeth Sassenthin. »Nicht, wenn sie keine Kinder haben.«

»Ja«, sagte Titus. »Natürlich.«

»Sie war seine Zwillingsschwester«, fuhr Karl Sassenthin fort.

»Sie war nicht nur seine Schwester, verstehen sie? Er hat nie ... Er war so wütend, so voller Zorn. Er hat nie mit uns zusammen getrauert, nie. Er hat stattdessen am Tag der Beerdigung die Tür zu ihrem Zimmer eingetreten, eine ganze Stunde lang, bis seine Hose zerrissen war und der Teppich voller Blut. Und geschrien. Er hat geschrien, aber nicht geweint, gebrüllt hat er, verstehen Sie?«

»Ich weiß nicht«, sagte Titus.

»Geschrien, blind vor Wut. Er hat sie beschimpft, wir saßen hier unten, wir hatten Angst, es war kaum auszuhalten, es war schlimm. Er hat sie beschuldigt, sie beleidigt, dabei war sie doch ... Sie war doch tot.«

»Hat er Hilfe in Anspruch genommen?«

»Hilfe? Keine Ahnung. Ich weiß es nicht. Er hat versucht, sich selbst zu helfen, denke ich. Er hat getrunken. Vielleicht hat er auch Drogen genommen. Es ging ihm nicht gut, aber er hat nie mit uns darüber gesprochen. Wenn ich Geburtstag hatte, wenn meine Frau Geburtstag hatte, dann kam er uns besuchen. Aber es war nie ...«

»... wie früher«, sagte Elisabeth Sassenthin.

»Ja. Es war nicht schön. Er ging immer schnell wieder. Schlief nie hier. Ging nicht mehr nach oben in sein Zimmer. Blieb immer hier unten. Durch die Haustür rein, in die Küche, Kuchen, Kaffee, wieder raus und zurück nach Berlin. Einmal wollten wir im Garten grillen, im Sommer, aber er hat nur so geguckt ...«

»Warum, glauben Sie, hat Greta sich das Leben genommen?«

»Wir wissen es nicht«, sagte Elisabeth Sassenthin. »Einen Mann, den gab es da wohl. Ein bisschen Schulden. Aber ob das der Grund war? Gibt es überhaupt einen Grund, der wirklich ein Grund ist?«

»Und dann hat Gent das Studium abgebrochen?«

»Ja«, sagte Karl Sassenthin. »Genau genommen wurde er exmatrikuliert, weil er nicht mehr hingegangen ist. Aber er hatte während des Zivildienstes eine Ausbildung als Rettungssanitäter gemacht, und das hat er dann gemacht. Ausgerechnet.«

»Er musste ja von irgendetwas leben«, warf Elisabeth Sassenthin ein.

»Ja, sicher, aber ausgerechnet das? Er hat doch schon als Zivildienstleistender mehr als einmal mit Selbstmördern zu tun gehabt. Und dann, nach Gretas Tod, ausgerechnet das? Fandest du das nicht seltsam, Elli?«

»Doch«, antwortete Elisabeth Sassenthin.

»Na also«, sagte Karl Sassenthin.

»Und das ging wie lange so?«, fragte Titus.

»Na ja, bis er ... eines Tages, wir hatten ihn fast zwei Monate nicht gesehen, da kam er uns besuchen, und er sah auf einmal ganz verändert aus.«

»Gesund und ausgeschlafen war er, und er hatte auch wieder zugenommen«, sagte Elisabeth Sassenthin. »Er hat es uns erst eine Weile später erzählt. Und erst danach habe ich dann verstanden, warum er zum Beispiel an Weihnachten nicht kommen wollte, obwohl wir uns ab diesem Besuch erst einmal wieder besser verstanden haben. Er kam dann erst nach Neujahr. Da hatte ich ihm das noch geglaubt, dass er an Weihnachten arbeiten musste, aber im Nachhinein, klar, da ergab das mehr Sinn.«

»Er sah vielleicht besser aus, Elli, aber eine Weile dachten wir auch, irgendetwas stimmt nicht.«

»Was meinen Sie?«, fragte Titus.

»Einmal ist er nach dem Essen ganz schnell raus, und ich bin hinterher, und ich habe mitbekommen, wie er sich im Bad übergeben hat.«

»Was glauben Sie, was das zu bedeuten hatte?«

»Das ist mehrmals passiert, auch bei anderen Besuchen. Ich habe mir Sorgen gemacht, aber ich habe nichts gesagt. Ich dachte, es ist wegen Greta, etwas Psychisches oder so.«

»Ich habe das gar nicht mitbekommen«, sagte Elisabeth Sassenthin leise. »Wieso hast du mir nichts gesagt?«

»Ich wusste doch auch nicht, was es zu bedeuten hat. Und als er uns dann von der Konvertierung erzählte, da war es dann ja klar.«

»Ich verstehe es immer noch nicht. Was meinst du, Karl?« Elisabeth Sassenthins Blick wanderte zwischen Titus und ihrem Ehemann hin und her.

»Das Essen, Frau Sassenthin«, sagte Titus schließlich. »Die Zutaten.«

»Damals schon? So früh?«

»Wie hat er es Ihnen denn überhaupt erzählt, dass er zum Islam konvertiert ist?«, fragte Titus.

»Eines Tages kam er uns besuchen, ohne vorher anzurufen. Das hatte er noch nie gemacht. Ich habe Kaffee gekocht, und wir saßen hier, an diesem Tisch. Eigentlich war es ganz beiläufig: Mama, Papa, ich möchte, dass ihr mich nicht mehr Gent nennt, hat er gesagt. Ich heiße Abdallah.«

»Das war bestimmt eine schwierige Bitte«, sagte Titus.

»Warum, hab ich ihn gefragt, warum denn das?«

»Und was hat er geantwortet?«

»Weil Abdallah Diener Gottes bedeutet, und das bin ich jetzt.«

»Wie haben Sie darauf reagiert?«, fragte Gent.

»Gar nicht«, sagte Elisabeth Sassenthin, und zum ersten Mal klang sie nicht traurig oder unsicher. »Ich nenne meinen Sohn nicht Abdallah. Ich hab ihn weiter Gent genannt. Manchmal hat er reagiert. Manchmal nicht, und mich dann nur so angeschaut. Freundlich und feindselig zugleich, wenn Sie sich das vorstellen können.«

»Und Sie, Herr Sassenthin?«

»Wir sind ja nicht so gläubig. Das war schon eine große Neuigkeit. Meistens habe ich ihn danach gar nicht mehr mit Namen gerufen. Aber manchmal habe ich ihn schon Abdallah genannt, wenn er ... wenn ich dachte, dass es ihn freut. Hat es auch.«

»Aber nicht, wenn ich dabei war!«

»Nein, dann nicht.«

»Es war auch nicht nur der Name«, fuhr Elisabeth Sassenthin fort, »dann kamen erst diese Dreiviertelhosen. Und dann wurde sein Bart immer länger. Und zwei Tage nach meinem Geburtstag hat er mir einen Koran geschenkt, sagte aber gleichzeitig, dass ich ihn eigentlich nicht anfassen dürfe, und wenn, dann solle ich ihn bitte immer ganz oben in das Bücherregal zurücklegen, auf die höchste Stelle.«

»Haben Sie das getan?«, fragte Titus.

»Nein«, antwortete Elisabeth Sassenthin. »Aber mein Mann.«

»Das passiert oft, dass Konvertiten ihren Eltern einen Koran schenken«, sagte Titus. »Es ist eine Geste der Zuneigung. Es bedeutet, dass Ihr Sohn sich gewünscht hat, dass auch Sie den richtigen Weg einschlagen und später im Paradies landen.«

»Ja, das hat er sogar gesagt. Du sollst doch später bei mir sein, Mutti! Ich will doch nicht, dass du in der Hölle Qualen leidest!«

»Wie haben Sie dann reagiert?«

»Ich weiß nicht mehr«, sagte Elisabeth Sassenthin. »Wahrscheinlich habe ich so etwas gesagt wie: ach, Junge ... Mir war das alles so fremd, und er dann eben auch manchmal. Es war schwer, in diesem Abdallah noch meinen Sohn zu erkennen.«

Elisabeth Sassenthin stand auf und sammelte die Kuchenteller ein. Sie öffnete die Spülmaschine und stellte sie hinein. Mit schnellen Bewegungen, sodass die Teller schepperten. Sie ist wütend, dachte Titus. Sie war es die ganze Zeit über.

»Und ständig ging er beten«, sagte sie schließlich, als sie sich wieder dem Tisch zuwandte. »Und wissen Sie, was mich am meisten geärgert hat? Wo er gebetet hat! Im Garten! Über ein Jahr lang hat er den Garten nicht betreten, wegen Greta, nicht ein einziges Mal! Und dann macht ihm das auf einmal gar nichts mehr aus, und er rollt seinen kleinen Teppich da aus, direkt neben dem Schuppen, und betet.«

»Ja, das fand ich auch nicht gut«, sagte Karl Sassenthin.

»Nicht gut?!«, ließ Elisabeth Sassenthin ein sarkastisches Echo ertönen. »Nicht gut?!«

Titus nickte, auch wenn er nicht wusste, was er sagen sollte. Er ließ einen langen Moment verstreichen, bevor er weiterfragte.

»Hatten Sie Streit in dieser Zeit?«

»Streit nicht direkt«, antwortete Karl Sassenthin. »Aber es war nicht mehr schön. Ständig hat er uns gewarnt, dass wir verbotene Dinge tun. Dass wir aufpassen müssten, nicht ins Verderben zu laufen. Dass wir anfangen sollten, über Gott nachzudenken. Dass alles, was im Leben zählt, im Koran steht. Wir sind in der DDR aufgewachsen, das wissen Sie ja. Wir hatten nie was mit Gott am Hut. Wir haben unsere Kinder erzogen, dass sie gute Menschen sind, nicht mehr, nicht weniger. Ich hatte dem doch gar nichts entgegenzusetzen.«

Wie sich die Fälle ähneln, dachte Titus. Und wie sich die Fälle unterscheiden. Da sitze ich Tag für Tag in meinem Büro, mit Lotte, mit Gabriel, mit den anderen, und wir reden über unsere Fälle und lesen einander unsere Berichte vor und legen Schablonen über alles, was wir in Erfahrung gebracht haben. Weil diese Schablonen funktionieren, weil sie stimmen, auch wenn sie nie *ganz* passen. Aber sie passen gut genug, und es macht die Arbeit leichter.

Erster Schritt: Eine »kognitive Öffnung« entsteht – ein traumatisches Erlebnis, ein Bruch im Lebenslauf, ein Schock. Irgendetwas, das den Betreffenden anfällig macht für Sinnfragen.

Zweiter Schritt: Die Ideologie füllt dieses Vakuum. Und warum kann sie das? Weil sie Antworten auf alle Fragen bereithält: Wieso geht es mir schlecht? Wer ist schuld daran? Warum lebe ich überhaupt? Wie sollte ich leben?

Dritter Schritt: die Mobilisierung. Aus einem passiven Menschen wird ein aktiver Mensch. Er trifft eine Entscheidung. Weil jemand es ihm vormacht. Weil andere es für ihn tun. Weil Theorie ohne Praxis irgendwann nicht mehr befriedigt.

Aber Forschung ist eine Sache, dachte Titus, und eine Familie eine ganz andere: Was nützt es Karl und Elisabeth Sassenthin, wenn Amira in Bonn und Fadi in Stuttgart eine ähnliche Entscheidung wie Gent getroffen haben? Gar nichts. Sie vermissen ja nicht Amira und auch nicht Fadi. Sie vermissen Gent.

»Manchmal denke ich, es wäre einfacher, wenn ich wüsste, dass er gar nicht wiederkommt«, hörte Titus plötzlich Elisabeth Sassenthin sagen.

»Elli«, sagte Karl Sassenthin und griff nach dem Arm seiner Frau, »sag doch so etwas nicht!« Doch sie stieß seine Hand weg und lief zu der Glastür, die in den Garten führte.

»Bei Greta weiß ich wenigstens, dass sie nicht wiederkommt«, sagte sie, als sie hinaustrat. »Die hat keine halben Sachen gemacht.«

* * *

Sie waren im Morgengrauen aufgebrochen, direkt nach dem Gebet, das sie vor der Ruine verrichtet hatten, in der sie geschlafen hatten. Am späten Vormittag waren sie wieder in Rakka angekommen. Die Autofahrt über hatte er gedöst. Er hatte längst gelernt, selbst dann zu schlafen oder wenigstens einzunicken, wenn sie im Auto unterwegs waren. Natürlich war ihm bewusst, dass sie Zielscheiben waren. Und aus 15 000 Metern Höhe waren ihre Fahrzeuge wahrscheinlich sogar Zielscheiben, die sich ziemlich langsam bewegten. Genug Zeit, in Ruhe zu zielen.

Aber es gab Erfahrungswerte. Ein Konvoi von zwei Fahrzeugen war ungefährlicher als ein Konvoi von vier Fahrzeugen. Und ein Konvoi von acht Fahrzeugen wurde fast garantiert bombardiert. Deshalb gab es sie kaum noch. Eigentlich nur noch nachts. Denn das war die zweite Regel: dass der Feind fast nie in der ersten Tageshälfte zuschlug. Der Feind? Die Feinde. Es wurden immer mehr.

Also hatte er gedöst, den Kopf an Kalashins Schulter gelehnt. Am Checkpoint kurz vor der Stadt war er aufgewacht. Er kannte den dicken Franzosen, der sie durchwinkte, allerdings nur flüchtig. Nach dem Angriff auf Paris hatte er am Kreisverkehr die Autos angehalten und Süßigkeiten durch die Fenster gereicht. Ein anderer Franzose hatte mit einer Kamera über seine Schulter hinweg alles gefilmt. Gent hatte das Video ein paar Tage später selbst gesehen. Im Internetcafé. *Die große Freude der Bürger des Kalifats nach dem zweiten Schlag von Paris.*

Als Erstes hatten sie Abu Obeida an dessen Haus abgeliefert, waren aber selbst nicht ausgestiegen. Es gab keinen Grund dazu. Ihre Mission war erfolgreich verlaufen, aber ereignislos, geradezu langweilig. Sie hatten die Keilriemen und die Ersatzreifen am vereinbarten Ort abgeholt und den Mann bezahlt. Warum sie Keilriemen und Ersatzreifen brauchten, bei wem sie sie gekauft hatten, in solche Details weihte Abu Obeida sie nicht ein. Abu Obeida war für sie zuständig, das war alles, was sie wissen mussten. Er war freundlich zu ihnen, meistens jedenfalls, und er hatte Verbindungen zur Führung, so viel war klar. Mehr nicht. Ein paar Mal hatte Gent versucht, etwas mehr herauszufinden. Über Abu Obeida und darüber, wer hier in Rakka und im Kalifat eigentlich das Sagen hatte. »Genügt dir nicht, was du weißt?«, hatte Shruki ihn angefahren. Und dann, versöhnlicher, hinzugefügt: »Wir müssen vertrauen, Abdallah. Das weißt du doch. Wir sind im Krieg, nicht jeder muss alles wissen!«

Zwei junge Syrer luden die Sachen aus dem Kofferraum aus, während sie warteten, dass es weiterging.

Zu Hause hatte Kalashin dann auf dem Gasherd Eier und ein wenig Wurst und grüne Paprika gebraten und Brot heiß gemacht. Sie aßen schweigend. In Gedanken versunken und müde.

Dann hatte es geklopft.
Ein Bote des Gerichts.
»Bruder Abdallah al-Dscharrah?«
»Ja?«
»Deine Dienste werden benötigt. Nach dem Nachmittagsgebet auf dem Platz vor dem Gericht. Ein Dieb. Hast du alles, was du brauchst?«
»Ja, Bruder, habe ich.«
Noch eine Stunde. Er packte seine Sachen zusammen.
Dann war es so weit.

Die Schichten der menschlichen Haut, Herr Sassenthin?
Epidermis. Dermis. Subcutis.
Ganz recht, Herr Sassenthin!
Eine Leiche blutet natürlich nicht; ein lebender Mensch hingegen durchaus, wenn man seine Haut verletzt.

Gent nahm den Gummischlauch und schnürte den rechten Unterarm des Mannes ab. Der Bruder, der das Urteil verkündete, näherte sich dem Ende seines Vortrages. Das spürte Gent, auch wenn er nur einzelne Worte verstand. Sein Arabisch war mittlerweile ordentlich, aber Urteile wurden in Hocharabisch verlesen, und das war für ihn schwieriger zu verstehen. Der Mann, dessen Unterarm er abschnürte, war vollkommen ergeben. Er zuckte nicht. Schwitzte nicht. Wehrte sich nicht. Er sah Gent auch nicht an. Er hatte die Augen geöffnet, das Kinn vorgereckt, den Nacken leicht überstreckt, aber Gent hätte nicht sagen können, wohin der Mann blickte. Vielleicht, dachte Gent, versucht er, alle anderen Blicke zu vermeiden, die Blicke der Menge, die sich im Kreis auf dem Platz aufgestellt hatte, Hunderte Männer und Jungen. Die Frauen, mutmaßte Gent, schauten durch die Vorhänge der umliegenden Häuser hindurch zu, von denen einige ein wenig zur Seite oder nach oben geschoben worden waren.

Er machte einen Knoten und entnahm seiner Tasche eine kleine Flasche mit Desinfektionsmittel, das er auf die Klinge der Axt träufelte und mit einem sterilen Tuch, das er aus einem verschweißten Päckchen zog, verrieb. Das gebrauchte Tüchlein warf er auf den Boden.

Dann nahm er ein zweites Tuch aus einer anderen Packung und reinigte den Unterarm des Mannes unterhalb der Stelle, an der er den Schlauch angebracht hatte.

Dann nahm er einen Stift und zog einen Strich einige Zentimeter oberhalb des Handgelenks.

Der Mann begann, schwer zu atmen. Auf seiner Haut standen jetzt Schweißperlen und verwischten den Strich, den er gezogen hatte. Er sah, wie das Blut durch die Adern peitschte.

Die Leichen im Präpkurs hatten nicht schwer geatmet.

Aber Greta. Oder?

Der Bruder war mit dem Urteil fertig und nickte ihm zu.

Gent legte den Arm des Mannes auf den Holzblock und band ihn fest. Es gab auf beiden Seiten des Blocks Schlaufen eigens für diesen Zweck. Dann nahm er die Axt in seine rechte Hand, legte die Klinge auf den Strich, den er gezogen hatte, hob den Arm mit der Axt so weit er konnte über seine Schulter nach hinten, kniff die Augen zusammen, fixierte den schwarzen Strich, sammelte all seine Kraft in seinem Oberarm und ließ die Axt niederfahren.

Der Mann schrie.
Ein Kind schrie.
Die Hand fiel auf den Boden und änderte sofort ihre Farbe.
Leichenfarbe, dachte Gent.
Greta, dachte Gent.

Dann nahm er eine sterile Mullbinde, presste sie auf die Wunde, sog das Blut auf, ignorierte das Stöhnen des Mannes, nahm großflächige, saugfähige Pflaster aus seiner Tasche, versiegelte den Stumpf und band den Mann von dem Block los. Dann nahm er drei Schmerztabletten aus seiner Tasche und eine kleine Flasche Wasser und reichte beides dem Mann.

Der Mann hob seinen rechten Arm um die Tabletten entgegenzunehmen, und ein keuchender Seufzer entfuhr seinem Mund, fast ein Lachen, weil der Mann in diesem Moment begriff, dass es seine rechte Hand nicht mehr gab, oder genauer: dass seine rechte Hand auf dem Boden lag. Er senkte den rechten Arm, nahm die Tabletten mit der linken Hand entgegen, warf sie sich in den Mund, streckte Gent dann erneut die linke Hand entgegen, um die Wasserflasche in Empfang zu nehmen und die Tabletten herunterzuspülen.

Dabei sah er Gent mit einem Blick an, den Gent noch nie zuvor gesehen hatte. Verwunderung. Schmerz. Verachtung. Zu gleichen Teilen.

Dann lachte der Mann und ging torkelnd weg.

Epidermis. Dermis. Subcutis.

Als er Greta gefunden hatte, da hatte er zuerst auch gedacht, sie lache. Dann erst hatte er das Blut gesehen. Die riesige Pfütze neben ihrem Oberschenkel, neben ihrem herunterhängenden rechten Arm. Und im letzten Licht der Abendsonne blitzte eine Rasierklinge.

Nach seiner Ankunft hatten sie ihn drei Tage lang eingesperrt.

Reisepass, bitte! Danke, Bruder. Und alle deine Passwörter, bitte: WhatsApp, Facebook, E-Mail-Konto, Kennwort für das Onlinebanking. Danke, Bruder. Du verstehst, oder?

Ja, ich verstehe.

Es gab sogar ein Formular, auf dem die Brüder von der »Grenzverwaltung« einige der Dinge eintrugen, die sie abfragten.

Es war ihre erste Prüfung. *Dschassus*, das war eines der ersten arabischen Wörter, die er hier gelernt hatte: Spion. Davor hatten sie Angst. Das war die eine Sache. Die andere Sache, um die es ging: Die neuen Brüder dabei zu beobachten, wie ihnen ihre Vergangenheit entwunden wurde. Die Kontrolle über alles, was im letzten Leben wichtig gewesen war. *Likes.* Daumen hoch. Kontostand. Rentenpunkte. E-Mails von Mama und Papa. *Bitte komm nach Hause! Wo bist du, Junge?* Alles weg. Alles nicht mehr wichtig. Alles nicht mehr wahr. Alles in Wahrheit nie wichtig gewesen.

Wer damit nicht zurechtkommt, der ist nicht vertrauenswürdig, egal was der Backgroundcheck der Brüder vom Sicherheitsdienst sonst noch ergab.

Kalashin und Shruki waren aufgekratzt gewesen, geradezu euphorisch. Ihnen machte das alles nichts aus. Gent brauchte einen Tag, um das nachzuvollziehen. Als der Gedanke ihn das erste Mal mit voller Wucht erfasste, dass er eine unumkehrbare Entscheidung getroffen hatte, musste er kotzen. Shruki lachte bloß und half ihm, die Kotze von der Matratze zu kratzen.

»Ich habe dir doch gesagt, du sollst bei Brot und *Saatar* bleiben, dann fängst du dir auch nichts ein!«

»Danke, Bruder!«

»Wir sind jetzt hier, Abdallah, kannst du es glauben!? Wir sind jetzt hier!«

»Ja, das sind wir!«

»Alhamdulillah, *Akhi!*«

»Alhamdulillah!«

Er hatte nicht mitgezählt, es war die siebte oder achte Amputation, die er durchgeführt hatte.

»Was sind deine besonderen Fähigkeiten?«, hatte der Bruder ihn gefragt, nachdem er ihm alles abgenommen hatte.

»Ich habe Medizin studiert. Ich bin ausgebildeter Rettungssanitäter«, hatte er geantwortet.

»Das ist gut«, hatte der Bruder gesagt. »Du hast Leichen gesehen? Verwundete? Schwer Verwundete?«

»Ja«, hatte Gent geantwortet.

»Das ist gut«, hatte der Bruder wiederholt.

Gut? Ja, vielleicht. Vielleicht gut. Nicht schlecht, jedenfalls. Nicht *falsch*, oder? Menschen flicken, Menschen retten, wie sollte das falsch sein? Er dachte an den hippokratischen Eid, zu Nutz und Frommen der Kranken, nach bestem Vermögen und Urteil, er sah Professor Klein vor sich, der ihnen in einer Vorlesung über Medizinethik den Wortlaut hergebetet hatte, der einzige Dozent, den er gemocht hatte.

Was soll das überhaupt heißen: *zu Frommen der Kranken?*

Er hatte keine Ahnung, aber als er das erste Mal auf den Marktplatz gerufen worden war, da hatte er die Tasche einfach mitgenommen, die er aus Deutschland hergebracht hatte, warum sollte nicht auch ein Dieb vor Infektionen geschützt werden? Seine Strafe war der Verlust der Hand, keine Sepsis. Dem Emir hatte das gefallen. Zumindest hatte Abu Obeida ihm das anschließend erzählt: »Du hast das gut gemacht, Abdallah! Der Emir war da, du hast ihn nicht gesehen, aber er hat dich gesehen. Glaub mir, du hast das gut gemacht!«

Er hatte den Emir tatsächlich nicht gesehen. Er hätte ihn auch gar nicht erkannt, weil er nicht wusste, wer der Emir war. Er hatte nur mitbekommen, dass ihn jemand beim Amputieren gefilmt hatte. Später hatte er auch dieses Video gefunden. *Die Mudschahidin vollstrecken das vorgeschriebene Urteil an einem Dieb.* Sein Gesicht hatten die Brüder unscharf gemacht. Er kannte das aus anderen Videos. Trotzdem war es merkwürdig, anstelle seines Gesichtes einen verwischten, weißen Kreis zu sehen. Als sei er es, und zugleich nicht.

Am Anfang hatten er, Kalashin und Shruki in ihrer Wohnung noch WLAN gehabt. Shruki und Kalashin waren besonders froh darüber gewesen, sie hatten abends lange gechattet oder geskypt, mit irgendwelchen Leuten in Marokko und Tunesien, Verwandte oder Schulfreunde, er wusste es nicht.

Aber dann hatte der Emir erst den Kämpfern verboten, WLAN zu Hause zu benutzen. So hatte es in dem schriftlichen Befehl gestanden, der eines Tages unter ihrer Tür hindurchgeschoben worden war. Und kurz darauf hatten die Brüder von der Verwaltung WLAN für alle Bewohner der Stadt verboten.

Dschassus. Plural: *Dschawassis*.
Spione.
Verräter.

* * *

»Es gibt wichtige Fragen zu klären«, eröffnete Adela von Steinwald das Treffen ohne jede Begrüßung, kaum dass Merle Schwalb eingetreten war. »Die wichtigste ist vielleicht, warum diese Meldung im *Tagesspiegel* stand und nicht bei uns, aber das besprechen wir nicht jetzt. Jetzt will ich wissen, was Sie in der Zwischenzeit in Erfahrung gebracht haben.«

Merle Schwalb sah sich um: Henk Lauter war da, Leiter des Ressorts Aktuelle Politik und Gesellschaft, dem auch sie angehörte. Außerdem Arno Erlinger und Lars Kampen, die beiden verbliebenen Zwei der ehemals Drei Fragezeichen. Daneben Klaus Krien, der Chefreporter des *Globus*, und die Bundeswehr-Berichterstatterin Angelika Jorgens. Zur Rechten der Chefin saß der stellvertretende Chefredakteur Malte Zumbrügge.

»Wir wissen, dass ganz ähnliche Tweets mit ganz ähnlichen Hashtags vor einigen anderen Anschlägen des IS abgesetzt wurden«, sagte Arno Erlinger.

»Das weiß jeder, der heute *Spiegel Online* gelesen hat«, entgegnete das Dritte Geschlecht.

»Aber wir kennen jetzt das Account, von dem der Berlin-Tweet abgesetzt wurde«, fuhr Erlinger fort.

Bewundernd stellte Merle Schwalb fest, dass Erlinger es fertigbrachte, bei dieser Auskunft gelangweilt zu klingen. Er hatte sich nicht einmal aufgesetzt, sondern hing nach wie vor weit zurückgelehnt in seinem Sessel, die Beine unter dem Tisch ausgestreckt, die Arme hinter seinem Kopf verschränkt. »Wir haben herumtelefoniert. Bisschen Akten gewälzt. Wir kennen den Absender.«

»Gut«, sagte Adela von Steinwald. »Sind Sie da vorne? Oder steht das heute Nachmittag wieder woanders?«

»Ich glaube, noch wissen nur wir es«, fuhr Erlinger fort. »Unsere Quelle ist gut und normalerweise sehr verschwiegen.«

»Und wer ist der Absender? Dass ihre Quelle nicht mit Gott und der Welt redet, davon gehe ich jetzt einfach mal aus.«

Erlinger zog in aufreizender Langsamkeit einen Zettel aus der Tasche seines Jacketts. »Burhan Ömer«, las er ab. »21 Jahre alt, aus NRW. Abgebrochene Lehre als Lagerist. Vorbestraft wegen gefährlicher Körperverletzung und Sozialhilfebetrugs. Wir glauben, er hält sich derzeit in einem Camp des Islamischen Staates in Syrien auf. Wir wissen von unserer Quelle, dass er in den Registrierungsbögen der Grenzverwaltung des IS auftaucht.«

Lars Kampen legte die Kopie eines Fotos auf den Tisch. Der Mann auf dem Bild hatte eine Halbglatze, ein Doppelkinn, hängende Lider und den obligatorischen Dschihadisten-Bart.

»Also müssen wir das ernst nehmen?«, fragte Zumbrügge über den Rand seiner rahmenlosen Brille hinweg.

»Sehr sogar«, antwortete Erlinger. »Der Mann ist komplett durchradikalisiert. Der *Modus Operandi* der Anschlagsankündigung, das Profil von Ömer, das passt alles ins Bild. Wir müssen uns auf das Schlimmste vorbereiten.«

»Die Gefahr ist also nicht gebannt? Obwohl das Ultimatum aus dem Tweet verstrichen ist?«, hakte Adela von Steinwald nach.

»Das Ultimatum könnte Taktik gewesen sein«, antwortete Erlinger. »Vielleicht haben sie es absichtlich verstreichen lassen, um uns in falscher Sicherheit zu wiegen. Oder es ist etwas schiefgegangen, und sie werden es noch einmal versuchen. Der IS wird immer unberechenbarer, alles ist denkbar. Ein verwundetes Tier.

Aufgescheuchte Wespen. Aber Ömer, das sagt meine Quelle sehr deutlich, muss man ernst nehmen.«

»Blödsinn«, hörte Merle Schwalb sich plötzlich selbst sagen.

»Schwälbchen«, sagte Erlinger und rieb sich theatralisch die Augen. »Sie sind ja auch hier!«

»Ruhe, Erlinger«, grätschte das Dritte Geschlecht dazwischen. »Ich höre.«

»Ömer ist in keinem IS-Camp. Ömer ist rausgeflogen, schon vor Wochen.«

»Ach ja?«, fragte Erlinger.

»Ja. Weil er zu fett ist. Und vermutlich noch aus anderen Gründen. Er ist jedenfalls nicht mehr beim IS, wahrscheinlich war er höchstens ein paar Wochen dort. Und er ist auch nicht gerade die Speerspitze des Dschihad. Er ist derzeit in der Türkei, sitzt in einem Internetcafé und langweilt sich.«

»Woher wissen Sie das?«, fragte das Dritte Geschlecht.

»Ich habe auch Quellen, und meine Quelle sagt, der Tweet ist Quatsch, der *Tagesspiegel*-Artikel ist Quatsch, und solche Drohungen gibt es im Dutzend billiger.«

»Arno?«

»Ich glaube nichts davon. Ich habe, wie gesagt, eine gute Quelle. Und mir fallen nicht viele Leute ein, die es besser wissen könnten.«

»Frau Schwalb?«

»Vielleicht ist Erlingers Quelle nicht mehr auf dem neuesten Stand?«

»Frau Schwalb, ich meine es ernst.«

»Ich werde Ihnen nicht sagen, wer meine Quelle ist. Aber ich sage Ihnen, wer Erlingers Quelle ist: Wenn mich nicht alles täuscht, ist es Gernot Eulenhauer vom BKA. Eulenhauer war es übrigens auch, der den Berlin-Tweet dem *Tagesspiegel* gesteckt hat. Nach dem, was ich höre, steht Eulenhauer mit seinem Alarmismus allerdings ziemlich alleine da.«

»Wer ist dieser Eulenhauer?«

»BKA«, antwortete Merle Schwalb. »Relativ große Nummer im

GTAZ. Alte Schule. Weder Regional- noch Terrorexperte, sondern Aufstieg durch Senioritätsprinzip.«

»Frau Schwalb«, sagte Adela von Steinwald, »das ist nicht das erste Mal, dass Sie solche Sachen kleinreden. Könnte es sein, dass das eine Spezialität Ihrer Quellen ist? Es bringt ja nichts, wenn man nur mit Leuten redet, die genauso denken wie man selbst.«

»Ich vertraue meinen Quellen.«

»Dann wäre es schön, wenn Ihre Quellen zur Abwechslung mal mit etwas Hartem dienen könnten. Eine Geschichte kaputtreden kann jeder. Aber Nicht-Geschichten verkaufen sich extrem schlecht, nämlich gar nicht.«

Also gut, dachte Merle Schwalb. »Es gibt eine bessere Spur als diesen Tweet, wenn wir wissen wollen, was beim IS los ist«, sagte sie. »Da gibt es einen Konvertiten aus Norddeutschland. Der meldet sich zwar gar nicht öffentlich, aber die Sicherheitsbehörden haben ihn auf dem Radar, weil er ernsthaft involviert ist beim IS. Er hat dort hochrangige Kontakte.«

Erlinger lachte gequält auf. »Das ist doch keine Geschichte. Lassen Sie mich raten, Sie haben nicht einmal seinen Namen, oder?«

»Nein, habe ich nicht. Noch nicht.«

»Noch nicht?«, hakte Erlinger nach.

»Ich bin zuversichtlich, dass ich den Namen und ein paar andere Informationen bekommen kann.«

Erlinger schüttelte den Kopf und atmete gleichzeitig stoßhaft durch die Nase aus, was ein Geräusch machte, das Merle Schwalb an einen Salzstreuer denken ließ. Malte Zumbrügge nahm seine Brille ab und begann, auf dem Bügel herumzukauen. Das Dritte Geschlecht schenkte sich Kaffee ein.

Es war Klaus Krien, der die Pause schließlich beendete. »Leute, jetzt mal im Ernst, das ist doch ganz kleines Karo, was wir hier machen, oder? Ich meine, egal wem wir hier hinterhersteigen: Wir hängen uns hier an irgendwelchen Krachlatten auf, die keiner so richtig kennt, von denen keiner weiß, was sie wollen, wo ist denn da bitte die Geschichte?«

»Worauf wollen Sie hinaus?«, fragte das Dritte Geschlecht, während sie ein Döschen mit Kaffeesahne aufriss.

»Ich frage mich, wieso wir nicht mit zehn Reportern die Moscheen hier in Deutschland unter die Lupe nehmen, an denen diese ganze – Entschuldigung und *pardon my French* – diese *Scheiße* gepredigt wird. Daher kommen nämlich die letzten zehn Ömers, und auch die nächsten zehn werden daher kommen. Oder aus den Flüchtlingsheimen, in denen ja offenbar Hunderte von diesen eingeschleusten Radikalinskis unerkannt rumlaufen. Hier geht es doch in Wahrheit gar nicht darum, ob vielleicht irgendwann mal einer seine selbst gebaute Bombe richtig zusammenschraubt und zündet. Das kann man ja verkraften. Paris steht ja auch noch. Hier geht es doch darum, dass dieses Land, dass ganz Europa auf den Kopf gestellt wird. Vor unseren verdammten Augen ändern diese Leute schleichend die Regeln, machen jeden Besuch im Freibad für junge Frauen zu einem Spießrutenlauf, setzen Kinder in die Welt, die unsere Schulen runterziehen, sperren ihre Frauen zu Hause ein, die alle nicht arbeiten wollen, aber schön Hartz IV beziehen und dafür sorgen, dass wir uns unsere Renten jetzt schon in die Haare schmieren können. *Das* ist *auch* Terror. Vielleicht ist das sogar der *wahre* Terror.«

Henk Lauter rollte genervt mit den Augen. »Na, geht das Abendland schon wieder unter, Krien?«, fragte er.

»Ja, Lauter, ich weiß, Sie wollen das nicht hören«, fuhr Krien unbeirrt fort. »Aber ich gebe Ihnen ein Beispiel, nur eins: Meine Tochter hat Sport-Leistungskurs. *Theoretisch*. Denn seit die Turnhalle von 87 afghanischen Jungmännern belegt ist, die uns hier dankenswerterweise kulturell bereichern, gibt es nicht nur keine Sporthalle mehr, die die Schüler benutzen können, sondern meine Tochter darf auch noch deren Gegaffe und Getatsche jeden Tag über sich ergehen lassen.«

»Hat Sie irgendjemand davon abgehalten, in den letzten Jahren lang und breit und immer wieder gegen unsere ach so blauäugige Willkommenskultur anzureportieren?«, blaffte Henk Lauter zurück, für seine Verhältnisse ungewohnt barsch.

»Also ich jedenfalls nicht«, antwortete das Dritte Geschlecht, bevor Krien etwas erwidern konnte, und wirkte dabei seltsam amüsiert, wie Merle Schwalb fand. »Und heute geht es ausnahmsweise mal nicht darum, Krien. Die Frage ist heute einzig und allein, wie wir mit dieser IS-Gefahr umgehen. Und ehrlich gesagt habe ich bisher noch nichts Überzeugendes gehört.«

»Ein Porträt«, sagte Merle Schwalb. »Ich mache ein Porträt von diesem Konvertiten aus Norddeutschland. Ich rekonstruiere seinen Lebenslauf: alles, seine Radikalisierung, seine Familiengeschichte, seine Ausreise, das, was er jetzt beim IS macht. *Pars pro Toto:* Einer von Hunderten deutschen Dschihadisten in Syrien und im Irak, während ihr schönes Kalifat gerade zerbröselt. Eine Nahaufnahme: Was tut er? Was denkt er? Wie gefährlich ist er? Wie können wir ihn stoppen? Und wenn nicht: Wieso nicht?«

Henk Lauter warf ihr einen überraschten Blick zu. Zumbrügge legte seine Brille auf den Tisch und blickte das Dritte Geschlecht an.

»Ja«, sagte das Dritte Geschlecht. »So beschlossen. Sie haben vier Wochen.«

»O. K.«, sagte Merle Schwalb.

»Eins noch«, sagte das Dritte Geschlecht. »Sie machen das mit Erlinger und Kampen zusammen. Ich will die volle Wucht hinter der Geschichte.«

»Nein«, sagte Merle Schwalb.

»Aber ja«, sagte das Dritte Geschlecht, stand auf und verließ den kleinen Konferenzraum durch die rückwärtige Tür, die direkt in ihr Büro führte.

3

Fattousch als Vorspeise, das war das Erste, worüber sich Sami im Klaren war. Das Hauptgericht war schwieriger. Er wusste nicht, ob sie Vegetarierin war, aber zumindest war das vorstellbar, deshalb musste er sicherheitshalber davon ausgehen. Das begrenzte die Möglichkeiten. Für eine Araberin hätte er *Mudschaddara* gekocht. Reis und Linsen, eigentlich nichts Besonderes, aber mit den richtigen Gewürzen, mit Kardamom und Kurkuma und ein wenig Zimt, mit gerösteten Zwiebeln obendrauf und mit kaltem Joghurt dazu war *Mudschaddara* viel feiner, als man vermuten würde.

Egal, dachte er, sie kriegt *Mudschaddara*.

Es tat gut, eine Entscheidung zu treffen.

Es tat auch gut, dass Nina Ja gesagt hatte.

Drei Stunden hatte er zum Kochen eingeplant, denn er kochte gerne langsam.

Er begann mit dem *Fattousch*-Salat und schnitt eine kleine rote Zwiebel mit seinem schärfsten Messer in extradünne Ringe, bestreute sie mit purpurfarbenem, säuerlichem *Summaq* und stellte sie in den Kühlschrank, wo sie etwas von ihrer Schärfe verlieren würden. Dann viertelte er die Tomaten und schabte mit dem Messer alles Wässrige und alle Kerne ab, bevor er den verbliebenen Rest in Würfel schnitt. Als Nächstes wusch und schleuderte er den Salat, schnitt Frühlingszwiebeln etwas schräg in nicht zu dicke Ringe, hobelte ein Radieschen und hackte zwei Handvoll Petersilie. Die glatte Sorte. Fein, aber nicht zu fein. Das Pitabrot schnitt er in Streifen, die er mit einer Knoblauchzehe und etwas Salz in Olivenöl in der Pfanne röstete. Für das Dressing vermengte er Olivenöl, Zitronensaft, Knoblauch und Salz und schüttelte alles in einem alten Marmeladenglas, bis es dickflüssig wurde.

Das Gute an *Mudschaddara*: schmeckt am besten bei Zimmertemperatur und lässt sich deshalb gut vorbereiten.

Grüne Linsen kochen: *check*. Reis kochen: *check*.

Aber erst mal: Noch mehr Zwiebeln in feine Ringe schneiden, mit Mehl bestäuben, salzen, frittieren. Nur nicht zu heiß; sie dürfen etwas schwarz sein, aber langsam muss das gehen, damit sie dabei süß werden.

Dieser Geruch … dieser Geruch wird jetzt drei Tage in meiner Wohnung hängen, dachte Sami. Aber das ist egal. Schon die Erinnerungen, die er weckt.

Auf einmal war er wieder sieben Jahre alt und tigerte in Beirut im Schlafanzug durch die Wohnung, weil er aufgeregt war, denn in ein paar Stunden würde sein Onkel landen und dann zu ihnen kommen, und er würde extra lange wach bleiben dürfen, um ihn begrüßen zu können.

»Wann kommt Ammo Hassan endlich an?«, fragte er seine Mutter, die in der Küche stand und gerade Zwiebeln briet.

»Noch eine Stunde, *Habibi*, nur noch eine Stunde!«

Plötzlich wurde ihm klar, dass dies in Wahrheit die erste Nacht gewesen war, die er durchgemacht hatte. Denn nachdem Ammo Hassan gekommen war, natürlich verspätet, es war schließlich Krieg, die Stadt voller Checkpoints, alles dauerte immer länger, viel länger, da hatte er sich, nachdem sein Vater und sein Onkel es sich auf dem Sofa gemütlich gemacht hatten, heimlich und leise unter den Couchtisch gestohlen, in der wilden Hoffnung, dass die Erwachsenen ihn vergessen oder der Einfachheit halber zu seinen Gunsten annehmen würden, dass er längst im Bett sei. Das war unbequem, weil sie ihn nicht sehen und nicht hören durften. Er durfte deshalb keinen Mucks machen, und die Beine und Arme musste er außerdem verrenken. Aber sie sahen und hörten ihn tatsächlich nicht. Er erinnerte sich, wie seine Mutter sich irgendwann ins Bett verabschiedet hatte; wie sich kurz darauf die grauen

Anzughosenbeine seines Vaters bewegten und er hinüberlief und das Barschränkchen öffnete, um den Whiskey zu holen, und danach in die Küche ging und den Kühlschrank öffnete, um die Eiswürfel aus dem Eisfach zu nehmen und sie in diesen schwarzen Plastikkübel zu schütten, den ein goldener Schriftzug zierte, Sami sah ihn noch genau vor sich, in Arabisch und Englisch stand dort »Arak Haddad«. Und dann stießen die beiden an und begannen zu reden. Erst ging es um Wien, wo Ammo Hassan lebte, und das Geschäft, das er dort betrieb. Aber dann ging es um den Krieg, und Sami hörte sie all diese Namen sagen, Dschumblat, Aoun, Berri, Assad, Arafat, all diese Namen, die er ständig hörte, aber von denen er nie richtig wusste, zu wem sie gehörten, zu den Guten oder zu den Bösen, zu uns oder zu den anderen, und auch jetzt sprachen sein Onkel und sein Vater leise miteinander, als gebe es einen verborgenen Mithörer – aber ich kann das ja nicht sein, hatte er noch gedacht, sie wissen ja nicht, dass ich hier bin, wen meinen Sie denn bloß, wessentwegen senken sie ihre Stimmen? –, einen heimlichen Mithörer, vor dem man Angst haben musste.

Aber vielleicht, dachte er jetzt, da er selbst die Zwiebeln wendete, war es auch nur eine allgemeine Angst gewesen, denn wie hätte man keine Angst haben können, damals, in Beirut? Er selbst erinnerte sich ja noch an die Schüsse und Explosionen und Panzerkettengeräusche mitten in der Nacht, und am Tag manchmal auch, und an die Sirenen, und daran, wie er mit Maha, dem Nachbarmädchen mit den langen, dürren Beinen, auf der Dachterrasse gehockt, über die steinerne Brüstung gelugt und die aufsteigenden Rauchwolken über der Stadt beobachtet hatte.

Sie hatten ihn tatsächlich die ganze Nacht lang nicht entdeckt. Erst am nächsten Morgen, als seine Mutter in die Küche ging, um *Manaqisch* mit *Saatar* zu backen, da hatte sie unter dem Tisch sein hervorlugendes Schlafanzughosenbein gesehen und den Vater und den Onkel gerufen. Alle drei standen vor dem Tisch und bogen sich vor Lachen, und so war er aufgewacht: durch ihr Lachen, und es folgte das schönste Frühstück, an das er sich erinnern konnte. Er saß auf Ammo Hassans Schoss, roch das Aftershave seines Onkels, ließ sich von seinem Bart pieksen, aß *Manaqisch* und spielte mit dem kleinen, metallenen, seltsam schweren Modellflugzeug, das er geschenkt bekommen hatte, eine Boeing 737 Tristar mit einem dritten Triebwerk an der Heckflosse.

»Bist du mit diesem Flugzeug gekommen, Ammo?«

»Aber ja, Sami, mit genau diesem sogar! Und dort habe ich gesessen, schau, ich zeige es dir!«

Er sah den Finger seines Onkels auf ein Fenster im vorderen Drittel des Flugzeugs zeigen.

»Am Fenster?«

»Ja, am Fenster habe ich gesessen und alles gesehen!«

»Ich will auch am Fenster sitzen, wenn ich mal fliege!«

»*In schah Allah*, Sami, *in schah Allah!*«

Fast genau zwei Jahre später war er mit seinen Eltern in einer Boeing 737 Tristar nach Berlin geflogen. Am Fenster sitzend.

Gedankenverloren richtete er Reis und Linsen in einer Schüssel an und streute die gerösteten Zwiebeln darüber.

Was ist mit Nachtisch? Verdammt. Nachtisch …

Ach komm, nichts Kompliziertes. Vanille-Eis, ein paar Tropfen Olivenöl dazu, ein bisschen Meersalz.

Alles gut.

Und der Wein? Da steht er: Zwei Flaschen Qasr Ksara aus dem Libanon. Sami öffnete die erste Flasche, um den Wein etwas atmen zu lassen.

Alles gut.

Alles gut!

Alles gut?

»Nina, ich habe mich scheiße benommen. Darf ich dich zur Wiedergutmachung zum Essen einladen? Ich koche auch. Kommst du?«

Das hatte er ihr geschrieben.

»Übermorgen hätte ich Zeit«, hatte sie geantwortet. »Acht Uhr, passt das?«

Noch eine halbe Stunde. Aufräumen: Bad wischen; Küche in Ordnung bringen; Bett machen; einmal mit dem Staubsauger durch die Wohnung; lüften; umziehen; ein Gin Tonic vorweg? Ja. Nein. – Nein.

Als sie kam, als sie plötzlich da stand, in seiner Wohnung, da war es auf einmal ganz einfach und unkompliziert. Viel einfacher, als er gedacht hatte. Sie lächelte. Lachte sogar. Sie trug ein kurzes, schwarzes Kleid, einen Hauch Rouge, eine Idee Lippenstift. Sie war nicht aufgeregt. Aber es lag etwas in der Luft, das spürte er, denn er war gut darin, so etwas zu spüren.

Ernsthaft zum Reden kamen sie erst lange nach dem Essen. Auf seinem Bett.

»Du weißt schon, dass du etwas bescheuert bist?«
»Wieso?«
»Ein Date, und du kochst was mit Zwiebeln?«
»Oh.«
»Ja – oh!«
»Tut mir leid.«
»Macht nichts. War ja lecker.«
»Das ist gut.«
»Erzählst du mir etwas über dich?«
»Ich erzähl dir alles.«
»Ach komm, Sammy, ich meine es ernst!«
»Ich auch, Nina.«

Wo fängt man an, wie fängt man an, sich selbst zu erklären? Jeder Satz, den man sagt, ist ein Pinselstrich. Wenn man erst einmal angefangen hat, ist es ungewiss, vollkommen unklar, ob man ihn je wieder wegwischen kann. Und hier beginnt das Problem: Soll man darauf Rücksicht nehmen und taktisch vorgehen, kalkuliert und kontrolliert? Oder sagt man, was einem in den Sinn kommt – in der Hoffnung, dass das Spontane immer auch das Wahrhaftige ist?

Der erste Pinselstrich.

»Ich heiße nicht Sammy. Ich heiße Sami.«
»Ich verstehe nicht?«
»Sami, Sami Mukhtar. Ich bin Libanese. Also ich bin Deutscher, aber ich bin eigentlich Libanese.«

»Libanese?«
»Libanese.«
»Aus dem Libanon?«
»Ja, aus dem Libanon.«
Der zweite Pinselstrich.
»Und ich arbeite beim Verfassungsschutz.«
»Wie bitte?«
»Hast schon richtig gehört.«
»Du arbeitest beim …?«
»Ja, und ich jage Terroristen, wenn du es genauer wissen willst, das ist mein Job.«
»Darfst du mir das überhaupt sagen?«
»Eigentlich nicht.«
»Woher weiß ich, dass du mir nicht irgendeine James-Bond-Geschichte erzählst, um noch mehr Sex zu bekommen?«
Er fischte seinen Dienstausweis aus dem Jackett, das neben dem Bett gelandet war.
»Wow, und du vertraust mir?«
»Nein. Aber würde ich gerne.«
»Was meinst du damit?«
»Keine Ahnung. Ich will einfach. Ich mag dich. Ich will nicht misstrauisch sein. Entweder du kannst damit und mit allem anderen umgehen, oder nicht. Aber das werde ich nie herausfinden, wenn ich dir nicht alles erzähle, oder?«
»Ich war mal im Libanon.«
»Echt?«
»Ja, eine Woche. Mein Vater ist Maschinenbauer. Er musste irgendeine Anlage installieren und hat uns mitgenommen. Ich war sechs. Ich kann mich an nichts erinnern.«
»Ich kann mich an alles erinnern. Bilde ich mir jedenfalls ein.«
»Bist du dort aufgewachsen?«
»Ja, bis ich neun war. In Beirut.«
»Fährst du manchmal dorthin? Hast du da Familie und so?«
»Ja. Und ja.«
Lange Pause.

»Verfassungsschutz. Echt jetzt?«
Kichern.
»Ja!«
Es fühlte sich verboten an, so mit Nina zu reden. Aber es war auch eine Befreiung. Vielleicht würde er es morgen bereuen, vielleicht nicht. Ungewiss.
Yallah, nishar!
Sie schliefen erst ein, als die Sonne aufging. Und als Sami sich drei Stunden später einen Espresso machte, ein Handtuch umgeschlungen, und sie beobachtete, wie sie auf der linken Seite seines Bettes lag, da fragte er sich, ob es vielleicht doch ein Mittel zur Linderung seiner Wut geben könnte.

* * *

»Titus, kannst du mir die E-Mail mal zeigen?«, bat Gabriel.
»Sicher, hier!«
Titus reichte ihm den Ausdruck, den die Sassenthins für ihn kopiert hatten.
»Hm«, sagte Gabriel nach einer Weile. »Wenn mich nicht alles täuscht, dann ist das ein Fingerprint.«
»Bitte was?«
»PGP.«
»Gabriel, ich weiß, dass du mal Informatik studiert hast. Aber ich verstehe davon nichts.«
»*Pretty Good Privacy*. Das ist eine Software, mit deren Hilfe man E-Mails verschlüsseln kann. Wenn zwei Menschen kryptiert miteinander kommunizieren wollen, müssen sie zuvor Schlüssel austauschen. Ich vereinfache das jetzt ein bisschen, ja? Aber dein Klient hat seiner Mutter im Wesentlichen eine Einladung geschickt, mit ihr verschlüsselt zu kommunizieren.«
Der einzige Luxus, den sie sich in ihrem Büro gönnten, war eine anständige Kaffeemaschine. Eine, die für jede einzelne Tasse unter ohrenbetäubendem Lärm Bohnen mahlte. Sie machte guten Kaffee, und Titus brauchte jetzt einen. Er rollte zu dem Tisch he-

rüber, nahm seine Tasse von dem kleinen Holzbord, auf dem sie ihre Tassen aufbewahrten, und drehte so lange an den beiden Rädern der Maschine, bis Stärke und Menge passten. Dann drückte er den Knopf, der Lärm setzte sein, und nach ein paar Sekunden begann der Kaffee in die Tasse zu tröpfeln.

Eigentlich hatten sie eine Regel aufgestellt, hatte genauer gesagt Lotte eine Regel aufgestellt, dass sie die Kaffeemaschine nicht inmitten ihrer Besprechungen in Anspruch nahmen. Aber sie brachen diese Regel nicht selten. Es war allgemein akzeptiert, dass man sich, zum Beispiel so wie Titus jetzt, einen Kaffee zubereitete, wenn man einen Moment zum Nachdenken brauchte.

»Und das ist sicher?«, fragte Titus, nachdem er wieder seinen Platz an dem runden Holztisch eingenommen hatte, der direkt vor dem Fenster zur Bergmannstraße stand.

»Ja«, antwortete Gabriel und fuhr sich mit der rechten Hand durch seinen blonden Pferdeschwanz, etwas das er regelmäßig tat, ohne dass für Titus je ein besonderer Grund oder Anlass erkennbar gewesen wäre. »Ja, es ist sicher. Nicht mal in dem ganzen Snowden-Zeug steht, dass PGP nicht mehr funktioniert.«

»Und was müsste die Mutter jetzt tun, um diese Einladung anzunehmen?«

»Ein Programm installieren. Der Rest ist simpel. Wenn das Ganze erst einmal eingerichtet ist, musst du nur noch beim Absenden einer E-Mail an die entsprechende Adresse darauf achten, dass du auf ein kleines Icon mit einem Vorhängeschloss draufklickst.«

»Und niemand sonst kann das lesen?«

»Das ist die ganze Idee dahinter, ja.«

»Prima, danke.«

»Prima?«, fragte Lotte.

»Na ja, ich meine im Sinne von: O.K., verstanden.«

»Dir ist klar, Titus, was das bedeutet, oder?«

Er wusste, worauf Lotte hinauswollte. Und trotzdem hatte er gehofft, dass sie das Problem nicht ansprechen würde. Es wäre allerdings das erste Mal gewesen, dass Lotte ein Problem nicht angesprochen hätte.

»Titus?«, hakte sie nach.

Die Regeln, unter denen sie operierten, waren nicht immer eindeutig. Sie hatten gewisse Spielräume. Erst vor einigen Monaten hatte er davon Gebrauch gemacht. In einem ganz anderen Fall. Und zwar im ersten Fall, den Lotte ihn von Anfang an hatte bearbeiten lassen, ohne sich einzumischen und ohne ihn zu beaufsichtigen. »Mach mal, Titus«, hatte sie gesagt und aufmunternd gelächelt. »Mach du mal!«

Badr al-Din hieß der Junge, ein gerade einmal 17 Jahre alter Realschüler mit der Figur eines Turmspringers oder Jockeys, mit dichten Augenbrauen und einem traurigen, etwas beleidigten Blick, der ihn auf eine merkwürdige Weise älter erscheinen ließ. Badr al-Din hatte angefangen, Terrorvideos zu konsumieren und weiterzuverbreiten und von einer Auswanderung nach Syrien zu reden. Das war der Moment gewesen, an dem seine Mutter, die deutsche Witwe eines vor Jahren verstorbenen Tschetschenen, sich an die Beratungsstelle gewandt hatte.

Der Fall war komplex, denn es ging um mehr als nur Propaganda. Badr al-Din war irgendwie zu dem Schluss gekommen, dass ihm als Halbtschetschenen der Dschihad quasi in die Wiege gelegt worden sei. Dass seine Mutter ihm versicherte, sein Vater habe zu Lebzeiten mit Religion nichts anfangen können, beeindruckte Badr al-Din nicht.

Titus hatte sich entschieden, den Imam Abu Karim um Hilfe zu bitten, der an der kleinen Moschee in der Erkstraße predigte und sie gelegentlich unterstützte. Abu Karim war relativ jung und für einen Berliner Imam überdurchschnittlich gut ausgebildet. Vor allem aber hatte er eine gewisse Credibility bei den jungen Radikalen, weil er im Jemen eine Zeit lang wegen angeblicher extremistischer Umtriebe im Gefängnis gewesen war. Abu Karim mochte ein Salafist sein, und mit einem Grundgesetz unter dem Arm lief er sicher nicht durch den Kiez. Aber er glaubte nicht an

Gewalt, und das war es, was ihn wertvoll machte. Denn das war ihre Rückzugslinie, das Angebot, das sie Jungs wie Badr al-Din machen konnten: Sei fromm, wenn du willst, sei radikal, wenn es sein muss, aber sei nicht militant!

Die Begegnungen mit Abu Karim hatten gefruchtet. Erstaunlich gut sogar. Und worauf sonst sollte es denn ankommen bei ihrer Arbeit, wenn nicht auf Ergebnisse? Die Prognose war jedenfalls besser als in den meisten anderen Fällen, die sie betreuten. Badr al-Din hatte nach mehreren langen Gesprächen mit Abu Karim eine Arbeit gesucht und gefunden, in einem Lackierbetrieb direkt um die Ecke. Und er mied, soweit Titus sehen konnte, sowohl die Moschee, in der er sich radikalisiert hatte, als auch seine alten Freunde, die nach Ansicht des Verfassungsschutzes nach wie vor darüber diskutieren, wann der geeignete Zeitpunkt wäre, zur Verteidigung des Kalifats in den Nahen Osten aufzubrechen.

Wie Abu Karim ihn erreicht hatte? Er hatte das Vertrauen des Jungen gewonnen. Mehr musste er nicht wissen. Mehr *wollte* er nicht wissen.

Spielraum – was für ein merkwürdiges Wort, dachte Titus. Ein Spiel ist hier gar nichts. Badr al-Dins Fall nicht. Und Gent Sassenthins Fall erst recht nicht.

»Ich weiß, Lotte. Verschlüsselung ist heikel.«

»Was glaubst du, warum will er PGP? Warum nutzt er nicht WhatsApp, wie die meisten anderen, wenn sie ihre Eltern kontaktieren?«

»Keine Ahnung. Mir ist nur ein möglicher Grund eingefallen. Wir wissen von ein paar Rückkehrern, dass sie ihre WhatsApp-Passwörter abgeben mussten. Der IS-Geheimdienst kann also theoretisch mitlesen. Vielleicht findet Sassenthin PGP sicherer.«

»Aber es ist auch konspirativ, Titus, würdest du mir da zustimmen?«

»Ja.«

»Und was machen wir, wenn Klienten sich konspirativ verhalten?«

»Wir setzen uns mit den Sicherheitsbehörden in Verbindung, weil das potenziell sicherheitsrelevant ist.«

»Exakt.«

»Lotte, noch weiß die Mutter gar nicht, was er ihr da geschickt hat. Und noch hat sie keine passende Software installiert. Und noch hat er ihr nichts geschickt. Ich brauche etwas Zeit.«

»Warum brauchst du Zeit? Gib mir einen Grund. Ich lass mit mir reden.«

»Es ist so ein Gefühl. Die Familie leidet, wie alle Familien leiden. Aber es gibt da etwas, glaube ich. Eine Aussicht, dass man mit der Familie vielleicht ganz gut arbeiten kann.«

»Arbeiten kann?«

»Na ja, wenn er rauswill.«

»Du weißt nicht, ob er rauswill.«

»Nein.«

»Du hast nicht mal den Hauch eines Indizes dafür.«

»Ja.«

»Aber?«

Titus grinste. »Wollen wir nicht erst mal seine erste verschlüsselte Mail abwarten? Danach wissen wir es wahrscheinlich, oder?«

»Titus, du wirst ihr nicht helfen, diese Software zu installieren. Ich will, dass sie da selbst drauf kommt und dir dann mitteilt, was ihr Sohn geschrieben hat.«

»Lotte, die kommen da nicht von alleine drauf. Ich bin ja nicht mal drauf gekommen, Gabriel ist drauf gekommen!«

»Mann, Titus, ich meine deinen Papierkram. Mach, was du tun musst. Aber ich will hier kein Protokoll sehen, wonach einer meiner Mitarbeiter einem Terrorverdächtigen hilft, verschlüsselte Mails zu schreiben!«

Nun war es Lotte, die aufstand, um sich einen Kaffee zu machen.

Titus wandte sich Gabriel zu. »Gabriel, du musst mir das nachher mal erklären, wie genau …«

»Schon klar!«, antwortete Gabriel und grinste verschwörerisch.

* * *

Und dann riss der Himmel auf, und er spie Feuer.
Ein Teil der Wohnzimmerdecke stürzte ein.
Shruki schrie.
Und Kalashin schrie ebenfalls: *Allahu Akbar! Allahu Akbar! Allahu Akbar!*
Durch seine geöffnete Zimmertür sah Gent die beiden durch das Wohnzimmer laufen. Aufeinander zu, voneinander weg, wieder aufeinander zu. Er konnte sie kaum auseinanderhalten. Es war fast ganz dunkel. Die einzige Lichtquelle war der orange-rot flackernde Widerschein eines Feuers, das draußen zu brennen begonnen hatte.

Er hörte einen weiteren Einschlag, dumpf und grollend, und der Boden unter ihm bebte. Er hörte auch Schmerzensschreie, die durch das geöffnete Fenster hereindrangen. Dazu das Kreischen von Kampfjets. Und das *Tack-Tack-Tack* der Maschinengewehre, mit denen die Brüder draußen auf die Jets zielten; vergeblich, wie Gent vermutete, aber sie taten es trotzdem. Er wollte aufstehen, aber ein dritter Einschlag in unmittelbarer Nähe schleuderte ihn aus dem Bett. Er schlug mit dem Kopf auf dem Betonboden auf. *Steh auf,* befahl er sich, *steh auf, du musst nach draußen!*

Es war nicht das erste Mal. Aber es wurde schlimmer.

Die Wahrheit war, dass Gent nie ruhiger war, als wenn es passierte. Er stand auf und ging zu dem kleinen Holzschrank in der Ecke seines Zimmers, in dem er alles aufbewahrte, was ihm gehörte. In dem Moment, in dem er nach seiner Sanitätertasche griff, schlug eine weitere Bombe oder Granate in der Nähe des Hauses ein, und mit singendem Geräusch schoss ein Metallteil durch das Fenster und schlug in die Wand neben dem Holzschrank ein.

Der Pfeil, der dich treffen soll, wird dich nicht verfehlen. Und der Pfeil, der dich verfehlen soll, wird dich nicht treffen.

Gent trat einen Schritt zur Seite und betastete den scharfgratigen, matt glänzenden Gegenstand, der sich in die Wand gebohrt hatte wie eine Raumsonde in die Oberfläche eines fremden Planeten. Und während er dort stand, schossen weitere Metallteile durch das Fenster und schlugen rechts und links von ihm ein.

Gent war, als liefe das alles in Zeitlupe ab. Er registrierte die Einschläge zwar, aber er starrte weiter auf die Wand.

Der Pfeil, der dich treffen soll, wird dich nicht verfehlen. Und der Pfeil, der dich verfehlen soll, wird dich nicht treffen.

Abu Karim hatte das gesagt. So hatten sie sich kennengelernt. Gent hatte im Taxi gesessen, besoffen, halb vollgekotzt, Pilze hatte er außerdem gefressen, eine Tablette oder zwei eingeworfen. Es war drei Uhr am Morgen und er hatte nicht einmal Geld für das Taxi. *Scheißegal,* hatte er gedacht, zur Not steige ich einfach aus und renne, soll er mich doch einholen! Er hatte im Taxi gesessen, hinten rechts, den Kopf an das Fenster gelehnt, und hatte telefoniert. Mit Greta.

»Ach Greta, wenn du wüsstest … Weißt du, es läuft nicht besonders gut. – Na ja, es ist schon ziemlich scheiße ohne dich! Ich hätte nicht gedacht, dass du das durchziehst. Und dann auch noch ganz alleine. Du hättest mich doch fragen können! – Greta, kann sein, dass wir uns bald wiedersehen. Ja, warum nicht heute?! Aber du weißt ja, ich bin nicht so mutig wie du … – Greta?«

Niemand wusste, dass er Monate zuvor Gretas Handyvertrag übernommen hatte, weil sie die Rechnungen nicht mehr hatte bezahlen können. Und niemand wusste, dass er ihn immer noch nicht gekündigt hatte. Er hatte auch nicht vor, ihn zu kündigen. Weil er auf diese Weise wenigstens noch ihre Stimme hören konnte, wenn er ihre Nummer anrief.

»Hey, Sie haben die Mailbox von Greta erreicht!«

Als das Taxi vor dem Haus anhielt, in dem er lebte, hatte er wie ein schlechter Schauspieler sein Portemonnaie aus der Tasche gezogen und ganz überrascht »oh« gesagt. Der Taxifahrer drehte sich langsam zu ihm um, und zum ersten Mal hatte Gent in diesem Moment überhaupt wahrgenommen, wer ihn gefahren hatte. Ein Mann mit brauner Haut und scharf geschnittenem Gesicht und schwarzen Augen nämlich, mit dichtem Wangenbart und durchdringendem Blick, der aber seltsamerweise zugleich unendlich freundlich und gütig aussah, irgendwie erfüllt, irgendwie voller Leben, *wie ein verdammter Engel,* hatte er gedacht; und dieser

Mann, der nun auch noch zu lächeln begann, sagte im nächsten Augenblick zu ihm: »Ist kein Problem. Geht aufs Haus.«
»Geht aufs Haus?«, hatte Gent ungläubig lallend wiederholt.
»Ja. Geht aufs Haus. Aber ich möchte etwas mit dir teilen, bevor du aussteigst. Weil ich mitbekommen habe, dass du Sorgen hast. Es ist etwas, das unser Prophet zu einem Freund gesagt hat.«
»Prophet?«
»Der Pfeil, der dich treffen soll, wird dich nicht verfehlen. Und der Pfeil, der dich verfehlen soll, wird dich nicht treffen.«
»Der Pfeil, der ... wie war das? Das ist gut. Das gefällt mir, ich muss mir das aufschreiben. Hast du ... Haben Sie etwas zu schreiben?«
»Du wirst es nicht vergessen. Und jetzt raus hier!«
»Danke.«
»Dank nicht mir.«

Abu Karim. Wie lange das her war. Wie weit weg.
Kalashin und Shruki hatten sich mittlerweile angezogen und betrachteten den Betonbrocken auf dem Wohnzimmerfußboden. Langsam ging Gent auf sie zu.
»Seid ihr verletzt?«
»Nein, wir sind in Ordnung, *alhamdulillah*«, antwortete Shruki.
»Ich muss los«, sagte Gent.
Der Pfeil, der dich treffen soll, wird dich nicht verfehlen. Und der Pfeil, der dich verfehlen soll, wird dich nicht treffen.
Ohne zu rennen und ohne Deckung zu suchen, ging Gent auf die Straße hinaus und schlug den Weg zum Hospital ein. Je näher er dem Gebäude kam, desto mehr Menschen begegnete er, die ihre verwundeten Angehörigen dorthin transportierten. Auf den Schultern, auf Schubkarren, auf quietschenden Handwagen. Er konnte hören, wie die Kampfjets abzogen, ihr Kreischen wurde leiser und ging in ein Summen und dann ein Brummen über; der Luftangriff war für heute vorüber. Die Artillerie würde vermutlich noch weiterfeuern.
Im Hospital stand die Doppeltür zur ebenerdigen Notauf-

nahme weit offen, damit die Verwundeten ohne Verzug hineinbefördert werden könnten. Zehn Betten standen nebeneinander in dem großen Saal. Alle waren belegt. Rauch hing in der Luft. Es war warm. Zwei Dieselgeneratoren knatterten. Drei Ärzte in hellblauen Chirurgenkitteln liefen von einem Bett zum nächsten, schnürten ab, legten Transfusionen, amputierten, trugen Verletzte von den Betten herunter und legten sie auf den Boden, sobald sie versorgt waren, damit der Nächste einen Platz bekam. Gent nickte den Ärzten zu, sie nickten zurück, für mehr war keine Zeit. Gent trat an eines der Betten, auf dem ein kleines Mädchen lag, vielleicht sechs Jahre alt. Trümmerfraktur des rechten Oberschenkels.

»Wie heißt du?«, fragte er auf Arabisch.

Keine Antwort. Das Mädchen zitterte bloß. Er schiente das Bein, so gut es ging. Blickte um sich, fand ein Augenpaar, vielleicht war es ihr Vater, und gab dem Mann das Mädchen auf den Arm.

»Come back tomorrow.«

»O. K.«

Er ging zu einem der Ärzte, von dem er wusste, dass er English verstand. »Special jobs to do?«

»No, not tonight. Pick whoever you want.«

»O. K.«

Special Job, das hätte bedeutet: ein hochrangiger Bruder braucht Hilfe und muss als Erstes behandelt werden. Aber so war es einfacher: die dringendsten Fälle zuerst. Es war wie früher, wenn er zu einer Massenkarambolage auf dem Berliner Ring gerufen wurde. Oder an den Schauplatz einer Schlägerei inklusive Messer- und Schusswaffeneinsatz in Neukölln. Nur dass er hier sogar operieren durfte. Operieren musste. So gut er es eben konnte.

Zu Nutzen und Frommen der Kranken, Herr Professor!

Brandwunden, großflächig, zweiten Grades, dritten Grades. Und vierten Grades, wenn es das geben würde.

Herausquellende Gedärme, mit vereinten Kräften wieder hineinverfrachtet und vernäht.

Verlorene Augen.

Abgerissene Füße.
Ein skalpierter Schädel.
Zwei Menschen starben in dieser Nacht unter seinen Händen. Aber mehr als zwei Menschen überlebten, weil er sie versorgt hatte.

Als der Morgen dämmerte, waren sie fertig. Er wollte sich schon waschen gehen, denn er hatte mitbekommen, wie der Muezzin der kleinen Moschee nebenan in seinen braunen Plastiksandalen die metallenen Stufen zu erklimmen begonnen hatte; gleich würde er zum Gebet rufen, ohne Lautsprecher, weil der Strom noch nicht wieder lief, das würde sicher Tage dauern.
In dem Moment jedoch kam ein Mann mit einer weiteren Schubkarre an. Darauf lag ein Mann mit einer klaffenden Wunde am Oberschenkel, aus der das Blut quoll.
»Schnell, schnell«, rief Gent dem Mann zu, der den Karren schob. Der Mann wuchtete den Verwundeten auf das Bett. Gent schnitt mit dem Skalpell den Hosenstoff beiseite, um freien Blick auf die Wunde zu haben. Lange würde der Mann nicht mehr leben, wenn er die Wunde nicht augenblicklich stillte. Aber er würde Mulltücher brauchen, jede Menge, und die waren hinten im Schrank. Und zugleich musste er die Wunde abschnüren. Doch er war allein.
»Arif«, rief er einen der Ärzte. »Arif! I need your help here!«
Aber Arif rührte sich nicht. Blickte weg.
»Arif!?«
Keine Reaktion. Als habe er ihn gar nicht gehört.
Gent verstand nicht, warum Arif nicht reagierte. Er musste ihn gehört haben. Egal, dann würde er eben erst die Wunde abbinden. Das war im Zweifel dringender. Und danach selbst die Mullbinden holen. Er zog einem anderen Patienten den Gürtel aus der Hose, weil er sonst nichts zur Hand hatte, und wollte sich gerade dem blutenden Mann zuwenden, als eine Hand ihn antippte. An der Schulter. Gent drehte sich herum. Da stand Abu Obeida. Wie aus dem Nichts. Abu Obeida mit den großen, dunklen Augen.

»Abu Obeida, ich brauche Hilfe!«

Aber Abu Obeida schüttelte den Kopf.

»Ich kann ihn retten!«, sagte Gent.

Anstatt zu antworten, trat Abu Obeida neben das Bett und zog einen mehrfach gefalteten Zettel aus der Hemdtasche des blutenden Mannes. Der Zettel war alt und vergilbt. Abu Obeida faltete ihn langsam auseinander. Ein schwarzes Quadrat war darauf gemalt, auf die Spitze gestellt. Das Quadrat wiederum war in zahllose kleinere Quadrate unterteilt. In jedem dieser Felder standen arabische Schriftzeichen oder Zahlen in roter oder schwarzer Tinte. Um das Quadrat herum waren Symbole angeordnet: Sterne, der Mond, eine Hand, ineinander verschlungene Dreiecke.

Magie.

Der Mann war ein Magier.

Noch immer hielt Gent den Gürtel zwischen den Händen.

Abu Obeida blickte ihn unverwandt an, während er ihm den Gürtel abnahm und ein weiteres Mal den Kopf schüttelte. »Er steht mit dem *Schaitan* im Bunde.«

Gent verstand. Und so starben in dieser Nacht drei Menschen unter seinen Händen.

Allahu Akbar, ertönte nun der *Adhan* von nebenan in der schwachen, krächzenden, ohne elektrische Verstärkung plötzlich fast lächerlich dünnen Stimme des alten Mannes, der zuvor auf das Minarett geklettert war.

Ich bezeuge, dass es keinen Gott gibt außer Gott.
Ich bezeuge, dass Muhammad Gottes Gesandter ist.
Eilt zum Gebet!
Eilt zur Seligkeit!
Das Gebet ist besser als der Schlaf!
Allahu Akbar!

Abu Obeida und die Ärzte zogen ihre Schuhe aus und betraten gemeinsam die Moschee.

Gent ging nicht mit.

* * *

Merle Schwalb lebte im Prenzlauer Berg, und sie hatte das schlechte Gewissen, das mit der ihr von den Eltern überschriebenen Eigentumswohnung in der Pappelallee einherging, nie ablegen können. »*Kind, das ist doch eine Geldanlage für uns, und es ist doch bloß praktisch, wenn du die Wohnung nutzt, bis du sie eines Tages vermietest*«: ihr Vater, am Küchentisch sitzend, die Wohnungsschlüssel und eine Flasche Champagner vor sich auf dem Tisch, drei Tage, bevor sie ihren Job beim *Globus* antreten sollte, drei Tage, nachdem sie ihm und ihrer Mutter am Telefon davon erzählt und ihren Besuch angekündigt hatte. Die Nachricht ihrer Festanstellung beim *Globus* hatte ihren Vater, wie sie vermutete, als sie ihm an jenem Tag gegenübersaß, sofort dazu veranlasst, seinen Steuerberater und anschließend einen Makler anzurufen. Sie stieß mit ihm an, beugte sich über den Grundriss der Wohnung und das Exposé des Maklers, die ihr Vater ausgebreitet hatte, versuchte zu lächeln und konnte doch nur daran denken, wie ihr Vater wohl mit dem Makler gesprochen hatte: *Wo wohnen denn die jungen Leute heute so? Ach ja? Ja, das klingt doch gut. Auch langfristig, sagen Sie? Umso besser! Ja, das machen wir, würde ich sagen. Leiten Sie alles in die Wege, ja?*«

Die Wohnung war ein Traum, und nicht einmal die Ressortleiter des *Globus* lebten in solchen Wohnungen, geschweige denn, dass sie sie besäßen. Und vielleicht hätte sie sich sogar selbst eine Wohnung in diesem Kiez gesucht, wenn sie eine hätte suchen müssen. Der Flohmarkt am Mauerpark an jedem Sonntagmorgen war keine sieben Minuten zu Fuß entfernt, die Lesebühne in der Kulturbrauerei, die sie gerne alleine an Samstagabenden besuchte, war noch näher; in ihrer Straße gab es ein halbes Dutzend akzeptabler Bars, Cafés und Restaurants; und sie mochte es, am Wochenende auf dem Markt am Helmholtzplatz einzukaufen, Brennnesselkäse aus der Uckermark und Ochsenbäckchen aus Caputh und Bärlauch aus biologischem Anbau von einem Landwirtschaftskollektiv abgebrochener Studenten mit Wollmützen vor den Toren Berlins und all dieses Zeug. Und wenn sie mehr Auswahl wollte, dann lief sie eben einfach eine Viertelstunde weiter, bis zu dem größeren Markt am Wasserturm, und konnte auch noch Büffelmozzarella finden und siebzehn Sorten Chorizo und koscheres Salz und sogar frische Austern aus der Bretagne und dabei all den anderen Leuten zusehen, den Familien, den Hipstern, den alternden Alternativen in ihren *Shabby-Chic*-Klamotten, den arrivierten Ossis, die sich von den Wessis nur noch dadurch unterschieden, dass sie ihren Bekannten zur Begrüßung die Hand schüttelten, anstatt ihnen auf die Schulter zu klopfen, und natürlich den Künstlern aus New York und Tel Aviv und Barcelona – *this is so Berlin, you know!* Und selbst wenn sie, was zwei oder drei Mal im Jahr vorkam, Lust hatte, einen *dark handsome stranger* aus einer Bar mit nach Hause zu nehmen, *Schiffe, die des Nachts vorüberfahren,* nachdem sie sich vorher in ihrer Wohnung vielleicht sogar aus den in der Keksdose im Küchenschrank versteckten Resten einen kleinen Joint gedreht und geraucht hatte, dann musste sie nicht weit gehen, es fand sich jemand, immer fand sich jemand, da war sie noch nie enttäuscht worden, und also gab es wenig zu meckern, eigentlich gar nichts. Außer natürlich, dass es alles etwas zu einfach war. Jedenfalls dachte sie das manchmal. Und heute war ein solcher Tag, und sie fand es plötzlich eine blöde Idee, dass sie Sami gebeten hatte, hierherzukommen, anstatt dass sie sich mit ihm in Kreuzberg traf. Als wärst du eine Diva, dachte sie.

Die Bar lag in der Stargarder Straße und hieß Marietta. Was Merle an ihr mochte, war die Schnörkellosigkeit: nüchterne, mit grünem Stoff bezogene Sessel an Holztischen, gedämpftes Licht, eine Bar mit klassischer Karte, Selbstbedienung am Tresen. Außerdem konnte man in der Marietta rauchen, was für Sami wichtiger war als für sie. Und sie wollte, dass er sich wohlfühlte. Wobei das mit dem Wohlfühlen bei Sami so eine Sache war. Da waren sie sich ähnlich, denn auch Sami konnte launisch sein. Charmant an einem Tag, in sich gekehrt bis an die Grenze zur Unhöflichkeit am nächsten.

Sie waren keine Freunde, aber sie kannten sich. Sie hatten sich bei einem Symposium des Bundesamtes für Verfassungsschutz kennengelernt, bei dem er gelangweilt an einem der Stehtische außerhalb des Saals gestanden hatte, in dem die Reden gehalten wurden. Sie hatte keine Ahnung gehabt, wer er war, sich aber trotzdem dazugestellt. Als die Veranstaltung um 18 Uhr endete, hatten sie Handynummern ausgetauscht. Nachdem er seine Nummer auf eine Serviette gekrakelt und sie die Serviette eingesteckt hatte, hatte er allerdings gefragt, ob sie vielleicht gleich jetzt Lust auf einen Drink habe, und sie hatte schon vorgehabt, ihn dasselbe zu fragen. Seither, also in den vergangenen vier Jahren, hatten sie drei oder vier Mal miteinander gevögelt. Das letzte Mal vor etwas über einem Jahr.

Eigentlich erstaunlich, dachte Merle Schwalb, während sie aus der Haustür und auf die Pappelallee trat, dass es so etwas gibt: dass er das Muttermal auf meinem Hintern kennt, und ich weiß, wie sein Schwanz sich anfühlt, und ich ihn trotzdem nie ausgehorcht habe. Wir haben nicht mal über unsere Jobs geredet. Mal sehen, wie es gleich läuft. Wenn das mein Ziel ist: ihn auszuhorchen.

Er war schon da, als sie durch den schweren Windfang trat. Er saß an einem kleinen Tisch an der linken Seite des lang gestreckten Raumes, so platziert, dass er den Eingang im Blick hatte. Er hob die rechte Hand zum Gruß und lächelte. Sie lächelte zurück und besorgte sich an der Theke einen Cabernet. Als sie sich schließlich zu ihm setzte, hielten sich nicht mit Sentimentalitäten auf. Kein Küsschen auf den Mund oder knapp daneben, keine Umarmung.

»Ich brauche etwas«, sagte Merle Schwalb stattdessen.

»Habe ich mir schon gedacht«, sagte Sami. »Hast du angegeben?«

»Eher gepokert, würde ich sagen.«

»Erlinger?«

»Hab ihn auszustechen versucht. Und jetzt ist dein Terror-Ossi der Superstar beim *Globus*.«

»Was hast du ihnen denn versprochen?«

»Das ultimative Porträt. Und jetzt brauche ich dich.«

»Ich weiß nicht, wie sehr ich dir helfen kann«, sagte Sami und zog eine Nil aus einer zerknitterten Packung.

»Klar kannst du. Wieso kann Eulenhauer alles Mögliche durchstechen und du bist plötzlich Mr Bundesrepublik?«

»Natürlich kann ich dir was erzählen, Merle. Hab ich ja gesagt. Musst halt sehen, wo es dich hinführt. Aber nur dass das klar ist: Ich kann dir keine Akten geben. Die haben zu wenige Leute. Und so wie ich arbeite, ist das ...«

»So wie du arbeitest, gibt es eventuell noch nicht mal Akten, oder?«

»Wie kommst du darauf?«

»Hast du selbst angedeutet. Du hättest deinen eigenen Leuten noch nicht davon erzählt, hast du mir gesagt.«

»Hab ich das gesagt?«, fragte Sami und grinste.

»Also, wo fange ich an?«, fragte Merle Schwalb, anstatt ihm eine Antwort zu geben. Es war ungewohnt, so mit Sami zu reden.

»Wer ist der Junge?«

»Merle, ganz so einfach ist das nicht. Ich weiß nicht, wie viel du darüber weißt, wie wir so arbeiten. Und ich will dich nicht langweilen, aber es gehört dazu, wenn du das verstehen willst.«

»O. K., ich höre.«

»Also, ich bin zum Beispiel zuständig für Brandenburg und Mecklenburg-Vorpommern. Das heißt, dass ich, neben den Landeskriminalämtern und den Verfassungsschützern in diesen Ländern, an den Jungs dranbleibe, die von dort stammen. So gut es halt geht.«

»Wie viele sind das denn?«

»So zwei Dutzend ungefähr. Wenn du NRW oder Berlin oder Hamburg bearbeitest, sieht das anders aus. Jedenfalls, um das tun zu können, darf ich Sachen, die nicht alle dürfen.«

»Zum Beispiel?«

»Ich darf praktisch überall Informationen abfragen. Beim Verfassungsschutz, bei der Polizei, aber auch beim Ordnungsamt zum Beispiel. Oder in Flensburg: wie viele Punkte? Oder ob er eine Waffenkarte beantragt hat. All solches Zeug. Verständlich?«

»Ja.«

»Gut. Und zusätzlich kriege ich, anders als die Länderpolizeien oder die Landesverfassungsschützer, noch Informationen von außen.«

»Was heißt das?«

»Zum Beispiel: Ein ausländischer Nachrichtendienst hat Erkenntnisse, ja? Die gehen ans BfV. Die bekomme ich dann über das GTAZ mit. Die bekommt aber in dieser Form der LKA-Beamte in Schwerin nicht auf den Tisch.«

»Auch nicht, wenn der ein Ermittlungsverfahren führt?«

»In so einem Fall teilen wir das meistens. Macht ja auch Sinn. Dann schreibe ich ein Behördenzeugnis, und die können das verwenden. Aber oft sind die Hinweise nicht klar. Oder wir dürfen sie aus Quellenschutzgründen nicht weiterreichen. Und was, wenn ich nur das *Gefühl* habe, ein Hinweis könnte auf eine bestimmte Person passen, die ich im Blick habe?«

»Der Junge, über den wir reden: Du glaubst also, du hast da etwas gefunden, aber es ist für dich zu früh, es zu teilen?«

»Ja.«

»Und worum geht's da?«

»Langsam, Merle. Oder hast du es eilig?«

»Nein, natürlich nicht. O.K., fang von vorne an.«

»Wir sind hier übrigens *off the record!*«

»Heißt das, ich darf es nicht verwenden?«

»Nur wenn du es anderswo bestätigt bekommst. Ich kann nicht deine einzige Quelle sein. Ich gebe dir Hinweise, du steigst ihnen hinterher.«

»Hm ...«

»Ja, ist aber so.«

»Dann lass mich wenigstens Notizen machen, O.K.?«

Sami verzog das Gesicht. Dann setzte er sich auf und ließ seinen Blick kurz durch die Bar wandern. »Kann ich mich auf dich verlassen, Merle?«

»Ja.«

»Dann mach Notizen, wenn's sein muss.«

»Danke.«

»Also, der Bursche heißt Gent Sassenthin. Er kommt aus Mecklenburg-Vorpommern. Geboren 1991. Abgebrochener Medizinstudent. Ist vor drei Jahren konvertiert.«

»Und woher kennt ihr den? Wie fing das alles an?«

»Wir kennen Sassenthin, weil er in Berlin kurz nach seiner Konvertierung im Umfeld radikaler Prediger aufgetaucht ist. Wir haben nach dem Freitagsgebet und vor den Unterrichtsstunden für Ausgewählte Fotos gemacht. Und dann haben wir unsere Quellen befragt, wer auf diesen Fotos zu sehen ist, so sind wir auf ihn gekommen.«

»O.K.«

»Gut. Gent, der den islamischen Namen Abdallah angenommen hat, ist allerdings von der Bildfläche verschwunden. Wir sehen ihn nicht mehr. Nicht in Berlin, und auch sonst wo in Deutschland ist er nicht aufgetaucht.«

»Und deshalb glaubst du, er ist beim IS?«

»Ganz ruhig. Dass einer verschwindet, kann alles und nichts heißen. Ich habe erst mal nur so ein bisschen gewühlt, zum Beispiel Flugbuchungen in die Türkei durchgesehen, das ist der Klassiker, falls man ins Kalifat will. Aber da war nichts.«

»Und dann?«

»Sind ein paar Sachen zusammengekommen. Ich bin misstrauisch geworden.«

»Warum?«

»Weil wir eine Quelle in der Moschee hatten, in der er in Berlin zuletzt abgehangen hat, und diese Quelle sagt, Gent, also Abdallah, sei ein Musterschüler gewesen.«

»Was heißt das, Musterschüler?«

»Er war von allen in der Studiengruppe angeblich der Eifrigste. Hat total akribisch Arabisch gelernt. Und sich laufend theologische Bücher ausgeliehen.«

»Wieso ist das verdächtig?«

»Verdächtig ist das falsche Wort. Es ist ... außergewöhnlich. Und alles, was außergewöhnlich ist, interessiert mich.«

»O.K. Und was war da noch?«

»Woher weiß ich, dass einer beim IS ist?«

»Wenn er in einem IS-Video auftaucht. Wenn er auf Facebook damit angibt. So was.«

»Ja. Oder aus den IS-Personalbögen.«

»Du meinst diese Dokumente, die vor zwei Jahren oder so aufgetaucht sind?«

»Genau, wir haben die auch. Ich benutze die jeden Tag, die sind wichtig. Es sind seither auch Bögen dazugekommen, von denen noch nichts in der Zeitung stand. In diesen Bögen fragt der IS vier Kategorien ab, die mir helfen, einen Deutschen zu finden: Kampfname, Staatsangehörigkeit, letzte Adresse und Telefonnummer für den Fall des Todes, also wer benachrichtigt werden soll. Wenn sich einer *Abu Haumichtot al-Almani* nennt, wenn einer ›deutsch‹ als Staatsangehörigkeit angibt, wenn einer eine Adresse in Deutschland oder eine deutsche Telefonnummer angibt, dann gehen bei uns die Lampen an.«

»Und Gent Sassenthin hat auch so einen Bogen?«

Sami zog ein Blatt Papier aus seiner Hosentasche, legte es auf den Tisch und strich es glatt. Merle Schwalb erkannte oben in der Mitte das schwarz-weiße Logo des IS. Das Dokument war in zwei Hälften geteilt, wie eine Tabelle, auf der einen Seite vermutlich die Fragen, auf der anderen die Antworten. Alles war in arabischer Schrift ausgefüllt.

»Ist das seiner?«, fragte sie.

»Wenn ich das wüsste«, antwortete Sami, nun mit einer Falte zwischen den Augen. »Aber ja, es könnte seiner sein.«

»Wieso?«

»Es gibt da zwei andere Jungs, Murad Abulhakeem und Muhammad Sabri, beide aus Deutschland. Die beiden sind am selben Tag beim IS angekommen, das wissen wir, weil das aus ihren Bögen hervorgeht. Die beiden sind also zusammen eingereist. Vor etwa einem Jahr.«

»O. K.«

»Ich hab in allen Bögen nachgesehen, wer noch an diesem Tag eingereist ist, und zwar am selben Grenzübergang, wie der IS es nennt, bei Tall Abiad in diesem Fall.«

»Klingt mühsam. Warum hast du überhaupt nachgecheckt, wer gerade mit diesen beiden gleichzeitig ins Kalifat rein ist?«

Sami sah ihr in die Augen, sagte aber nichts.

Ich verstehe schon, dachte sie. Schon gut. Du drehst wirklich jeden Stein um, wenn du sagst, du drehst jeden Stein um.

»Also?«, fragte sie. »Was ist dabei herausgekommen?«

»Dass es noch genau einen anderen Kämpfer gibt, der an diesem Tag und an diesem Ort eingereist ist, also vermutlich mit diesen beiden Typen zusammen.«

»Und was wissen wir über diesen dritten Mann?«

»Das hier«, sagte Sami und deutete auf das Blatt zwischen ihnen auf dem Tisch, »das ist sein Bogen. Wenn du Arabisch lesen könntest, würdest du sehen, dass der Kampfname Abdallah lautet.«

»Aber das allein ist wenig hilfreich, oder?«

»Richtig. Abdallahs gibt's viele. Dazu kommt, dass der zuständige Grenzverwaltungsbruder schlampig war. Bei der Staatsangehörigkeit zum Beispiel steht gar nichts. Bei letzte Adresse ist eingetragen: *Ra's Taq*. Klingt wie ein räudiges Nest in irgendeinem arabischen Land.«

»Und bei den Telefonnummern?«

»Erst gar keine angegeben.«

»Aber?«

»Was aber?«

»Du würdest mir das nicht zeigen, wenn da nicht noch ein anderer Hinweis wäre.«

Sami grinste wieder und nahm einen Schluck von seinem Wein.

»Es gibt hier eine weitere Spalte, in der wird der erlernte Beruf abgefragt. Und da steht: Rettungssanitäter.«

»Aha!«

»Ja, das ist schon mal nicht schlecht. Am wichtigsten ist aber die letzte Spalte. Da können die Grenz-Brüder Anmerkungen eintragen. Fertigkeiten wie bestimmte Computerprogramme, die die Jungs beherrschen, oder Chemiekenntnisse, solche Dinge. Was ihnen auffällt halt. Oder sie notierenswert finden. Und bei diesem

Bruder steht da, ich übersetze: Hat mehrere Taschen mit Medikamenten und medizinischer Ausrüstung mitgebracht, die er im *Sharita*-Krankenhaus erbeutet hat.«

»Sharita?«

»Ja, Sharita. Und als ich das gelesen habe, ist mir klar geworden, dass unser Mann ziemlich schlau ist und die Grenz-Brüder ziemlich dämlich sind: *Ra's Taq* ist *Rostock* und das *Sharita*-Krankenhaus ist die *Charité* in Berlin. Für mich sieht das alles danach aus, als habe unser Mann dem IS nicht allzu viele Informationen überlassen wollen, die ihn identifizierbar machen, deshalb keine Telefonnummer, und vielleicht war dieses Umschrift-Massaker ja auch seine Idee.«

»Aber so passt dann alles zusammen?«

»Gent Sassenthin ist in der Nähe von Rostock aufgewachsen. Er hat eine Zeit lang Medizin an der HU Berlin studiert und kennt sich deshalb an der Charité aus, weil das deren Lehrkrankenhaus ist. Ich habe außerdem die Charité angerufen, und voilà: einen Monat vor Gents Einreise beim IS gab es bei denen einen Einbruch in einem Rettungswagen, und es ist ein Haufen Zeug weggekommen.«

»Krass«, sagte Merle. »Aber wieso hast du das bei euch noch niemandem erzählt?«

»Weil das Kleinkram ist«, sagte Sami und winkte ab. »Es ist ja nur eine Indizienkette. Den Verdacht, dass Gent in Syrien sein könnte, haben wir ja eh.«

»Also ist da noch mehr?«

Sami zündete sich eine weitere Zigarette an.

»Ich hab dir doch gesagt, als Kampfname sei da Abdallah eingetragen, richtig?«

»Ja.«

»Es gibt da noch einen Zusatz: In dem Bogen heißt er Abdallah al-Dscharrah.«

»Und was heißt das jetzt wieder?«

»Wundarzt. Oder Chirurg.«

»Und wieso bringt dich gerade das jetzt weiter?«

»Ich habe doch am Anfang erzählt, dass ich manchmal Informationsbröckchen von ausländischen Partnerdiensten bekomme, oder?«

»Ja.«

»So, und da gab es kürzlich ein paar obskure Meldungen, die sich auf jemanden beziehen, der aus Europa stammt – und beim IS als *al-Dscharrah* bekannt sein soll.«

»Und du glaubst, das ist Gent?«

Sami zuckte mit den Schultern.

»Keine Ahnung. Ich weiß nur, dass Gent Sassenthin womöglich intelligent und engagiert genug ist, um beim IS aufzusteigen. Er ist kein Schwachmat wie die meisten anderen, kein totaler Loser. Er hat Fähigkeiten, die der IS braucht. Und der IS schaut nach Europa. Er sucht Leute, die sich hier auskennen, für Anschlagsplanungen. Gerade jetzt, wo das Kalifat in die Knie geht. Also warum nicht?«

»Und was treibt dieser *al-Dscharrah* unseren ausländischen und selbstverständlich lupenrein demokratischen Partnern zufolge?«

»Er ist Arzt. Und er hängt mit der Crème de la Crème des Kalifats ab, wenn unsere Freunde recht haben. Mit mutmaßlichen Anschlagsplanern zum Beispiel. Und mit einem Typen namens Abu Obeida al-Makki, einem Saudi, der schon 2005 bei al-Sarkawi im Irak eingestiegen ist und vorher in Afghanistan war, eine Art graue Eminenz ohne offiziellen Titel, aber mit jeder Menge Verbindungen. Al-Makki ist ein hohes Tier bei *al-Amn al-kharidschi*, dem IS-Geheimdienst. Die sind für die interne Sicherheit zuständig, aber auch für Anschlagsplanungen im Ausland. Über al-Makki kommt nur noch ein Typ, eine Art Ober-Emir des IS-Geheimdienstes in Syrien, und dann kommt schon der Kalif.«

»Heilige Scheiße.«

»Ja. Wenn *al-Dscharrah* wirklich Gent ist, dann ist er möglicherweise eines der schärferen Messer in der Schublade des weltweiten Dschihad, Merle.«

Merle atmete tief durch, nahm sich ihrerseits eine Zigarette aus Samis Packung und zündete sie an.

»Wo fange ich an?«
»*Masdschid al-Futuhat*, eine kleine Moschee in der Osloer Straße.«
»Warum da?«
»Weil er da zuletzt gesehen wurde.«

Merle Schwalb liebte das Flimmern und die Aufregung, die sie noch immer erfassten, wenn sie den ersten Faden einer neuen Geschichte zu fassen bekam. Das Kratzen ihres Stiftes auf dem Block, wenn sie kaum mitkam mit den Notizen und in Gedanken schon den nächsten Schritt plante. Die keimende Hoffnung, diesmal könnte es wirklich um etwas gehen! Es war eine Hoffnung, die oft genug enttäuscht wurde; manchmal hatte sie das Gefühl, dass neun von zehn Recherchen im Papierkorb landeten, nie zündeten, sich zerschlugen, verpufften, sich von alleine erledigten, oder andere kamen ihr zuvor. Oder dass sie lediglich zu mehr oder weniger harmlosen Minigeschichten führten, die der *Globus* dann auf sechzig Zeilen aufpumpte und per Agenturmeldung wenigstens noch an die Tageszeitungen zu verfüttern versuchte, was aber in der Regel keinerlei Konsequenzen hatte, außer dass bestenfalls eine Hinterbänklerin der *Linken* anschließend eine schriftliche Anfrage an die Bundesregierung stellte, deren Antwort unweigerlich aus dem üblichen *Blabla* bestand und die Welt auch nicht voranbrachte.

Aber dieses Mal fühlte es sich anders an. Sie hatte das Gefühl, dass sie dem Dritten Geschlecht den richtigen Vorschlag gemacht hatte: Gent Sassenthins Reise von Rostock nach Rakka war *wirklich* interessant.

Nachdem Sami ihr alles erzählt hatte, was er mit ihr zu teilen bereit war, hatte sie kurz überlegt, ob dieser Abend eine gute Gelegenheit wäre, ihre körperliche Beziehung wieder aufzunehmen; es hatte etwas, musste sie sich eingestehen, wie er sich während des Erzählens die Haare aus der Stirn strich. Aber sie hatte sich dann doch dagegen entschieden. Sie war zu aufgeregt. Sie wollte arbeiten.

Und so saß sie zwei Stunden nach dem Treffen noch mit ihrem Block auf ihrer Terrasse. Sie hatte gegoogelt, um herauszufinden, wo die Moschee lag, die sie am nächsten Tag aufsuchen wollte. Zur Sicherheit hatte sie auch noch recherchiert, um wie viel Uhr das Nachmittagsgebet ungefähr stattfinden würde, damit sie eine möglichst große Auswahl an Gesprächspartnern antreffen würde. Sie war außerdem dankbar, dass Gent einen eher ungewöhnlichen Nachnamen hatte: Vielleicht war der Bootsbauer mit demselben Nachnamen, den sie nach ausgiebiger Recherche auf der Webseite der Handwerkskammer Ostmecklenburg-Vorpommern als Prüfer eingetragen gefunden hatte, ja tatsächlich ein Verwandter?

Sie wollte gerade aufstehen, um das Ladegerät aus der Steckdose zu rupfen und sich fürs Bett fertig zu machen, als sie eine SMS von Sami auf ihrem Handy aufblinken sah.

»Der IS hat gerade eine Nachricht veröffentlicht, vor fünf Minuten«, las sie. »Gent ist tot.«

»Scheiße«, rief Merle Schwalb und schmiss ihr Wasserglas gegen die Klinkerwand, die ihre Terrasse säumte. »Scheiße, Scheiße, Scheiße!«

4

»Ich verstehe das nicht«, sagte Elisabeth Sassenthin. »Was soll denn das bedeuten?«

»Es ist eine gute Nachricht«, antwortete Titus. »Ein Lebenszeichen.«

Am Morgen hatte sie ihn angerufen: Gestern sei eine E-Mail von Gent gekommen. Aber sie und ihr Mann fühlten sich noch nicht sicher genug im Umgang mit dem Kryptierprogramm und hätten Angst, aus Versehen etwas zu löschen. Fünfzehn Minuten später hatte Titus sich seufzend in seinen Wagen gesetzt. Das wird mich einen Tag kosten, hatte er gedacht, als er sich an der Raststätte Buckowsee, noch nicht einmal halben Wegs, einen Kaffee gegönnt hatte. Schon wieder kein Training. Und Ernst ist sauer. Hoffentlich ist es das wert.

Zwei Stunden später hatte er zwischen Karl und Elisabeth Sassenthin an dem schweren Küchentisch gesessen, vor sich den leicht veralteten Laptop, auf dem Karl Sassenthin sonst seine Buchhaltung erledigte und auf dem er, mit Gabriels telefonischer Unterstützung, erst gestern Mittag PGP installiert hatte. Ich drücke jetzt, durchfuhr es Titus, als er so weit war – und dann sehen wir es.

Was auch immer es ist, das Gent uns mitteilen möchte.

Jarrah1434@yahoo.com hatte sich Gent als E-Mail-Adresse ausgesucht; Titus hatte keine Ahnung, was das bedeuten könnte. Im Augenwinkel sah er, wie Karl Sassenthin die Hand seiner Frau ergriff. Einen kurzen Moment später erschien die Nachricht, die ihr Sohn gesendet hatte, im Klartext.

Der Pfeil, der dich treffen soll, wird dich nicht verfehlen. Und der Pfeil, der dich verfehlen soll, wird dich nicht treffen.
Nur diese zwei Sätze.
Keine Anrede, kein Gruß.
Karl Sassenthin hatte gelacht, nachdem er die Nachricht gelesen hatte. Oder doch nicht. Vielleicht klang es nur wie ein Lachen.
»Wirklich, glauben Sie mir, Sie sollten sich freuen, es ist ein gutes Zeichen!«
»Für mich klingt das, als würde er sich auf seinen Tod vorbereiten. Oder?«
»Frau Sassenthin, zunächst einmal ist es so, dass Ihr Sohn Kontakt mit Ihnen aufgenommen hat. Das ist nicht selbstverständlich. Glauben Sie mir, ich habe mit vielen Eltern zu tun, die überhaupt keinen Kontakt haben. Und wenn jemand Kontakt haben will, dann gibt es dafür einen Grund. Er will Sie wissen lassen, dass er lebt!«
»Aber davon habe ich doch nichts. Vielleicht ist er morgen schon tot!«
»Ja, das kann sein. Es ist natürlich gefährlich dort. Luftangriffe, die ständige Suche des IS nach Verrätern, ganz klar. Ich will Ihnen ja auch nicht sagen, dass ihr Sohn in Sicherheit ist. Nur dass er gestern noch gelebt hat und Ihnen das mitteilen wollte.«
»Aber wenn er uns das jetzt schreibt, dann heißt das …«.
»Ja, Herr Sassenthin«, sagte Titus. »Sie werden sich von nun an jeden Abend fragen: Warum hat er *heute* nicht geschrieben, dass er noch lebt? Das meinen Sie, oder?«
»Ja.«
»Ich kenne solche Fälle. Es ist hart. Ich kenne eine Mutter, die ist froh, wenn sie alle sechs Monate von ihrem Sohn hört; und der hat auch noch seine Ehefrau und seine kleine Tochter dabei. Und ich will Ihnen nichts vormachen, für diese Frau sind die Monate zwischen den Anrufen, bei ihm sind es Anrufe, die Hölle.«
»Ja«, sagte Karl Sassenthin.
»Aber da ist noch etwas, das dürfen Sie nicht außer Acht las-

sen. Gents Botschaft bedeutet auch, dass er glaubt, es gibt eine Chance für ihn, zu überleben. Er ist keineswegs sicher, dass er sterben wird.«

»Er hat mir mal erklärt«, sagte Elisabeth Sassenthin, »dass man nichts sicher weiß, nicht mal, was im nächsten Moment geschehen wird. Vielleicht beginnt in drei Minuten das Ende der Welt, der Tag der Auferstehung, hat er gesagt.«

»Wir müssen jetzt einfach geduldig sein. Und wir sollten ihm eine Antwort schreiben, die ihn nicht unter Druck setzt, aber zum Ausdruck bringt, dass es für ihn immer einen Weg zurück gibt.«

»Komm zurück, Junge! Wir haben doch schon ein Kind verloren!«, sagte Elisabeth Sassenthin.

»Nein«, entgegnete Karl Sassenthin. »Nein, Elli, wir schreiben einfach: Wir sind froh, dass du lebst.«

»Das ist gut«, sagte Titus. Er suchte Elisabeth Sassenthins Blick. Sie nickte kaum merklich.

»Also gut«, sagte Titus und wollte schon anfangen zu tippen, als er ein Auto hörte, das auf der mit Kies bestreuten Auffahrt der Sassenthins zum Halten kam.

»Erwarten Sie Besuch?«, fragte Titus.

»Nein«, antwortete Karl Sassenthin. »Ich seh mal nach.«

Titus hatte gerade zu Ende getippt, als Karl Sassenthin mit einer hübschen, groß gewachsenen blonden Frau in der Küche erschien; in der Hand hielt er eine Visitenkarte. »Das ist ... Frau Schwalb, Merle Schwalb, sie ist *Reporterin* beim *Globus*«, las er vor. »Sie will mit uns über Gent sprechen.«

»Auf keinen Fall!«, sagte Titus sofort. »Bitte, Herr Sassenthin, Frau Sassenthin, Sie haben keinerlei Verpflichtung, mit der Presse zu sprechen! Ich empfehle Ihnen dringend, nicht mit Frau Schwalb zu sprechen!«

»Und wer sind Sie, wenn ich fragen darf?«, fragte die Journalistin.

»Es geht Sie zwar nichts an, aber ich betreue die Familie Sassenthin in dieser Angelegenheit.«

»Sind Sie der Anwalt?«

»Nein«, antwortete Titus. »Ich bin Mitarbeiter der Beratungsstelle *Amal*, wenn Sie es unbedingt wissen müssen. Herr Sassenthin, Frau Sassenthin, bitte: Ich rate Ihnen, schicken Sie Frau Schwalb wieder weg. Wenn Sie mit der Presse reden wollen, später, dann sollten wir das in Ruhe besprechen. Das ist möglich. Aber auf keinen Fall jetzt, wo alles in Bewegung ist.«

»Bewegung?«, fragte die Journalistin.

»Frau Schwalb, wieso sind Sie hier?«, fragte Karl Sassenthin. Titus wünschte, er hätte es nicht getan.

»Herr Sassenthin, ich recherchiere eine Geschichte über Ihren Sohn«, sagte Merle Schwalb und bewegte sich, während sie sprach, zentimeterweise auf den Küchentisch zu. »Dieser Artikel wird erscheinen, so oder so, das sage ich Ihnen ganz ehrlich. Aber ich glaube, er wird besser, wenn Sie mit mir sprechen.«

»Frau Schwalb, wir sind da gerade mitten in einer ... also eigentlich passt es jetzt gerade nicht so gut«, entgegnete Karl Sassenthin. »Ich will nicht unhöflich sein. Aber wir sind darauf nicht vorbereitet, und Herr Brandt, der hat uns nun schon die ganze Zeit geholfen, und wenn er sagt, dass es besser ist, erst einmal nicht mit der Presse zu sprechen, dann denke ich, sollten wir das beherzigen.«

Merle Schwalb stand nun direkt vor dem Küchentisch und ergriff mit beiden Händen die Lehne des Stuhls gegenüber von Titus. Titus beobachtete, wie ihr Blick von einem der Anwesenden zum nächsten wanderte. Schließlich blieb er auf Elisabeth Sassenthin haften.

Sie hat das schwächste Glied gesucht, dachte Titus. Eine Sekunde braucht sie dafür. Wo lernen die das? Und dieses Anschleichen: Wo lernen die solche Sachen bloß?

»Frau Sassenthin«, hob Merle Schwalb an, »es ist kein Problem für mich, wieder zu gehen, und vielleicht können wir ein anderes Mal miteinander sprechen.«

»Ja, bitte«, sagte Elisabeth Sassenthin.

»Ich verstehe ja die Skepsis gegenüber Journalisten. Aber

manchmal können wir ja auch helfen, Dinge erklären, etwas beitragen. Wir haben ja auch Informationen.«

»Sie haben Informationen?«

»Elli«, sagte Karl Sassenthin sacht.

»Frau Schwalb, heute ist es wirklich nicht so passend«, sagte Elisabeth Sassenthin.

»Ja, das verstehe ich natürlich, dass heute kein guter Tag ist«, sagte Merle Schwalb und ließ die Stuhllehne wieder los. »Und wenn, na ja, wenn Herr Brandt nicht sofort eingeschritten wäre, dann hätte ich Ihnen natürlich erst einmal gesagt, dass es mir wirklich fürchterlich leidtut, dass ihr Sohn tot ist.«

* * *

Im Frühtau zu Berge wir ziehen, fallera
Es grünen die Wälder, die Höh'n, fallera
Wir wandern ohne Sorgen,
singend in den Morgen
Noch ehe im Tale die Hähne kräh'n.

Er musste sich nur an die Melodie erinnern, um sofort wieder die Wärme des Lagerfeuers auf seiner Haut zu spüren. Wenn ich irgendwann einmal glücklich war, sieben Tage am Stück, dann wahrscheinlich dort. Im Zeltlager. Im Sauerland. Mein Gott, ist das wirklich wahr?

Ja, es ist wahr. Ich habe es geliebt. Jeden einzelnen Moment.

Das frühe Wachwerden im klammen Schlafsack. Wenig später die ersten Tropfen aus der eiskalten, aus Regenwasser gespeisten Dusche, die nichts anderes war als eine blecherne Gießkanne mit einer Schnur daran. Am Waldrand stand sie, und wir haben extra wenig Seife benutzt, um den Pflanzen nichts anzutun.

Dann das Frühstück, Graubrot mit Leberwurst, Graubrot mit Erdbeermarmelade oder, wenn man rechtzeitig kam, Graubrot mit Nutella, auf riesigen Tabletts auf enormen Holztischen bereitliegend. Du nimmst den Teller, den du aus deinem Zelt geholt hast, und die Blechtasse, du stellst dich an, du bist hungrig, die Luft, vielleicht liegt es an der Luft, vielleicht auch daran, dass du gestern den ganzen Tag in Bewegung warst, Bäume fällen und Holz hacken und klettern und rennen. Du lässt dir Kakao in deine Tasse füllen, der dampft und eine Haut hat; aber die Haut, die gehört dazu, jeder hat Haut auf seinem Kakao. Zu Hause würde man vielleicht motzen, aber nicht hier.

Du trägst kurze Hosen, für zwanzig Mark eine Woche zuvor in so einem Military-Store nahe dem Hauptbahnhof gekauft, Altbestand Bundeswehr, grasgrün, viele Taschen, unzerreißbar, sehr praktisch. Die Kälte zieht dir durch die Hosenbeine, denn der Wald, der die Lichtung umgibt, auf der die Zelte stehen, weiße Würfel in einem großen Rund, der Wald atmet noch diesen feinen, kalten Dunst aus. Aber du weißt: In einer Stunde wird dir warm sein.

Das Frühstück ist der eine Fixpunkt des Tages, das Lagerfeuer am Abend, die Lieder, der zweite. Dazwischen gibt es immer etwas zu tun. Tolle Sachen. Auf die du nie alleine gekommen wärst.

»Komm, lass uns nachsehen, was heute ansteht«, sagt Sebastian, der in deinem Zelt neben dir schläft. Am Rande des Zeltplatzes steckt eine Tafel im Boden, darauf haftet an jedem Morgen, auf einem DIN-A3-Blatt, von den Gruppenleitern in der Nacht zuvor mit Edding beschriftet, das Tagesprogramm.

»Erbsensuppe kochen«, steht da für heute. Und nach dem Mittagessen, für die zweite Tageshälfte: »Fußballturnier«.

»Erbsensuppe kochen?«

Sebastian ist das erste Mal dabei.

»Das ist cool«, sagst du. »Jedes Zelt bekommt einen riesigen Topf, die Zutaten und eine Streichholzschachtel mit genau drei Streichhölzern. Dann geht jede Gruppe im Wald an eine eigene Stelle und kocht Suppe. Die Kochfrauen haben heute frei, aber sie sind die Jury, sie probieren jede Suppe und verteilen Punkte. Und es gibt Extrapunkte, wenn man die Streichhölzer nicht benutzt.«

»Wie soll das denn gehen?«

»Ich habe eine Lupe dabei«, sagst du. »Komm! Ich zeig sie dir!«

Gibt es etwas Deutscheres als den Wald?

Durch den Wald laufen, den Wald besingen, dem Wald ein paar Quadratmeter abtrotzen, den Wald vermissen, den Wald vermessen, den Wald bestellen, den Wald betrachten, den Wald achten, der Wald steht schwarz und schweiget?

Was ist der Wald? Er ist – *da*. Er war vor dir da, er wird nach dir da sein. Er besteht aus Bäumen, aus Pflanzen, aus Käfern, aus klappernden Spechten, aus wilder, freier Luft, aus Dampf und Erde und Boden und Wärme und Lehm und Pilzen, nicht nur den schönen aus dem illustrierten Märchenbuch oder den Fliegenpilzen, sondern auch aus diesen glibberigen Pilzen, die auf den abgefallenen Ästen wachsen, die aussehen wie holzige Quallen. Und er besteht aus Schmiere und Schleim und manchmal aus Beeren; aus Stacheln und Dornen, und aus Zecken und violetten und orangefarbenen Nacktschnecken mit einem dünnen, schwarzen Strich auf dem Rücken. Er besteht aus dicken Stämmen mit krustiger, schrundiger Borke und aus im Wind singenden, wogenden Wipfeln, aus Farn und Efeu; er knackt, er rauscht, er lebt, er ist die Wand, er ist die Decke, er ist um uns herum, er ist die Grenze, und wir sind mittendrin, für eine Woche. Er ist größer als wir, man könnte Stunden laufen und träfe auf keine Straße, man würde sich verlaufen, wenn man wegrennte, die Gemeinschaft verließe, die sich hier zusammengetan hat, auf dieser Lichtung, die auch Teil des Waldes ist, ein freundliches Nicken dieses Waldes: jaja, lasst euch hier ruhig nieder. Hier dürft ihr spielen. Der Wald ist größer als wir. Und wir sind seine Gäste.

Alles fühlt sich anders an in diesen sieben Tagen.

Jeder Schritt federt. Jede Nacht ist dunkel, absolut dunkel, hinter dem letzten Hering, der dein Zelt festhält, hinter der Kerze, die neben dem Klohäuschen schimmert, da beginnt das tintenschwarze Nichts.

Aber vorher, bevor du dich in den Schlafsack quetschst, die Taschenlampe griffbereit neben der Luftmatratze, gibt es das Lagerfeuer.

Wir lagen vor Madagaskar
und hatten die Pest an Bord
in den Kesseln, da faulte das Wasser
und täglich ging einer über Bord
Ahoi, Kameraden, ahoi, ahoi
Leb wohl, kleines Mädel, leb wohl, leb wohl ....

Erst viele Jahre später war ihm klar geworden, dass etliche der Lieder, die sie da jeden Abend gesungen hatten, vermutlich auf die eine oder andere Art fragwürdig waren. Heia Safari und Halali, Blaue Dragoner und Faria, faria, ho. Hatte aber nie jemanden gestört.

Eines Abends jedoch hatte ein Mädchen namens Klara Einspruch eingelegt, als irgendjemand »143! 143!« gefordert hatte. Doch Lied Nummer 143 in den Liederbüchern, die in einer Holzkiste verwahrt wurden und vor dem Lagerfeuer verteilt wurden, hieß »Negeraufstand ist in Kuba«. Strophe vier, nur so als Beispiel:

Auf dem Bahnhof stehen Kisten
mit eingemachten Christen
die in Kuba abgeschlachtet
und nach Germany verfrachtet

»Nur so als Beispiel!«, hörte er die empörte Stimme von Klara. »Das können wir doch im Ernst nicht singen, Leute! Das ist doch rassistisch!«

Auch er hatte noch nie darüber nachgedacht.

»Aber das haben wir doch immer gesungen«, erwiderte Frank lahm, der die Gitarre in der Hand hielt, und dessen Meinung deshalb ein gewisses Gewicht zukam. Doch Klara, die schöne Klara mit den hohen Wangenknochen, setzte sich nach kurzer Diskussion durch. Nie wieder wurde dieses Lied gesungen. Dafür ab sofort zwei Mal an jedem Abend, zu Beginn und am Ende:

*Euer Kampf, Nicola und Bart
brannte weit und wurde Fanal.
Brannte rot und wurde zum Schrei
Gebt Sacco und Vanzetti frei!
Und der Schrei lief rund um die Welt.
Und im Kampf hat jeder gefühlt
diese Kraft, die hinter euch steht,
die Kraft der Solidarität.*

Klara war das erste Mädchen gewesen, das er geküsst hatte. Am Waldrand, hinter ihrem Zelt. Er sah die dunkelblaue Trainingsjacke vor sich, die sie trug, und sah sich selbst dabei zu, wie er ihre blonden Haare hinter ihre Ohren legte, bevor er sich ihrem Mund näherte und sich in Gedanken schon fragte, wie man das machte, das mit den Brüsten.

Aber das war es nicht, das Knutschen nicht und Klara nicht, warum die Erinnerung an das Zeltlager ihm selbst im Abstand von über zwanzig Jahren so nahe kam.

Es war der Verrat. *Sein* Verrat.

Es gab einen Grund, warum jeder im Zeltlager neben seinem Schlafsack genau zwei Dinge so aufbewahrte, dass er sie auch im Dunkeln finden konnte: eine Taschenlampe und eine zweite Tube Zahnpasta. Das Zeltlager hatte eine jahrzehntelange Tradition. Und wie es die Eigenart von Traditionen ist, gab es nicht für jede eine einleuchtende Erklärung. Man hielt sich an sie. Es ging nicht darum, sie zu verstehen. Allerdings wusste er nicht, jedenfalls damals noch nicht, dass man Traditionen auch missverstehen kann.

Auf der Mitte der Lichtung, mitten im Rund der Zelte, stand in jedem Jahr ein gewaltiger Pfahl. Der Lagermast, mit ihrem Banner auf der Spitze. Er war mindestens zehn, zwölf Meter hoch, und ohne den Lagermast hätte dem Lager etwas Wichtiges gefehlt, das hatte er ebenfalls erst Jahre später kapiert. Es war dieses Symbol, dieses Stück Stoff, das aus den 150 Jungs und Mädchen und ihren Betreuern einen Stamm machte. *Wir* sind *hier*. Alle *anderen* sind *woanders*.

Und wie jeder Stamm im Wald musste auch dieser sich verteidigen.

Deswegen eine weitere Tradition: Einige der sogenannten Ehemaligen, der Betreuer und Teilnehmer früherer Jahre, die aus was für Gründen auch immer – weil sie zu alt waren, weil sie studierten, weil sie verheiratet waren und Kinder hatten – nicht mehr mitfuhren, nahmen sich während dieser Woche immerhin einen Abend Zeit, um irgendwie doch wieder dabei zu sein: Indem sie nämlich des Nachts anreisten, ihre Autos Kilometer von der Lagerstätte entfernt parkten, durch den Wald robbten und einen »Überfall« auf das Lager verübten. Das Ziel eines Überfalls bestand darin, die Fahne vom Lagermast zu stehlen. Am besten unbemerkt, im Notfall nach einer Keilerei.

Wenn das gelang, wenn einer der Angreifer es fertigbrachte, während die übrigen Angreifer sich ein Gerangel mit den Verteidigern lieferten, die zehn oder zwölf Meter hinaufzuklettern und das Banner zu lösen und herunterzuwerfen, dann gab es zur Auslösung der Fahne eine Kiste Bier am Lagerfeuer, und alle, die während des Überfalls wach geworden waren, durften dabeisitzen; auch die Jüngsten, selbst wenn es drei oder vier Uhr am Morgen war.

Denn Überfälle waren etwas Besonderes.

Ereignisse, um die herum Legenden gesponnen wurden.

Um erfolgreiche Überfälle zu verhindern, gab es eine Nachtwache. Zeltweise, immer reihum, übernahmen die Teilnehmer diese Aufgabe, von Mitternacht bis zwei Uhr am Morgen, von zwei bis vier, von vier bis sechs Uhr am Morgen.

Deshalb die Taschenlampe: In Zweiergruppen strichen die Nachtwachen um die Lichtung herum, vergewisserten einander, dass die heutige, genau diese Nacht, prädestiniert sei für einen legendären Überfall, und versuchten die Helden zu sein, die die Eindringlinge als Erste entdecken. Um dann aus voller Kehle »Alarm! Überfall!« zu rufen und alle zu wecken. Woraufhin alle, die den Ruf wahrgenommen hatten, aus den Zelten stürzen würden, um die Angreifer aufzuhalten – eine riesige Klopperei, bei der alles erlaubt war außer Schlägen ins Gesicht, beißen und kratzen.

Die Angreifer wurden, wenn man sie überwältigt hatte, für eine symbolische Dauer an den Lagermast gefesselt. Und dann – dafür war die Extratube Zahncreme – von oben bis unten eingeschmiert.

Sami liebte die Nachtwache. Er ließ sich eintragen, so oft es ging, und übernahm sie gerne für alle, die lieber schlafen wollten. Den Wald rund um die Lichtung herum zu patrouillieren, dabei möglichst keinen Mucks zu machen und zugleich zu wissen: Ich bin wach, aber Klara, die schöne Klara, die schläft und verlässt sich auf mich – das war ein schöner Gedanke. Und er liebte die Aufregung, das Spiel, das sich dann ergab, den Tanz der Beine und Hände, wenn es tatsächlich einen Überfall gab. Die bange Frage: Schaffen es die Angreifer bis zum Lagermast, vielleicht sogar bis nach oben? Der unvergessliche Geruch von Zahncreme, die sich mit Schlamm vermischte.

Da, ein Knacken!

War das nicht verräterisch? Könnte es sein, dass sich dort, hinter den drei dicken Eichen dahinten, ein Trupp versteckte?

Er blickte auf seine Uhr mit den Leuchtziffern, es war kurz nach zwei Uhr am Morgen. Sebastian, mit dem er eigentlich eingeteilt war, hatte er nicht wach bekommen, als ihre Nachtwache begann. Eigentlich gab es für so etwas keine Entschuldigung, aber Sami hatte ihn schlafen lassen.

Dann mache ich halt alleine Nachtwache!

Als er das zweite Knacken hörte, war er fast sicher, dass es sich nicht mit den natürlichen Geräuschen des Waldes in Einklang bringen ließ. Das hier war etwas Fremdes. Sein Herz begann zu pochen.

Dann das dritte Knacken – und eine flüsternde Stimme, vielleicht fünfzig Meter entfernt. Jetzt gab es keinen Zweifel mehr, dass dahinten ein Überfallkommando zwischen den Eichen lauerte. Ihn konnten sie nicht gesehen haben. Er hatte seine Taschenlampe gar nicht an, schon seit Minuten nicht mehr. Und er hatte sich praktisch nicht bewegt.

Wahrscheinlich ist noch nie ein Überfall so früh entdeckt worden, dachte er. Ich könnte jetzt ganz lässig zum Lagerfeuer schlendern und den dort versammelten Gruppenleitern sagen: Übrigens, dahinten liegen sie!

Ich müsste nicht einmal Alarm schreien. Wir könnten sie schon im Wald stellen – das hat es noch nie gegeben!

Aber während er das dachte, hatte er sich schon selbst hingelegt. Auf den Bauch. Flach atmend. Irgendetwas hielt ihn davon ab, zum Lagerfeuer zu gehen.

Es dauerte ewig.

Nach vielleicht einer Stunde schälten sich schließlich drei, vier, fünf Silhouetten aus dem Dunkel hinter den Eichen und krochen langsam auf allen vieren immer näher an den Rand der Lichtung heran. Er lag nun etwa zehn Meter entfernt von ihnen auf dem Boden, aber auf gleicher Höhe. Die Angreifer hielten inne. Er wusste, was sie jetzt taten: die Augen an die Szenerie gewöhnen. Auf den richtigen Moment warten.

Jetzt, dachte er. *Jetzt* muss ich »Alarm« rufen!

Aber er tat es nicht.

Etwas in ihm ließ ihn noch weiter warten. Etwas? Aber was denn nur? Er wusste ganz genau, was es war. Denn es hatte in diesem Jahr noch gar keinen Überfall gegeben, und in zwei Tagen würden sie schon abreisen. Aber ein Überfall, der gehörte doch dazu. Das war doch der Stoff, aus dem die besten Geschichten, die größten Abenteuer waren. Wenn er aber jetzt »Alarm« brüllte, dann würden in dreißig Sekunden über hundert Jungs und Mädchen um den Mast herum stehen – und der Überfall wäre zu Ende, bevor er begonnen hatte.

Und das war doch nicht der Sinn dieser Tradition, oder?

Sami schrie, so laut er konnte: »Überfall! Alarm!«

Aber er schrie erst, als die Angreifer aus dem Unterholz brachen. Im allerletzten Moment.

Der Kampf, der darauf folgte, war episch.

Uwe Möller, ein ehemaliger Gruppenleiter, der in Bochum

Sport studierte, schaffte es drei Mal, die ersten drei Meter des Lagermastes zu erklimmen, aber jedes Mal wurde er, kurz bevor er in unerreichbare Höhen entschwinden konnte, von Verteidigern aufgehalten, die auf den Schultern anderer Verteidiger stehend irgendwie doch noch eine Hand an seine Schuhe bringen konnten, um ihn wieder herunterzuziehen.

Die Schlacht schien schon fast entschieden, als sie plötzlich von Neuem begann. Denn unbemerkt hatte sich im Schatten der Keilerei Heiner Brinkmann, ein drahtiger Tischler, einer der früheren und noch immer verehrten Gruppenleiter, aus dem Dickicht herangeschlichen, absichtlich verzögert, eine Ein-Mann-Nachhut. Er war offenbar als Ersatzmann der Angreifer eingeplant, um den Mast zu erklimmen, und weil niemand mit einer solchen List gerechnet hatte, schaffte Brinkmann es, mit einem gewaltigen Anlauf und noch gewaltigerem Absprung, so hoch zu springen, dass er in Sekundenschnelle fast auf halber Höhe des Mastes angelangt war. Wenn etwas wirklich noch nie vorgekommen war, dann das, was nun geschah: ein Wettklettern zwischen Angreifer und Verteidiger in sechs, in acht, in neun Metern Höhe. Denn Kai Fletscher, ein 16-Jähriger, der im Nachwuchs-Olympiakader ruderte oder segelte oder was auch immer, das wusste der staunend zusehende Sami nicht genau, der jedenfalls sehr durchtrainiert war, nahm die Verfolgung auf, kletterte Brinkmann einfach hinterher, und einen Moment lang drohten beide aus neun, aus zehn Metern Höhe herunterzustürzen, alle hielten die Luft an, aber Fletscher brachte es fertig, Brinkmann herunterzuzerren, er war einfach stärker, oder seine Arme waren länger, oder er war schlicht geschickter, aber am Ende waren beide sicher am Boden und die Fahne noch oben.

Eine halbe Stunde hatten die insgesamt sechs Angreifer gegen eine Übermacht Kinder und Jugendlicher gekämpft, bis sie schließlich mit Zahnpasta eingeschmiert und mit dicken Stricken gefesselt auf dem Boden rund um den Lagermast herum saßen.

Nicht viel später banden Sami und die anderen der älteren Verteidiger die Angreifer wieder los und luden sie ans Lagerfeuer ein.

Brachten ihnen Schüsseln mit Wasser, damit sie die Zahncreme abwaschen konnte. Machten ihnen ein paar Flaschen Veltins auf. Irgendjemand weckte sogar Frank, der alles verschlafen hatte, damit sie noch ein paar Lieder zusammen singen konnten.

Es war kurz nach fünf Uhr am Morgen, als Uwe Möller, der eben noch seine Füße an der Glut gewärmt hatte, sich neben Sami auf die Bank am Lagerfeuer setzte.

»Sammy, du hast den Alarm heute ausgelöst, oder?«

»Ja, habe ich.«

Uwe grinste und legte eine große, schwere Hand auf seine Schulter. »Guter Mann!«

Er hob seine Bierflasche, zum Zeichen, dass alle ihre Bierflaschen erheben sollten, und rief noch einmal lauter: »Guter Mann!«

»Guter Mann!«, erwiderten die anderen im Chor.

»Eine Sekunde später und wir hätten euch überrumpelt, Mann! Ihr hättet keine Chance gehabt!«, sagte Uwe Möller.

»Ja, aber das wusste ich ja!«, sagte Sami.

»Na klar!«, lachte Uwe Möller.

»Echt jetzt, Uwe.«

Auch Sami hatte schon zwei Bier getrunken.

»Was redest du da, Kleiner! Wir waren so nah dran, völliger Zufall, dass du Pappnase uns überhaupt gesehen hast!«

»Wenn du meinst ...«

»Ey, was soll das denn heißen?«

Uwe hatte ein paar mehr Bier getrunken als Sami und war entsprechend laut. Jetzt lauschten alle, die noch am Lagerfeuer saßen, ihrer Unterredung.

»Uwe, Alter, ich hab euch bestimmt eine halbe Stunde lang beobachtet, bevor ich was gesagt habe. Wie ihr da hinter den drei Eichen hocktet!«

Ein Raunen erhob sich.

Ein Raunen, das Sami unwillkürlich an den Moment denken ließ, in dem man merkte, dass das Wetter kippt. Dass aus einem langen Sommertag ein Gewitterabend wird.

»Hä?«

»Und wieso hast du nichts gesagt?«
»Was ist denn das für eine Nachtwache?«
»Spinnt der, wir hätten die vernichten können, Mann!«
»Sammy, hast du 'nen Lattenschuss?«
»Mann, auf welcher Seite stehst du denn?«

»Es gab einen Spruch, Nina, der hat mir den Rest gegeben an jenem Abend«, sagte Sami, der auf dem Rücken auf dem Bett lag, die Arme unter dem Kopf verschlungen, die Augen an die Decke des Schlafzimmers geheftet.
»Welcher denn?«, fragte sie.
»*Das ist doch kein Spiel hier!*«
»Das hat einer gesagt?«
»Erst nur einer, dann noch ein paar mehr.«
»Und?«
»Da habe ich was kapiert, Nina.«
»Was denn?«
»Die Deutschen, Nina. Sie sind … schräg.«
»Wieso jetzt?«
»Ich dachte, weißt du, ich dachte, es *ist* ein Spiel. Ich dachte, es geht darum, eine gute Geschichte hinzubekommen, zusammen. So, dass alle was davon haben. Dass alle etwas Ruhm und Spaß und Legende und was weiß ich abbekommen.«
»Aber?«
»Aber ihr Deutschen, ihr wollt gar nicht *spielen*. Ihr wollt 4:0 *gewinnen*.«
»Sami, wie kommst du eigentlich auf diesen ganzen Scheiß?«
»Eulenhauer hat mich heute gefragt: Für welches Team spielen Sie eigentlich?«
»Wichser.«
»Weißt du, Nina, wenn ich in meinem Leben mal ein echter Deutscher war, dann in diesem Zeltlager in diesem deutschen Wald. Zu so einem richtigen schönen Deutschen hatten sie mich gemacht. Bis zu diesem komischen oberdeutschen Abend.«
»Und jetzt, was bist du jetzt?«

Sami nahm einen Schluck von seinem Gin, der längst warm geworden war. Dann lachte er, allerdings auf eine Weise, die ihm selbst fremd vorkam. »Jetzt bin ich ein deutscher Beamter!«

»Sami?«

»Ja?«

»Wieso säufst du heute Abend wie ein Loch?«

»Ich beerdige in Gedanken einen Terroristen, Nina. Einen *deutschen* Terroristen. Einen, von dem ich trotzdem gedacht hatte, er will vielleicht spielen.«

* * *

Fünf Tage bevor der IS die Welt glauben ließ, er sei ums Leben gekommen, saß Gent mit Shruki und Kalashin im Wohnzimmer ihrer Wohnung und lauschte Abu Obeida, der gerade aus Mosul zurückgekehrt war. Es war eine Ehre, dass er sich so kurz nach seiner Rückkehr bei ihnen zum Abendessen angemeldet hatte. Und Kalashin, der von ihnen am besten kochen konnte, hatte sie um Geld gebeten, damit er noch ein wenig Fleisch besorgen konnte. Abu Obeida betrat die Wohnung humpelnd. Auf seiner rechten Wange prangte eine tiefe und noch nicht verkrustete Wunde.

»Wie war es in Mosul?«, fragte Kalashin ungeduldig, kaum dass Abu Obeida auf der Matratze Platz genommen hatte. Abu Obeida lachte. »Wie hier. Nur bist du dem Paradies näher, Bruder! *Wallah*, ich wäre gerne länger geblieben. Ich habe gesehen, wie die Brüder in ihre Autos stiegen, bis an den Rand mit C4 beladen. Ich habe sie beneidet, wenn ich die Explosionen gehört habe.«

»*Ma schah Allah*«, sagte Kalashin.

Was auch immer Gott will.

Gent wusste, dass Kalashin darüber nachdachte, sich nach Mosul verlegen zu lassen. Er hatte es einige Abende zuvor Shruki erzählt. Die beiden hatten gedacht, dass er schlafe, doch Gent hatte sie durch die nicht ganz zugezogene Tür gehört. Sie hatten nicht viele Geheimnisse voreinander. Aber Kalashin und Shruki kannten einander seit vielen Jahren, und Gent verstand, hatte längst selbst verstanden, dass die Frage, für welche Arbeit, welche Aufgabe man sich meldete oder zu welcher man berufen wurde, keine einfache Angelegenheit war.

Mosul wäre der sichere Tod.

Der Märtyrertod auf dem Schlachtfeld.

»Ich nehme Zuflucht vor dem *Schaitan*«, hatte Kalashin im Flüsterton zu Shruki gesagt. »Ich habe Angst, dass es aus Eitelkeit ist, wenn ich mich jetzt melde.«

»Ich weiß«, hatte Shruki geantwortet.

Abu Obeida war hungrig, er begann umstandslos zu essen und lobte Kalashins Essen.

»Wie läuft die Schlacht?«, fragte Shruki.

»Wir werden sehen«, sagte Abu Obeida zwischen zwei Bissen. »Allah weiß es am besten.«

»Sind die Feinde stark?«

»Sie glauben an nichts, Bruder, sie haben Angst, sie rennen vor uns weg, sobald sie uns sehen. Ich habe in ihre Augen gesehen. Ich stand oben, auf einem Dach, und sie versuchten unter uns durch eine Gasse zu laufen. Sie sind gerannt wie Gazellen, als wir das Feuer eröffneten!«

»Werden wir sie zurückschlagen können?«, fragte Shruki weiter.

»Es gibt viele Spione und Verräter«, sagte Abu Obeida. »Zu viele. Wie sonst ist es möglich, dass ihre Flugzeuge und ihre Artillerie Gebäude treffen, die der *Diwan* den Brüdern erst Stunden zuvor zugewiesen hat? Wie sonst? Sag mir das!«

Abu Obeida rieb sich den geschwollenen linken Fuß, den er aus seinem schweren Stiefel geschält hatte.

»Aber wir suchen die Verräter, und wir finden sie. Einen nach dem anderen«, sagte er. »Einen nach dem anderen«, wiederholte er lauter. »Seht her! Hier!«

Er wischte seine Finger an einem Stück Brot ab, zog sein Handy aus der Tiefe seines braunen Gewandes und hielt es in die Höhe. Das Video, das er ihnen zeigte, war kaum 30 Sekunden lang.

Tack. Tack. Tack. Tack. Tack.
Fünf Männer.
»Schnell«, sagte Shruki. »Wer sind sie? Was haben sie getan?«
»Normale Leute. Aber sie haben falsche Nachrichten verbreitet und andere zur Flucht aufgerufen.«
»Machen sie es in Mosul immer auf diese Weise?«, fragte Kalashin.
»Ja. Es muss schnell gehen. Alles muss schnell gehen. Außer…«
Plötzlich verstummte Abu Obeida, nahm sich umständlich neues Brot aus der durchsichtigen Plastiktüte und schaufelte langsam und konzentriert drei weitere Bissen in sich hinein.
»Außer?«, fragte Gent. »Abu Obeida, du warst noch nicht fertig, oder?«
Abu Obeida, der in die Pfanne gestarrt hatte, hob langsam den Kopf. Dann sah er Gent direkt an.
»Außer«, sagte er schließlich, »wenn es *Brüder* sind, die den Verrat begehen.«
Er seufzte, legte das Brotstück, das er in der Hand gehalten hatte, auf dem Rand der Pfanne ab und zog erneut sein Handy aus der Tasche. Er suchte eine weitere Filmdatei und reichte das Gerät dann Gent. Shruki und Kalashin rückten an Gent heran, um mit zusehen zu können.
Das Bild war wackelig und unscharf. Aber sie erkannten, wie vier Brüder in mannsgroße Käfige gesperrt wurden. Dann fuhr ein kleiner Kran heran, von der Sorte, wie er vielleicht benutzt werden würde, um eine Straßenlaterne zu reparieren, dachte Gent, ein Kran mit einer kleinen Plattform obendrauf, auf der ein Mensch in einer Art Mastkorb sitzen konnte. Nur dass sie die Brüder nicht in den Mastkorb hineinsetzten. Stattdessen wurde an der Oberseite des ersten Käfigs eine Kette angebracht, welche bereits mit dem Mastkorb des Krans verbunden war. Der Kran fuhr sein Gestänge aus, der Käfig löste sich schaukelnd vom Boden, und der Bruder, der darin saß, krallte sich an den Stangen fest. Dann fuhr der Kran ein paar Meter, der Käfig unter ihm baumelnd, bis schließlich ein Swimmingpool ins Gesichtsfeld der Ka-

mera kam. Der Film, vermutete Gent, war in einem ehemaligen Hotel aufgenommen worden. In dem Pool war Wasser. Und in dieses Wasser ließ der Kran nun langsam den Käfig hinab. Der darin gefangene Bruder schrie, während sein Körper langsam im Wasser versank. Er schrie so lange, bis sein Mund unter der Oberfläche verschwand. Dann stiegen nur noch Blasen nach oben.

Der Film brach ab. Gent reichte Abu Obeida das Handy.

»So haben sie es mit allen vieren gemacht«, sagte Abu Obeida.

»Was haben die Brüder getan?«, fragte Gent.

»Sie haben Koordinaten an den Feind durchgegeben«, sagte Abu Obeida. »Und sie haben Emire verraten.«

Für eine kurze Weile sagte niemand ein Wort. Dann durchbrach Abu Obeidas donnerndes Lachen die Stille, laut wie eh und je.

»Deshalb ist eure Arbeit ja so wichtig«, sagte er und blickte abwechselnd Kalashin und Shruki an, während er mit seinem Zeigefinger auf das Handy-Display einhackte. »Genau deswegen!«

Shruki und Kalashin nickten.

»Glaubt mir, ihr beiden werdet bald mehr zu tun bekommen. Die Feinde, die jetzt noch unerkannt unter uns sind, werden aus ihren Löchern kriechen, genau wie in Mosul, wenn es hier erst einmal richtig losgeht!«

»Wann wird es hier losgehen?«, fragte Kalashin.

»Allah weiß es am besten«, antwortete Abu Obeida und winkte ab. »So, und jetzt erzählt ihr mir, was hier passiert ist, während ich fort war! Ich habe gehört, der Franzose hat geredet?«

»Ja«, antwortete Shruki.

Aber bevor er ausholen konnte, übernahm Kalashin. Kalashin, der ewig Eifrige, dachte Gent. Kalashin, der wie ein Welpe ist. Manchmal sind sie wie ein älterer und ein jüngerer Bruder: der ruhige Shruki, der wilde Kalashin. Und ich bin wie ihr Cousin oder so etwas: nah, aber ihnen nicht am nächsten.

Trotzdem, ich habe sie lieb gewonnen.

»Er hat gesungen, Abu Obeida, wie eine Nachtigall«, berichtete Kalashin beflissen, stand auf und spielte die Szene mit übertriebener Stimme nach: »Nur nicht ans Kreuz, hat er gewimmert, so, hörst du: Schlagt mich nicht ans Kreuz und enthauptet mich nicht! Macht mit mir was ihr wollt, aber nicht das Kreuz und keine Enthauptung!«

»Dreckiger *Murtadd*«, sagte Abu Obeida und spie symbolisch in die Ecke des Wohnzimmers. »Was habt ihr mit ihm vor?«

»Wir überlegen noch«, antwortete Shruki. »Vielleicht weiß er noch mehr.«

»Was hatte er vor?«, fragte Abu Obeida.

»Er wollte abhauen. Er hat versucht, einen von den Brüdern an der Grenze zu bestechen, damit er für ihn einen Brief an die *Kuffar* schmuggelt. Aber der Bruder hat ihn gemeldet.«

»*Ma schah Allah*«, sagte Abu Obeida. »Wie viele habt ihr im Moment?«

Kalashin sah Shruki an.

»Es sind sieben«, antwortete Shruki. »Nicht alle reden.«

»Sie werden reden«, sagte Abu Obeida.

»Sie werden reden«, sagte auch Shruki. »Bei Gott, sie werden reden.«

Merkwürdig, dachte Gent, dass ich Shruki und Kalashin nie gefragt habe, wie sie die Leute zum Sprechen bringen.

Als Abu Obeida genug gegessen hatte, dankte er für das Essen und erhob sich.

»Warte noch einen Moment, ich kann schnell eine Krücke aus dem Hospital besorgen«, bot Gent an.

»Nein«, sagte Abu Obeida merkwürdig streng. »Aber ich muss kurz mit deinen beiden Brüdern sprechen, und danach muss ich auch noch mit dir sprechen. Warte draußen auf mich. Ich komme gleich.«

Gent trat vor die Tür und schloss sie hinter sich. Draußen war es warm, und er meinte sogar den Duft der lilafarbenen Pflanze riechen zu können, die an ihrer Hauswand wucherte, und deren Namen er nicht kannte. Wie immer erfüllte das leise Knattern von Generatoren die Luft. Es dauerte vielleicht fünf Minuten, bis Abu Obeida zu ihm gehumpelt kam.

»Übermorgen, Abdallah, hast du ein wichtiges Treffen. Ich fahre dich hin. Nach dem *Asr*-Gebet.«

»Mit wem? Und wo?«

»Stell nicht so viele Fragen, Abdallah. Ich hole dich hier ab.«

Dann humpelte Abu Obeida davon.

Als sie wieder zu dritt waren, trugen sie gemeinsam die Teller und Pfannen in die Küche und wuschen ab. Aber niemand sprach ein Wort. Und niemand stellte eine Frage.

* * *

»Schon blöd, wenn einem der Protagonist wegstirbt, Frau Schwalb!«

»Nicht unbedingt, Frau von Steinwald. Ich hab drüber nachgedacht. Es kann auch von Vorteil sein.«

»Das erschließt sich mir jetzt erst mal nicht, Frau Schwalb. Die Gefahr, die von diesem jungen Mann ausgegangen sein könnte, ist ja wohl gebannt, rein biologisch bedingt, nicht wahr?«

»Das schon, ja.«

»Nichts mehr tickende Bombe.«

»Stimmt.«

»Verstehen Sie mich nicht falsch, Frau Schwalb, der hat ja sicher auch Eltern oder so. Nicht schön.«

»Sicher.«

»Aber wir sind Journalisten. Und die bessere Geschichte ist der Tod der guten Geschichte. Also: Wieso ist die Geschichte eines toten Dschihadisten eine bessere Geschichte als die von einem lebenden, gefährlichen Dschihadisten?«

»Das Gute an seinem Tod ist, dass es viel einfacher wird, über ihn zu schreiben. Die Regeln der Verdachtsberichterstattung, Persönlichkeitsrechte, das wird alles nicht mehr ganz so eng gesehen.«

»Ist das so?«

»Das ist so, ja. Und das Umfeld, das wird auch leichter. Die brauchen keine Angst mehr zu haben, was passiert, wenn er hier wieder auftaucht. Über einen Toten lässt sich einfacher reden. Und für mich dann auch leichter schreiben. Selbst die Behörden spielen da eher mit. So eine Art Lehrstück, verstehen Sie? Er hat's nicht geschafft – ist doch prima! Schönes, abschreckendes Beispiel.«

»Weil der Bursche tot ist, darf man jetzt Sachen schreiben, die man vorher nicht hätte schreiben dürfen?«

»Zumindest kriegt man keinen Ärger dafür. Wer zahlt schon einen Anwalt, in so einem Fall? Die Eltern haben ja wohl andere Sorgen.«

»Wie ist er überhaupt gestorben?«

»Selbstmordattentat auf die irakische Armee in Mosul.«

»Ist das sicher?«

»Die Nachrichtenagentur des IS hat erklärt, dass es diesen Anschlag gegeben hat und er ihn begangen hat. Heute haben sie nachgelegt und einen Nachruf veröffentlicht. Mit Foto. Ich bin mir sicher, dass er es ist. Und in den Sicherheitsbehörden haben sie auch keine Zweifel. In dem Text gibt es alle möglichen Informationen über ihn, die mit dem übereinstimmen, was man über ihn weiß. Sein Alter, der Zeitpunkt seiner Konvertierung, dass er vorher Drogen konsumiert hat, das passt alles zusammen.«

»Haben Sie Erlinger das bei seinen Quellen gegenlaufen lassen?«

»Ja, heute Morgen. Die sagen auch alle, sie sind sicher.«

»Aber deutscher Selbstmordattentäter, Frau Schwalb, das steht sofort in allen Zeitungen. Was bleibt da noch für Sie zu berichten?«

»Erfahrungsgemäß gibt es einen Text auf *Spiegel Online*, je 60 Zeilen in der *Welt* und in der *Norddeutschen Zeitung*, und das war's dann. Er ist nicht der Erste, er wird nicht der Letzte sein, kein Mensch hat Zeit, denen allen hinterherzusteigen.«

»Aber Sie wollen es trotzdem tun?«

»Ich glaube, dass es eine gute Geschichte bleibt. Wie gesagt: vielleicht sogar eine bessere, weil sie abgeschlossen ist. Man kann sich jetzt das ganze letzte Drittel sparen, das Rumspekulieren, was er wohl für ein Ende nehmen wird, ob ihn eine Drohne oder ein

Luftschlag tötet, ob er noch lange leben wird, ob er eine Chance hat, da je wieder rauszukommen, etc., etc. Fällt alles weg. Sauberes Ende, eine Geschichte mit Anfang und Schluss. Habe ich noch nie gelesen und gibt uns die Freiheit, ganz in Ruhe in die Tiefe zu bohren: Wie ist er denn nun das geworden, was er wurde, und so weiter. Eine Rekonstruktion.«

»Also eine Art Dokumentation?«

»Ja, so könnte man es auch nennen.«

»Gut, ich nenne es nämlich ab sofort so. Und wissen Sie warum? Weil wir in den letzten drei Jahren beim Nannen-Preis die Investigative Recherche nicht gewonnen haben. Aber es gibt da auch die schöne Kategorie Dokumentation, Frau Schwalb, für die wir im Grunde noch nie etwas Brauchbares eingereicht haben und wo die Konkurrenzsituation etwas entspannter ist. Und das ist deshalb jetzt die Fallhöhe, auf der ich Ihr Projekt einsortiere, wenn ich Sie hier weitermachen lassen. Verstehen Sie, was ich damit meine, Frau Schwalb?«

5

Als er am Abend nach Abu Obeidas Besuch im Bett lag, musste Gent an die Steinigung denken, die er kurz nach seiner Ankunft miterlebt hatte. Vielleicht weil es eine seiner ersten Begegnungen mit Abu Obeida gewesen war und er auch nach jener Begegnung nicht hatte schlafen können. Vielleicht wegen der Videos, die Abu Obeida ihnen an diesem Abend gezeigt hatte. Oder wegen des wichtigen Treffens, das er ihm angekündigt hatte.

Vielleicht aber auch, weil Abu Obeida ihn so merkwürdig angesehen hatte.

Und er Angst hatte.

Ohne zu wissen, wovor.

Und Zweifel.

Ohne zu wissen, warum.

Oder doch?

Als er damals mit Shruki und Kalashin an dem kleinen, fast grünen Hügel am Stadtrand angekommen war, da hatten die Brüder die Frau schon bis zur Hüfte eingegraben. Der Mann, den Gent als den Richter ausmachte, fragte den Vater der Frau, ob er beteuern könne, dass sie eine verbotene Beziehung mit einem Mann gehabt habe.

»Ich beteuere es«, hatte der Vater geantwortet.

Die Frau hatte geweint. »Vater, bitte für mich um Gnade!«, hatte sie gerufen.

»Bittest du für sie um Gnade?«, hatte der Richter gefragt.

»Nein«, hatte der Vater geantwortet.

Also hatte der Richter das Urteil gesprochen, und die Umstehenden griffen sich Steine, die schon bereitgelegt worden waren, ein Haufen von etwa einem Meter Höhe, und sie begannen, sie auf die Frau zu werfen.

Shruki und Kalashin waren augenblicklich vorgetreten und hatten mitgemacht. Aber Gent nicht. Er sah allerdings auch nicht weg. Er sah sogar sehr genau hin, als die ersten Steine, faustgroß, die Frau am Kopf trafen, auf der Brust, er sah zu, wie manche Steine neben ihr landeten, ein Stein schließlich ihr Ohr traf, was die Frau einen schrillen Schmerzensschrei ausstoßen ließ.

Die Steine prasselten unaufhörlich, es hört sich an wie Hagel, hatte er gedacht. Eine kleine Blutpfütze hatte sich unter dem rechten Ohr der Frau gesammelt, das Blut rann unter ihrem schwarzen Kopftuch hindurch auf die staubige Erde, die es gierig aufsog. Niemand sprach ein Wort. Das war nur dieses betäubende, einlullende *Pfump, pfump, pfump.*

Bis Gent plötzlich eine Stimme direkt neben sich hörte. Es war die Stimme von Abu Obeida.

»Beeil dich, Abdallah, sie wird gleich ohnmächtig werden, und dann ist sie bald tot, und du hast noch nicht einen Stein geworfen!«

Abu Obeida hatte ihm einen Stein hingehalten. Gent hatte den Stein angesehen, aber nicht Abu Obeida. Der Stein war groß, scharfkantig, mit Lehm verschmiert und rötlich-gelb. Er hatte den Stein genommen und ihn in der Hand gewogen. Ein guter Stein.

Dann hatte er den Stein genommen und ihn geworfen und dabei laut *Takbir* geschrien. Er hätte nicht einmal sagen können, warum er das tat, aber alle Brüder beantworteten die Aufforderung augenblicklich: *Allahu Akbar, Allahu Akbar, Allahu Akbar!*

Der Hagel der Steine ging über in einen heftigen Schauer. Drei Minuten später war die Frau tot.

»*Ma schah Allah*«, hatte Abu Obeida leise zu ihm gesagt und seine Hand gedrückt, die lehmverschmierte Hand, die den Stein geworfen hatte. Dann hatte Abu Obeida ihn und Kalashin und Shruki zurück zu ihrer Wohnung gebracht, und am nächsten Tag begann Gents Karriere als Arzt und Amputeur. Und Shruki und Kalashin traten ihren Dienst im Gefängnis an, Abteilung Verhöre.

Aber in der Nacht nach der Steinigung hatte er keinen Schlaf gefunden.

Sie wäre sowieso gestorben, hatte er sich gesagt, während er sich hin und her wälzte.

Dein Stein war ja nur einer. Da waren Hunderte Steine.

Aber sie hat es doch auch verdient, oder etwa nicht?

Ja, natürlich.

Also.

Ja.

Aber?

Es gibt kein Aber.

Eben. Sie hat es verdient. Es gab ein Urteil. Wenn kein anderer da gewesen wäre, nur du, dann hättest du hundert Steine werfen müssen. Es ist der Wille Gottes. Und wessen Wille sollte sonst zählen? Hm? Dein lächerlicher, kleiner Menschenwille? Hast du das Universum geschaffen? Hast du den Mond und die Sonne aufgehängt? Hast du die Erde geformt? Die Kontinente und die Meere mit deinen Händen aus dem Nichts kreiert?

Nein, natürlich nicht.

Genau.

Keine Kompromisse.

Das hatte er damals gedacht, am Abend nach der Steinigung, und danach hatte er schlafen können, tief und lang. Aber an diesem Abend war es anders. Er konnte nicht einschlafen. Er schloss die Augen, doch die gesteinigte Frau ging nicht weg. Stattdessen wurde sie immer deutlicher, immer größer, sie rückte immer näher an ihn heran, er sah ihren toten Blick, aber plötzlich veränderte sie sich, sie riss die Augen auf, und auf einmal trug sie Lippenstift und große Ohrringe, und ihr Gesicht verwandelte sich in Gretas Gesicht.

»Ma schah Allah!«, sagte die gesteinigte Greta und grinste. »Ma schah Allah!«

Das muss ein Albtraum sein!
Was soll das?

Aber Gent träumte nicht, er lag schwitzend in seinem Bett und wusste genau, dass er nicht träumte. Und als es ihm endlich gelang, das Bild der gesteinigten Greta beiseitezuschieben, prasselten andere Bilder auf ihn ein, gegen die er sich nicht wehren konnte.

Plötzlich ist es Weihnachten. Und er ist nicht Abdallah, er ist wieder Gent. Er ist acht Jahre alt, im engen Wohnzimmer steht ein Tannenbaum, durch die Kerzen ist alles völlig überheizt, rote Backen, Aufregung, eine Schallplatte läuft knackend im Hintergrund, *Weihnachten in Familie*. Auf dem Sessel neben dem Kamin sitzt Vati, sein Blick: traurig. Aber der achtjährige Gent versteht nicht, wie man an Weihnachten traurig sein kann.

Da ist Mama, *Mamuschka*, sie kniet auf dem Boden, zwischen ihm und Greta, vor dem Weihnachtsbaum, inmitten der Geschenke, die noch unausgepackt sind, es ist ein riesiger Stapel.

Riesiger Stapel, das ist gut, denkt Gent. Eckige Geschenke, das ist gut, denkt Gent; Lego, *bestimmt* Lego, bestimmt die Feuerwehr.

Neben ihm kniet Greta. Auch Greta hat rote Wangen, und sie hat keinen Blick für *Mamuschka*, die jetzt, da er, da Abdallah die Szene noch einmal betrachtet wie einen Super-8-Film, in Wahrheit auch gar nicht fröhlich aussieht, sondern müde und ausgelaugt, und die immer wieder zu Vati hinüberschaut – und macht sie ihm nicht sogar ein Zeichen, eine auffordernde Geste: »Lach doch mal«, könnte sie bedeuten, »lächle wenigstens!« Greta jedenfalls stürzt sich auf den Haufen ihrer Geschenke wie in eine Schlacht, da ist ein Reißen, ein Grapschen, ein Fetzen.

Und er macht es genauso.

Das größte, das eckigste: Sofort muss es aufgerissen werden. Denn es ist die Feuerwehr oder es ist nicht die Feuerwehr. Er hat schon eine Ecke aufgerissen: LEGO steht da, das ist schon mal gut. Ein schneller Seitenblick auf Greta: Sie hat schon alles aufgerissen, ihren gesamten Stapel, alles ausgepackt, sie hat ausgepackt, ohne zu schauen, *habenhabenhaben*. Aber er versteht sie irgendwie.

Feuerwehr oder nicht, das ist jetzt jedenfalls die Frage, alles andere kommt später. Jetzt also, jetzt: RATSCH – es ist: nicht die Feuerwehr. Es ist die Polizeistation. Wie kann das sein? Das ist nicht möglich. Es ist doch Weihnachten?

Eine *Mamuschka* ist eine *Mamuschka*, das heißt: sie erkennt die Zeichen schneller. Und schon ist sie da, da ist ein Arm um seinen Hals, da ist ein Kuss auf seiner Wange. Aber sie weiß es natürlich längst, er hat sich nicht wehgetan, es ist das falsche Geschenk.

Und der achtjährige rotwangige Gent, er kann sich nicht freuen über die Polizeistation, ihm rinnt eine Träne über die Wange, er kann sie nicht zurückhalten, dann noch eine, dann beginnt er zu schluchzen, und jetzt weint er aus vollem Halse, im Arm seiner Mutter, die ebenfalls weint, aber leise, ganz leise.

»Aber ich dachte«, das kann er noch hören, den Rest verschlucken ihre Haare.

Ein tränenverschleierter Blick durch ihre Haare hindurch trifft Vati. Und was macht Vati? Gent hat Vati noch nie so gesehen. Noch nie hat er diesen Blick in Vatis Gesicht gesehen. Vati, das spürt sogar der achtjährige Gent, Vati hasst sich in diesem Moment, er hasst *Mamuschka*, hasst Weihnachten, hasst seine Kinder, hasst sein Leben, hasst alles Leben auf der Welt, hasst die Scheiß-Wende, und am meisten sich selbst und was das Leben aus ihm gemacht hat.

Dann aber geschieht etwas. Als der achtjährige Gent seinen Vater ein zweites Mal durch die Haare seiner *Mamuschka* hindurch mustert und sieht, wie seine Hände schlaff an der Sessellehne herunterhängen, da schießt ihm ein unerhörter Gedanke durch den Kopf: Wenn Vati mir dieses Jahr wieder ein Boot gebaut hätte, eines aus Holz, ein großes, schweres, eines, das wirklich schwimmt, dann hätte ich mich auch gefreut. Und er, er hätte sich auch gefreut.

Und der achtjährige Gent krabbelt zu seinem Vater und setzt sich zu dessen Füßen auf den Boden und bleibt dort den Rest des

Heiligen Abends sitzen, mit tränenverschmierten Augen, und ohne ein weiteres seiner Geschenke auszupacken.

Gent merkte, dass ihm Tränen in die Augen stiegen. Er schämte sich seines gierigen achtjährigen Selbst. Schämte sich für die Tränen seiner Mutter. Für die Verzweiflung seines Vaters. Auch wenn ihm plötzlich klar wurde, dass dies zugleich der Tag gewesen war, an dem er zum ersten Mal gespürt hatte, dass es eine Welt hinter der Welt geben musste. Etwas Wichtigeres als das richtige Geschenk.

Doch er ahnte, dass es noch nicht vorbei war, auch wenn er die Augen noch fester zusammenpresste. Dass ihm noch mehr bevorstand. Denn er spürte, dass etwas in ihm an die Oberfläche drängte. Danach verlangte, erkannt zu werden. Nicht mehr zurückgehalten werden wollte.

Das nächste Bild ergreift Besitz von ihm. Mit aller Macht.

Es ist Jahre später. Er sitzt in der U-Bahn in Berlin. Blau-rot karierte Sitze. *Ratatatata, Ratatatata* holpert die Bahn über die Trassen. Er ist überreizt. Er ist schlecht gelaunt. An den Wänden des Waggons, in den Bahnhöfen, die sie passieren, überall klebt Werbung, alles ist zugepflastert damit, jeder Quadratzentimeter, es ärgert ihn, es ist so sinnlos, es erinnert ihn an Weihnachten, obwohl es mitten im Sommer ist, das ist alles so hohl, denkt er, merkt das denn sonst niemand?

Zieh dir ein gutes Gefühl an!
Mit Flexisohlen für perfektes Abrollen bei jedem Schritt!
Mit extrabreitem Sprühstrahl!
Erlebe, wie der Turboschaum den Schmutz bekämpft!

Neben ihm sitzt eine Frau. Sie ist jung, sie ist hübsch. Sie sitzt dort, denkt er, und ich muss sie bloß ansehen und ich weiß alles über sie, *alles*. Alles über ihr unfassbar blödes, leeres Leben. Ich muss sie nur ansehen, wie sie da sitzt, die Beine übereinandergeschlagen, als käme es noch darauf an, ob ihr einer zwischen die Beine schauen kann, sie ist doch schon nackt, ich sehe alles. Ihr ganzes Leben. Die Tennisstunden, der den Eltern abgepresste Hamster, der Tanzunterricht, das erste Mal besoffen mit Cola-Schnaps oder was weiß ich, der erste Blowjob hinter der Bushaltestelle, die gerade noch abgewendete Magersucht im zweiten Semester, das immer neue Handy, die immer geilere Musik, die grellen Poster an der Wand von New York und Miami, die Schminke, der Lederrock, ohne den das Leben sinnlos ist – sie ist wie ein Tier: Sie isst, um zu leben, lebt, um zu kaufen, kauft, um zu lachen, lacht, um zu trinken, trinkt, um nicht zu weinen, da ist nichts von Wert, nichts von Bedeutung, sie lässt keinen Funken Göttliches in ihr Leben, sie weiß nichts, sie ist nichts.

Und wenn so jemand tot wäre, wäre das etwa ein Verlust? Nein, es wäre kein Verlust. Eine Micky Maus weniger, morgen schon vergessen, eine Schaufensterpuppe weniger, eine Beleidigung des Schöpfers weniger.

Ich sehe sie an, diese geballte Sinnlosigkeit, und ich hasse sie.

Mein Gott, wie ich sie hasse.

Wie sie ihr Kaugummi kaut, auf ihr Handy glotzt, ihre Ohrstöpsel zurechtschiebt.

Ich stelle mir vor, wie sie tot umfällt, hier, mitten in der U-Bahn von diesem blaurot karierten Sitz rutscht und ihr mieses Nichtleben aushaucht. Ich wünschte mir, dass sie tot umfiele. Ich will, dass jemand dafür sorgt, dass sie tot umfällt. Ich würde sie sogar selbst töten, um Gott zu gefallen.

Diese Leere in ihren Augen.

Wie sie alle ihre Einkaufstaschen füllen und ihre Münder vollstopfen.

Große Titten, große Reifen, große Portionen, großer Sommerschlussverkauf. Ich muss kotzen, wenn ich das höre, ich muss kotzen, wenn ich sie sehe, die Frau da, alle hier in diesem Waggon, die Werbung um mich herum.

Der Prophet, Friede sei auf ihm, hat gesagt: »Die Liebe zum Diesseits ist der Anfang aller Verfehlungen.«

Der Prophet, Friede sei auf ihm, hat gesagt: »Das Diesseits ist ein Gefängnis für den Gläubigen, und ein Paradies für den Ungläubigen.«

Haribo macht Kinder froh, und Erwachsene ebenso.
Erfüllen Sie sich Ihre Wünsche, schnell und einfach.

Plötzlich nimmt die Frau ihre Ohrstöpsel raus und spricht ihn an.
»Und, was ist jetzt?«, will sie wissen.
»Na gut«, antwortet er, »ich lasse deinen Handyvertrag über mein Konto laufen.«
Greta lächelt und küsst ihn auf die Wange.
»Danke, Brüderchen! Fahren wir noch zusammen bis zum Kotti?«

So war es, dachte Gent. Genau so war es! Außer dass es nicht so war. Es war ganz anders! Ich hatte doch damals noch gar keine Ahnung von den *Hadithen*. Ich war damals, in jenem Sommer, doch noch Gent, nicht Abdallah. Und es stimmt auch gar nicht, dass ich Greta tot sehen wollte. Nie. Niemals. Ich habe sie geliebt. Das ist nicht das, was ich wollte.
Ich bin zu weit gegangen.
Ich habe Greta verleugnet.
Ich habe mich selbst verraten.
Das ist nicht das, was ich wollte.
Ich muss hier raus.

Gent stand auf, verließ sein Zimmer und lief durch den Flur. Er öffnete die Wohnungstür, trat auf die Straße und atmete tief ein und aus.
Ich muss hier raus.

* * *

Wegstirbt. Bursche. Fallhöhe. Vielleicht hatte sich das Gespräch mit dem Dritten Geschlecht nicht genau so abgespielt. Nicht wörtlich jedenfalls. Aber so hatte sie es Henk Lauter, ihrem Ressortleiter, nacherzählt. Und Henk, in seiner yogagestählten Ruhe, hatte zugehört und dann genickt. Also war sie losgezogen.

Es dauerte eine Weile, ehe Merle Schwalb die Moschee fand, deren Namen ihr Sami verraten hatte. Die Osloer Straße war lang, und im Internet hatte sie zwei verschiedene Hausnummern gefunden, unter denen die Gebetsstätte angeblich zu finden war. Unter der ersten Adresse, dem U-Bahnhof Osloer Straße näher gelegen, stieß sie auf einen Getränkemarkt. Im Innenhof rollte ein blonder, mittelalter Mann ein Bierfass in Richtung eines bereitstehenden Lkw. Sie hatte keine Lust, ihn zu fragen, ob hier auf dem Gelände vielleicht irgendwo eine Moschee untergebracht sei, weil sie sich nicht ein »Hä?« oder »Warum wollen Se denn ditte wissen?« einfangen wollte.

Und tatsächlich entdeckte sie die Moschee an der zweiten Hausnummer einige Dutzend Meter die Straße herunter. Aus dem leisen Murmeln, das nach draußen drang, schloss sie, dass das Gebet noch nicht beendet war.

Der Erste, der schließlich hinaustrat, war ein Mann in den Dreißigern mit schmalem Gesicht und einem weißen Käppchen auf dem Kopf. Er erinnerte sie an Malcolm X. Er sah nett aus. Aber er war in seine Sandalen geschlüpft und verschwunden, ehe sie sich ausreichend gesammelt hatte, um ihn anzusprechen.

Als Nächstes tröpfelten kleine Gruppen von Männern aus der Moschee, einander die Hände schüttelnd oder vertieft ins Gespräch in einer Sprache, von der sie annahm, dass es Arabisch war. Zwei Gruppen, drei Gruppen. Worauf wartete sie? Dass jemand *sie* ansprach, um zu fragen, womit er dienen könne?

Die nächste Gruppe, es waren zwei bärtige junge Männer, einer sicher zwei Meter groß, einer kurz gewachsen, die sich an den Händen hielten und einander offenbar gut kannten, diese beiden Männer sprach sie an.

»Entschuldigung, darf ich kurz stören?«

Doch die beiden sprachen kein Deutsch. Jedenfalls zuckten sie mit den Schultern und lächelten.

Sie übersprang die nächsten drei Grüppchen, die hinaustraten, und machte sich allmählich Gedanken, wie viele Betende überhaupt in der Moschee gewesen sein mochten.

Dann kam ein einzelner Mann. Weiß. Sagt man das so? *Weiß?* Egal. Sie sprach ihn an.

»Verzeihung, darf ich kurz stören?«

Der Mann, klein, drahtig, leicht schielend, sah sie skeptisch an. »Ja, was ist denn? Ich habe aber nicht viel Zeit.«

»Ich suche jemanden. Kennen Sie diesen Mann?«

Sie zog das vergrößerte Bild aus der Innentasche ihrer Jeansjacke, das sie aus dem IS-Nachruf kopiert hatte.

Der Mann sah das Blatt nicht an. Absichtlich. »Wieso fragen Sie mich nach einem Mann?«

»Ich versuche jemanden zu finden, der ihn kennt. Könnten Sie sich das Bild vielleicht anschauen?«

»Warum sollte ich Ihnen Auskünfte geben über einen anderen Mann? Selbst wenn es jemand wäre, den ich kenne. Ich kenne Sie doch gar nicht.«

»Entschuldigung, mein Name ist Merle Schwalb, ich bin Reporterin. Beim *Globus*.«

»Und warum suchen Sie diesen Mann?«

»Es ist so, dass er hier zuletzt gesehen wurde.«

»Und jetzt sucht man ihn?«

»Nein, nicht direkt. Er ist tot. Er ist im Irak ums Leben gekommen.«

»Ach ja? Und hier wurde er zuletzt gesehen?«

»Ja, nach dem, was ich gehört habe.«

»Von wem denn gehört?«

»Das kann ich nicht sagen.«

»Aha. Aber ich soll Ihnen etwas sagen, ja?«

»Ich weiß, das ist etwas seltsam, ich dachte nur, Sie könnten mir vielleicht helfen.«

»Warum dachten Sie denn, ich würde Ihnen helfen? Also dem *Globus* helfen.«

»Na ja, Sie lesen doch sicher auch Zeitungen, oder? Wo sollen wir denn unsere Informationen herbekommen, wenn niemand mit uns spricht?«

»So stellen Sie sich das beim *Globus* also vor?« Der Mann lächelte schief.

»Ist schon gut«, sagte Merle Schwalb. »Danke trotzdem.«

Der Mann ließ sie wortlos stehen und lief auf einen Mann zu, dem er zuvor gewinkt hatte.

Na toll. Mittlerweile hatten anscheinend alle Betenden die Moschee verlassen. Die Moschee zu betreten, erschien ihr unpassend. Sie hatte keine Ahnung, ob das in Ordnung wäre, es waren jedenfalls nur Männer herausgekommen.

Und jetzt? Soll ich etwa warten, bis die das nächste Mal beten? Wann ist das überhaupt? Oder soll ich morgen wiederkommen, und das war's dann für heute?

Sie stand noch immer auf den Stufen vor der Moschee, unschlüssig, was sie als Nächstes tun sollte, als Malcolm X plötzlich wieder vor ihr auftauchte.

»Wollen Sie beten und haben sich in der Uhrzeit vertan?«, fragte er freundlich. Nur das gerollte R verriet, dass Deutsch nicht seine Muttersprache war.

»Nein, ich wollte gerade gehen.«

»Keine Angst«, sagte der Mann. »Ich vertreibe Leute nicht von Gebetsstätten.«

»Da bin ich ja beruhigt«, sagte Merle Schwalb.

»Hatten Sie das etwa erwartet?«

»Nein, ich bin nur nicht so oft in … also vor einer Moschee.«

»Ja, das merkt man.«

Merle Schwalb musterte den Mann näher. Er trug einen dichten Vollbart, der etwa eine Faustbreit über sein Kinn hinausragte. Aber nicht das bestimmte den Eindruck, sondern seine schwarzen Augen, die auf eine ungewohnte Art zugleich neugierig schauten und eine tiefe Ruhe ausstrahlten. Sein Gesicht war länglich und oval. Seine Haut war dunkelbraun, das Haar unter dem schlichten Käppchen war sehr kurz, aber es ließ erahnen, dass es sich in Locken über seinen Kopf ausbreiten würde, falls er es wachsen ließe.

Seine Stirn war leicht gerunzelt, so wie es bei anderen Menschen aussehen mochte, wenn sie ein Buch lasen. Las er ein Buch? War sie dieses Buch? Kurz kam es ihr so vor.

Und war das ein Lächeln, das da um seinen Mund spielte? Ganz sicher war sie sich nicht. Aber eher ja.

»Sie sahen aus, als hätten Sie eben jemanden gesucht«, sagte der Mann schließlich.

»Ja, das stimmt. Und bevor es wieder ein Missverständnis gibt: Ich bin Journalistin.«

Der Mann ging nicht darauf ein. »Ich suche auch jemanden«, sagte er stattdessen. »Vielleicht suchen wir denselben Menschen, wäre das nicht denkwürdig?«

»Das wäre ein irrer Zufall, nehme ich an.«

»Es gibt keine Zufälle«, sagte der Mann.

Merle wusste nicht, was sie entgegnen könnte.

»Wenn wir denselben Menschen suchen würden«, fuhr er fort, »würden wir es vermutlich aus demselben Grund tun. Weil er verloren gegangen ist.«

»Das denke ich auch«, sagte Merle Schwalb.

»Wollen wir ein Stück gehen?«, fragte der Mann.

»Glauben Sie denn, dass wir denselben Mann suchen?«, fragte Merle Schwalb.

»Ich glaube, dass wir denselben Mann suchen«, sagte der Mann.

»Also, wollen wir ein Stück zusammen gehen? Mein Wagen steht im Halteverbot.«

»Ja, O.K.«, sagte Merle Schwalb und sah sich unwillkürlich um. Als wäre ich in Mogadischu und nicht im Wedding, dachte sie.

»Wen suchen Sie denn?«, fragte sie, nachdem sie sich in Bewegung gesetzt hatten.

»Einen Bruder«, antwortete der Mann. »Ich hab ihn seit fast einem Jahr nicht gesehen. Ich weiß, dass er hier oft gebetet hat. Deshalb war ich heute hier. Ich komme manchmal hierher, um nach ihm zu suchen. Ich bete sonst nicht hier.«

»Weil Ihnen diese Moschee nicht gefällt?«, fragte Merle Schwalb.

»Die Moschee, in der ich bete, ist auch nicht schöner«, antwortete der Mann.

»Ich habe gehört, dass diese Moschee hier etwas ... problematisch ist«, sagte Merle Schwalb.

»*Radikal* ist das Wort, das sie suchen, glaube ich«, sagte der Mann.

»Ist sie es denn? Stimmt das?«

»Der Bruder, den ich suche, den hab ich in meinem Wagen kennengelernt«, sagte der Mann. »Er saß hinten rechts. Er war betrunken, und es ging ihm nicht gut. Wir sind da.«

Sie standen neben einem schon etwas älteren Mercedes, einem Taxi.

»Sie sind Taxifahrer?«

»Mein Name ist Abu Karim«, sagte der Mann.

»Ich heiße Merle Schwalb«, sagte Merle Schwalb.

»Ich war dabei, als er die *Schahada* sprach«, sagte der Mann. »Das wollen Sie doch wissen, oder?«

»Ich weiß nicht, Herr Karim, ich weiß ja noch nicht mal, ob wir denselben Mann suchen.«

»Nicht *Herr Karim*. Abu Karim. Vater von Karim. Mein Sohn heißt Karim. Ich heiße Abu Karim.« Der Mann nahm ein Handy aus seiner Tasche. »Nachdem er die *Schahada* gesprochen hatte, sind wir essen gegangen. Dabei ist dieses Foto entstanden«, sagte er und reichte ihr das Telefon.

Auf dem Bild stand Abu Karim, in einem festlich wirkenden hellbraunen, bodenlangen Gewand vor einem roten Plastikstuhl und vor einem roten Plastiktisch, während im Hintergrund ein gewaltiger Dönerspieß zu erkennen war. Er hatte seinen Arm um einen anderen Mann gelegt, der ein ebenso langes, aber weißes Gewand trug und regelrecht zu strahlen schien, auch wenn der Lichtverhältnisse wegen die Augen des Mannes nicht zu erkennen waren, sondern stattdessen in seinem Gesicht zwei rote Punkte flackerten. Es gab keinen Zweifel, dass dieser zweite Mann Gent Sassenthin war. Wortlos zog Merle ihr Foto aus der Tasche und reichte es Abu Karim.

»Ist er …?«

»Ja«, sagte Merle Schwalb.

»*Allah yirhamu*«, sagte Abu Karim.

»Abu Karim«, sagte Merle Schwalb, »haben Sie vielleicht etwas Zeit? Können Sie mir von ihm erzählen?«

Noch Tage später fragte sich Merle Schwalb, was Abu Karim dazu bewogen haben mochte, auf ihre Bitte einzugehen.

»Abu Karim, ich bin wirklich dankbar, dass Sie mit mir so ausführlich sprechen. Aber irgendwie bin ich auch überrascht. Wieso sind Sie so offen zu mir?«

Das hatte sie ihn am Ende ihrer ersten Begegnung gefragt. Aber seine Antwort, wenn es denn eine war, blieb rätselhaft.

»Der Pfeil, der dich treffen soll, wird dich nicht verfehlen. Und der Pfeil, der dich verfehlen soll, wird dich nicht treffen«, hatte er bloß geantwortet.

Sie hatte lange über diesen Satz nachgedacht, als sie abends endlich im Bett lag. Sollte er bedeuten, dass es Schicksal war, dass sie ihn gefunden hatte? Ein Wink der Vorsehung, *Kismet*, oder wie hieß das noch, dem er nun nachgeben musste? Aber es erschien ihr auch denkbar, dass es andersherum gemeint war: Dass es etwas zu bedeuten hatte, dass er *sie* getroffen hatte.

Mir doch egal, hatte sie gedacht.

Warum soll ich nicht auch einmal Glück haben?

Nehm ich mit.

Ich wäre ja blöd, wenn nicht.

Abu Karim hatte sogar darauf bestanden zu bezahlen. Sie hatten in dem Restaurant mit den roten Plastikstühlen gesessen, in dem er mit Gent Sassenthin dessen Konvertierung gefeiert hatte, und sie hatten je drei oder vier Gläser Tee getrunken. Der Tee war billig, praktisch umsonst, trotzdem war es ihr unangenehm gewesen. Allerdings nur kurz, denn mit einem Lächeln sagte Abu Karim, noch während er sein Portemonnaie herauszog: »Sie können sich ja morgen revanchieren!«

»Morgen?«

»Ja, ich denke schon.«

Alles an diesem Tag fühlte sich merkwürdig an: der unerwartete Durchbruch; die Tatsache, dass sie ausgerechnet an dem Ort über Gent geredet hatten, an dem der zu Abdallah geworden war; die undurchdringliche Verbindlichkeit von Abu Karim. Zugleich war sie aufgekratzt. *Angefixt:* So nannte es Erlinger, wenn ein Informant die ersten Geschenke in seinen Schoß fallen ließ und die Arbeit begann. Sie war mehr als angefixt. Sie war regelrecht *high*.

* * *

Irgendetwas stimmte nicht. Mit diesem unbestimmten Gefühl war Sami ins Amt gekommen, und es ließ ihm keine Ruhe. Die Kollegen vom GIZ, dem Gemeinsamen Internet-Zentrum, hatten die Meldung des IS von Gent Sassenthins Tod mittlerweile immerhin in einen ordentlichen Vermerk samt Teilübersetzung verwandelt, wie er mit einem Blick auf die E-Mails in seinem Rechner feststellte. Er kannte den Nachruf natürlich längst, hatte ihn im arabischen Original gelesen. Trotzdem öffnete er den Vermerk.

Er hatte keine Ahnung, wonach er suchte. Also wusste er auch nicht, wo er sonst anfangen sollte.

… gab der sogenannte Islamische Staat (IS) per Internetbotschaft bekannt, dass ein angeblich aus Deutschland stammender Kämpfer mit dem islamischen Namen »Abdallah« und dem Kampfnamen »Al-Dscharrah« (Anmerkung: wörtlich – der Wundarzt) bei einem Selbstmordanschlag an der Mosul-Front (Dorf al-Maliha) ums Leben gekommen ist. Die Botschaft konnte hiesigerseits gesichert werden. Laut dem Nachruf handelt es sich bei »Abdallah« beziehungsweise »Al-Dscharrah« um den Gent Sassenthin, geboren am 17. März 1991 in Rostock. Dem Nachruf sind zwei Fotos beigefügt, welche hiesige Dienststelle den zuständigen Stellen zur Überprüfung zugestellt hat. Bei dem einen Foto handelt es sich offenbar um eine Kopie des Personalausweis-Fotos des Sassenthin. Bei dem zweiten handelt es sich augenscheinlich um eine

Aufnahme, die unmittelbar vor Begehung der Tat aufgenommen wurde. Das Foto zeigt den Gent Sassenthin in einem mit Sprengstoff beladenen Pkw (Hyundai, weiß, Zulassung nicht erkennbar) sitzend, die rechte Hand nahe eines Auslöseknopfes befindlich. Ein drittes Bild zeigt laut Bildunterschrift die Auswirkung der durch den Sassenthin herbeigeführten Explosion (Rauchpilz, übereinstimmend mit vergleichbaren Bildern anderer Anschläge). Auffindeort und äußerliches Erscheinungsbild der IS-Meldung bieten nach hiesiger Einschätzung keinen Anlass zu Zweifel an der Authentizität.

In dem etwa eine Seite umfassenden Nachruf heißt es unter anderem: »Der Bruder (religiöse Formel) fand den Weg zum Islam, obwohl er in einer Umgebung aufwuchs, in welcher der Unglauben starke und feste Wurzeln hat. Aber er befreite sich aus dieser Umgebung und ließ sein früheres Leben, das durch Drogen bestimmt war, hinter sich, und fand den Weg in die Unterwerfung unter Allahs Willen. Das Leiden der Geschwister in Sham ließ ihm keine Ruhe, und so suchte er nach Wegen in die Gebiete der Schlachten, und er fand sie. Der Bruder (religiöse Formel) war ein Vorbild, in seiner Freundlichkeit und seiner Unterwerfung unter Allahs Willen. Durch seine Ausbildung als Arzthelfer half er vielen Brüdern und Schwestern (religiöse Formel). Alle, die ihn kannten, erfreute er durch seine Zielstrebigkeit und seine Frömmigkeit. Aber, bei Allah, niemand hat die Nächte gezählt, die er alleine im Gebet verbracht hat, und Allah weiß es am besten. Er strebte nach der Erfüllung seines Glaubens. Und sie wurde ihm zuteil. Und viele Feinde von den Ungläubigen starben, als unser Bruder ohne zu zögern in die Schlacht zog, und bei Gott, er ist ein Vorbild (religiöse Formel). Am wichtigsten war es ihm immer, dass der Staat, dass das Kalifat, das mit Allahs Hilfe wiedererrichtet wurde, erblüht. Und niemand übertraf ihn darin. Und er war ein Beispiel für seine Brüder auch darin, dass er das Leben als Ungläubiger hinter sich gelassen hatte, und nie wurde er müde, alle Brüder zu warnen vor den Gefahren des Lebens außerhalb der Gebiete, in denen Allahs Wort das höchste ist. Wir betrachten es als ein Zeichen, dass unser Bruder den Weg zu Allahs Religion fand, so wie er selbst oft sagte: Es ist ein Zeichen, dass ich, der so weit weg von Allahs Offenbarung aufwuchs, den Weg zu Allahs Offenbarung gefunden habe. Und als er sich entschloss, sich dem Staat (Anmerkung: gemeint ist der sogenannte Islamische Staat) anzuschließen, da zögerte er nicht und brachte sogar Beute mit, die er den Ungläubigen abgenommen hatte, zum Wohle der Mudschahidin, und darunter war wichtige Medizin. Und er zögerte nicht, die Strafen durchzusetzen, die Allah vorgeschrieben hat, als ihm diese Aufgabe übertragen wurde, und er erledigte sie gewissenhaft und sorgfältig. Und trotzdem wuchs im Herzen unseres Bruders die Sehnsucht, ein Zeichen zu setzen, und er bat wiederholt die Führer des Staates und die verschiedenen Emire um seine Verlegung an die Front in Mosul. Und der Bruder al-Dscharrah erreichte viel, bei Allah, und er ist ein Vorbild (religiöse Formel).

Sami schloss die E-Mail wieder und warf einen neuerlichen Blick in den Artikel aus der *Washington Post,* den er sich ausgedruckt hatte. Mindestens 950: das war die Anzahl der Autobomben, die der IS bisher an der Mosul-Front eingesetzt hatte. Meistens handelte es sich dabei um mit Sprengstoff beladene Pkw, die von einem IS-Kämpfer einfach in eine Gruppe Soldaten hineingefahren wurden, um so viel Schaden wie möglich anzurichten. Wenn man schnell und in Schlangenlinien fuhr, standen die Chancen nicht schlecht, das angestrebte Blutbad anzurichten.

Aber gut, dachte Sami: Ziehen wir von den 950 mal die ab, die laut irakischer und amerikanischer Armee und den Peshmerga ausgeschaltet werden konnten, bevor sie ihr Ziel trafen. Zum Beispiel durch eine dieser wunderbaren Milan-Raketen, für welche die Peshmerga der Bundesverteidigungsministerin noch in einer Generation dankbar sein werden. Großzügig: die Hälfte.

Ziehen wir dann mal diejenigen ab, bei denen der IS den Namen der Attentäter in den Bekennerschreiben *nicht* genannt hat. Das sind, konservativ überschlagen, noch mal 90 Prozent.

Wie viele bleiben dann übrig von den 950?

Ein paar Dutzend?

Und bei wie vielen von *denen* hat der IS vergleichbar lange Nachrufe veröffentlicht wie den auf Gent Sassenthin – und nicht bloß Zweizeiler von der Stange?

Genau diese Frage hatte er noch am Abend zuvor dem GIZ gestellt. Er hatte wenig Hoffnung, dass die Kollegen eine Antwort haben würden. Aber gerade hatte einer der aufgeweckteren Mitarbeiter dort bei ihm angerufen.

»Wir werden Ihnen die genaue Zahl nicht sagen können, Herr Mukhtar, das dauert zu lange, das haben wir gar nicht alles parat.«

»Hatte ich mir schon gedacht.«

»Ja. Aber wollen Sie mein Gefühl wissen?«

»Nur zu!«

»Zwei oder drei – mehr nicht. Solche liebevollen Nachrufe, sage ich jetzt mal, die kennen wir eigentlich nur von wirklich verdienten und bekannten Kämpfern. Oder von Attentätern, die im Westen zugeschlagen haben. Aber nicht von Sprengstoffauto-Fahrern.«

»Danke.«

Als Nächstes holte Sami eine der Meldungen des marokkanischen Geheimdienstes aus den Tiefen seines Rechners hervor, die ihn vor ein paar Wochen so elektrisiert hatten.

»F2F« nannten sie solche Berichte im Amt, eine Abkürzung für »From Friends to Friends«. Diese Formulierung hatte der pakistanische ISI vor Jahren legendärerweise einmal über eine Meldung an das BfV gekritzelt, um klarzustellen, dass die Herkunft des Materials keinesfalls für die Öffentlichkeit bestimmt war.

»ZUSAMMENFASSUNG QUELLENBERICHT«, stand über der kurzen Meldung. »Stichpunkte, die für Partner interessant sein könnten: Ein *Foreign Fighter*, womöglich aus Deutschland, nom de guerre Al-Dscharrah, soll laut Quelle hochrangiges Treffen mit IS-Geheimdienst-Zelle für Anschlagsplanung gehabt haben oder demnächst haben. Keine weiteren Details bekannt. ENDE REPORT.«

Vielleicht bin ich echt ein bisschen drüber, dachte Sami. Aber wieso gibt sich der IS so eine Mühe mit Gent Sassenthin?

Wieso lassen sie ihn erst ihre erste Liga treffen, verheizen ihn dann an der Mosul-Front in einer ihrer explodierenden Karren – und legen ihm *dann* einen solchen Liebesbrief ins Grab?

Irgendetwas stimmt da nicht. Ganz und gar nicht.

* * *

Merle Schwalb lebte gerne alleine. Wenn sie abends oder nachts oder frühmorgens nach Hause kam, musste sie nie darüber nachdenken, ob jemand anderes schon schlief und sie leise sein musste, oder ob eine andere Person sie gerne in Beschlag nehmen würde, auch falls sie in Gedanken noch ganz woanders war; es waren ihre vier Wände, ihre drei Sorgen, ihre zwei Flaschen Weißwein im Kühlschrank, keine Überraschungen, keine Kompromisse, die man unter großem Einsatz von Energie und Selbstdisziplin vereinbart, aber in Wahrheit nicht ernst nimmt und die einen ab dem zweiten Tag schon unfassbar nerven – das alles brauchte sie nicht in ihrem Leben. Sie hatte keine Angst vor dem Alleinsein. Im Gegenteil.

Nur einen Nachteil gab es. Dann nämlich, wenn sie sich vollständig in eine Geschichte verkrallte und irgendwann nicht mehr sicher war, ob sie sich noch normal verhielt. Dann wäre ein Korrektiv ganz nett, dachte sie.

Die Abende mit Abu Karim waren eine solche Situation. Sie verbrachte an vier aufeinanderfolgenden Tagen mehrere Stunden mit ihm, ging aber weder davor noch danach in die Redaktion, weil sie … warum eigentlich nicht? Weil sie mit der Geschichte allein sein wollte? Nein, weil sie sie erst einmal unter Kontrolle bringen musste, das war es. Erst einmal selbst verstehen. Sie ging also abends nach Hause, um dann, sofort, bevor sie ihre eigene Schrift nicht mehr würde lesen können, ihre Notizen abzutippen, was oft Stunden dauerte.

Die frühen Nachtstunden verbrachte sie anschließend damit, all das nachzurecherchieren, was sie nicht verstanden hatte. Es gab viel zu viele Dinge, die Abu Karim erzählte, bei denen sie nickte, weil sie seinen Fluss nicht unterbrechen wollte, sodass er das Gefühl haben musste, sie wisse genau, wovon er sprach.

Aber sie wusste natürlich nicht, dass *Tawhid* »Der Glaube an die Einheit Gottes« war. Dass *Sunna* die Vorbildhaftigkeit des Propheten bezeichnete. Und *Manhadsch* so viel wie Methodologie bedeutete. Und selbst wenn Abu Karim von sich aus vieles erklärte, was mit dieser Religion zu tun hatte, mit der sie sich, wie ihr immer klarer wurde, bisher nur oberflächlich beschäftigt hatte, fühlte sie sich doch wohler, wenn sie zur Sicherheit eine neutrale Instanz befragte. Sie fing mit Wikipedia an, folgte den Fußnoten und dann wiederum den Fußnoten dort, und fand sich mehr als einmal morgens um drei in Doktorarbeiten vertieft wieder, die sie bei Google Scholar aufgetrieben hatte.

Jesus im Koran.

Das Gebieten des Guten und Unterbinden des Schlechten.

Was ist ein Hadith, und wieso spielt es so eine große Rolle, von wem es überliefert wurde?

Und ganz wichtig: *Asbab al-Nuzul.* Die Umstände, zeitlich, persönlich, örtlich, unter denen der Prophet Muhammad seine Offenbarungen erhielt.

Wichtig warum?

»Ich habe ihm so oft erklärt, dass der ehrwürdige Koran keine simple Anweisung ist«, hörte sie Abu Karims Stimme in ihrem Ohr. »Dass man nicht einfach einen Satz lesen und dann losziehen und ihn anwenden kann. Anwenden! Was soll denn das auch heißen?«

Die vollgeschriebenen Blöcke, auf deren Vorderseite sie nur AK gekritzelt hatte, stapelten sich auf ihrem steinernen Wohnzimmertisch, und auf dem Tisch auf der Terrasse ebenso, denn dort arbeitete sie am liebsten. Am dritten Tag war sie schon bei AK VII angelangt, nach vier Tagen bei AK IX.

Der wichtigste Satz stand in AK VIII.

Oder?

Ja. Da stand er. Nach dem dritten Lesen nicht nur gelb gemarkert, sondern auch noch rot eingekringelt.

Auch am fünften Tag ging sie nicht in die Redaktion. Stattdessen setzte sie aus ihren Notizen eine erste, und da musste sie dann doch etwas hysterisch kichern, *Dokumentation* zusammen.

Immerhin weiß ich jetzt, was geschehen ist, dachte sie. Ich habe eine Timeline. Eine Timeline, die zeigt, wie Gent Sassenthin von einem Säufer und Drogenkonsumenten, der nicht über den Freitod seiner Schwester hinwegkommen konnte, zu einem gläubigen Muslim wurde. Unter Anleitung von Abu Karim, der ihn nicht nur überhaupt erst auf diese Religion gestoßen, sondern der ihn unter seine Fittiche genommen, ihn gelehrt und unterrichtet hat. Abu Karim, ein junger Mann aus einer verhältnismäßig wohlhabenden Familie aus dem Jemen, der gelegentlich als Imam arbeitet, der in Saudi-Arabien und an der Azhar-Universität in Kairo Scharia-Wissenschaften studiert hat. Der Gents Mentor war, bis der ihm entglitt.

Entglitt. So stellte es jedenfalls Abu Karim dar. »Ich habe ihn verloren«, das meinte er nicht nur im physischen Sinne, nicht nur in dem Sinne, dass er Gents Aufenthaltsort irgendwann nicht mehr kannte.

Wohin er ihm entglitten war, das war ja offensichtlich. Gent war tot, er hatte sein Leben weggeworfen als Selbstmordattentäter des IS. Vom IS hielt Abu Karim angeblich nicht nur nichts. Er behauptete sogar, dass er ihn bekämpfe.

»Frage: Wie machen Sie denn das, den IS bekämpfen?«, stand da in AK II.

»Antwort: Ich sehe es in ihren Augen. Ich spüre es, wenn sie kurz davor sind umzukippen. Ich versuche sie aufzuhalten. Ich sehe das ja. Diese privaten *durus* (Anmerkung: Unterrichtseinheiten), die es an den Moscheen manchmal gibt, niemand kontrolliert das, wer das macht. Das ist, wo sie verloren gehen. Wo sie ihnen sagen: Ihr müsst etwas machen! Ihr müsst kämpfen! Allah hat euch das vorgeschrieben!«

Aber was war eigentlich Abu Karim für eine Art Gläubiger?
»Frage: Sind Sie ein Salafist?«
»Antwort: Ich glaube nicht an solche Wörter. Ich bin nur ein Muslim, der die Wahrheit sucht.«
»Frage: Sind Sie ein Islamist?«
»Antwort: Das sind Wörter, die der Westen erfunden hat. Wir benutzen sie nicht, wie brauchen sie nicht.«
AK III.
Was sollte sie damit anfangen? Wäre es nicht glaubwürdiger, wenn Abu Karim einfach sagte, ich bin weder Islamist noch Salafist? Hielt er sich eine Hintertür offen? War er gegen den Dschihad – jetzt? Gegen das Kalifat – heute? Gegen Hände abhacken – hier?

Ihre Treffen wurden zu den Gebetszeiten stets unterbrochen. Abu Karim entschuldigte sich dann und verschwand für fünf oder zehn Minuten, die sie nutzte, um ihre Notizen durchzugehen und das absolut Unleserliche noch einmal nachzuzeichnen.

Aber sicherlich bedeutete es doch nicht gleich, dass Abu Karim radikal war, wenn er fünf Mal am Tag betete, oder? Und sollte sie jetzt ernsthaft die Zeit mit ihm darauf verwenden, die Rolle der Frau oder die Rechte von Schwulen zu diskutieren? Wenn es doch um eine Geschichte über Gent ging?

Trotzdem, sie würde noch andere Menschen befragen müssen, die Abu Karim kannten.

Zur Wahrheit gehörte allerdings auch, dass Abu Karim ihr mit jedem Tag sympathischer wurde. Er war freundlich, nie genervt, er war ein guter Geschichtenerzähler, und seine religiösen Bekenntnisse wirkten nicht nur sympathisch, weil es den Anschein hatte, dass sie ihm Kraft und Sinn und Bestimmung und Identität verliehen, sondern auch, weil sie ihn fröhlich zu machen schienen. Irgendwie glücklich.

Und Gent? Was für ein Bild zeichnete Abu Karim von Gent?
»Er wollte ja etwas über den Islam wissen«, sagte Abu Karim ausweislich ihrer Notizen vom zweiten Treffen. »Deshalb wollte er sich immer wieder mit mir treffen.«

»Frage: Sie haben sich doch auf einer Taxifahrt kennengelernt. Wie sind Sie danach in Kontakt gekommen? Haben Sie ihm damals Ihre Nummer gegeben?«
»Nein.«
»Sondern?«
»Er hat mich gesucht. Er hat mich über den Taxiruf suchen lassen. So kam das.«
»Und dann?«
»Er wollte mehr über diesen Propheten wissen, hat er mir gesagt. Ob der noch mehr kluge Sachen gesagt hat.«
»Ach kommen Sie!«
»Doch, wirklich. Und er wollte sicher sein, dass er den Ausspruch unseres Propheten richtig behalten hatte. Das hatte er. Und dann wollte er mehr wissen.«
»Einfach so?«
»Umar ibn al-Khattab, der zweite unserer rechtgeleiteten Kalifen: Er hat sich bekehrt, nachdem er nur eine Sure aus dem ehrwürdigen Koran gehört hat, wussten Sie das?«
»Nein, das wusste ich nicht. Und bei Gent, ging es da auch so schnell?«
»Nein.«
»Sondern?«
»Ich habe ihm gesagt: Du musst erst etwas anderes verstehen. Warum es dich gibt, das musst du lernen! Ich habe mit dem Wichtigsten begonnen: Dass wir verstehen müssen, dass wir Allahs Geschöpfe sind. *Er hat uns geschaffen.* Wir schulden ihm Dank! Wir schulden ihm Anbetung! Er kann mit uns machen, was er will, er ist überall, jederzeit, zu allem fähig. Und wir sind seine Geschöpfe, wir haben dieses kurze Leben auf der Erde nur, um ihm zu gefallen.«
»Wieso haben Sie sich denn überhaupt um ihn gekümmert?«
»Wie meinen Sie das?«
»Ich meine, Sie hätten ihn doch auch ... ich weiß nicht, an eine Moschee verweisen können, oder so etwas.«
»Aber er hat mich doch gefragt.«
»Und das ist dann Ihre Verantwortung, sozusagen?«

»Wer stirbt, während er weiß, dass es keinen Gott außer Allah gibt, der geht ins Paradies ein.«
»Lassen Sie mich raten, das ist jetzt wieder so ein *Hadith*?«
»Ja, ein gesundes *Hadith*.«
»Gesund?«
»Ja, seine Überlieferung ist ungefochten.«
»Unangefochten?«
»Ja. Gesund.«

Schon das dritte Treffen habe er allerdings abgebrochen, berichtete Abu Karim. Weil Gent betrunken gewesen sei. »Du bist gar nicht hier, habe ich ihm gesagt. Du versteckst dich vor Allah. Er war traurig. Und wütend. Dann eben nicht. Man wird ja wohl noch ein Bier trinken dürfen! Was ist denn das für eine bescheuerte Religion! So hat er reagiert. Aber ich wusste, dass Allah schon längst Pläne mit ihm schmiedete!«

Bevor Gent Abu Karim *entglitt*, so schien es ihr, während sie die Notizen wieder und wieder durchging, ist er ihm regelrecht in die Arme *geschlittert*. Sicher, Abu Karim ist charismatisch, er strahlt etwas aus, ich verstehe, dass jemand wie Gent etwas davon abhaben möchte, von dieser Zufriedenheit, dieser Ruhe. Aber was war der Preis dafür? Dass er ein Extremist wurde?

»Wenn man erst einmal verstanden hat«, hatte ihr Abu Karim in AK IV gesagt, »dass wir Geschöpfe Allahs sind, dann gibt es kein Verstecken mehr. Keine Kompromisse. Man kann nicht halbtags Gottes Geschöpf sein oder nur an den ungeraden Tagen. Man ist es immer, überall, zu jedem Zeitpunkt. Das heißt akzeptieren, dass Gott uns seinen Willen kundgetan hat und wir ihn umsetzen müssen. Ohne Wenn und Aber.«

Islamismus. Gemeinhin definiert als die Vorstellung, dass der Islam als Religion keine private Angelegenheit sein kann, sondern nach einem Ausdruck in der sozialen und politischen Sphäre verlangt.
Keine Kompromisse.
Hm. Und jetzt?

Na gut, dann ist Abu Karim eben ein Islamist. O.K. Aber doch keiner, der etwas mit dem IS am Hut hat, oder?

»Nach einer Weile, nach ein paar Wochen, merkte ich, dass Abdallah keine Drogen mehr nahm und keinen Alkohol mehr trank. Er fragte von sich aus, wo er Arabisch lernen könne. Er wollte sein Leben nach Allah ausrichten. Das hat mein Herz froh gemacht.« AK IV.

»Natürlich habe ich ihm Regeln beigebracht, die nicht jedem in diesem Land gefallen. Weihnachten ist kein Fest für uns. Beziehungen ohne Ehe sind verboten. Selbstmord ist Sünde«: AK V.

»Frage: Wie hat er darauf reagiert?«

»Antwort: Er war wütend. Meine Schwester hat hiermit nichts zu tun, hat er gerufen. Doch, habe ich gesagt. Abdallah, sie hat gesündigt, gegen Allah. Akzeptier es!«

»Frage: Hat er es akzeptiert?«

»Antwort: Nur Gott kann in unser Innerstes sehen.«

»Frage: Was heißt das?«

»Antwort: Ich weiß es nicht.«

»Frage: Aber Sie haben Zweifel?«

»Antwort: Er war wütend, als ich ihn kennenlernte. Und er blieb wütend, bis ich ihn verlor. Und vielleicht habe ich ihn deswegen verloren.«

»Frage: Wut?«

»Antwort: Er war sehr, sehr wütend. Er war wütend auf seine Schwester. Und auf Allah. Und man darf nicht wütend auf Allah sein.«

Das Entgleiten begann schleichend, wenn sie Abu Karim glaubte. Das Arabischlernen eröffnete Gent einen eigenen Zugang zum Koran und zu anderen islamischen Texten. Er lernte fleißig. Er begann, seinen Lehrer herauszufordern. Abu Karim freute sich anfangs darüber. Aber es habe sich bald eine gewisse Überheblichkeit dazugemischt. Abu Karim sagte, er habe anfangs nicht gewusst, woher sie rührte. Erst nach einer Weile sei ihm klar geworden, dass Gents Arabischunterricht an der Masdschid al-Futuhat nahtlos in einen *Dars*, eine religiöse Unterweisung, überging, die ein Prediger aus Marokko anbot.

»Frau Schwalb, der Islam ist eine Religion, die freundlich ist. Sie macht es dem Gläubigen nicht schwer. So steht es im edlen Koran. Der Islam ist eine Erleichterung für den Menschen. Aber es gibt in unserem großen Haus auch andere Ansichten.«

»Ja?«

»Dieser Marokkaner ... ich rede nicht schlecht über Brüder. Entschuldigen Sie. Gott ist unser Richter, nicht der Bruder des Bruders Richter, das darf nicht sein.«

»Abu Karim ...«

»Ich glaube nicht, dass Allah ein, wie heißt das? Ein Bonusheft führt wie ein Zahnarzt. Oder, ich kenne das nur von Karim von früher, aus der Schule ... wie heißt das: fleißige Bienchen?«

»Fleißbienchen.«

»Fleißbienchen verteilt. Aber dieser Marokkaner ... Abdallah, er betete und betete und betete nach einer Weile so viel, dass wir kaum noch zum Reden kamen. Er genoss das Leben nicht mehr, verstehen Sie? Er betete und studierte bloß noch, schaute diese Videos an, ging zu den *Durus* und betete dann wieder.«

»Haben Sie mit ihm darüber gesprochen?«

»Es wurde immer schwieriger. Am Anfang war ich sein Lehrer gewesen. Ich wusste mehr als er und ich habe mein Wissen geteilt. Alles. All mein Wissen. Es ist ja nicht meines. Es kommt von Allah! Aber je mehr Abdallah zu diesen *Durus* ging ... er wurde ein Besserwisser.«

»Das hat sie gekränkt?«

»Ich bin gerne Schüler. Aber es war kein gutes Wissen. Es war viel Falsches dabei.«

»Was meinen Sie?«

»Ich bin Muslim. Glauben Sie mir, dass ich leide, wenn Muslimen Leid angetan wird? In Palästina? In Tschetschenien? In Burma?«

»Keine Ahnung.«

»Ja, ich leide sehr. Aber ziehe ich in den Krieg?«

»Ich weiß nicht. Ziehen Sie in den Krieg?«
»Ich ziehe nicht in den Krieg.«
»Unter welchen Umständen würden Sie denn in den Krieg ziehen?«
»Es gibt Regeln.«
»Und wie sind die?«
»Man kann nicht einfach für sich entscheiden, in den Dschihad zu ziehen. Ein Dschihad muss von einer Instanz ausgerufen werden, die alle Muslime akzeptieren. Die gibt es nicht.«
»Aber wenn es sie gäbe?«
»Es gibt sie nicht.«
»Aber wenn es sie gäbe?«
»Fragen Sie mich, wenn es sie gibt.«
»Und Gent?«
»Abdallah ... Abdallah mochte Regeln. Klare Regeln. Es machte ihm nichts aus, in der Nacht zum Beten aufzustehen. Er fastete gerne.«
»Aber?«
»Er mochte es nicht, wenn es keine Antworten gab. Du sagst mir nie, was ich tun soll, Abu Karim!, hat er sich beschwert. Ich sage dir alles, was ich weiß, habe ich geantwortet.«
»Was bedeutet das?«
»Mein Wissen reichte ihm nicht. Er erzählte mir, dass dieser Marokkaner, dieser Abu Muhanad, dass der andere und mehr Antworten habe als ich, und diese Antworten seien überzeugend und mit Texten belegt, er wisse nicht, warum ich das nicht sehen könne.«
»Abu Muhanad?«
Aber an jenem Tag wollte Abu Karim nicht weiter sprechen.
»Bitte«, sagte er nur noch, »vergessen Sie diesen Namen. Ich wollte ihn gar nicht sagen.«

6

Titus wusste nicht, wo Ernst diese Leute fand. Wie er davon erfuhr, dass in dieser alten Kfz-Werkstatt in Weißensee eine Guerilla-Galerie eingezogen war oder in jenem aufgegebenen Supermarkt in Köpenick für eine Woche heimlich eine Ausstellung brasilianischer Maler stattfand. Er hatte nur mitbekommen, dass die Orte, an die Ernst ihn mitschleifte, schon lange nicht mehr in Kreuzberg oder Mitte lagen, in Prenzlauer Berg oder Friedrichshain.

»Das kannst du alles vergessen, da gibt's nur noch rundgelutschtes Zeug«, hatte Ernst einmal zu ihm gesagt.

Es macht Spaß, ihn zu begleiten, dachte Titus, während Ernst den Wagen neben einem Plattenbau irgendwo mitten im Betondschungel von Marzahn parkte. Seine Vorfreude ist schön. Er strahlt. Und ich bin froh, einen Abend rauszukommen. Nicht über meine Fälle nachzudenken. Nicht über Gent Sassenthin nachzudenken.

»Ist es hier?«

»Ja, die haben die ganze achte Etage für drei Monate gemietet. Zehn Leute. Jeder hat eine der Wohnungen als Ausstellungsraum hergerichtet.«

»Klingt cool!«

»Ja, total! Da ist auch eine kanadische Fotografin dabei, die habe ich neulich kennengelernt, von der würde ich gerne etwas kaufen. Das sah toll aus, was die macht.«

Titus nickte. Ernst kaufte und sammelte Kunst in dem Maße,

wie sein Gehalt als Berufsschullehrer es zuließ. Seine Wohnung war auf ihre Art selbst eine Galerie. Manchmal kamen andere Sammler zu Besuch, nur um zu sehen, was Ernst angeschafft und aufgehängt hatte.

Sie verließen den Wagen und fuhren mit dem Fahrstuhl in die achte Etage. Alle Türen standen offen. Im Flur zwischen den Wohnungen hatte jemand die Neonlampen abgeschaltet und stattdessen im Abstand von ein oder zwei Metern alte Schreibtischlampen entlang der Wände befestigt. Die Schreibtischlampen waren von der Art, wie Titus selbst noch eine auf seinem Schülerschreibtisch gehabt hatte. Sie hatten einen runden Fuß, aus dem zwei rote Metallstangen in die Höhe führten. An ihren Seiten verliefen zwei dicke, stramm gespannte Federn. In der Mitte des Gestänges gab es ein Gelenk, am Ende einen metallenen, trichterförmigen Schirm. Die Lampen waren an ihren Füßen an die Wand geschraubt worden, sodass die Schirme weit in den Flur ragten, einige nach oben gedreht, andere so, dass ihr Licht zu den Seiten oder nach unten strahlte.

»Sieht aus wie in einem U-Boot«, sagte Titus.

»Ich denke eher an Insektenfühler«, sagte Ernst.

»Stimmt, das passt besser.«

In manchen Räumen war niemand, und die Bilder oder Collagen hingen oder standen einsam an den Wänden. In einer der Wohnungen lief auf sieben alten Fernsehen dieselbe Videoinstallation, zwei Fußball spielende Kinder, die Militäruniformen trugen. In der vierten Wohnung, die sie betraten, war es voll. Zwei oder drei Dutzend Menschen standen im größten Raum, an dessen Wänden großformatige Schwarz-Weiß-Fotografien hingen. Es waren Porträts alter Frauen, die offenkundig in Berlin aufgenommen worden waren, denn im Hintergrund tauchten verschwommen die Konturen bekannter Gebäude auf, der Turm der Gedächtniskirche, die Spitze des Fernsehturms, eine Ecke des Brandenburger Tors.

»Sie sehen aus wie Trümmerfrauen«, sagte Titus.

»Sollen sie auch«, sagte Ernst. »Das ist die Idee.«

Amy, die Fotografin, erblickte Ernst, winkte und kam auf ihn zu. Sie trug einen grauen Hosenanzug mit zwei schräg verlaufenen orangefarbenen Streifen auf dem Oberteil. Auf ihrem Weg quer durch das Wohnzimmer schnappte sie sich eine Flasche Rotwein und drei kleine Wassergläser. Sie umarmte Ernst, und es dauerte nicht lange, bis die beiden über Dinge sprachen, die ihm zu technisch waren, Blenden und Filme und Kameras und andere Fotografen, sodass Titus beschloss, sich alleine weiter umzuschauen. Die Fotos gefielen ihm, er fragte sich nur, wo Ernst eine derart große Arbeit unterbringen wollte. Aber das war Ernsts Problem.

Als er nach seiner Besichtigung wieder zu Ernst und Amy stieß, stellte Ernst ihn vor. Amy fragte ihn, ob er auch Sammler sei. Nein, sei er nicht, nur Ernsts Begleitung. Was er denn sonst so mache, wollte sie wissen.

Es wäre leicht gewesen, sich um eine präzise Antwort zu drücken. Doch er tat es nicht. Er musste an Karl und Elisabeth Sassenthin denken. Es würde sich schäbig anfühlen, wenn er sich selbst verleugnete, denn damit würde er auch sie verleugnen, oder etwa nicht? Und das, nur um ein nicht gerade partytaugliches Thema zu vermeiden? Nein.

»Ich arbeite in einer Beratungsstelle für Extremisten und ihre Angehörigen«, antwortete er.

»Extremisten?«

»Ja. Dschihadisten, genau genommen.«

»Oh«, sagte Amy.

Auf meinen Rollstuhl hat sie weniger befangen reagiert, dachte Titus.

»Das ist ja großartig«, sagte Amy.

Jaja, dachte Titus.

Doch Amy überraschte ihn. Sie war gar nicht befangen. Sie erzählte ihm stattdessen von ihrem Exfreund, der ebenfalls Künstler sei und sich mit der Ästhetik von IS-Videos befasse.

»Er will sie *entschärfen*, sagt er, ohne sich über sie zu erheben. Ich weiß auch nicht genau, was er damit meint, es ist so schade, dass er heute nicht hier ist. Aber vielleicht kann ich euch ja mal zusammenbringen oder so?«

»Ja, sicher.«

Amy schenkte allen Wein nach und begann, ihn auszufragen. Ob es Videos des IS gäbe, die ganz besonders mächtig seien? Welche? Wo man die finden könne? Also nicht sie, ihr Exfreund natürlich. Wieso sie so mächtig seien? Wer sich die denn ansehe? Und wie er mit den Jungs umgehe, die von solchen Filmen aufgehetzt würden?

»Jeder Fall ist besonders«, hatte er geantwortet.

»Aber was bedeutet denn das?«

»Bei manchen Jungs läuft es eher über Emotionen. Dann können die Familien gut helfen.«

»Und bei anderen?«

»Ist es eher die Ideologie. Oft gepaart mit Gruppendruck. Man redet ihnen ein, sie seien auserwählt. Und immer wieder wird ihnen eingehämmert, dass sie etwas tun müssen. Die sind total verhärtet.«

»Und wie machst du das bei denen?«

»Manchmal hole ich mir Hilfe. Ich komme ja an die alleine gar nicht ran.«

»Leute aus der Szene?«

»Manchmal muss man die Regeln ein bisschen verbiegen«, sagte er. »Whatever works.«

»Oh«, sagte Amy erneut.

Sie sprachen eine gute Stunde lang, bis Amy vorerst befriedigt schien und sich eine Pause ergab. Aber dann wandte sie sich erneut an Titus.

»Sorry, ich *muss* dich das jetzt fragen, Titus, ich *muss* einfach, nimm es mir nicht übel, bitte!«

»Was denn?«

»Hilft es bei deiner Arbeit, dass du behindert bist?«

»Ein bisschen«, sagte Titus. »Ja, manchmal schon. Vor allem, weil ich die Eltern verstehen kann.«

»Wieso?«

»Weil sie sich Sorgen machen, dass ihr Kind nie *normal* wird leben können. So wie meine Eltern. Spielt keine Rolle, wie alt die Kinder sind. Eltern sind Eltern. Und ob das Kind körperlich behindert ist oder psychisch behindert oder sozial behindert, macht da nach meiner Erfahrung auch keinen großen Unterschied.«

»Und bei den, wie sagt man das, Klienten, oder? Wie ist es bei denen?«

»Wenn die mich überhaupt ernst nehmen, versuche ich ihnen klarzumachen, dass sie eine Wahl haben. Im Gegensatz zu mir.«

»Was war das denn?«, fragte Ernst, als sie eine weitere Stunde später in Titus' Bett in der Wohnung in der Bänschstraße lagen.

»Was meinst du?«

»Ich habe dich noch nie so erlebt. Normalerweise gehst du an die Decke, wenn irgendjemand deine Behinderung und deine Arbeit auch nur in einem Atemzug nennt.«

»Stimmt.«

»Aber?«

»Amy war nett.«

»Ach komm!«

»Es hat sich halt ausnahmsweise O.K. angefühlt. Was soll ich noch dazu sagen?«

»Und was meintest du mit *Regeln verbiegen*?«

»Nicht jetzt, Ernst!«

* * *

Eigentlich läuft es doch gut mit Nina, oder? Ja, eigentlich schon. Es ist unkompliziert. Aufregend. Neu.

Aber?

Du hast gedacht, es macht deine Wut weg.

Und?

Sie ist immer noch da.

Und das ist ihre Schuld?

Nein. Ist es nicht. Aber sie ist ... es ist alles so ... es ist so knapp dran vorbei, *irgendwie*.

Diese Gutmenschen. Er hatte das nicht ertragen. Und jetzt saß er hier, auf dem Teppich, und starrte einen einzelnen Buchstaben an, seit Minuten schon, ein *Hamza*. Ein einzelnes *Hamza*. Nichts an diesem Buchstaben war knapp dran vorbei. Alles war perfekt. Die Proportionen, die tiefschwarze Farbe, die Breite des Strichs, der Schwung und die selbstbewusste Entschiedenheit, mit welcher der Kalligraph ihn hingemalt hatte. Alle Buchstaben waren perfekt. Das *Mim*, das *Alif*, das *Lam*. Das *Ya*, das *Sin*. Und wenn alle Buchstaben perfekt waren, galt das dann auch für die Wörter, welche sie formten? Und wenn das für die Wörter galt, was bedeutete das für deren Inhalt?

Er war alleine, niemand außer ihm war hier, also legte er sich auf den Rücken, die Augen geöffnet, die Hände hinter dem Kopf verschränkt, den Blick auf die umlaufenden Wortbänder geheftet: schwarz und blau auf weiß, auf dem weißesten Kalkweiß, das man sich nur vorstellen konnte, kein Staub, kein Schmutz, kein Grauschleier, kein Gilb, nichts. Die Schrift stach aus diesem Weiß heraus, und je länger er hinstarrte, desto mehr Buchstaben und Wörter lösten sich von der Decke und regneten und rieselten auf ihn hernieder. Die Buchstaben, die Wörter – und was noch?

Diese ausgemergelten Gesichter. Von den Männern eigentlich nur die alten. Die jungen Männer – ihnen sah man das alles am wenigsten an.

Da war diese junge Frau, schlank, hübsch, unter ihrem Kopftuch lugten, vermutlich aus Versehen, vielleicht aus Absicht, zwei hennagefärbte Strähnchen hervor; an der Hand hielt sie zwei Kinder mit Murmelaugen. Ihr Gesicht war wirklich sehr schön. Aber sie lächelte nicht. Sie war müde. Sie konnte kaum die Hand hoch genug heben, um auf die Käsescheiben zu zeigen. Dann hob sie langsam vier Finger.

Alles klar.

Sami hatte mit seiner in einem Einmalhandschuh steckenden

Hand nach dem Käse gegriffen, vier Scheiben abgezählt und sie der Frau auf den hingehaltenen Plastikteller gelegt.

Oliven?

Sie nickt, er gibt ihr eine Handvoll.

Gurke?

Sie nickt, also gibt er ihr eine Handvoll.

Brot hat sie schon. Joghurt?

Sie nickt.

Er füllt eine Kelle Joghurt in einen Plastikbecher und reicht ihn ihr.

Salat, abgepackte Butter, eine Birne bekommt sie noch.

Dann ist sie weg, mit ihren Murmelaugenkindern, denen der Rotz aus der Nase läuft, die aber kein Wort sagen. Und schon steht der Nächste vor ihm.

»Warum läuft das hier so?«, fragt er Nina.

»Was meinst du?«

»Wieso bedienen die sich nicht selbst?«

»Hygienevorschriften.«

»Weil sie ... Krankheiten haben könnten?«

»Manche haben welche gehabt. Aber das System hilft auch, Streit zu verhindern. Wer kriegt wie viel wovon und so.«

»Und deshalb ist das bei jeder Mahlzeit so?«

»Morgens, mittags, abends.«

»Jedes Mal müssen Freiwillige antanzen, damit die ihr Essen auf die Plastikteller kriegen?«

»Ist nicht einfach zu organisieren, kannst du mir glauben.«

Nina hatte Routine und kannte die meisten der Flüchtlinge in der kleinen Unterkunft. Sie kam zwei oder drei Mal die Woche, hatte sie ihm erklärt. Er hatte sie gefragt, ob sie ins Kino gehen wollte. Ja, wollte sie, aber danach. Und ob er nicht mitkommen wolle?

Er war mitgekommen. Entgegen der Warnung, die ihm sein Körper in Form von Sodbrennen geschickt hatte. Aber nun war er hier, und er starrte in die Gesichter, die müden, die frechen, die traurigen. Das gesammelte Elend. Für einige allerdings vermutlich ein Triumph, ein Sieg über die miesen Karten, die ihnen das Leben ausgeteilt hatte. Da war dieser Bodybuilder-Typ, ein Afghane, wie Nina ihm zuflüsterte, auf dessen bloßgelegtem Oberarm ein schlecht tätowiertes fettes Kreuz prangte.

Ein Christ aus Afghanistan?

Möglich.

Aber selten.

Unwillkürlich stellte er sich vor, wie der Typ sich an einer Raststätte in Ungarn ein Kreuz stach.

Du Arschloch.

Selber Arschloch. Vielleicht ist es ganz anders, und er hat sein Leben lang in irgendeiner verlausten Höhle heimlich in der Bibel gelesen?

Von dem Moment an, an dem er neben Nina stehend mit der Essensausgabe begonnen hatte, liefen zwei Filme parallel in seinem Kopf ab. Er war sich dessen vollkommen bewusst; aber er zweifelte daran, dass er Nina je würde erklären können, was das hieß.

Nina, die, seit sie hier mithalf, dreieinhalb Wörter Farsi und Paschtu und sechseinhalb Wörter Arabisch aufgeschnappt hatte, lächelte jeden in der Reihe freundlich an, strich den Kindern mit der unbehandschuhten linken Hand über die Köpfe und zwinkerte jenen zu, die sie besonders mochte und denen sie heimlich zusätzlich einen Becher mit Himbeerquark zusteckte, von dem es, wie die Küchenkraft zuvor mahnend gesagt hatte, nicht für alle genug gebe.

Er sah sie an, sah ihr zu und fand sie reizend. Das war der eine Film.

Der andere war düsterer.

Seine Augen und seine Ohren waren vom ersten Moment an auf superscharf gestellt. Er achtete auf kleinste Zeichen, lauschte noch den Dialogen derer hinterher, die schon lange an ihm vorbeigezogen waren. Wenn er Paschtu, Dari, Kurdisch oder Farsi hörte, alles Sprachen, die er nicht verstand, regelte eine unsichtbare Hand in seinem Kopf diese Gesprächsfetzen herunter, bis sie kaum noch zu hören waren. Aber schnappte er Arabisch auf, arbeitete sein Hirn auf Hochtouren, interpolierte fehlende Worte, um ganze Sätze zusammenzusetzen, suchte im Audioarchiv in seinem Kopf nach Referenzen für Dialekte.

Da: Syrisch, eindeutig. Ein Mann zu seiner Frau: »Nimm mehr als gestern mit, wenn du kannst, mir gibt sie nie mehr als vier Scheiben. Es wird lange dauern heute Nacht.«

Was genau wird lange dauern?

Da: Irakisch. »Du sagst einfach, du hast den Wisch verloren, es ist ganz einfach!« – »Echt?« – »Ja, die glauben das, Mann! Ich hab das schon zwei Mal gemacht!«

Da: noch mal Syrisch. Nein, das ist gar nicht Syrisch. Du dreister Drecksack, du bist Libanese! Du bist gar kein Syrer. Unfassbar.

Er sagte kein Wort. Nina stand neben ihm und radebrechte auf Arabisch, und er sagte kein Wort, obwohl er merkte, dass sie ihn fragend anschaute. Obwohl er wahrnahm, wie sie ihn aufmunternd mit dem Ellbogen anstupste.

Die Wahrheit war, dass er überfordert war. Die Kinder mit den Murmelaugen. Die müden Frauen. Dazwischen diese Typen.

Nina pikste ihn nun auch noch mit dem Finger in die Seite.

»Sei doch nicht so schüchtern!«

»O.K., O.K.!«

Die Nächsten in der Schlange: zwei junge Frauen. Augenringe. Sie reden miteinander, leise, aber es gibt keinen Zweifel, das ist der Dialekt von Aleppo.

Käse, Wurst, Butter?

Diesmal fragt er auf Arabisch.

Die Frauen sehen ihn überrascht an.

Er lächelt. Sie lächeln.

»Du sprichst Arabisch?«

»Libanese.«

»Ma schah Allah!«

»Ihr seid aus Aleppo, oder?«

»Ja.«

»Was für eine Tragödie.«

»Ja.«
»Wie lange seid ihr schon hier?«
»Elf Monate.«
»Habt ihr noch Familie in Aleppo?«
»Mein Mann«, sagt die eine Frau. »Osten.«
Sami weiß, was das heißt.
»Was für eine Tragödie«, wiederholt er lahm.
»Ja«, sagt die Frau.
»Eines Tages«, sagt Sami.
»Eines Tages«, sagt die Frau.
Dann gehen die beiden weiter.
»Na also!«, sagt Nina.
Na also – *was?*
Ist eine Kugel weniger abgefeuert, ein Kind weniger gestorben, ein Quadratmeter Rebellenland gerettet, weil ich ihr sechs statt vier Scheiben Käse gegeben habe?
Na also – *was?*
Und natürlich ist das noch nicht alles. Denn da ist auch noch diese Ehrenamtliche, die einen Meter neben Nina steht, und die plötzlich ganz aufgeregt ist, weil dieser Neue *Arabisch* kann!
»Das ist ja toll, Mensch, du kannst Arabisch! Echt, ich würde das so gerne können, ich hab schon zwei Volkshochschulkurse gemacht, aber es ist so schwierig!«
»Ja«, sagt Sami.
»Sophia ist jeden Tag hier«, sagt Nina. »Das ist Sami, mein Freund.«
»Hallo Sami! Bist du auch Flüchtling?«
Bin ich auch Flüchtling?
Leckt mich doch alle am Arsch.
Ja. Nein. Weiß nicht. Irgendwie. Auch. Wer denn nicht? Hahahaha.
»Nein«, sagt Sami.
»Aber?«, fragt Sophia, die in einem Wollpullover steckt und Gesundheitsschuhe trägt, und Sami platzt gleich der Kopf.
»Aber?«

»Na ja, ich meine ... du weißt schon, wieso kannst du denn so gut Arabisch?«

So gut.

»Bin Libanese«, sagt Sami.

»Das ist ja toll. Ich *liebe* libanesisches Essen!«, sagt Sophia.

Ich auch, denkt Sami. Aber ab sofort will ich nur noch bei McDonald's essen.

Und jetzt sagt Nina auch noch, ausgerechnet Nina: »Sophia ist echt ein Engel. Sie ist nicht nur jeden Tag hier, sie hat in ihrer Wohnung auch noch zwei Syrer aufgenommen.«

Zwei Syrer aufgenommen: wie eine Katzenlady oder was? Das denkt Sami. Syrer aufnehmen. Das muss man sich mal vorstellen. Versteckt haben wir uns vor denen, wenn sie durch Beirut marschiert sind.

»Ich war mal im Libanon«, sagt Sophia. »Und in Syrien auch. Das ist alles so schlimm. Man muss ja etwas machen.«

»Ich gehe mehr Gurken holen«, sagt Sami. Es sind nur zehn Schritte bis zu der Chrom-und-Stahl-Küche, wo die kurzhaarige blonde Küchenhilfe vor einem metallenen Vorbereitungstisch steht und Gurken schneidet. Sie gibt Sami eine volle Schüssel Gurken. Er geht zurück.

Engel, denkt Sami. Als gäbe es so etwas.

Und natürlich weiß er, dass es Engel gibt. Und vielleicht ist Sophia sogar einer. Es ist nur so, es ist so, es ist, er weiß auch nicht.

Jeden Abend sitzt er alleine an seinem Laptop, er liest jeden Tweet über neue Fassbomben in Hama, jeden Blogpost über Giftgas in Khan Shaikhun. Er schaut auch jedes IS-Video an, jede Hinrichtung, Kopf ab, Blut an der Wand, Kopfschuss, explodierende Körper. Egal, damit kann er umgehen. Aber dann sieht er die Videos von halb verhungerten Kindern, von zerfetzten Leichen auf der Straße, Daraa sieht auch schon aus wie Grozny, nur schlimmer, und dann will er nur noch saufen und weinen. Jeden Abend will er weinen. Und manchmal weint er sogar.

Auch hier, an diesem Tapeziertisch, sieht er die Murmelaugen von Kindern aus Aleppo und könnte gleich wieder heulen. Aber zugleich kann er nicht. Er will es auch nicht. Was bringt das denn? Es ist alles scheiße, es ist alles immer scheiße. Ich will nicht Scheiße nach Farbe sortieren. Es ist alles scheiße.

Es müsste ein Ende haben. Es müsste eine Welt geben, die Sophia nicht braucht. Was für eine Welt ist das denn, in der ich ein syrischer Flüchtling bin, und Sophia ist meine Erlösung?

Engel.

Teufel.

Engel.

Natürlich hat es sich mittlerweile herumgesprochen, dass da einer ist, der Arabisch kann. Sami hat das kommen sehen, deshalb hat er so lange gewartet. Aber nun steht, kaum dass sie das Buffet abgeräumt haben, der erste Mann verdruckst vor ihm.

»Bruder?«

»Ja?«

»Kannst du dir mal kurz etwas ansehen?«

Papierkram, den keiner versteht. Wann soll er wo erscheinen und was für Papiere muss er mitbringen? Sami übersetzt: Du brauchst dies, du brauchst das. Habe ich das denn? Weiß ich doch nicht, denkt Sami. Lass mal sehen, sagt Sami. Der Mann holt eine Jutetasche mit zerknitterten deutschen Amtsformularen. Es dauert. Sami findet drei der vier Dokumente, die der Mann morgen vorzeigen muss.

»Hast du noch drei Minuten?«, fragt der Mann.

»Sicher«, sagt Sami.

»Mein Freund ...«

Sami hat jetzt also Sprechstunde.

Geht von Zimmer zu Zimmer.

»Hier, das ist eine Schusswunde, sie eitert, ich weiß nicht, zu welchem Arzt ich gehen soll. Ich habe nämlich meine Karte verloren, diesen Zettel, von dem alle sagen, mit dem ist das umsonst.«

Und für wen hast du so gekämpft? Und gegen wen?

Verlegenes Grinsen.

»Bruder, mein Cousin ist in Ungarn, wie kann ich ihn nach Deutschland holen?«

Es geht eine Stunde so, zwei Stunden. Nina steht neben ihm, sitzt neben ihm, weicht ihm nicht von der Seite.

Engel?

Ich bin kein Engel. Ich will auch gar keiner sein.

»Diese armen Menschen, manchmal kann ich fast nicht schlafen«, sagt Sophia.

Blöde Kuh, denkt Sami. Dabei hat Sophia gar nichts getan. Anstatt dass ich mich über Nazis und die AfD aufrege, hasse ich Sophia, denkt Sami. Blödes Arschloch.

»Wieso hast du so schlechte Laune?«, will Nina wissen, als sie endlich gehen.

Was soll er ihr sagen?

Dass es ihm alles zu viel ist?

Ich bin müde, denkt Sami. Ich krieche in zu viele Köpfe. In die Köpfe der Täter, in die Köpfe der Opfer. Und ich fühle mich ihnen so nah – und zwar beiden. Ich stehle mich in ihre Köpfe hinein und flüchte anschließend so schnell es geht wieder heraus. Weil ich es sonst nicht ertrage.

Versteht ihr denn nicht, wie *echt* das für mich alles ist?

Ich lese das Transkript des Chats eines arabischstämmigen Dschihadisten, der nach Syrien geht, weil er das Leid dort nicht mehr ertragen kann, und ich bin er. Ich sehe die abgestumpften Murmelaugen blutbefleckter syrischer Kinder und sehe Maha vor mir, an dem Morgen, als sie auf dem Weg zur Schule fast von der Autobombe in der Hamra-Straße zerfetzt worden wäre, auch sie hatte diesen starren Blick, und ich bin sie. Und dann sehe ich mich selbst an einem Rechner sitzen oder in einem Konferenzraum hocken, tagein, tagaus, und verachte mich. Ich sehe alles – und mache nichts. Ich weiß nichts – aber ich weiß trotzdem alles besser als ihr.

Es müsste doch möglich sein, einmal, ein verdammtes Mal in meinem Leben etwas Sinnvolles hinzubekommen, oder?

Du kannst dir das nicht vorstellen, Nina, wie ich so neben dir herlaufe, die Hände in den Taschen, in mich gekehrt eine Bierdose vor mir herkickend, aber glaub mir: Ich bin der, der nachts davon träumt, mit der Waffe in der Hand mal so richtig aufzuräumen. Wenn es denn anders nicht geht.

ABER SO RICHTIG!

Zeig mir einen glücklichen Araber!

Einen!

Wir haben es verkackt, *alles,* so dermaßen, dass es eine Schande ist. Was schön sein könnte: mit Blut besudelt. Wer cool sein könnte, in einer besseren Welt: ein Kopfabschneider. Wo man seine Kinder in einem Olivenhain aufwachsen lassen könnte: Trümmerfelder.

Wir sind Arschlöcher, Loser, Mörder, alle miteinander. Du magst die arabische Küche, Sophia-Engel? Fick dich. Du hast keine Ahnung. Glaubst du, es gibt *Tabbuleh* ohne Tote? *Fattousch* ohne Folterkeller? *Maqluba* ohne Mord?

Wir haben alle Waffen im Keller. Und wenn nicht, dann haben wir Geld im Keller, um Waffen damit zu kaufen. Und wenn wir kein Geld haben, um Waffen zu kaufen, dann finden sich noch beschissenere Araber, die uns welches dafür geben.

Leckt mich, alle.

Und ihr Gutmenschen ganz besonders.

Und ihr Eulenhauers erst recht.

Habt ihr eine Ahnung, eine entfernte Idee davon, wie mich das zerreißt? Wehe, ihr sagt etwas Schlechtes über uns! Wehe, ihr redet uns gut!

Ich bin so wütend. Ich bin der Typ, der alles kaputt schlagen will, weil es so schön hätte sein können.

Ist es aber nicht.

Wird es auch nicht.

Wir haben verloren.

Und ich weiß nicht, wo ich auch nur anfangen soll, anfangen könnte, irgendetwas zu reparieren!

Wieso hast du mich hier hingeschleift, liebe Nina? Du kannst nichts dafür, und vielleicht ist es eine Ironie der Geschichte, dass

Deutsche auch noch wie Israelis klingen, wenn sie Arabisch radebrechen, aber ich kann jetzt echt nicht mehr.
Nein: Kino, *Süße,* das klappt heute leider doch nicht.
Arbeit. Sorry!
Nur dass es keine Arbeit ist, die mich weggehen lässt, dich wieder einmal stehen lässt, es ist eine Flucht.
Ich fahre ziellos umher, oder zumindest denke ich das. Bis ich da ankomme, wo ich jetzt bin.
Ich war seit Jahren in keiner Moschee mehr. Aber jetzt bin ich hier und starre diese Buchstaben an. Und ich bin ruhig.
Wundersamerweise liege ich hier, auf dem Rücken, auf einem Teppich, in absoluter Stille, während Buchstaben auf mich herabregnen, und bin ruhig.
So ruhig, wie ich es lange nicht war.

* * *

Die Bilder und Erinnerungen, die ihn in der Nacht nach Abu Obeidas Besuch heimgesucht hatten, hatten ihn schlecht schlafen lassen. Das Aufstehen war ihm schwergefallen, und nach dem *Fadschr*-Gebet hatte Gent sich sogar noch einmal hingelegt. Als er um neun Uhr in die Küche ging, um sich Kaffee zu machen, rechnete er nicht damit, jemandem zu begegnen, denn Shruki und Kalashin verließen das Haus gewöhnlich um acht. Deshalb zuckte er zusammen, als er plötzlich seinen Namen hörte.
»Abdallah?«
Gent wandte sich um. Er war an Shruki vorbeigelaufen, ohne ihn zu sehen. Shruki trug einen blauen Trainingsanzug. Er saß breitbeinig und verkehrt herum auf einem der Plastikstühle an ihrem wackeligen Küchentisch, das Kinn auf die Oberkante der Lehne gestützt, während seine Arme die Lehne der Breite nach umspannten, und sah ihn neugierig an.
»Guten Morgen«, sagte Gent.
»Guten Morgen, Bruder!«
Hat er etwa auf mich gewartet?

»Hast du heute frei?«, fragte Gent.

»Ich soll heute später kommen«, antwortete Shruki.

»Kaffee?«

Shruki schüttelte den Kopf und deutete auf ein Teeglas hinter sich auf dem Tisch.

Gent nickte, drehte sich wieder um, stellte den Wasserkocher an und nahm das Nescafé-Glas aus dem Regal über der Spüle.

»Aber setz dich doch zu mir«, sagte Shruki. »Ich will dich nämlich etwas fragen.«

Normalerweise trank Gent seinen Kaffee schwarz. Doch er wollte ein paar Sekunden gewinnen. Also suchte er umständlich das Milchpulver und den Zucker, schüttete von beidem in seinen Kaffee, rührte langsam um und setzte sich dann zu Shruki an den Tisch.

Er sieht anders aus als sonst. Es ist nicht nur der Trainingsanzug.

»Was wolltest du mich denn fragen?«, fragte er und versuchte zu lächeln.

»Es ist komisch, dass ich das noch nie gefragt habe, Bruder. Es ist mir etwas unangenehm.«

»Das braucht es nicht zu sein, Shruki. Du weißt doch, was der Prophet, Friede sei auf ihm, gesagt hat: Ein Muslim ist der Bruder des anderen. Er lässt ihn nicht im Stich, belügt und unterdrückt ihn nicht.«

»Vielleicht ist es ja auch gar keine merkwürdige Frage«, fuhr Shruki fort. »Aber ich würde gerne wissen, wie du eigentlich zum Islam gefunden hast. Weißt du, dieser Franzose, von dem wir Abu Obeida gestern Abend erzählt haben, der ist erst vor einigen Jahren Muslim geworden. Und da musste ich an dich denken. Ich habe vorher nie darüber nachgedacht, weil du so viel weißt, Bruder. Du weißt mehr über den Islam als ich und Kalashin, denke ich oft.«

»Der Islam ist nicht Wissen, Bruder! Der Islam ist Ergebenheit – und niemand ist ergebener als du!«

»*Ma schah Allah*, Abdallah! Trotzdem, was ich meine, das ist, dass ich deinen Weg gar nicht kenne. Ich war ja auch lange kein wahrer Muslim. Aber es war bestimmt trotzdem anders als bei dir.«

Ja, dachte Gent. Das war es ganz sicher. Und tatsächlich hast du mich noch nie danach gefragt. Aber wieso fragst du mich gerade heute? An diesem Morgen? Wo ich mich doch die ganze Nacht genau dasselbe gefragt habe: Wie ich hierhergekommen bin?

Der Pfeil, der dich treffen soll, wird dich nicht verfehlen. Und der Pfeil, der dich verfehlen soll, wird dich nicht treffen.
So hat es angefangen.
Und nie werde ich Abu Karim vergessen, was er mich gelehrt, mich hat fühlen lassen. Er hat die Ehrfurcht in mir erweckt vor der Tatsache, dass jemand mich geschaffen haben muss – etwas, über das ich nie zuvor nachgedacht hatte. Wer stellt sich schon solche Fragen? Aber wenn ich nachts auf meiner eingepissten Matratze lag, beim Ein- und Ausatmen das Rasseln meiner eigenen Lunge hörte und nicht anders konnte, als mich zu fragen: Wie ist es wohl zu sterben? Und was passiert danach mit mir? – Dann fragte ich mich eben doch, ob ich dabei war, mein Leben wegzuwerfen, so wie Greta es getan hatte. Ein Teil von mir sagte: Egal. Scheiß doch drauf! Aber da war ein anderer Teil. Und der hielt mir immer wieder das Bild dieses Taxifahrers vor Augen.

Warum ist der so glücklich? Was für Drogen frisst der, die ich nicht kenne?
So hat es angefangen, Shruki.
Und vielleicht könnte ich es dir schon erzählen. Genau so, wie es gewesen ist. Aber nicht heute. Du siehst so anders aus als sonst, Shruki. Ist es dein Blick?

»Abdallah?«
»Es war ein langer Weg, Bruder. Ich wusste nicht, warum ich lebe. Ich traf einen Muslim, einen guten Muslim. Er hat mir vom Propheten erzählt. Und dann war ich wie gefangen.«

Du bist geschaffen, um zu glauben, hat Abu Karim mir gesagt. Es ist alles schon da, in dir drin. Wir nennen das *Fitra*. Du kennst die Wahrheit bereits. Darum kannst du sie erkennen, wenn du sie hörst.

»Es war also ein Zufall?«, fragte Shruki.
»Wenn du so willst, ja.«

Aber natürlich war es kein Zufall. Es konnte kein Zufall sein, dass sich diese Botschaft anfühlte wie eine warme, weiche Decke, in die ich mich einwickeln konnte. Dass Muhammad, *Friede sei auf ihm*, dessen Worte und Taten so viele Menschen über so lange Zeit hinweg unversehrt bewahrt und weiterberichtet haben, mir desto mehr wie ein Freund erschien, je mehr ich über ihn erfuhr. Dass die anderen, die ich nach und nach kennenlernte, mich ohne zu zögern wie ein Familienmitglied aufnahmen, sich neben mich setzten, mit mir aßen und fasteten, mir zeigten, wie man betete, mit mir lernten. Dass mich eine Sehnsucht erfüllte, es jenen nachzutun, die das Glück gehabt hatten, dabei zu sein, als Muhammad den Koran empfing.
Ihr seid die beste Gemeinschaft, die für die Menschen hervorgebracht worden ist. Ihr gebietet das Recht und verbietet das Unrecht und glaubt an Allah.

»Hast du denn nicht gezweifelt am Anfang? Das war doch alles ganz neu für dich, oder?«
»Nein, Shruki. Ich habe nie gezweifelt.«

Nicht an Allah.
Nicht am Propheten, Friede sei auf ihm.
Aber an dir, Abu Karim.
Warum nur, warum hast du mir zwar immer wieder gesagt: »Keine Kompromisse« – aber dann bei jeder Gelegenheit gewollt, dass ich einen Kompromiss schließe?
»Natürlich darfst du Freunde unter den Ungläubigen haben.«

Nur so als Beispiel. Das hast du mir gesagt. Aber es stimmt nicht.

»Der Islam ist eine Religion des Friedens.«

Noch so ein Beispiel, geliebter Abu Karim.

Aber es stimmt nicht.

Oder?

Die Wahrheit ist, dass du deinen Frieden in der *Dunya* wolltest. Im Hier und Jetzt. Bloß kein Ärger. So kam es mir jedenfalls vor. Also habe ich mich über dich erhoben, Abu Karim. Wenn ich zu Lebzeiten des Propheten gelebt hätte, habe ich zu dir gesagt, was hätte der Prophet, Friede sei auf ihm, wohl entgegnet, wenn ich ihm gesagt hätte: »Halte inne, Muhammad! Töte die Ungläubigen nicht! Verschone ihre Hälse, ihre Frauen, ihre Dattelpalmen – der Islam ist doch die Religion des Friedens!« Du wärest doch heute gar kein Muslim, Abu Karim, wenn es so gelaufen wäre – weil der Islam es niemals auch nur bis nach Mekka geschafft hätte. Das habe ich dir an den Kopf geworfen.

Der Prophet, Abu Karim, hat selbst ein Schwert geführt. Er hat getötet.

Du nicht. Aber Abu Muhanad schon!

So habe ich mit dir geredet.

Abu Muhanad – ich weiß, du magst ihn nicht, Abu Karim.

»*Subhan Allah*«, sagte Shruki. »Und hast du gleich den wahren Islam gefunden, Abdallah? In Deutschland, wo so viele behaupten, Muslime zu sein, und in Wahrheit ihren *Din* verwässern?«

»Ja. Ich hatte großes Glück, Shruki.«

Ich habe es nur nicht gemerkt.

Weißt du noch, Abu Karim, als ich dir von meinem ersten Traum berichtete, in dem ich den Propheten, *salla Allah alaihi wa sallam*, gesehen habe? Ich sah ihn, wie er vor dem Eingang seines Hauses in Medina saß, ich sah sein Gesicht nicht, aber ich spürte seine Gegenwart, es war eindeutig, dass er es war, und er lud mich ein, mit einer Bewegung seiner Hand, es fühlte sich so echt an, seine Hand war trocken und warm und groß. Als ich erwachte, war ich glücklich. Aber ich war nicht sicher, ob es überhaupt recht ist, so etwas zu träumen. Ob es eine Anmaßung ist.

Dann habe ich es dir doch erzählt, und du hast mich umarmt, du hast einen kleinen Tanz mit mir aufgeführt. Du hast es sogar stolz den anderen erzählt, in der Moschee: Abdallah hat ein Zeichen empfangen!

Aber erinnerst du dich auch daran, was ein paar Monate später geschah?

Da hatte ich einen anderen Traum. Und dieses Mal *sah* ich den Propheten. Ganz deutlich. Er saß auf seiner Kamelstute Qaswa und er hielt sein Schwert in der Hand. Und vielleicht, Abu Karim, hatte der Traum etwas damit zu tun, dass ich am Abend zuvor bei Abu Muhanad von der Schlacht von Badr gelesen hatte, das kann schon sein. Aber das spricht doch nicht gegen meinen Traum! Es spricht doch für meinen Traum, in dem ich an der Seite des Propheten ritt und kämpfte und – ja, Abu Karim! – tötete. Wie kann es dagegensprechen?

Trotzdem wolltest du mir das einreden. Ich könne mir nicht sicher sein, wer mir diesen Traum eingegeben habe. Vielleicht der *Schaitan* ...

Aha.

Aber bei meinem ersten Traum, da warst du dir sicher. Da hattest sofort du zwei Überlieferungen zur Hand, die uns den Segen erklären, den es bedeutet, vom Propheten zu träumen.

Und beim zweiten Traum nicht?

Abu Karim, verstehst du nicht, dass ich dich gar nicht verstehen konnte?

Und weißt du, was Abu Muhanad gesagt hat, nachdem ich ihm von dem Traum erzählte? »Ein Buch, das rechtleitet, und ein Schwert, das hilft, Abdallah, das ist der Islam: Merk dir das! Wenn du glaubst, dass Töten schlecht ist, dann musst du dein Gehirn erst einmal reinigen. Du bist auf dem richtigen Weg, Bruder! Denn das Töten der Feinde Gottes ist uns vorgeschrieben.«

Das war natürlich hart. Neu. Das hatte ich so noch nicht gehört. Aber es fiel mir schwer, es von der Hand zu weisen. Mit dem Koran in der Hand: Wie könnte ich es von der Hand weisen?

Der Islam, erklärte mir Abu Muhanad, hat immer Feinde gehabt. Damals genau wie heute. Weil der wahre Gläubige immer ein Fremder in dieser Welt ist. Heißt es nicht so? Weil der wahre Gläubige nämlich zu allen Zeiten angefeindet wird; weil alle ihm ausreden wollen, was seine wahre Aufgabe ist.

So wie du es mir ausreden wolltest.

So hat Abu Muhanad es mir erklärt.

Also habe ich nachgedacht. Und es dauerte nicht lange, bis ich fand, dass es stimmt: Töten ist normal. Man muss nur etwas anders darauf schauen. Was soll schon dabei sein? Fast alle meine Vorfahren haben wahrscheinlich jemanden getötet, ohne mit der Wimper zu zucken. *Wir* sind die Gehirngewachsenen. Du, ich. Meine Mutter, die am Klavier saß und sang:

Wir singen dem Frieden, der allen gefällt,
Gemeinsam ein Lied mit den Kindern der Welt.

Frieden, Frieden, Frieden – als gäbe es nicht Schlimmeres als den Kampf oder den Tod!

Das habe ich gedacht, Abu Karim.

Und dann setzte ich mich in den Zug.

Und jetzt bin ich hier und versuche in Shrukis Blick zu lesen. In seinem sonderbaren Blick. Was denkt er? Warum sieht er mich so an? Sieht er den Franzosen in seinem Kerker genauso an? Stellt er dem dieselben Fragen?

Shruki leerte sein Teeglas und stellte es auf den Tisch.

»Du siehst aus, als seist du mit meinen Antworten nicht zufrieden«, sagte Gent. »Soll ich mehr erzählen?«

»Nein. Ich musste nur gerade an ein anderes *Hadith* denken. Kennst du es? Der größte Lohn kommt mit der größten Prüfung, und wenn Allah jemanden liebt, setzt Er ihn Prüfungen aus, und wer sich damit zufriedengibt, dem wird Allahs Wohlgefallen zuteil, und wer damit hadert, dem wird Allahs Missfallen zuteil.«

»Nein, das kenne ich nicht. Es ist schön.«

»Vielleicht kommt deine Prüfung ja noch, Abdallah«, sagte Shruki. Dann erhob er sich, brachte sein Teeglas zur Spüle und verließ die Küche.

* * *

Natürlich hatte sie den Namen nicht vergessen. Sie versuchte vielmehr, Abu Muhanad zu finden. Es gelang ihr nur nicht. Nicht in der Moschee in der Osloer Straße. Und auch nicht in zwei anderen Moscheen, wo er ausweislich alter Internet-Einladungen im vergangenen Jahr Vorträge gehalten hatte. Niemand, den sie ansprach, schien ihn zu kennen. Nicht jedem, der das behauptete, glaubte sie. Aber es änderte nichts daran, dass ihre Ausflüge erfolglos blieben. HVA nannten sie das beim *Globus*, »Haus von außen«: Wenn man nicht über ein Klingelschild oder eine alte Adresse oder den letzten bekannten Aufenthaltsort hinauskam. Sie lief sich die Hacken ab. Sie wollte ihn finden, sie wusste, es fehlte eine wichtige Stimme. Ein Antagonist zu ihrem Protagonisten Abu Karim. Aber Abu Muhanad blieb ein Phantom.

Es hatte einen Bruch zwischen Gent Sassenthin und Abu Karim gegeben. Es war mehr als ein langsames Entgleiten gewesen. Das erfuhr sie erst sehr spät. Und als er ihr schließlich davon erzählte, da spürte sie, wie nahe Abu Karim dieser Bruch ging.

AK VIII.

Der wichtigste Satz.

»Wir hatten Streit. Weil er zu spät kam zu der Verabredung mit mir, nicht das erste Mal. Weil er beten musste, wie er sagte. Aber er war nicht bei der Sache. Wir fingen an zu streiten. Er sagte: Abu Karim, ich will noch einmal beten, wenn du nicht mitbeten willst, warte auf mich, aber ich will beten, jetzt, bleib du ruhig hier, ich komme gleich wieder, aber ich will kurz beten.«

»Und?«
»Ich sagte zu ihm: Abdallah, du hast gerade erst gebetet, und das *Asr*-Gebet ist in einer halben Stunde. Aber er sagte wieder: Ich will aber jetzt beten, Abu Karim, verstehst du das denn nicht?«
»Und was haben Sie geantwortet?«
Abu Karim atmete schwer aus. »Ich sagte: Abdallah, mein Bruder! Abdallah, hör mir zu: Du betest, wie du früher gesoffen hast!«
»Und dann?«
»Danach habe ich ihn nie wieder gesehen.«

7

Am nächsten Tag kam Abu Obeida wie angekündigt nach dem *Asr*-Gebet und holte ihn ab.

»Hörst du sie?«, fragte Abu Obeida und deutete in den Himmel, während sie die kleine Straße vor ihrem Haus entlangliefen, die zur Hauptstraße führte.

»Ja«, antwortete Gent. Man konnte die Drohnen fast nie sehen, oft nicht einmal hören, außer an wolkenlosen Tagen.

»Wohin gehen wir, Abu Obeida?«, fragte Gent, als sie an der Bäckerei vorbeiliefen.

Aber Abu Obeida antwortete nicht.

Nach etwa fünfzehn Minuten gelangten sie an den großen Kreisverkehr, der früher nach irgendeinem revolutionären Datum benannt gewesen war, 17. März oder 20. Oktober oder 24. Tischrin oder was auch immer, aber mittlerweile nur noch *Dawwar al-Hisbah* genannt wurde, Kreisverkehr der Sittenpolizei, weil deren Zentrale in einem der ehemaligen Verwaltungsgebäude untergebracht war, die in dieser Gegend zuhauf zu finden waren. Wenn sie hier links abbögen, würden sie zu dem anderen Platz gelangen, der etwas kleiner war. Dort gab es keine Blumen in der Mitte, aber dort wurden für gewöhnlich die Urteile vollstreckt, auch die Amputationen. Gent hatte halb vermutet, der Grund ihres Spazierganges sei eine Urteilsverkündung. Irgendeine besondere Urteilsverkündung. Aber Abu Obeida bog nicht nach links ab, sondern machte stattdessen einem der *Hisbah*-Brüder, der gerade einige Stangen konfiszierter Zigaretten in eine Kiste packte, ein Zeichen, dass er rüberkommen solle. Der Bruder war jung, jünger als Gent, schlaksig, sicher 1,90 Meter groß.

»*As-Salamu alaikum*«, sagte Abu Obeida.

»*Wa alaikum as-Salam*«, antwortet der junge Mann in einem Akzent, den Gent als europäisch identifizierte.

»Woher kommst du?«, fragte Abu Obeida.

»*Fransa*«, antwortete der junge Mann.

»*Ma schah Allah*«, sagte Abu Obeida.

»Was kann ich für dich tun?«, fragte der junge Mann.

»Gib mir euer Auto, den Jeep da drüben.«

»Das geht nicht, Onkel«, sagte der junge Mann und deutete auf den Pappkarton vor ihm auf dem Boden.

»Doch, natürlich«, antwortete Abu Obeida sanft und zog ein EC-Karten-großes Pappkärtchen aus der Brusttasche seines Gewandes, das mit arabischer Schrift und einem blauen Stempel versehen war. Mehr konnte Gent nicht erkennen.

»Zu Diensten«, sagte der junge Mann. Noch im Laufen fummelte er den Autoschlüssel aus seiner Camouflage-Hose, dann sprang er in den weißen Jeep mit dem Logo der *Hisbah* auf der Tür, startete den Motor und kam die paar Meter im Rückwärtsgang zu ihnen herübergefahren. Er stieg aus und reichte Abu Obeida den Schlüssel.

»Danke«, sagte Abu Obeida.

Noch nie zuvor hatte Gent gesehen, wie Abu Obeida dieses Kärtchen zückte.

Sie fuhren etwa eine Stunde. Abu Obeida war anzusehen, dass er immer noch nicht reden wollte, also sagte auch Gent kein Wort. Sie fuhren aus der Stadt hinaus, auf immer enger werdenden Teerstraßen Richtung Westen, was Gent daran erkennen konnte, dass ihn die Nachmittagssonne blendete; schließlich verließen sie die Straße sogar ganz, um auf eine Schotterpiste einzubiegen. Unwillkürlich versuchte Gent zu lauschen, ob er auch hier Drohnen hören konnte. Sie wären ein einfaches Ziel.

Nach etwa fünf Kilometern erkannte Gent die Umrisse graubrauner, flacher Häuser vor ihnen; kurz darauf wurde ihm klar, dass es sich um ein Dorf handelte. Ein großes Dorf. Sicher hundert Häuser, schätzte er, während sie hineinfuhren, vielleicht mehr. Die Häuser waren leer. Jedenfalls sah er keine Menschen, keine geöffneten Läden, keine Kinder auf der Straße. Auch keine zum Trocknen aufgehängten Handtücher vor dem Friseursalon und keine Ziegen oder Schafe oder Esel in den Gassen. Die Tankstelle schien verwaist. Nicht einmal die sonst allgegenwärtigen blauen und rosafarbenen Plastiktüten mit Müll standen am Straßenrand. Stattdessen sah er Einschusslöcher in den lehmfarbenen Hauswänden, an denen sie vorbeifuhren. Am Straßenrand lagen Hülsen von Maschinengewehrmunition.

»Es ist niemand hier«, sagte Gent.

»Doch«, sagte Abu Obeida.

* * *

»Titus Brandt?«

»Ja, bitte?«

»Herr Brandt, hier ist Merle Schwalb.«

»Frau Schwalb ... Sie haben wirklich Nerven, mich anzurufen!«

»Herr Brandt, glauben Sie mir bitte, ich hatte keine Ahnung, dass die Eltern nicht wussten, dass Gent tot ist.«

»Wissen Sie, dass ich nach ihrem Besuch bei den Sassenthins den psychiatrischen Notfalldienst eingeschaltet habe, damit die beiden an dem Abend nicht alleine waren?«

»Nein, das wusste ich nicht.«

»Ja, das wussten Sie nicht.«

»Herr Brandt, wie gesagt, ich hatte keine Ahnung ...«

»Woher wussten Sie das überhaupt? Woher hatten Sie diese Information so früh?«

»Ich habe eine Quelle, jemand hat es mir erzählt.«

»Ja, vielen Dank auch.«

»Nein, so meine ich das nicht. Nur kann ich Ihnen das leider nicht sagen. Es ist alles etwas kompliziert. Aber mittlerweile ist es ja eh … also so viel Vorsprung hatte ich ja nun auch nicht. Telegram, Internet und so weiter.«

»Frau Schwalb, warum rufen Sie mich überhaupt an? Da Sie sich ja offensichtlich nicht entschuldigen wollen, muss es wohl einen anderen Grund geben.«

»Herr Brandt, Sie wissen ja schon, dass ich eine Geschichte über Gent schreiben werde, und …«

»Das wollen Sie immer noch? Und was soll das bringen?«

»Na ja, es ist eine wichtige Geschichte, oder?«

»Wichtig für wen?«

»Für die Öffentlichkeit. Um zu verstehen, wie so etwas kommen kann.«

»Und wer denkt an die Angehörigen, Frau Schwalb? Wissen Sie, was das bedeutet, wenn die ganze Geschichte im *Globus* steht? Was das auslöst?«

»Mit Verlaub, Herr Brandt, dafür trägt Gent die Verantwortung, oder?«

»Ach so. Ein toter Mann trägt die Verantwortung, ja, das ist natürlich praktisch.«

»So habe ich das nicht gemeint.«

»Natürlich nicht.«

»Herr Brandt, ich recherchiere jetzt schon eine ganze Weile zu Gent. Und ich habe herausgefunden, wie seine Radikalisierung begonnen hat.«

»Na bravo. Glückwunsch! Dann wissen Sie mehr als wir alle zusammen.«

»Es gab da einen Prediger, Abu Karim heißt der, und ich wollte Sie fragen, ob Sie mir etwas über den erzählen können. Mein Bild von ihm ist noch etwas verschwommen.«

»Frau Schwalb, Sie haben … Sie haben überhaupt keine Ahnung, kann das sein?«

»Was soll das denn jetzt, Herr Brandt?«

»Wieso fragen Sie denn ausgerechnet mich danach? Wollen Sie mir was anhängen?«

»Herr Brandt, es kann schon sein, dass auch Sie in der Geschichte vorkommen, und zu gegebener Zeit wollte ich mit Ihnen auch über Ihre Rolle sprechen. Aber anhängen? Wieso sollte ich Ihnen etwas anhängen wollen?«

»Frau Schwalb, ich bin wirklich kein Lügenpresse-Fuzzi, ich lese gerne Zeitungen, sogar den *Globus*, schon immer eigentlich. Aber seien Sie doch bitte ehrlich mit mir, ja?«

»Herr Brandt, ich habe keine Ahnung, was Sie meinen.«

»Und dass Sie ausgerechnet mich nach Abu Karim fragen, das ist also reiner Zufall, oder was?«

»Na ja, Zufall, ich weiß nicht, aber ... es ist naheliegend, dass ich Sie frage, oder? Ich meine, Sie beobachten die Szene doch auch und kriegen eine Menge mit. Und Gent war einer Ihrer Fälle. Vielleicht kennen Sie Abu Karim ja?«

»Vielleicht kenne ich Abu Karim ja ... das ist echt geschickt, Frau Schwalb. Jetzt haben Sie mich natürlich genau da, wo Sie mich haben wollen.«

»Herr Brandt, was meinen Sie?«

»Ach kommen Sie, muss ich es für Sie sagen? Weil Sie sich nicht trauen? Vermutlich lassen Sie ja eh heimlich ein Tonband mitlaufen. Also gut, meinetwegen: Ja, hier spricht Titus Brandt, Mitarbeiter der Beratungsstelle *Amal*, hören Sie mich auch gut? Es stimmt, Frau Schwalb: Abu Karim ist einer dieser dubiosen Imame, die der Verfassungsschutz nicht mag, die das LKA nicht mag, und mit denen wir trotzdem manchmal zusammenarbeiten. Das wollten Sie doch hören, oder? Das ist es doch, wohinter Sie her sind, Frau Schwalb, oder?«

* * *

Es gab eine Moschee in dem Dorf. Bestimmt gab es noch eine zweite und eine dritte, aber Gent sah nur diese eine, auf die Abu Obeida zusteuerte. Sie war armselig. Das Minarett bestand aus einem grün angestrichenen Metallgestänge mit angenietetem Lautsprecher und überragte kaum die umliegenden Häuser. Abu

Obeida fuhr an der Moschee vorbei und stoppte den Jeep zwei Häuser weiter.

»Ich hole dich in zwei Stunden ab«, sagte er.

»Und ich?«, fragte Gent.

»Du steigst aus«, sagte Abu Obeida.

Gent betätigte den Türgriff, und als die Tür des Jeeps aufsprang, kam ihm das Geräusch so unnatürlich laut vor, dass er erschrak.

»Dieses Haus?«, fragte er.

Abu Obeida nickte. Gent stieg aus. Abu Obeida wendete den Wagen und fuhr denselben Weg zurück, auf dem sie gekommen waren. Eine Staubwolke folgte ihm.

Zwei Stunden.

Wofür? Warum? Was sollte er jetzt tun?

Langsam ging er auf das Haus zu, das etwas höher und breiter war als die umliegenden Gebäude und außerdem frei stand. Die Tür war aus schwerem, dunklem Holz. Das Haus war auch offensichtlich kein Wohnhaus. Es sah irgendwie anders aus. Warum? Weil es eine kleine Kuppel hatte, wie Gent schließlich feststellte. Und weil es keine Fenster hatte. Oder nur ganz kleine, hoch oben.

Gent streckte die Hand aus, um die Tür zu öffnen, aber sie wurde in genau dem Moment von innen aufgezogen. Ein Mann winkte Gent hinein und drängte sich an ihm vorbei nach draußen. Er trug Militärkleidung und eine Kalaschnikow um den Hals und tat so, als sähe er ihn nicht.

Im Gebäude war es dunkel. Nur durch ein paar Löcher in der Kuppel weiter hinten schossen Lichtstrahlen ins Innere, die sich nach unten hin verbreiterten und in deren Mitte Staubkörner tanzten. Es roch muffig.

»Das hier«, hörte er eine tiefe Stimme aus dem Inneren, »war einmal ein Hammam.«

»*As-Salamu alaikum*«, sagte Gent.

»Komm rein«, erwiderte die Stimme.

»Jetzt ist es kein Hammam mehr?«, fragte Gent, während er

vorsichtig Schritt um Schritt den Gang entlangging, eine Hand vor sich ausgestreckt aus Sorge, gegen ein Hindernis zu stoßen.

Der Mann im Inneren, den er immer noch nicht sehen konnte, lachte. »Es fehlt die Kundschaft, *Dscharrah!*«

Dscharrah.

Nicht viele Menschen kannten diesen Namen.

»Das Dorf sieht verlassen aus«, sagte Gent.

»Du warst schon einmal hier, erinnerst du dich nicht?«

»Nein«, antwortete Gent.

»Als wir dieses Dorf erobert haben.«

Konnte das wirklich sein? Dass dies der Ort war, dessen Einnahme sie damals, kurz nach seiner Ankunft, mit einer stundenlangen Parade gefeiert hatten? Der Ort, an dem er versucht hatte, in das Wassermelonenfeld zu schießen? Er war ihm damals viel größer vorgekommen. Und jetzt lebte hier niemand mehr. Niemand. *Baqiya a tamaddada* – das Kalifat bleibt bestehen und dehnt sich aus. Das war ihr Schlachtruf gewesen, den sie an die Wände geschrieben hatten, nachdem die Parade zu Ende war. Aber die Bewohner dieses Dorfes waren geflohen. Vor den Brüdern. Vor ihm.

»Ein guter Ort, um sich zu treffen«, sagte die Stimme.

»Sicher«, sagte Gent.

Nach etwa zwanzig Schritten öffnete sich der Gang; Gent stand nun in einem großen, runden Raum. In der Mitte machte er eine Art Podest aus, sechseckig oder achteckig, wie er vermutete. Wo Lichtstrahlen auf das Podest trafen, schimmerte es blass. Stein, dachte Gent. Marmor. Er sah sich um. Entlang der runden Wand konnte er im Abstand jeweils einiger Meter türgroße Öffnungen erkennen, die offenbar in weitere Räume führten. Aber es war zu dunkel, um hineinsehen zu können. Er war noch nie in einem Hammam gewesen.

Die Stimme, so schien es ihm, war von der entfernten Seite des Podestes gekommen. Also ging er langsam weiter.

»Ich bin hier«, sagte die Stimme nun und bestätigte seine Vermutung. »Auf der anderen Seite.«

Doch als er an der Stelle des Podests ankam, an der er den Ursprung der Stimme vermutet hatte, war dort niemand. Er sah nach rechts, nach links. Nichts.

Plötzlich umfasste eine Hand von hinten seinen Nacken. Eine einzelne, riesige Hand, wie eine Zange.

Gent biss sich auf die Zunge, um nicht zu schreien.

»Ich habe gehört, du bist furchtlos«, zischte die Stimme ihm direkt ins rechte Ohr. »Stimmt das?«

Dann ließ die Hand ihn ruckartig los. Gent verlor das Gleichgewicht, fing sich, drehte sich um. Aber wieder war dort niemand auszumachen. Dann hörte er das Rascheln von Schuhen im Staub, Meter entfernt. Wie konnte das sein?

»Stimmt das?«, brüllte dieselbe Stimme auf einmal so laut, dass der ganze Raum hallte; diesmal kam sie von links.

Dann lachte die Stimme scheppernd, und die riesige Hand zog ihn am Ellbogen ein Stück herunter, sodass Gent auf dem Rand des Marmorpodestes zum Sitzen kam.

»Ich hoffe, ich habe dich nicht erschreckt, *Dscharrah?*«, fragte die Stimme.

Gent spürte, wie sich links neben ihm jemand niederließ. Ein schwerer Mann, wie ihm schien.

Der Mann seufzte vernehmlich. Er legte Gent eine Hand auf das linke Knie, tätschelte es kurz und sagte: »Na ja, wir werden sehen.«

Gent wusste nicht, was er erwidern sollte.

Einige Augenblicke verstrichen.

»Alle sagen, du bist eher still. Scheint zu stimmen. Das ist gut«, sagte die Stimme schließlich.

»Warum bin ich hier?«, fragte Gent.

»Und dass du schlau bist. Das sagen sie auch. Bist du schlau?«

»Ich weiß nicht«, sagte Gent.

»Jaja«, sagte der Mann. »Ich habe deinen Bogen gesehen. Bloß nicht zu viel preisgeben. Das war gut. Sag mir: Was ist das Wichtigste im Kalifat? Das Allerwichtigste?«

»Ich weiß nicht.«

»Die *Amniyat*! Ohne uns gibt es das Kalifat nicht. Wir halten es zusammen.«

»Darf ich fragen, Bruder, wer du bist? Es ist dunkel, ich kann dich nicht sehen.«

»Du sollst mich auch nicht sehen«, antwortete die Stimme. »Aber ich sage dir, wer ich bin. Ich bin Abu Walid. Du kennst mich nicht, aber ich bin dein Emir. Ich bin der wichtigste Mann, den du je getroffen hast. Ich bin der Mann, der über deine Zukunft entscheidet.«

»*Al-Salamu alaikum*, Emir. Ich stehe zu Diensten.«

»Wir werden sehen«, sagte Abu Walid. »Du bist Arzt?«

»Sanitäter, Abu Walid. Aber ich arbeite als Arzt.«

»Dann bist du ein Arzt.«

»Dann bin ich ein Arzt.«

»Es ist mir egal, dass du Arzt bist.«

»Ich verstehe nicht, Abu Walid.«

»Abu Obeida sagt, du seist klug. Und ruhig. Und dass du keine Angst vor Prüfungen hast. Das ist es, was mich interessiert. Du weißt, was vor sich geht. Wir werden angegriffen, von allen Seiten.«

»Ja.«

»Ja. So ist es. Damit war zu rechnen. Wir sind gut vorbereitet. Wir sind gut darin, uns zu verteidigen. Glaub mir. Sie werden leiden, sie werden sterben wie die Fliegen. Nicht alle, aber viele von ihnen, mehr als sie ahnen.«

»*Alhamdulillah*«, sagte Gent.

»Wir haben einige Überraschungen für sie vorbereitet, und vielleicht wirst du einige davon miterleben, *Dscharrah*.«

»*Ma schah Allah*«, sagte Gent.

»Ja«, sagte Abu Walid. »Und vielleicht wirst du einige dieser Überraschungen für uns in Gang setzen.«

* * *

Am Abend des Tages, an dem Merle Schwalb ihn angerufen hatte, rauchte Titus Brandt in seinem Garten in der Bänschstraße nicht eine, sondern drei Zigaretten.

»Nicht gut drauf?«, fragte Ernst, als er dazukam, die Kartons vom Chinarestaurant und die Essstäbchen auf dem Tisch platzierte und sich setzte. »Ist was passiert?«

»Ach, ich hab gerade mit Lotte telefoniert.«

»So spät noch?«

»Mein Klient, dieser Junge aus Rostock, der ist tot.«

»Wie?«

»Selbstmordanschlag im Irak. Und jetzt müssen wir die Akte schließen, alles abwickeln und so.«

»Oje.«

»Ja. Aber da ist noch was.«

»Was denn?«

»Eine Reporterin vom *Globus* recherchiert zu dem Fall.«

»Ja, und?«

Ja, und?

Titus redete fast nie mit Ernst über seine Arbeit, und deshalb konnte Ernst natürlich nicht wissen, was das bedeutete. Warum es besser wäre, wenn nicht im *Globus* stünde, dass die Beratungsstelle *Amal* mit Abu Karim kooperierte. Was er selbst Merle Schwalb wiederum ohne jede Not unter die Nase gerieben hatte. Und warum er jetzt Sorge hatte, dass sein Geheimnis, das ihn mit Abu Karim verband, ans Licht kommen würde.

»Diese Merle Schwalb glaubt, dass Abu Karim etwas mit der Radikalisierung von Gent Sassenthin zu tun hat«, hatte er Lotte am Telefon berichtet.

»Ist da etwas dran?«, hatte sie wissen wollen.

»Sie sagt, Abu Karim habe Gent konvertiert. Das kann sein, schätze ich. Auch wenn Abu Karim ihn nie erwähnt hat.«

»Wo ist das Problem?«

»Das Problem ist, dass ich ihr noch mehr gesagt habe. Ich bin irgendwie ausgeflippt. Ich weiß gar nicht, warum. Aber ich habe ihr erzählt, dass wir manchmal mit Abu Karim zusammenarbeiten.«

»Titus!«

»Ich weiß. Aber meinst du nicht auch, das wäre sowieso irgendwann rausgekommen?«

»Dass wir in Einzelfällen mit Abu Karim zusammenarbeiten? Ja, kann sein. Aber eine Story im *Globus*, Titus, das ist etwas anderes.«

»Aber es ist doch nicht illegal.«

»Das ist es *selbstverständlich* nicht! Es sieht halt einfach nicht gut aus, dass wir mit öffentlichen Geldern und mit Spendengeldern einem Mann Beratungshonorare zahlen, der vom Verfassungsschutz beobachtet wird, weil die ihn für einen gefährlichen Salafisten halten.«

»Ja, ich weiß.«

Aber das war ja nicht alles. Das war nur das kleinere Problem.

Verdammt, fragte er sich zum hundertsten Mal, wieso habe ich Abu Karim an jenem Tag nicht einfach sofort drauf angesprochen? Jetzt schleppe ich dieses Scheiß-Geheimnis mit mir herum, und es wird langsam brenzlig.

Die Wahrheit ist, dachte Titus bitter, dass Lotte und ich und die anderen, dass wir mittlerweile ziemlich gut darin sind, die Familien zu betreuen. Aber wenn es darum geht, die Jungs wieder herunterzuholen von dem Baum, auf den sie geklettert sind, dann sind wir nicht immer die Richtigen. Nicht, wenn die Jungs richtig weit oben sitzen. Da kann ich noch so viele Radikalisierungsstudien oder Islambücher lesen. Ich habe den Jungs manchmal nichts entgegenzusetzen, wenn sie mich gelangweilt anstarren. Wenn ich sie überhaupt dazu bringen kann, sich mit mir in einen Raum zu setzen. In der wahnwitzigen Hoffnung, dass ich, Titus Brandt, ein schneeweißer schwuler Sozialarbeiter im Rollstuhl, der es nie weiter nach Süden als Mallorca geschafft hat, sie davon abhalten kann, in den Krieg zu ziehen.

Deshalb brauche ich Abu Karim manchmal.

Mit Abu Karim läuft das anders.

Der weiß, wie man mit ihnen reden muss.

Und darauf kommt es doch wohl an, oder?

Wie wäre es wohl gelaufen, wenn ich Abu Karim an jenem Tag sofort darauf angesprochen hätte?
»Stimmt das, Abu Karim?«
»Was meinen Sie?«
»Das, was Sie Badr al-Din da gerade von sich erzählt haben: Dass sie Anis Amri bei sich haben übernachten lassen. Bei sich zu Hause. Drei Tage bevor Anis Amri einen Lkw gestohlen hat und in den Weihnachtsmarkt am Breitscheidplatz gerast ist und zwölf Menschen für den IS ermordet hat. Das meine ich, Abu Karim!«
Und dann?
Was wäre dann geschehen?
»Ja, das stimmt. Ich habe diesen Mann bei mir zu Hause übernachten lassen. Ich habe dieses Flackern in seinen Augen gesehen, und ich dachte, ich kann ihn erreichen.«
Vielleicht wäre es so gekommen. Denkbar.
Aber vielleicht auch so: »Titus, oder? So heißen Sie doch? Titus, da haben Sie etwas falsch verstanden! Nicht ich habe ihn bei mir übernachten lassen. Das war ein Bekannter von mir!«

Egal wie. Völlig egal. Abu Karim hätte gewusst, dass ich ihn und Badr al-Din belauscht habe, anstatt wie versprochen in der Küche einen Kaffee zu trinken, während die beiden alleine reden.

»Langsam, Titus«, sagte Ernst, »ich komme nicht mehr mit. Was für ein Geheimnis hast du Lotte nicht erzählt?«
»Ich habe ihr nicht erzählt, dass Abu Karim den Weihnachtsmarkt-Attentäter bei sich hat übernachten lassen.«
»Wieso hat er da übernachtet?«
»Er muss Abu Karim angesprochen haben. Vor der Moschee wahrscheinlich. Amri war ja mehr oder weniger obdachlos. Und Abu Karim hat anscheinend gedacht, das Amri einer von den Jungs ist, die er wieder einfangen kann. Er wusste nicht, was Amri vorhatte. Davon gehe ich jedenfalls aus.«
»Aber wieso hat er das diesem Badr al-Din erzählt?«

»Keine Ahnung. Vielleicht als Beispiel dafür, wie man enden kann? Ich weiß es nicht. Ich habe nicht alles mitbekommen.«
»Und du hast es Lotte gegenüber nie erwähnt?«
»Nein.«
»Warum nicht, Titus?«
»Weil ich dann den Fall los gewesen wäre! Meinen ersten eigenen Fall. Lotte hätte das LKA informieren müssen. Und Abu Karim hätte nicht mehr mit uns zusammenarbeiten dürfen.«
»Titus«, sagte Ernst sanft.
»Ja?«
»Du musst es ihr erzählen. Das ist vollkommen klar! Bei der nächsten Gelegenheit. Das weißt du, oder? Sag mir, dass dir das klar ist!«
»Ja, ich weiß.«
Aber ich habe Angst davor.

* * *

Dschannah, das Paradies: Keine Sorgen mehr, keine Schmerzen, keine Angst. Keine Reue, keine Wut. Alles ist so, wie man es sich immer gewünscht hat. Nur noch viel schöner. Und Fürsprache für die Angehörigen, selbst wenn sie *Kuffar* sind. Jedenfalls wenn man als Märtyrer stirbt. Als *Schahid*.

Er hatte sich immer gebremst, wenn er drauf und dran gewesen war, sich das Jenseits auszumalen. Sicher, der Koran, Allah selbst also, nannte es einen Handel. Einen Tausch: den Tod im nichtswürdigen Diesseits gegen die Ewigkeit in *Dschannah*. Aber der Gedanke, sich darauf zu verlassen, das Paradies gar als etwas zu betrachten, auf das er einen Anspruch haben könnte, ließ ihn schwindeln, sobald er in dessen Nähe kam.

»Wenn du zweifelst, wenn du dir einmal nicht sicher bist, Abdallah, ob du es schaffst, dann denk an *Dschannah*«, hatte Abu Muhanad ihm beim Abschied am Berliner Hauptbahnhof ins Ohr geflüstert. »Ich beneide dich, Bruder! Mit ein bisschen Glück fährst du nach *Dschannah!*«

Die Zugfahrt nach Budapest hatte ewig gedauert. Er war aufgeregt gewesen, nervös und überreizt. Aber er hatte sich trotzdem bloß den grünen Schlafsack, den er bei seinen Eltern abgeholt hatte, bis zu den Schultern hochgezogen, den Kopf ans Fenster gelehnt und herausgeschaut: auf die Kühe, auf den Regen, auf die Wälder; er hatte nicht einmal im Koran gelesen, wie er es sich vorgenommen hatte. Und schon gar nicht hatte er an *Dschannah* gedacht. Genau genommen hatte er den Gedanken an *Dschannah*, jedes Mal, wenn er ihm doch zu kommen drohte, wieder weggeschoben.

Auf der zweiten Zugfahrt, von Budapest Richtung Belgrad, war er noch einmal kurz davor gewesen nachzugeben: Was wäre wohl, wenn? Und wie wäre es, wenn?

»Und ihr werdet euren Herrn sehen können, wie ihr den Vollmond sehen könnt.«

Aber in genau dem Moment kam der Zug kreischend zum Halten und das Gedränge der aus- und einsteigenden Reisenden lenkte ihn ab. Es war besser, sich nichts auszumalen.

Kalashin hingegen hatte es nicht einmal fünfzig Kilometer ausgehalten, nachdem Gent zu ihm und Shruki in den Wagen gestiegen war. Sie hatten gerade ihre Sandwiches aufgegessen, als Kalashin sich das erste Mal vom Beifahrersitz aus umgedreht und ihm von *Dschannah* vorgeschwärmt hatte: »Du leidest nicht, wenn du als *Schahid* stirbst, das ist das Beste«, hörte er Kalashins fröhliche Stimme wie ein fernes Echo. »Es ist, als würdest du dir selbst schon vom Paradies aus zusehen!«

Und hier, in diesem Hammam, heute, an diesem Tag: Ist es jetzt etwa so weit?

Bin ich hier, weil der Emir mir das Tor nach *Dschannah* weisen will? Sterbe ich heute? Gleich?

Jetzt?

Auf einmal ist alles ganz langsam. Wie in Zeitlupe. Gent merkt, wie seine Nackenhaare sich aufrichten, seine Nasenflügel beben, sein Kinn sich unwillkürlich hebt. Er spürt den Schweiß auf seiner Stirn, keine perlenden Tropfen, die herunterrinnen, sondern Abertausende winzige Tröpfchen aus Abertausenden Poren auf einmal.

»Weißt du, wer Schaikh Junis al-Mauretani war, Abdallah?«, fragt der Emir in die Stille hinein, von der Gent meint, sie habe Stunden gedauert.

Er hat diesen Namen noch nie gehört.

»Nein, das weiß ich nicht.«

»Das dachte ich mir. Macht nichts. Er war ein wichtiger Mann bei al-Qaida. Ein Vertrauter von Schaikh Abu Abdallah, ich meine damit Schaikh Osama, klar?«

»Ja, ich verstehe.«

»Gut. Schaikh Junis hatte einen Plan, einen sehr guten Plan, und gute Pläne leben lange. Er hat vor fast zehn Jahren angefangen, an die Zukunft zu denken. Vor zehn Jahren, *Dscharrah!* Schaikh Junis hat aber eben nicht nur daran gedacht, was in ein oder zwei Jahren passieren würde. Sondern zehn Jahre später, verstehst du?«

»Ja, ich denke schon.«

»Damals war *al-Sham* noch kein Schlachtfeld. Wir, die wir heute hier sind, wir waren damals noch im Irak, wir schlachteten Amerikaner und Schiiten ab wie Vieh, und unser Staat war nur ein ferner Traum. Damals sammelten sich die meisten *Mudschahidin* in Waziristan, auch die aus dem Westen. Es waren junge Männer wie du, aus Deutschland, aus Frankreich, von überallher. Dutzende. Nicht so viele wie heute, aber viele. Und Schaikh Junis, der für sie zuständig war, war klug. Er setzte sie nicht im Kampf ein! Er ließ sie sich nicht in die Luft sprengen! Im Gegenteil, er versteckte sie sogar. An Orten, an denen ihnen keine Gefahr drohte, weder von Drohnen noch von der pakistanischen Armee. Stattdessen bildete er sie aus, und dann, *Dscharrah*, als sie so weit waren, schickte er sie zurück: einen nach dem anderen.«

Klack. Klack. Klack.

Der Emir lässt kleine Steine aus seiner riesigen Hand auf den Boden fallen.

»Einen nach dem anderen, *Dscharrah,* als niemand hinsah. Verstehst du die Schönheit dieses Plans? Nach und nach tröpfelten sie in den Westen zurück. Ein paar wurden festgenommen. Vielleicht waren sie unvorsichtig gewesen, oder jemand hatte sie verraten. Oder sie sollten festgenommen werden. Wie gesagt, Schaikh Junis war klug. Aber die meisten seiner Männer schafften es, unerkannt zurückzukehren. Wo sind sie jetzt, *Dscharrah?*«

Gent versucht, sich das alles vorzustellen. Zehn Jahre. Vor zehn Jahren war er noch auf der Schule. Weiter kommt er nicht. Sein Kopf steht still.

»Ich weiß es nicht, Emir.«

»Sie sind immer noch dort, *Dscharrah,* begreifst du jetzt? Sie *warten!* Schaikh Junis hatte ihnen Aufgaben gegeben. Er war wirklich klug, ich sage das nicht nur so!«

Der Emir steht jetzt auf und geht langsam auf eine der Öffnungen zu, die in einen der für Gent uneinsehbaren Räume führt. Gent sieht die Umrisse seines breiten Rückens, während der Emir weiterspricht, als befände sich in dem Raum eine unsichtbare Person.

»Du! Wenn du in den Westen zurückkehrst, dann mach einen Führerschein für schwere Lkw! Und wenn du den in der Tasche hast, machst du eine Fortbildung. Lerne, wie man Gefahrenguttransporter fährt. Und dann finde eine Anstellung. In einer Firma, die Gas oder Öl oder Chemikalien transportiert. Sei ein guter, beflissener, anständiger Angestellter. Geh zur Weihnachtsfeier, trinke mit ihnen, wenn es nötig ist, hure herum, wenn es sein muss, aber fall auf keinen Fall auf – und warte!«

Abu Walid geht nun zur nächsten Öffnung und deutet mit ausgestrecktem Arm auf einen weiteren fiktiven Bruder.

»Und du – du wirst Pilot! Fang klein an, Segelflieger, dann kleine Cessnas, dann lässt du dich anheuern von einer Fluggesellschaft. Je größer, desto besser, aber lass dir ruhig Zeit. Verbirg deine Religion, wenn es nutzt. Sag, du seist Christ, oder Jeside, das lieben sie!«

Abu Walid zeigt auf den nächsten Raum:

»Und du, was machen wir mit dir? Du bist Konvertit. Aber häng es nicht an die große Glocke. Kaum einer weiß das, und so soll es bleiben. Du wirst ein Freiwilliger in ihrer Armee. Genau, in ihrer Armee. Lerne alles über sie. Alles!«

Und ein vierter Raum, vor dessen Eingang sich Abu Walid stellt:

»Und du hier – ja, dich sehe ich an der Universität. Du wirst ein Chemiker sein. In ein paar Jahren wirst du alle Rezepte kennen, die wir brauchen. Aber bis dahin: Sei einfach ein guter Wissenschaftler!«

Abu Walid dreht eine komplette Runde, von Öffnung zu Öffnung, und es fällt ihm nicht schwer, weitere Beispiele zu nennen.

Oder zu erfinden?

Nuklearmediziner.

Programmierer.

Polizist.

Apotheker.

»Und diese Brüder …?«, fragt Gent, nachdem Abu Walid sich wieder neben ihm niedergelassen hat.

»Sie alle warten darauf, aufgeweckt zu werden.«

»Ich verstehe nicht …«

»Du, *Dscharrah*, wirst sie aufwecken! Und Europa, *Dscharrah*, wird brennen.«

Der Emir lacht.

Dann greift er in seine rechte Hosentasche und zieht einen USB-Stick hervor, klein und silbern glänzend.

»Sie *warten*, Abdallah! Sie warten seit fast zehn Jahren! Sie warten darauf, dass sie Besuch bekommen.«

Er hält Gent den USB-Stick hin. Direkt vors Gesicht.

»Das hier sind 37 Namen, *Dscharrah*. Und 37 Passwörter, um die Brüder zu wecken, wenn du ihnen gegenüberstehst. Denn sie warten auf einen Boten, nicht auf eine E-Mail, nicht auf eine SMS, sie warten auf einen Boten.«

Gent schluckt.

»Und wie … wie soll ich?«

»Keine Sorge, wir bringen dich sicher nach Europa zurück. Wir kennen die Wege, wir haben Pässe, wir haben Geld. Sobald du dort bist, wirst du sie aufsuchen, einen nach dem anderen. Jetzt müssen wir nur noch entscheiden, wie du sterben wirst.«

»Wie ich …?«

»Ich dachte mir, eine Märtyreroperation im Irak wäre gut. Was meinst du? Du erzählst mir ein paar Dinge über dich, wir machen ein Foto mit Sprengstoffweste oder in einem Auto, und ich lasse meine Leute einen Nachruf verfassen. In Mosul setzen wir so viele von euch ein, *Dscharrah*, kein Mensch wird jemals wieder nach dir suchen.«

Draußen ertönt eine Hupe.

»Geh«, sagt der Emir.

Und Gent geht.

Erst auf der Rückfahrt nach Rakka fiel Gent auf, dass Abu Walid kein einziges Mal Allah angerufen hatte. Nicht ein einziges Mal. Kein *ma schah Allah*. Kein *Allahu Akbar*. Kein *in schah Allah*. Kein *Subhan Allah*. Der Emir hatte nicht einmal sein *as-Salamu alaikum* erwidert.

Wirklich nicht?

Ja, er war sich sicher.

Aber wieso nicht?

Seit Monaten hatte er niemanden getroffen, der so redete. Nicht so redete, wie sonst alle redeten, die im Kalifat lebten.

Konnte das sein?

Dass ein Emir wie Abu Walid, der so wichtige Aufgaben versah, von diesen Aufgaben so gefangen war, dass er … aber was? Dass er vergaß, wo er war und wer er war? Allah vergaß?

Er suchte Abu Obeidas Blick. Aber der blickte starr geradeaus auf die Straße.

»Abu Obeida?«

»Ja.«

»Was ist das Wichtigste im Kalifat? Von allen Dingen?«

»Dass es ein wahres Kalifat ist«, sagte Abu Obeida. »Eines, das dem *Manhadsch* des Propheten, Friede sei auf ihm, genau folgt.

Sonst ist es kein Kalifat. Sonst ist es nur ein Staat, der nicht besser ist als andere Staaten.«

»Du kommst aus Saudi-Arabien, oder?«

»*Saudi*-Arabien gibt es nicht. Ich stamme von der Halbinsel«, sagte Abu Obeida.

»Ich muss dich etwas fragen.«

»Musst du nicht.«

»Doch, ich muss. Abu Obeida, du hast in Tschetschenien gekämpft. Und danach in Afghanistan bei Schaikh Osama. Und in Dagestan. Und danach bei Abu Musab im Irak. Oder?«

»Ja.«

»Abu Obeida, einige der Brüder hier, einige der Emire, sie sind noch nicht so lange dabei wie du.«

Abu Obeida antwortete nicht.

»Was ich meine, Abu Obeida, ist, dass Abu Walid anders ist als du.«

»Es gibt keinen Unterschied zwischen den *Mudschahidin*, Abdallah.«

»Aber er war Soldat, früher, oder?«

»Ich auch.«

»Ja, du auch. Aber ich meine nicht das Heer des Islam, Abu Obeida. Abu Walid war einer von denen, die in der irakischen Armee waren, oder? Ein Baathist. Oder? Weißt du, was ich meine, Abu Obeida?«

»Wir sind gleich da«, sagte Abu Obeida. Dabei dauerte es noch fast eine halbe Stunde, bis er Gent vor dem Haus absetzte.

Kalashin und Shruki waren nicht zu Hause, als er ankam. Aber auch wenn sie da gewesen wären, wäre Gent klar gewesen, dass er ihnen nichts von seiner Begegnung mit Abu Walid hätte erzählen dürfen. Er erledigte den Abwasch und machte die Toilette und die Dusche sauber. Der Wasserhahn im Bad leckte seit Wochen, aus einer rostigen Stelle im Rohr tropfte jeden Tag eine kleine Pfütze zusammen. Meistens war es Shruki, der dann vor dem Zubettgehen seufzend den Gummischrubber aus der Küche holte und das angesammelte Wasser in den Abfluss schob. Gent ging in sein Zimmer, nahm ein wenig Geld aus der Schublade, verließ das Haus und lief die Straße hinunter, bog dann nach links ab und betrat schließlich den kleinen Laden, der Baumaterialien und Eisenwaren verkaufte. Nach kurzer Beratung hatte er eine Rolle gelbes Duct Tape gekauft, mit dem er das Rohr abdichtete. Er stellte sich Shrukis Gesicht vor, wenn der die Reparatur entdecken würde, und lächelte.

Nachdem er das erledigt hatte, ging er ins Internetcafé. Er wusste jetzt, was er tun musste. Was sein erster Schritt sein würde. Abu Walids Mission war die einzige Gelegenheit, die er vermutlich bekommen würde. Er musste sie nutzen.

Er setzte sich auf einen wackeligen Schreibtischstuhl an den Rechner in der hintersten Ecke und lud sich PGP herunter. Weil er keinen anderen zur Hand hatte, kopierte er das Programm auf den USB-Stick, den ihm Abu Walid gegeben hatte, und löschte es anschließend von dem Rechner. Dann verließ er das Internetcafé, trank an dem kleinen Kiosk an der Ecke einen Tee und ging zehn Minuten später wieder zurück in das Internetcafé, wobei er den Bruder am Tresen anlächelte und sich mit der Hand an die Stirn fasste, um klarzumachen, dass er etwas zu erledigen vergessen hatte. Diesmal setzte er sich an einen Rechner in der vorletzten Reihe. Er öffnete das Verschlüsselungsprogramm vom Stick aus und sendete seiner Mutter den PGP-Schlüssel.

Ich muss langsam vorgehen. Vorsichtig. Vielleicht wird sie das Rätsel lösen. Und falls ja, und falls sie mir ihrerseits einen Schlüssel zukommen lässt, dann weiß ich auch schon, was ich ihr schreiben werde. Und danach sehe ich weiter.

Ein paar Tage später klopfte ein Bruder an ihre Haustür, den Gent noch nie gesehen hatte. Der Bruder sprach Deutsch, und Gent merkte sofort, dass er aus der Schweiz stammt. »Komm mit, wir sollen dich fotografieren«, sagte der Bruder. »Abu Walid schickt mich.«

Wieder fuhren sie fast eine Stunde, dieses Mal Richtung Osten.

Wieder verließen sie mit ihrem Fahrzeug an einem Punkt, der Gent in keinerlei Hinsicht aufgefallen wäre, die geteerte Straße. Nach ein paar Kilometern hielt der Wagen, mitten in der Geröllwüste, neben einem zweiten Jeep und einem alten weißen Hyundai.

Es war heiß. Nachdem sie angehalten hatten, verließen drei Brüder den Jeep, in dem vermutlich die Klimaanlage gegen die Hitze angekämpft hatte. Einer der Brüder hatte zwei Kameras um den Hals hängen, eine große und eine kleine, die er dem Schweizer Bruder aushändigte. Die beiden anderen Brüder sahen aus wie Araber. Aber sie redeten leise auf Spanisch, wie Gent feststellte, als sie sich alle zwischen den Fahrzeugen trafen.

»Du zuerst«, sagte der Schweizer Bruder zu Gent.

Gent nickte.

Mit einer Geste, die aussah, als wolle er Fliegen abwimmeln, verscheuchte er alle anderen Brüder aus dem Bild. Dann schob er Gent in Richtung des weißen Hyundai.

»Setz dich hinein«, befahl er.

Gent gehorchte und öffnete die Tür. Auf dem Armaturenbrett sah er einen großen roten Knopf. Auf dem Beifahrersitz stand eine große Metallkiste, aus der Kabel herausstanden. Gent verstand und hob den rechten Zeigefinger Richtung Himmel, während der Bruder mit der kleinen Kamera Aufnahmen machte.

»Gut«, sagte der Bruder, nachdem er die Qualität der Bilder auf dem kleinen Monitor seiner Kamera überprüft hatte. »Du bist fertig. Warte auf die anderen, ihr fahrt dann zusammen zurück.«

Die beiden spanischen Brüder liefen ein paar Schritte weiter in die Geröllwüste hinein und stellten sich dann nebeneinander auf. Sie hielten Sturmgewehre in den Händen. Der Schweizer Bruder montierte seine große Kamera etwa zehn Meter vor ihnen auf ein Stativ.

»Habt ihr euren Text im Kopf?«, fragte er sie auf Englisch.

Keiner der beiden antwortete.

»Do you speak English?«, fragte er genervt.

Die beiden schüttelten den Kopf.

»En español!«, sagte der eine und hielt einen Zettel hoch.

Der Schweizer Bruder seufzte und wandte sich Gent zu. »Es ist nicht das erste Mal, glaub mir. Irgendeiner vergisst regelmäßig, sie zu fragen, ob sie auch Englisch können. Diese Untertitel sind richtige Arbeit, das kostet alles Zeit.«

»Arbeitest du bei Amaq?«, fragte Gent.

»Ja, für den Medien-*Diwan*«, antwortete der Schweizer. »Amaq, Furqan, Dabiq. Alles.«

»Und was machst du jetzt?«, fragte Gent.

»Keine Ahnung. Kannst du Englisch?«

»Halbwegs.«

»Gut. Dann stellst du dich einfach neben die beiden. Sobald sie ihren Text aufgesagt haben, sagst du etwas. Zwei, drei Sätze, Hauptsache, auf Englisch, ja?«

»Bist du sicher, dass das eine gute Idee ist? Dass ich in dem Film auftauche? Das ist ja so nicht geplant.«

Der Schweizer zuckte mit den Schultern.

»Bruder ist Bruder, oder?«

»Was soll ich denn sagen?«

»*Akhi*, alles, was ich weiß, ist, dass die beiden eine Mission haben. Reicht dir das?«

»*Tamam*«, sagte Gent und stellte sich neben die spanischen Brüder.

Die beiden sagten ihre Texte auf. Er verstand kein Wort. Dann schwenkte der Schweizer Bruder die Kamera, und er war dran. Schon drei Minuten später hätte er nicht mehr wiederholen können, was er gesagt hatte. Irgendetwas darüber, dass die *Kuffar* leiden werden, dass Gottes Wort das höchste sein müsse auf Erden.

Der Bruder aus der Schweiz war zufrieden.

Am Abend ging Gent ins Internetcafé. In ein anderes als beim letzten Mal, am anderen Ende von Rakka.

Sie hat es verstanden, dachte er, als er sein E-Mail-Account öffnete. Jemand hat es ihr erklärt.

Der Pfeil, der dich treffen soll, wird dich nicht verfehlen. Und der Pfeil, der dich verfehlen soll, wird dich nicht treffen, schrieb er ihr.

Das ist das Einzige, was ich im Moment für *Mamuschka* tun kann, dachte er auf dem Rückweg. Es wird schlimm genug für sie, wenn sie erfährt, dass sie auch ihr zweites Kind durch einen Selbstmord verloren hat. Vielleicht tröstet es sie. Bis ich mehr weiß und ihr richtig schreiben kann.

»Um deine Angelegenheit kümmere ich mich als Erstes«, hatte der Schweizer Bruder ihm zum Abschied fröhlich winkend zugerufen. »Du wirst sehen, Abdallah, schon bald bist du tot!«

8

»Sami?«

»Ja.«

»Du klingst irgendwie abwesend.«

»Alles O.K. Bin im Auto. Was gibt's?«

»Gent Sassenthin ...«

»Ja?«

»Er lebt.«

»Wie bitte?«

»Er lebt.«

»Ich hab dich verstanden, aber wie zur Hölle kommst du darauf?«

»Die Mutter, Frau Sassenthin ... sie hat mich gerade angerufen, vor zehn Minuten. Heimlich, während ihr Mann im Keller war. Sie hat eine neue E-Mail von Gent bekommen und entschlüsselt. Also genau genommen ist es anscheinend die gleiche wie beim ersten Mal.«

»Merle, langsam! Was für Nachrichten? Ich weiß nichts von irgendwelchen Nachrichten!«

»Gent hat sich gemeldet. Bei seiner Mutter. Per E-Mail. Schon vor zehn Tagen oder so.«

»Was?«

»Ja. Erst hat er ihr einen Krypto-Schlüssel geschickt. Dann, nachdem sie ihm einen Schlüssel zurückgeschickt hat, kam kurz darauf eine erste E-Mail.«

»Wann war das, Merle?«

»Die Frau ist ziemlich durch, ist nicht ganz einfach, mit ihr zu sprechen.«

»Noch mal, Merle. Das ist wichtig. Er hat ihr einen PGP-Schlüssel geschickt, und die Mutter hat einen zurückgeschickt? Vor über einer Woche?«

»Ja.«

»Und dann hat er ihr eine erste E-Mail gesendet?«

»Ja.«

»Was war der Inhalt?«

»Ein Spruch.«

»Ein Spruch?«

»Spruch halt, ein *Hadith*. Der Pfeil wird mich schon nicht treffen. So in der Art.«

»Sonst nichts?«

»Nein.«

»Aber die kam *vor* der Todesmeldung und vor dem Nachruf an, den der IS veröffentlicht hat?«

»Ja. Ganz knapp davor.«

»O. K., dann ist er jetzt vielleicht doch tot?«

»Nein, weil – das ist es ja gerade: Gent hat den gleichen Text noch einmal abgeschickt. Eine zweite E-Mail. Aber diesmal fünf oder sechs Tage *nach* dem Nachruf.«

»Und ist es ausgeschlossen, dass das irgend so etwas Technisches ist? Dass dieselbe E-Mail noch mal ausgeliefert wurde oder so?«

»Ja. Die neue E-Mail ist definitiv von gestern Abend. Gent Sassenthin lebt!«

»Wo bist du?«

»Nähe Ostkreuz.«

»Kennst du diese Raucherkneipe Sonntag Ecke Lenbach?«

»Geronimo?«

»In zwanzig Minuten.«

Merle Schwalb schaffte es in zehn Minuten. Sie bestellte sich ein Ginger Ale und folgte auf den TV-Bildschirmen über der Bar einer Late-Night-Show aus den USA. Sie fragte sich gerade, ob Humor wirklich die beste Waffe gegen Trump sei, als die Tür, die von der Straße in die Kneipe führte, krachend gegen den Türstock knallte. Sie drehte sich um und erkannte Sami. Er lief direkt auf sie zu, in seinem wehenden, schwarzen Jackett erinnerte er sie an einen Amokläufer. Er ließ sich auf dem Barhocker neben ihr nieder und bestellte bei dem durch seinen Eintritt aufgeschreckten Barkeeper umgehend einen Gin Tonic. Er nickte ihr kurz, aber kaum merklich zu, sagte jedoch weder Guten Abend noch gab er ihr die Hand.

»Auf gar keinen Fall«, sagt er stattdessen, und zwar laut und leise zugleich, wie Merle Schwalb irritiert feststellte, nämlich durch seine zusammengebissenen Zähne herausgebellt. »Auf gar keinen Fall wirst du eine Meldung im *Globus* darüber machen, dass Gent Sassenthin noch lebt.«

»Aber sicher«, sagte Merle Schwalb ruhig, die etwas in dieser Art erwartet hatte. »Die Geschichte ist schon geschrieben. Geht heute Abend noch online.«

»Merle«, sagte Sami, »das geht nicht!«

In dem Moment wusste sie, dass sie ihn da hatte, wo sie ihn haben wollte.

»Wieso sollte ich es nicht tun? *All the news that's fit to print*, sag ich immer!«

»Was willst du?«

»Totalen Zugang, Sami. Und wenn ich total sage, meine ich total. Alle Akten. Alle Vermerke. Jedes Telefonat, das du in der Sache Gent Sassenthin führst: Ich will eine Nacherzählung. Jede Meldung von Partnerdiensten im Ausland, die das Thema berührt.«

»Bist du irre?«

»Nein. Ich habe eine gute Verhandlungsposition.«

Sami sagte lange nichts. Dann stürzte er seinen Gin Tonic in zwei großen Schlucken herunter.

»O.K.«, sagte er schließlich.

»Dachte ich mir«, sagte Merle Schwalb.

* * *

Am Morgen nach dem Abend, an dem er Merle Schwalb »totalen Zugang« versprochen hatte, fuhr Sami so früh wie sinnvoll ins GTAZ, um dieses Versprechen so schnell wie möglich zu brechen. Denn das hier hatte Vorrang.

Es musste deshalb so schnell gehen, weil es immer lange genug dauerte, so etwas durchzudrücken. Vermerk schreiben, Antrag schreiben, abzeichnen lassen, sobald die Abzeichnungsberechtigten im Amt erscheinen, dann beugen sich die Juristen drüber, der Rest ist Warten.

Aber es ist vollkommen klar, es geht gar nicht anders, alles andere ist Wahnsinn: Telefon und Internet von Elisabeth und Karl Sassenthin müssen überwacht werden. Und weil PGP im Spiel ist, reicht nicht einmal das. Wir müssen zusätzlich Kameras installieren, die den Monitor des Laptops erfassen. Wir müssen mitlesen, was Gent Sassenthin schreibt. Denn das hier ist der Ernstfall. Hoffentlich sind die Kollegen schnell genug. Und selbstverständlich werde ich Merle nichts von alldem erzählen.

Also doch, dachte Sami, als er wenig später endlich den ersten Kaffee des Tages trank. Ich hatte recht. Es stimmt etwas nicht.

Nur dass ich keine Ahnung habe, was und warum.

Er lebt, er stirbt, dann lebt er wieder.

Und immer wenn ich denke, dass ich etwas weiß, ist es schon wieder anders. Ich führe seine Akte, aber was hat seine Akte eigentlich noch mit seiner Wirklichkeit zu tun?

* * *

Am Morgen nach ihrem Treffen mit Sami fuhr Merle Schwalb mit dem Fahrrad in die Redaktion. »Lange nicht gesehen«, sagte Kaiser, ihr Zellennachbar, der in seinem ganzen Leben noch nichts Unerwartetes gesagt hatte.

»Hier«, sagte Merle Schwalb und drückte ihm eine Papiertüte mit einem Marzipancroissant in die Hand. Es war nicht verkehrt, wenn sie einen Büronachbarn hatte, der im Zweifel gut über sie sprechen würde. Und der ihr vielleicht, nach genügend vielen

Marzipancroissants, sogar mitteilen würde, wer nicht so gut über sie sprach, wenn sie nicht in der Nähe war. Immerhin hatte sie auf diesem Weg bereits vor ein paar Wochen erfahren, dass im inoffiziellen Wettbewerb um ihren redaktionsinternen Spitznamen, den beim alliterationsverliebten *Globus* jeder irgendwann abbekam, aktuell *Maso-Merle* vorne lag. Meinetwegen, dachte Merle Schwalb. Mir doch egal.

Wichtiger war, dass sie etwas zum Spielen hatte. Allerdings musste sie vorsichtig sein. Sie hatte am Morgen, als sie in dem völlig übertreuerten, aber guten Café an der Eberswalder Straße gefrühstückt hatte, lange darüber nachgedacht, was der beste nächste Schachzug wäre. Sie musste Erlinger ins Bild setzen, so viel war ihr klar geworden. Und zwar bevor sie mit dem Dritten Geschlecht sprachen, was sich nicht verhindern lassen würde. Erlinger musste sich eingeweiht fühlen und die Gelegenheit bekommen, neben ihr zu strahlen, anstatt vorgeführt zu werden.

»Arbeits-Lunch?«, hatte sie ihn deshalb per E-Mail gefragt. »13 Uhr, dieser bayerische Biergarten im Hauptbahnhof?«

Sie hasste den bayerischen Biergarten im Hauptbahnhof, aber sie hatte ihn mit Bedacht vorgeschlagen: nur Durchreisende. Breite, weit auseinanderstehende Holztische draußen auf der Terrasse. Mit an Sicherheit grenzender Wahrscheinlichkeit keine weiteren Journalisten, auch wenn der *Spiegel* sein Büro quasi nebenan hatte. Denn der bayerische Biergarten im Hauptbahnhof war noch übertreuerter als das Café an der Eberswalder Straße. Und zusätzlich lief dort allen Ernstes Blasmusik.

Sie war sicher, dass Erlinger genau diese Gedanken in genau dieser Reihenfolge denken und zu dem einzig möglichen Schluss kommen würde, nämlich dass sie ihm etwas Vertrauliches mitzuteilen hatte.

Was Teil ihres Plans war.

»Machen wir!«, antwortete Erlinger denn auch Sekunden später.

Als Erlinger ihr schließlich in all seiner Zwei-Meter-Herrlichkeit und mit Sonnenbrille im Haar gegenübersaß, lief es sogar noch besser, als sie sich erhofft hatte.

Totaler Zugang? Super! Und die Quelle ... O.K., verstehe, Schwälbchen, keine Sorge, ist in Ordnung, dass Sie das für sich behalten.

Und er lebt also, der Sassenthin? Ist ja irre ...

Abu wie? Abu Muhanad? Ja, klar steige ich dem Typen hinterher, wenn Sie da bislang nicht weiterkommen. Mache ich!

Und ja, das finde ich auch, dass wir es ruhig riskieren können, die Meldung, dass er lebt, in diesem besonderen Fall erst mal noch zurückzuhalten.

Ich glaube, das mit Adela, das kriegen wir gleich auch hin!

Adela. Erlinger war mit absoluter Gewissheit der Einzige, der sie so nannte.

Und vielleicht hätte das ein Warnsignal sein können.

Wenig später sitzen sie im selben Besprechungsraum zusammen wie bei der ersten Runde: Das Dritte Geschlecht. Erlinger. Sie selbst. Und jeder hat einen Sekundanten mitgebracht: Kampen starrt die Tischplatte an, als enthielte die Maserung eine noch nicht entzifferte Offenbarung. Malte Zumbrügge schenkt dem Dritten Geschlecht Kaffee ein. Merle Schwalb hat Henk Lauter angerufen, er sitzt neben ihr, aber er ist gereizt: Warum hat sie nicht *ihn* zum Essen getroffen, er weiß alles bloß aus einer 18 Stockwerke währenden Fahrstuhlfahrt. Und die Fahrstühle beim *Globus* sind schnell.

Merle Schwalb hat alles für alle kurz skizziert. Sie braucht den Segen des Dritten Geschlechts, wenn sie so eine Meldung zurückhalten will.

»Ich habe damit kein Problem«, sagt Henk.

Wahrscheinlich ist er das Äquivalent zu einem Bauern, der auf dem Schachbrett einen kleinen Schritt nach vorne macht, denkt Merle Schwalb, die von Schach keine Ahnung hat.

»Ich schon«, sagt Erlinger.

»Wie bitte?«, sagt Merle Schwalb. »Und warum?«

»Das Risiko ist zu groß. Wir sind mit ziemlicher Sicherheit nicht die Einzigen, die da dran sind«, sagt Erlinger. Er blickt Merle Schwalb an. »Sorry Schwälbchen, neue Infos.«

»Wer denn noch?«

Aber Erlinger grinst nur.

»Wir haben also einen deutschen Dschihadisten, den der IS für tot erklärt hat, der aber lebt, richtig?« Das Dritte Geschlecht, immer auf Nummer sicher.

»Ja«, sagt Merle Schwalb.

»Wahrscheinlicher Grund?«, fragt das Dritte Geschlecht.

»Es gibt nur einen denkbaren Grund«, sagt Merle Schwalb. »Er hat was vor. Und wie ich bereits sagte: Wir haben totalen Zugang. Alles, was die Sicherheitsbehörden mitkriegen, kriege ich auf den Tisch. Wir können gar nichts verpassen!«

»Hm«, sagt Erlinger.

»Was soll das heißen?«, fragt Henk Lauter. Aber keiner reagiert. Der Bauer ist längst vom Feld.

»Erlinger, was soll das heißen?«, fragt stattdessen Merle Schwalb.

»Na ja, in der Theorie klingt das klasse. Aber ich glaube, dass die Ihnen was vormachen, Schwälbchen. Totaler Zugang und so.«

»Reden Sie nur so, oder haben Sie einen Anlass, das in Zweifel zu ziehen?«, fragt Malte Zumbrügge.

Ich bin noch im Spiel, denkt Merle Schwalb.

»Ich rede nie nur so«, sagt Erlinger.

Das war vielleicht etwas zu forsch. Denn nun wagt sich die Dame höchstselbst aus der Deckung. Zeigt ihre Waffen. »Arno, das brauchen wir jetzt nicht, diese *attitude*. Beantworten Sie bitte die Frage!«

Attitude. Drei Semester Harvard in den Siebzigern, fällt Merle Schwalb von irgendwoher ein.

Aber Arno ist nie unvorbereitet. Und Arno geht nie ohne Deckung auf die Mitte des Spielfeldes.

»Ich habe einen Grund, diese Frage aufzuwerfen. Wir wissen

von Frau Schwalb, dass zwei Imame eine Rolle bei der Radikalisierung von Gent Sassenthin gespielt haben. Einmal dieser Abu Karim. Und später gibt's da noch einen gewissen Abu Muhanad. Von diesem Abu Muhanad, das hat mir Frau Schwalb selbst mitgeteilt, weiß sie rein gar nichts. Das ist doch so richtig, oder?«

»Ich bin dran«, sagt Merle Schwalb und stellt sich einen Springer vor, der sich vorsorglich in Sicherheit bringt.

»Ja, ich auch«, sagt Erlinger, der gnadenlos nachrückt. »Also *wir*, meine ich natürlich.«

Für eine scheue Sekunde blickt Kampen auf. Dann wieder auf die Tischplatte.

»Ja?«, fragt die Dame ungeduldig.

»Ja«, sagt Erlinger langsam. »Also es ist so. Über Abu Muhanad, den harten Hund, weiß ich auch noch nicht viel. Aber wenn Frau Schwalb wirklich totalen Zugang hätte, dann wüsste sie vermutlich, was sie offenkundig nicht weiß, ich aber gehört habe: Dass dieser angeblich so nette Abu Karim ein *klitzekleines* Terrorproblem hat.«

* * *

»Lotte?«

»Ja, Titus?«

»Hast du ein paar Minuten?«

»Sicher.«

»Kaffee?«

»Ja, gerne.«

»Bin gleich bei dir.«

Eine letzte Runde zur Kaffeemaschine, dann steht sein Rollstuhl vor ihrem Schreibtisch. Er muss es ihr sagen. Erst das andere. Dann *das*.

Erst das Eilige. Dann das Wichtige.

»Was ist los?«, fragt Lotte, nachdem er ihr ihre Tasse hingestellt hat.

»Du erinnerst dich doch, dass ich dir gesagt habe, Gent Sassenthin sei tot?«

»Ja?«

»Also, es ist so ... er lebt. Der Vater hat mich heute in aller Herrgottsfrühe angerufen. Eine neue E-Mail.«

»Wie bitte?«

»Ja, er lebt. Und nicht nur das – er will sogar aussteigen. Er hat den Eltern geschrieben, dass er wichtige Informationen vom IS hat und bereit ist, sie mit den Sicherheitsbehörden zu teilen, aber er will verhandeln, um zu sehen, was er damit erreichen kann.«

Unglaublich, denkt Titus, wie kontrolliert Lotte ist.

»Dann weißt du ja, was du jetzt machen musst, oder?«, sagt sie bloß.

»Die Sicherheitsbehörden informieren, ich weiß«, antwortet Titus. »Aber da ist noch was ...«

»Jetzt!«, sagt Lotte. »Das muss sofort passieren!«

»Ja«, sagt Titus und wendet seinen Rollstuhl.

Ich bin feige, denkt Titus.

Oder glaube ich allen Ernstes, dass ich darum herumkomme?

* * *

Es ist ein Glücksfall für Sami, dass er seinen Vermerk, bei dem er eh nicht weiß, wen er als Quelle für die Information angeben soll, und dem zufolge Gent Sassenthin in seiner Mutter eine neue Brieffreundin gefunden hat, nicht auf seinem Rechner zwischengespeichert hat. Denn so kann er den Entwurf löschen, als Holger um exakt 9 Uhr 17 in ihr Büro stürmt und die gute Nachricht überbringt, und es folglich so sein wird, als habe es den Entwurf nie gegeben.

»Sassenthin lebt!«, bricht es aus dem atemlosen Holger heraus.

»Woher kommt das denn?«, fragt Sami absichtsvoll gelangweilt, weil er die vier Extra-Zehntelsekunden braucht, um seinen Nichtentwurf zu löschen und sich in seinem Schreibtischstuhl zu Holger umzudrehen.

»Eulenhauer. Er hat's mir gerade gesagt, auf dem Gang, damit ich's dir sage. Er hat's von einem Typen bei *Amal*, dieser Beratungsstelle. Sassenthin hat sich bei den Eltern gemeldet.«

»Verstehe«, sagt Sami. »Und jetzt?«

»Na ja, er lebt nicht nur. Der Bursche will auspacken, sagt Eulenhauer.«

»Wie bitte?«, fragt Sami, jetzt ernstlich interessiert.

»Hat er geschrieben. Dass er rauswill. Mehr weiß ich auch noch nicht. Aber Eulenhauer sagt, um zwölf Uhr gibt es eine Runde, um Maßnahmen zu besprechen. Wir sollen beide dabei sein.«

»O.K.«

»Ich auch!«

»Ja, habe ich gehört.«

Holger grinst. Sami weiß, Holger erwartet eine Reaktion. Anerkennung dafür, dass er dazugebeten wurde. Es wäre leicht, einen solchen Satz zu finden und zu sagen. Aber Sami tut es nicht. Er ist in Gedanken schon einen Schritt weiter. Er ahnt, warum Eulenhauer Holger dabeihaben will. Holger hat gerade erst im Auftrag des BKA eine kleine, eingestufte Studie über den Nutzen der Aussagen von IS-Aussteigern in Gerichtsverfahren quer durch alle EU-Staaten geschrieben. Und dieser Bericht ist sehr ordentlich und gewissenhaft, also wenig enthusiastisch ausgefallen.

»Die Eltern?«, fragt Sami stattdessen.

»Das LKA MeckPomm nimmt sich gerade das Haus vor, die beiden sind einkaufen oder so«, antwortet Holger.

»Gut«, sagt Sami.

»Irgendwie geil«, sagt Holger, »endlich wieder ein bisschen *Action* in der Bumsbude hier!«

»Ich muss die Akte noch mal lesen«, sagt Sami und dreht seinen Stuhl wieder um.

* * *

»Was war das denn für ein übles Foul, Erlinger?«

»Nicht immer gleich so aufregen, Schwälbchen, O.K.? Ich kann das doch nicht ignorieren, wenn mir jemand so etwas ins Rohr flüstert.«

»Und wer ist dieser Jemand?«

»Netter Versuch.«

»Erlinger, Sie lassen da einfach mal eben so eine Bombe platzen – aber was soll das denn eigentlich bedeuten, dass Abu Karim angeblich ein Terrorproblem hat? Und was hat das mit meiner Geschichte zu tun? Mit dem Plan, erst mal nichts über Sassenthins Wiederauferstehung zu schreiben?«

»*Unsere* Geschichte, Schwälbchen, nicht vergessen! Und zweitens: Weiß ich auch noch nicht. Keine Ahnung. Es ist nur ein Hinweis, den ich bekommen habe. Er kommt von einer guten Quelle. Aber *ich bin dran* – sagen Sie das nicht immer so? Und es könnte alles infrage stellen, die Geschichte komplett drehen, was weiß ich denn? Gut, dass Adela jetzt doch noch mal nachdenken will, ob wir nicht auf Nummer sicher gehen und die Wiederauferstehung Ihres Terror-Ossis morgen schon mal raushauen. Ganz ehrlich, ich hätte genauso entschieden!«

* * *

Es war noch nicht lange her, vielleicht zwei Monate, dass Paul Drexler ihm erzählt hatte, wie er eigentlich zum BfV gekommen war. Drexler hatte Arabistik und Vorderasiatische Archäologie studiert, was ihn freilich in der akademischen ebenso wie in der kapitalistischen Nahrungskette relativ weit unten ansiedelte: *Mittelbau forever*, und Geld von Mama und Papa, um die Studentenbude, in der er selbstverständlich auch als Privatdozent noch hauste, zu finanzieren. Privatdozent klang toll, bedeutete aber kaum mehr, als dass er ehrenamtlich Seminare abhalten durfte, während er sich in der gesamten deutschsprachigen Welt und darüber hinaus um wenigstens befristete echte Dozentenstellen bewarb, die sich nie manifestierten. Aber dann kamen diese irren Bartträger mit ihren Flugzeugen, zwei Türme fielen in sich zusammen – und ein Typ, der mit einem Wörterbuch bewaffnet, mit viel Zeit und heimlichen Anrufen bei arabischstämmigen Ex-Kommilitonen in der Lage war, einen arabischen Text zu übersetzen, hatte plötzlich ernsthaften Wert.

»Die haben mich fast sofort verbeamtet«, hatte Drexler mit einem Kaffee in der Hand zwischen dem IKEA-Würfel und einem der preußischen Gebäude stehend bei einer Zigarette erzählt. Er wirkte immer noch belustigt.

Mittlerweile war Drexler, der zu seiner polierten Glatze eine Mischung aus deutschem Gelehrtenbart und Salafistenmatratze trug, im BfV ordentlich aufgestiegen. Er war gut. Er war gut, weil er, wie Sami mutmaßte, einer von denen war, die sich ernsthaft interessierten. Also nicht nur für sich selbst und ihr Fortkommen, sondern für das, was im Terror und Erdöl exportierenden Teil dieser Welt vor sich ging. Was wiederum daran lag, dass Drexler, wie er ihm im Laufe der zweiten Zigarette mitgeteilt hatte, in Palmyra gegraben hatte, in der Nähe von Rakka und sogar in der Nähe von Mosul.

»Als das halt noch ging«, hatte Drexler erzählt, »weißt schon, natürlich hatten Saddam und Hafiz ihre Aufpasser auch unter die Archäologen gemischt, aber irgendwie war es echt nett. Gutes Essen, abends kaltes Bier, ein paar supernette und superhübsche syrische und irakische Kolleginnen, tolle Steine, was soll ich sagen, es war klasse. Und wenn ich mal ein Wochenende Zeit hatte, habe ich Ausflüge gemacht. Habe immer die Beduinen gemocht. Da bin ich immer hin. Tee und so. Bisschen quatschen. War irgendwie super.«

Tiefer Zug an der Zigarette.

»Und jetzt das. Diese Scheiße hier. Diese IS-Penner.«

»Was ist aus deinen alten Bekannten dort geworden?«, hatte Sami wissen wollen.

»Bei den meisten weiß ich's nicht. Aber einer, von der syrischen Antiquitätenbehörde, ist vor Kurzem vom IS totgefoltert worden.«

»Warum?«

»Weiß ich nicht. Angeblich hat er heimlich Artefakte weggeschafft, die der IS verhökern wollte.«

»Und die anderen?«

»Die meisten, mit denen ich 2011 noch Kontakt hatte, waren da auf der Straße«, sagte Drexler. »In Syrien, die meine ich. Im Irak, na ja, andere Geschichte. Einige tot, Autobomben und so. Andere nicht mehr auffindbar. Alles ziemlich finster.«

Bei diesem Fazit hatten sie es belassen.

Und jetzt saß Sami Drexler gegenüber, der mit seinem zu großen, grünstichigen Harris-Tweed-Jackett und seinem dicken Füllfederhalter zwar immer noch aussah, als sei er ein noch nicht aufgegriffener Zeitreisender, aber ausweislich des roten Streifens auf dem Aktendeckel vor sich auf dem Tisch zugleich derart offenkundig ein hohes Tier war, dass es unter Umständen, vielleicht, hoffentlich, wir werden sehen, für ihn, für Sami Mukhtar, von Vorteil war, dass Paul Drexler ihm vor aller Augen zunickte, mithin zu verstehen gab, dass man sich kannte, womöglich sogar schätzte, was in einem Raum wie diesem eine harte Währung war. Und er dankte Drexler in seinem Herzen für dieses kurze Nicken. Denn er wusste, diese Besprechung war, alles zusammengenommen, was er bisher im BfV und im GTAZ erlebt hatte, die erste, auf die es ankam.

Da war Eulenhauer, natürlich.

Da war Holger.

Da war dieser Typ vom BND, Terrorismus-Abteilung. Der war nicht schlecht, wusste eine Menge, konnte reden. Wie hieß er noch? Richtig, Holterkamp. Ex-Soldat: breite Schultern, immer noch ein Sixpack oder etwas Ähnliches unter dem karierten Hemd.

Da war Sabine Meerbusch von der BKA-Rechtsabteilung.

Da war dieser Typ vom LKA MeckPomm, den er immer mit dem Typen vom LKA Brandenburg verwechselte.

Und da waren vier Menschen, die er nicht kannte. Die alle nicht direkt am Tisch saßen, sondern leicht zurückgezogen mit den Rückenlehnen an der Heizung.

Kann alles sein, dachte Sami. Sam und Samantha aus Trumpistan?

Wir werden sehen.

Drexler oder Eulenhauer, das war die erste Frage. Aber Drexler hatte entweder einen Plan oder gar keinen, jedenfalls sagte er:

»Herr Eulenhauer, warum fangen Sie nicht an? Es sind, glaube ich, alle da!«

So etwas lässt sich Eulenhauer nicht zwei Mal sagen.

»Sehr gerne. Guten Tag, liebe Kollegen. Vor etwa drei Stunden haben wir eine Mitteilung von der Beratungsstelle *Amal* bekommen, dass Gent Sassenthin, ein deutscher Dschihadist, der beim IS vermutet wird, mit seinen Eltern Kontakt aufgenommen und im Zuge dieser Kontaktaufnahme angeblich angeboten hat, auszusteigen und möglicherweise relevante Informationen an die deutschen Sicherheitsbehörden zu übergeben. Wir sind hier, um zu entscheiden, wie wir mit diesem angeblichen Angebot umgehen.«

Angeblich, möglicherweise, angeblich, notierte Sami in Gedanken.

»Wir sollten uns als Erstes Klarheit darüber verschaffen, mit wem wir es eigentlich zu tun haben«, sagte Eulenhauer. »Gent Sassenthin ...«

»Entschuldigung«, unterbrach ihn Paul Drexler, ohne Eulenhauer direkt anzusehen, den Blick stattdessen in eine geöffnete Akte geheftet.

»Ja?«

»Wenn ich das hier richtig zusammensetze, dann ist der zuständige Auswerter beim BfV der Kollege Mukhtar, der ja auch hier in der Runde sitzt.«

»Ja, das ist richtig.«

»Lassen Sie ihn doch vortragen, was wir über diesen Sassenthin wissen, oder?«

»Ja ... meinetwegen«, sagte Eulenhauer. »Herr Mukhtar, falls Sie vorbereitet sind?«

»Bin ich«, sagte Sami.

Persönliche Informationen. Kurze Zusammenfassung über das Elternhaus. Ausbildung. Tod der Zwillingsschwester, anschließende Konvertierung zum Islam und Radikalisierung in Berlin. Vermutlicher Ausreisezeitpunkt. Einreisezeitpunkt im »Kalifat« ausweislich der IS-Einreisebögen. Mutmaßliche Verwendung ausweislich des Kampfnamens: Sanitäter oder Arzt.

»Haben wir noch etwas, das weniger spekulativ ist?«, fragte Eulenhauer.

Polizist eben, dachte Sami: Beweise oder weg hier! Aber so läuft es nicht.

»Herr Eulenhauer, ich bin sicher, ich spreche nicht nur für mich, wenn ich betone, dass wir, was deutsche IS-Kämpfer in Syrien oder im Irak angeht, selten Beweise für irgendetwas haben.«

Ist das ein anerkennendes Nicken von Drexler?

Nehmen wir es mal an, dachte Sami.

»Wir haben Hinweise von Partnerdiensten in Tunesien und Marokko, dass ein mutmaßlicher Deutscher mit passendem Kampfnamen als Arzt für den IS in Rakka tätig war. Ich glaube, dass er es ist. Diese Partner melden weiter, dass ein IS-Kämpfer aus Europa mit demselben Kampfnamen in einem engen Verhältnis zu einem hochrangigen IS-Kader namens Abu Obeida al-Makki stand, der seinerseits ein hohes Tier bei *al-Amn al-kharidschi* beim IS ist, also jener Abteilung, die für Anschläge im Ausland zuständig ist.«

»Das ist mir jetzt wichtig«, fragte Sabine Meerbusch dazwischen. »Wir wissen das nicht, ja? Es ist denkbar, dass es eine Verwechslung ist?«

»Ja«, sagte Sami.

»Wollte nur sicher sein«, sagte Meerbusch.

»Kein Problem.«

»Was wissen wir sonst noch?«, fragte Drexler.

»Sassenthin hat sich seit einer SMS aus der Türkei kurz nach seiner Ausreise aus Deutschland nicht bei den Eltern gemeldet. Auch nicht bei irgendjemand anderem, den wir auf dem Schirm haben. Jedenfalls soweit wir derzeit wissen. Aber seit einiger Zeit gibt es plötzlich Kommunikation. In kurzer Folge hat Sassenthin seiner Mutter auf deren E-Mail-Adresse erst einen PGP-Schlüssel und dann, nach Austausch entsprechender Schlüssel, insgesamt drei Botschaften geschickt. Genau genommen: zwei Mal die gleiche Botschaft und ganz aktuell eine dritte mit neuem Inhalt.«

»Was hat er denn geschrieben?«, fragte Holterkamp, der BND-Typ.

»Die ersten beiden E-Mails enthielten jeweils dasselbe *Hadith*.«

»Und was bedeutet das?«, fragte Holterkamp weiter.

»Unklar«, antwortete Sami und improvisierte. »Aber gemeinhin wird das betreffende *Hadith* als Hinweis auf die Vorbestimmung gelesen.«

»Ja, danke«, sagte Eulenhauer. »Ich übernehme jetzt mal, ich glaube, jetzt sind wir da angelangt, wo wir ins Spiel kommen. Heute Morgen gab es also besagte Meldung von diesen Beratungsleuten. Der Sassenthin hat in der vergangenen Nacht eine neue Botschaft geschickt.« Eulenhauer zog eine Karteikarte aus der Innentasche seines Jacketts. »Ich lese Ihnen das mal vor. Wortlaut wie folgt: *Mamuschka*, ich bin's. Ich will hier nicht bleiben. Ich will zurück nach Deutschland und ein friedliches Leben leben. Ich weiß, dass das schwierig wird. Aber ich bitte dich und Vati, mit den Sicherheitsbehörden zu sprechen. Ich habe Informationen über geplante Operationen in Europa. Ich bin bereit, sie zu übergeben. Aber ich will leben. Ich will nicht ins Gefängnis. Oder wenn es gar nicht anders geht: nicht zu lange. Ich kann reisen. Wahrscheinlich gibt es ziemlich bald in Jordanien eine Möglichkeit für ein Treffen. Ich möchte außerdem, dass mein Bruder und Freund Abu Karim aus Berlin als Vermittler eingeschaltet wird. Ende der Botschaft.«

»Herr Mukhtar«, fragte Drexler nun, »wie ist Ihr Eindruck? Klingt das nach dem Gent Sassenthin, den Sie im Blick haben?«

Sami überlegte. Das war eine gute Frage, eine sehr gute. Und er hatte die Botschaft gerade zum ersten Mal gehört.

Was weiß ich eigentlich über Gent Sassenthin?

Ich kenne ungefähr alles, was er je in seinem Leben geschrieben hat, angefangen von seiner Abiklausur über Goethes Wahlverwandtschaften. Was soll ich sagen? Dass er ein gutes Ausdrucksvermögen hat? Bin ich Deutschlehrer? Ich kenne die eine überlieferte Predigt, eher der Versuch einer Predigt, die er gehalten hat. Vor anderen Konvertiten. Gut strukturiert. An den richtigen Stellen islamisches Vokabular eingeflochten. Gute Belegstellen. Aber bin ich ein Imam? Wir haben ein paar Fetzen aus Abschriften von Telefonaten, die er mit anderen Kunden geführt hat, die in Ermittlungsakten schlummerten, und die ich ihm in mühsamer Kleinarbeit zuordnen konnte. Aber das sind Buchstaben auf Papier, und alles kommt darauf an, wie einer klingt, wenn er redet, oder?

Was also *weiß* ich eigentlich über Gent Sassenthin? Nicht viel. Zu wenig. Er radikalisierte sich ... Wir rotzen das so raus, weil es so ist. Er *hat* sich ja *radikalisiert*. Das ist offenkundig. Aber war ich dabei? Kann ich die Tiefe seines Glaubens ermessen? Die Abgründe, in die er gesehen hat?

Du fragst mich, wer Gent Sassenthin ist – und meine Antwort ist: Ich habe keine Ahnung.

»Konsistent«, sagte Sami trotzdem. »Keine Rechtschreibfehler, Herr Eulenhauer? Jedenfalls keine Grammatikfehler. Das passt zu ihm, sorgfältig, gründlich.«

»Na ja, da fehlt ein *e* bei Operationen«, sagte Eulenhauer.

»Ja, aber das ist wohl kaum ...«

»Jaja«, sagte Eulenhauer schnell.

»Was wissen wir denn darüber, was er dort angestellt hat?«, fragte Sabine Meerbusch als Nächstes.

»Nichts«, sagte Sami. »Nur das, was ich vorgetragen habe: möglicherweise äußerst brisante Kontakte innerhalb des IS. Aber wir wissen nicht, ob er an der Front war, ob er gefoltert oder getötet hat.«

»Aber der Nachruf des IS?«, fragte nun Drexler.

»Ja, da steht eine Formulierung drin, die darauf hindeutet, dass er Urteile des IS vollstreckt hat. Hand abhacken, solche Sachen.«

»Na, ein Handabhacker hat uns hier gerade noch gefehlt!«, sagte Meerbusch.

»Wir haben dafür keine Bestätigung«, sagte Sami. »Ich habe alle Videos, die ich finden konnte und auf denen Urteilsvollstreckungen zu sehen sind, noch einmal gesichtet. Es gibt ein oder zwei unklare Fälle, unkenntlich gemachte Gesichter und so, aber ich konnte ihn nirgendwo eindeutig identifizieren.«

»Das heißt, er ist möglicherweise sauber? Also im Sinne von … keines Mordes oder Kriegsverbrechens schuldig?« Sabine Meerbusch ließ ihren Stift über ihrem Block kreisen, während sie auf seine Antwort wartete.

»Kann ich nicht ausschließen, aber auch nicht bestätigen«, antwortete er.

»Wieso Jordanien?«, fragte nun Holterkamp.

»Keine Ahnung. Wir wissen, dass er für tot erklärt wurde, obwohl er noch lebt. Die logische Annahme ist, dass der IS ihn auf eine Mission entsandt hat. Vielleicht weiß er schon, dass sein nächster Stopp Jordanien ist.«

»Gibt es Präzedenzfälle?«

Wow, Holterkamp ist gut.

Einsatz Eulenhauer. »Genau deshalb habe ich den Kollegen Holger Werther hergebeten«, sagte er. »Er hat wohl von uns allen den besten Überblick darüber, was bisher quer durch Europa so herausgekommen ist, wenn man angebliche Aussteiger angehört hat.«

»Ja, also«, sagte Holger. »Ja, die Datenlage ist nicht gerade verschwindend klein, aber trotzdem klein. Aber wenn Sie wissen möchten, was so insgesamt das Ergebnis ist: so mittel, würde ich sagen. Es gab kaum Festnahmen und kaum vereitelte Anschlagspläne, nachdem Aussteiger ausgepackt haben. Was es gab, waren Informationen über Strukturen innerhalb des IS und durchaus auch über andere europäische *Foreign Fighters* und deren Rolle. Aber eben keine klaren Erfolge mit Blick auf Vereitelungen, ja, so ist es.«

»Danke, Kollege«, sagte Eulenhauer.

Holger nickte, aber ohne Eulenhauer anzusehen.

»Ist hier ein bisschen anders«, sagte Sami. »Oder?«

»Wieso?«, wollte Holterkamp wissen.

»Weil er genau das anbietet: Informationen über geplante Anschläge.«

»Würden Sie nicht auch genau das anbieten und sich dann irgendeinen Quatsch ausdenken, wenn Sie nicht völlig hirntot sind?«, fragte Eulenhauer. »Ich meine, im Ernst, das ist vollkommen unspezifisch. Und nur mal angenommen, wir reden mit dem – dann erzählt er uns halt irgendeine Schnurre, meinetwegen dass ein Abu Muhammad und ein Abu Ali demnächst in Stuttgart zuschlagen wollen. Und wir sollen dann jeden Stein umdrehen?«

»Kann man so etwas ausschließen?«, fragte Drexler.

»Wie denn?«, antwortete Sami. »Natürlich nicht. Aber wir wissen ja noch gar nicht, was er uns erzählen will.«

»Ja, aber wenn wir erst einmal mit dem reden … Ich meine, er ist ja nicht der Erste, der zu Mami zurückwill, oder?«

»Das ist richtig«, stimmte Sami zu.

Eine halbe Minute lang sagte niemand ein Wort. Zwei der vier Personen, die er nicht kannte, verließen leise den Raum, ein Mann, eine Frau. Er vermutete, dass sie zu ihren eingeschlossenen Handys gingen. Also: wahrscheinlich doch eine Buchstabensuppen-Organisation in Trumpistan.

Unterdessen meldete sich das LKA Meck-Pomm zu Wort: »Wer ist denn dieser Abu Karim?«

Alle Augen wendeten sich wieder Sami zu.

»Abu Karim, eigentlich Adnan Sanaani, jemenitisch-deutscher Doppelstaatler, freischaffender Imam in Berlin. Nach allem, was wir wissen, hat Gent Sassenthin über ihn zum Islam gefunden. Das LfV Berlin führt ihn als Salafisten, das LKA Berlin ebenfalls, aber nicht als Gefährder. Wird der orthodox-unpolitischen Strömung zugeordnet. Gilt als IS-kritisch. Ende dreißig, verheiratet, ein Sohn. Keine Vorstrafen.«

»Und der soll was genau tun? Verstehen Sie das, was Sassenthin da schreibt?«

»Ich bin genauso überrascht davon wie Sie, Kollege. Ich nehme aber an, dass Sassenthin Abu Karim einbinden will, weil er die Möglichkeit haben möchte, ihn um Rat zu fragen. Wir werden ja mit ihm verhandeln müssen, unter Umständen.«

»Ist das machbar?«, fragte Drexler.

Sami zuckte mit den Schultern. »Finden können wir den Mann sicher. Und wenn er mitmacht, warum nicht?«

Sami versuchte, gelangweilt auszusehen. Kleinhalten, die Nummer mit Abu Karim. Er konnte keinen weiteren Punkt brauchen, der die ganze Angelegenheit ins Wanken bringen könnte. Nicht wenn es so laufen sollte, wie er es gerne wollte. Unauffällig ließ er seinen Blick Richtung Eulenhauer wandern. Von ihm erwartete er am ehesten Widerspruch. Aber Eulenhauer sah nicht aus, als wolle er das Wort ergreifen.

»Ja, dann ... machen wir mal weiter«, übernahm Drexler. »Herr Holterkamp, könnten Sie vielleicht alle Beteiligten kurz ins Bild setzen, wo der IS derzeit so steht? Vielleicht lassen sich ja auch daraus Schlüsse auf die Motivation unseres angeblichen Aussteigers ziehen!«

Der BND-Mann hatte auf diese Einladung offensichtlich nur gewartet. »Das ist jetzt eine allgemeine Zustandsbeschreibung des IS«, leitete er seinen Beitrag ein. »So, wie wir das sehen, ohne besondere Berücksichtigung des potenziellen Selbstanbieters Sassenthin.«

»Ja, sicher«, sagte Drexler.

Es war ein guter Vortrag. Fünf Minuten, fast auf die Sekunde genau. Zwei Landkarten, die Holterkamp auf die Leinwand warf, und die das gegenwärtige, das noch verbliebene IS-Gebiet zeigten. Eine seriöse Schätzung über die finanziellen Einbußen (»mindestens 80 Prozent der früheren Einnahmen«) und militärischen Verluste (»wir reden hier über Tausende, womöglich Zehntausende bereits getötete IS-Kämpfer«). Das Kalifat des IS, sagte Holterkamp, existiere praktisch nur noch dem Namen nach. Mosul, Rakka – alles nur noch eine Frage der Zeit. Gewiss gäbe es Rückzugsräume in den Halbwüsten Syriens und des Irak, in denen der IS als Organisation noch lange würde überleben können. Aber ein »Staat«, das sei in absehbarer Zeit vom Tisch. Die Infrastruktur, die der IS dort aufgebaut habe, die Verwaltung, das sei im Grunde alles dem Niedergang geweiht. Rückzugsgefechte.

»Aber?«, fragte Drexler.

»Ich ahne, worauf Sie hinauswollen«, sagte Holterkamp gelassen. »Anschläge im Westen? Ja. Klares Ja. Dazu wird der IS noch auf absehbare Zeit in der Lage sein. Es ist sein erklärtes Ziel, als Rache, aber auch um die Anhänger bei der Stange zu halten angesichts der militärischen Niederlage und des sich abzeichnenden Verlusts des Kalifats.«

Wieder entstand eine Pause. Wie auf ein ungehörtes Zauberwort hin öffnete sich die Tür, und eine Mitarbeiterin brachte frischen Kaffee in silbernen Thermoskannen.

»Man müsste also«, schlug Drexler schließlich vor, »wirklich mit ihm reden.«

»In Jordanien?«, fragte Eulenhauer ungläubig. »Ist es das, was Sie vorschlagen?«

»Ich sehe den potenziellen Schaden nicht, abgesehen von den Kosten«, sagte Drexler ruhig. »Es ist nicht das erste Mal, dass Quellen auf ein Treffen im Ausland setzen. Wer weiß, was Sassenthin hat? Wir sollten es herausfinden. Was spricht dagegen?«

»Präzedenz?«, warf Sabine Meerbusch ein.

»Ach kommen Sie«, sagte Drexler. »Wir alle sind im Laufe der Jahre so viel flexibler geworden. Weil es richtig so ist, weil es sein muss. Wir haben die Möglichkeit geschaffen, dass in Ausnahmefällen zum Beispiel auch BfV-Analysten Quellen im Ausland befragen.«

»Aber Sassenthin ist keine Quelle«, schnappte Eulenhauer zurück wie eine bissige Schildkröte. »Er ist ein aktiver Terrorist!«

»Schwer zu sagen, oder?«, fragte Drexler zurück. »Ich finde, wir sollten ihn treffen.«

»Das geht jetzt dezidiert in eine andere Richtung, als ich das gerne hätte«, presste Eulenhauer hervor.

»Ich weiß«, sagte Drexler seelenruhig. »Aber Sie sind doch genau wie ich tendenziell der Ansicht, dass wir alle Möglichkeiten nutzen sollten, oder? Sie als BKA tun das auch. Wir wollen und können das ebenfalls.«

»Moment«, meldete sich nun Holterkamp zu Wort. »Verstehe ich Sie richtig? Sie schlagen vor, dass das BfV das Treffen in Jordanien wahrnimmt?«

»Aber sicher, warum denn nicht?«

»Weil ... also weil ... na ja, wenn Sie so fragen: *Hallo*, wir sind auch noch da!«

»Ja, aber wir auch«, sagte Drexler ruhig. »Und ich glaube, wir haben auch den richtigen Mann. Niemand kennt den Fall besser als der Kollege Mukhtar. Der kann zudem Arabisch. Kennt Jordanien. Fällt äußerlich nicht auf. Das alles halte ich bei diesem Einsatz für extrem wichtig.«

Eulenhauer schnaufte schwer. »Sie meinen den Kollegen, der erst vor Kurzem meinte, er sei im Alleingang dazu befugt, eine Anschlagsankündigung gegen die deutsche Hauptstadt unter den Tisch zu kehren?«

»Herr Eulenhauer, bei allem Respekt – Herr Mukhtar hat vollkommen richtig gehandelt. Der Absender des Tweets ist mittlerweile in der Türkei in Haft. Es stimmt, dass er beim IS rausgeflogen ist. Es stimmt, dass er nur Panik auslösen wollte.«

Es dauerte noch eine volle Stunde, bis Eulenhauer nachgeben musste.

»Aber auf gar keinen Fall alleine«, unternahm er einen letzten Versuch. »Wir haben einen Verbindungsbeamten in Amman, und das Treffen wird mit dem Mann gemeinsam stattfinden, ist das klar?«

Das konnte aber Holterkamp natürlich nicht stehen lassen: »Wenn das BKA dabei sein will, dann der BND erst recht. Wir sind auch in Jordanien präsent, wie Sie wissen.«

In diesem Moment lächelte Drexler kaum merklich zu Sami herüber.

Und Sami hoffte, dass er den Wink richtig verstand.

»Eines ist mal klar«, sagte er so bestimmt, als habe er die Tickets schon in der Hosentasche, »ich fahre *ganz sicher* nicht mit einer Reisegruppe nach Amman. Schon wegen meiner eigenen Sicherheit nicht.«

Danach besiegelte Drexler mit einer Entschiedenheit, die Sami ihm fast nicht zugetraut hätte, den Rest.

»So, wir halten dann jetzt mal fest: Das BfV übernimmt die Kontaktaufnahme mit Gent Sassenthin, bespricht die Details, und der Kollege Mukhtar fliegt nach Jordanien. Herr Eulenhauer, Herr Holterkamp, ich weiß, dass das ungewöhnlich ist, dass das BfV das alleine macht. Aber wir machen das jetzt so. Ich entscheide das, für mein Haus, und teile Ihnen das hiermit mit.«

Samis Plan war aufgegangen. Aber es gab noch eine weitere Flanke, die er absichern musste: Er musste Merle und den *Globus* bei der Stange halten. Und wie er das tat, ging nicht einmal Paul Drexler etwas an.

Sami verließ das GTAZ, um in einem Café in der Elsenstraße in Ruhe einen Kaffee zu trinken.

»Wir fliegen nach Amman, du und ich«, simste er von dort aus an Merle Schwalb. »Es wird schätzungsweise noch zwei Tage oder so dauern, bis es losgeht, aber halte dich bereit.«

9

Sie befanden sich irgendwo zwischen Prag und Brünn, als Sami zu ihr in Reihe 12 gelaufen kam.

»Ich habe der Stewardess eine Geschichte erzählt, deren Details ich dir erspare«, sagte er. »Aber es wäre gut, wenn du zwischendurch meine Hand hältst, wenn du jetzt mit nach vorne kommst.«

»O.K.«, antwortete Merle Schwalb, schnallte sich ab und folgte ihm in die erste Klasse. Sie wusste, dass das Amt ganz sicher keine Flüge in der ersten Klasse bezahlte, und vermutete, dass Sami irgendwelche privaten Beziehungen ausgespielt hatte. Die Stewardess, die ausweislich ihres Namensschildes Nadja hieß, lächelte, als Merle Schwalb sich neben Sami niederließ. Sie lächelte zurück und legte demonstrativ den Arm um Samis Schultern, was offenbar Nadjas Erwartungen erfüllte, jedenfalls führte sie ihre Handflächen an ihre Wangen, legte den Kopf schief und machte große Augen, als würde sie eine der romantischen Komödien im Onboard-Entertainmentprogramm schauen.

»Coole Sache«, sagte Merle Schwalb und streckte die Beine aus. »Sind zwar wahrscheinlich nur zwanzig Zentimeter mehr oder so, aber man merkt schon den Unterschied.«

»Jaja«, antwortete Sami.

Gut, also kein Small Talk, dachte sie.

»Warum bin ich hier?«, fragte sie stattdessen. »Du weißt ja, mein Vertrauen zu dir ist nahezu grenzenlos, und wir haben da unseren hübschen kleinen, dreckigen Deal. Aber warum sitze ich an Board von RJ122?«

»Hast du den Flug über eure Reisestelle gebucht?«, fragte Sami.

»Nein«, antwortete sie wahrheitsgemäß. Sie erinnerte sich zwar nur vage an das, was sie in einem halben Dutzend Seminaren mit Titeln wie *Sicherheit für Investigativjournalisten* oder *Digitale Fußabdrücke minimieren* gelernt hatte oder jedenfalls gelernt haben sollte, aber so viel war ihr auch so klar gewesen: dass es besser wäre, diesen Flug über ihre private Kreditkarte zu buchen.

»Gut«, sagte Sami. »Und was hast du Erlinger und dem Dritten Geschlecht erzählt?«

»Dass es einen guten Grund gibt, den ich ihnen anschließend genau erklären werden kann. Dass die Reise Teil meines erpressten totalen Zugangs zum Fall Sassenthin ist.«

»Und das war notwendig?«

»Ja, das war notwendig. Und falls es dich interessiert: Deine SMS war der einzige Grund, aus dem nicht schon vorgestern auf *Globus Online* stand, dass Gent Sassenthin aus dem Totenreich zurückgekehrt ist. Also mach mal halblang, ja?!«

»Ist ja gut. Will nur sicher sein.«

Nadja, die neben der Cockpittür Kaffee zubereitete, schaute erschrocken zu ihnen herüber, weil Sami so laut gezischt hatte, dass sie anscheinend Sorge hatte, ein Schatten könne sich über das junge Glück gelegt haben.

Beide lächelten und tauschten einen Kuss, woraufhin Nadja sich wieder beruhigt ihrer Edelstahlkanne widmete.

Sami beugte sich herunter. Zwischen seinen Füßen stand eine lederne Aktentasche, wie Merle jetzt erst sah. Nach einer halben Minute taucht er wieder auf und drückte ihr eine beige Aktenmappe in die Hand.

»Lies das«, sagte er.

»Was ist das?«

»Fast alles, was wir über Abu Muhanad wissen. Wenn ich mich richtig erinnere, bist du bei deinen Recherchen über ihn in einen Sandhaufen gefahren.«

»*Champagne?*«, fragte Nadja, die sich an sie herangeschlichen hatte, auf Englisch.

»Absolutely!«, antwortete Merle Schwalb, klappte ihren Tisch aus, küsste Sami auf die Wange und begann zu lesen.

Dick war die Akte nicht: Ein paar Seiten aus einem »Gesamtvermerk« des BKA, ein paar mehr Seiten aus einem »Auswertevermerk« des LKA Berlin, ein »Behördenzeugnis« des Bundesamtes für Verfassungsschutz, ein polizeiliches Führungszeugnis, dazu noch Auszüge aus Akten verschiedener Ermittlungsverfahren und etwas Kram von der Ausländerbehörde. Merle Schwalb las alles zwei Mal.

Normalerweise, dachte sie, also wenn ich jetzt in der Redaktion säße, dann wäre das hier eine Riesensache: Behördendokumente, schwarz auf weiß. *Zitabel.* Wunderbar!

»Nach Informationen des *Globus*«, kann man dann schreiben.

Oder: »Laut Akten, die *nur für den Dienstgebrauch* bestimmt sind«.

Oder noch besser: »Heißt es in einem geheim gestempelten Vermerk, der dem *Globus* vorliegt«.

Geheim! Da hören sogar Erlinger und das Dritte Geschlecht hin.

Blöd nur, dass die Akten keine greifbare Geschichte ergaben. Sicher, auf eine Art durchaus: Abu Muhanad ist ohne Zweifel eine ganz harte Nuss. Ein IS-Anhänger, wenn nicht sogar -Mitglied. Ein Dschihadist, der daraus keinen Hehl macht, sobald er und seine Brüder unter sich zu sein glauben. Jedenfalls wenn man den VP1 und VP2 genannten Quellen glaubte: Vertrauenspersonen der Polizei aus der Szene. Nur dass man in diese Szene sehr schwer hineinkommt, wenn man nicht selbst radikal ist. Zudem scheint sich keine Behörde sicher, dass Abu Muhanad je selbst mit der Waffe in der Hand irgendwo auf der Welt dem globalen Dschihad nachgeholfen hat. Und offenkundig hat er sich in Deutschland bisher keine ernsthaften Straftaten zuschulden kommen lassen; oder man ist ihm noch nicht draufgekommen.

Aber zugleich verbinden ihn derart viele Fäden mit deutschen Dschihadisten, die zum IS gegangen sind, dass es schwer ist, ihn nicht für eine Spinne im Netz zu halten. *Die* Spinne im Netz? VP2, ein Informant, der regelmäßig mit dem LKA Berlin sprach, und zwar so regelmäßig, dass VP2 und der Beamte, der ihn führte, sich irritierenderweise selbst in den Akten duzen, gibt jedenfalls an, Abu Muhanad habe zwei Mal in seiner Gegenwart behauptet, er sei der offizielle Repräsentant des IS in Deutschland und niemand dürfe in Deutschland zuschlagen, ohne dass er eingeweiht werde. Oder seinen Segen gebe. Wenn nicht vorher, dann zumindest anschließend. So etwas liest man nicht alle Tage.

All das wirft allerdings eine weitere Frage auf.

Eine nicht ganz unwichtige Frage.

»Have you made your decision?«, fragte Nadja in diesem Moment mit Blick auf die Menü-Karten, die sie ihnen einige Minuten zuvor mit dem Champagner überreicht hatte.

»I am not hungry, thank you«, sagte Sami, der aus dem Fenster starrte.

So oft fliege ich nun auch nicht erste Klasse, dachte Merle Schwalb und bestellte das Rinderfilet.

»Ich hab eine Frage, Sami«, sagte sie.

»Ja?«

»Wieso läuft Abu Muhanad noch frei herum?«

»Sag mir mal, weswegen du ihn aus dem Verkehr gezogen hättest«, entgegnete Sami, ohne ihr den Kopf zuzuwenden.

»Fangen wir mal mit den Aussagen des V-Mannes aus Berlin an«, sagte Merle Schwalb.

»Aha. Tja, Merle, was soll ich sagen? Also, der Typ kann nicht vor Gericht erscheinen, das ist mal das eine. Und ob er lügt oder nicht, weiß auch keiner, das ist das Zweite.«

»Und die Tatsache, dass mehr als ein Dutzend seiner *Schüler* beim IS gelandet sind?«

»Bedauerlich«, sagte Sami. »So nennt Abu Muhanad das.«

»Aber das ist doch kein Zufall!«

»Ich bin sicher, dass es keiner ist. Aber ich kann es ihm nicht beweisen.«

»Was ist mit seinem Telegram-Kanal?«

»Der Kanal, wo dazu aufgerufen wird, es den Attentätern von Nizza, Berlin und Manchester gleichzutun? Wo gefragt wird: Wer von euch wird der Nächste sein?, und wo es heißt: Wer auch immer von euch will, kann noch heute Nacht ins Paradies eingehen, er muss nur vorher, jetzt, in dieser Sekunde, ein Messer aus der Küche holen und rausgehen und einen *Kafir* erstechen. Einen Trinker, einen Schwulen, einen Christen.«

»Ja.«

»Beweis mir, dass er das geschrieben hat! Wir kommen einfach nicht an ihn heran, Merle, wir dürfen ihn nicht mal observieren, wir dürfen seine E-Mails nicht lesen, ihn nicht verwanzen, gar nichts. Stattdessen zahlen wir ihm Sozialhilfe und finanzieren seinen Kindern Winterstiefel.«

»Dass er mit Gent in Kontakt stand, steht hier auch nirgends.«

»Ja. Stimmt.«

»Meine einzige Quelle für die Verbindung zu Gent ist also Abu Karim?«

»Sieht so aus, ja.«

»Glaubst du es?«

»Dass Gent mit Abu Muhanad zu tun hatte?«

»Ja.«

»Ja.«

»Weil er angeblich der offizielle IS-Mann in Deutschland ist?«

»Nein. Abu Muhanad ist nicht der Einzige, der Leute zum IS geschickt hat. Nicht mal in Berlin.«

»Sondern?«

»Andere Akte. Habe ich nicht dabei. Aber ich weiß, dass die beiden anderen kleinen Schreihälse, die mit Gent zusammen beim IS eingereist sind, vorher mindestens drei Mal bei Abu Muhanads Koranunterricht waren.«

»Ein Beweis ist das auch nicht gerade.«

»Wenn du glaubst, dass es bei meinem Job um Beweise geht, hast du was nicht kapiert. Wenn wir immer auf Beweise warten würden, dann hätten wir den Anschlag in Berlin nicht verhindert!«

Schlagartig hielt Sami inne.

Er ist in Gedanken falsch abgebogen, dachte Merle Schwalb. Sie haben den Anschlag auf den Weihnachtsmarkt ja gar nicht verhindert. *Er* hat ihn nicht verhindert.

»In Berlin ist ziemlich viel schiefgelaufen, oder?«, fragte sie vorsichtig.

»Ist ja kein Geheimnis«, antwortete Sami.

»Ja, aber es klang gerade so, als ob du …«

»Ich hab mich versprochen.«

»Vierzehn Identitäten oder wie viele auch immer es waren. Mehrere Bundesländer. NRW und Berlin schieben sich die Verantwortung zu, alle haben auch ohne diesen Vogel genug zu tun. Wird schon gut gehen. Aber du …«

»Merle, vorsichtig.«

»Aber du … du wolltest an ihn ran, oder? So richtig, meine ich. Aber du durftest nicht. Oder du bist nicht dazu gekommen. So war es doch, oder?«

»Kein Kommentar.«

»Kein Kommentar?«

»Du hast mich gehört.«

»Sag mal, Sami, hast du Angst, dass ich dich in meiner Geschichte zitiere?«

»Kein Kommentar.«

Das Filet war gut. Der Wein, den Nadja dazu empfohlen hatte, auch.

Für eine Viertelstunde sprachen sie kein Wort miteinander. Stattdessen starrte Sami zum Fenster hinaus.

»Siehst du die Wolken?«, fragte er plötzlich, als sie schon überlegt hatte, sich den Kopfhörer einzustöpseln und einen Film anzuschauen. Merle Schwalb beugte sich über Sami, um aus dem Fenster schauen zu können. Weiße Wolken. Große, kleine. Blaues Wasser. Ein paar Inseln.

»Griechenland«, sagte Sami.

»Ja?«

»Egal, vergiss es«, sagte Sami.

»Sami, ich weiß übrigens immer noch nicht, warum ich meine Kreditkarte um 500 Euro überzogen habe.«

»War das Essen nicht gut?«

»Sami ...«

»Ja, ist ja gut. Wir treffen Gent. Also ich treffe Gent. Du darfst – wie nennt ihr das noch mal? – *Atmo* in deinen Block schreiben, für später.«

»Wie bitte?«

»Was hast du denn gedacht?«

»Keine Ahnung, vielleicht ein Treffen mit dem jordanischen Geheimdienst oder so?«

»Die wissen von nichts. Jedenfalls nicht von mir.«

»Das ist 'ne große Sache, oder?«

»Größer wird's nicht.«

»Wie kann das sein, dass du ihn triffst? Habt ihr ihm eine Falle gestellt? Denkt er, seine Eltern tauchen auf, und dann stehst du da?«

»Nein, es war seine Idee.«

»Sami, wir haben zwar noch anderthalb Stunden, aber ...«

»Es ist so: Er hat angeboten, auszupacken. Er will uns IS-Infos übergeben.«

»Im Ernst?«

»Ja.«

Merle Schwalb sagte nichts. Was hätte sie auch sagen sollen? Die Sensation noch mal eine Sensation nennen? Nein, lieber an die Geschichte denken. Jetzt sofort. An die Kleinigkeiten, bei denen man sich sonst am Ende immer ärgert, dass man nicht rechtzeitig dran gedacht hat, danach zu fragen.

»Hast du so was schon mal gemacht?«

»Nein.«

»Hat das irgendjemand von euch schon mal gemacht?«

»BfV?«

»Ja, BfV.«

»Ja.«
»Und? Erfolgreich?«
»So mittel, und geht dich nichts an.«
»Verstanden. Kommt er alleine?«
»Das hoffe ich sehr.«
»Und du?«
»Was meinst du?«
»Gehst du alleine hin? Oder wirst du … Begleitung haben?«
»Ich gehe alleine.«
»Angst?«
»Angst?«
»Hast du Angst?«
»Nein.«
»Bist du nervös?«
»Merle, ich werde nicht als Protagonist in deiner Geschichte auftauchen!«
»Bist du nervös?«
»Hab heute Morgen nach dem Aufstehen gekotzt.«
»Quatsch.«
»Ja.«
»Was für Infos will er übergeben?«
»Angeblich geht es um Anschläge, die der IS plant.«
»Irre.«
»Ja.«
»Wieso Amman?«
»Seine Idee.«
»Gute Idee?«

Das Flugzeug nahm eine kleine Kurve; sie waren jetzt irgendwo über Zypern, wie Merle Schwalb dem Monitor vor sich entnehmen konnte. Sami sah wieder aus dem Fenster.

»Beirut wäre mir lieber gewesen«, sagte er langsam.
»Weil du dich da auskennst?«
»Ja.«
»Warst du schon mal in Amman?«
»Ja.«

»Wo findet das Treffen statt?«

»Sag ich ihm noch. Muss erst schauen, was gut ist. Vermutlich ein Hotel.«

»Wo schlafen wir in Amman?«

»Hast du kein Hotel gebucht?«

»Sami?!«

»Unauffälliges Hotel in Abdali, wo die Pagen nicht gleich die Kopien der Reisepässe an den GID weiterfaxen.«

»GID?«

»Der jordanische Geheimdienst.«

»O.K.«

»Was will Gent eigentlich? Ich meine im Gegenzug?«

»Was sie alle wollen, schätze ich.«

»Und das wäre?«

»So tun können, als hätten sie nichts gemacht und nichts mitbekommen, als wären sie immer artige Jungs gewesen, die nie den Muttertag vergessen würden.«

»Ist das drin?«

»Entscheide ich nicht. Hab kein Mandat zum Verhandeln.«

»Aber du kennst die Spielräume?«

»Blödes Wort, oder? Aber ja, ich habe eine Ahnung. Mehr nicht. Kommt drauf an, was er uns gibt. Wie wichtig es ist. Wie brisant. Kommt drauf an, was wir noch über ihn rauskriegen und was er da eigentlich getrieben hat.«

»Was wisst ihr denn?«

»Nicht viel mehr als beim letzten Mal, als du mich ausgequetscht hast. Dass der IS geschrieben hat, er habe bei der Umsetzung von Urteilen mitgemacht, macht mir ein bisschen Sorgen. Das ist immer irgendwie blutig.«

»Im besten Fall, was ist drin für ihn?«

»Merle, das hängt von acht Millionen Sachen ab. Wenn der Kalif die Atombombe hat und Gent hat die Codes gestohlen, ziemlich viel. Bundesverdienstkreuz, denke ich.«

»Haha.«

»Im Ernst, ich hab keine Ahnung, was er hat. Hat er wirklich was, oder kommt er mit Monopoly-Geld? Wenn er die neuesten fünf Einreisebögen für mich hat – brauche ich nicht. Wenn er mir erzählt, wer von der deutschen Brigade schnarcht, im Schlaf redet oder einnässt – brauche ich auch nicht.«

»Was brauchst du? Was ist realistisch und wäre gut?«

»Zwing mich nicht zu so was, O. K.?«

»Jetzt sag mal.«

»Er sagt, es geht um Anschläge. Wenn man einen verhindern könnte, wirklich mal einen verhindern, einen großen, bevor es passiert – das wäre gut.«

Wieder schwieg Merle Schwalb für einen Moment. Sie wusste genau, was sie als Nächstes fragen wollte, aber sie traute sich nicht. Nicht dass sie Angst gehabt hätte. Aber sie wollte nicht, dass er sich dann doch noch zu ihr umdrehte und sie mit diesem merkwürdigen Blick ansah, diesem halb traurigen, halb wütenden Blick, in dem geschrieben stand: Was weißt du schon?

Sie trank den Champagner aus. Sah auf den Monitor. Noch eine halbe Stunde bis zur Landung. Egal, beschloss sie, ich will's wissen.

»Das würdest du gerne, oder?«

»Hm?«

»Ein Ding verhindern. Einmal etwas erreichen. Ein Erfolg mit deinem Namen drauf. Oder? Sag mir, dass ich falschliege! Sag mir, dass ich nicht recht habe!«

Er drehte sich tatsächlich zu ihr um, aber sein Blick war ein anderer, als sie erwartet hatte. Nicht wütend, nicht mal anteilig. Traurig? Ja. Und was noch? Hellwach. Er ist im Alarmzustand, dachte sie. Aber da ist noch etwas. Er ist verletzt.

»Ja, Merle, das würde ich gerne«, sagte Sami leise und langsam, und sie wusste, was es bedeutete, wenn er einen Satz leise und langsam anfing, nämlich dass er ihn zwar langsam, aber nicht leise beenden würde. »Aber glaub mir, anders als *dir* geht es mir nicht um meinen Namen drauf. Oder *Namen drunter*, wie das bei euch vermutlich heißt.«

Er nahm die Abu-Muhanad-Akte an sich, die zwischen ihren

Sitzen gesteckt hatte, und stopfte sie zurück in seine Tasche. Aber er war noch nicht fertig.

»Ja, Merle, einmal würde ich wirklich gerne etwas erreichen. Und einmal, ein *einziges* Mal das Gefühl haben, am richtigen Ort zur richtigen Zeit gewesen zu sein und das Richtige getan zu haben, Merle, würde mich in der Tat für ziemlich viele miese Nächte und Tage und den einen oder anderen Kater entschädigen.«

Er sah ihr jetzt direkt in die Augen, herausfordernd, sie konnte seinem Gesicht ansehen, dass er die Zähne aufeinanderpresste, um nicht noch mehr zu sagen.

»Entschuldige, Sami.«

»Merle, so gut kennen wir uns nicht, auch wenn wir ein paar Mal gevögelt haben.«

»Ja, ich weiß.«

»Weißt du das wirklich?«

»Ich weiß das, weil ich weiß, dass dich niemand kennt.«

»Was soll das denn jetzt heißen?«

»Keine Ahnung, weiß ich auch nicht. Aber ich sehe ja, dass du wütend bist, und zwar seit ich dich kenne. Dass du sehr, sehr gerne abends mal einen oder auch sieben trinkst. Kann mir irgendwie nicht vorstellen, dass du nicht weißt, wohin mit all deinen verständnisvollen Freunden, die dein Leben zu einem Fest der Liebe, des Verständnisses und der Harmonie mit dem Universum machen, O.K.? Und ich schätze, wenn du je einen Therapeuten gesprochen hast, dass der vermutlich die Stadt verlassen hat.«

»Sprichst du aus Erfahrung, oder was?«

»Sami, echt jetzt ...«

»Was?«

»Sami, Mann, ich wollte doch nicht ...«

»Was? Was wolltest du nicht?«

»Ist gut. Ich hab verstanden.«

»Wirklich?«

»Dass ich die Klappe halten soll? Ja! Dass wir keine *Freunde* sind? Ja.«

Sami drehte sich wieder zur Seite und blickte aus dem Fenster.

Das kleine und trotzdem übergroße schwarze Flugzeug auf ihrem Monitor drehte sich ein weiteres Mal. Ein paar Minuten lang beobachtete Merle es dabei, wie es über den Globus kroch.

»Ist alles nicht so einfach, Merle«, sagte Sami schließlich leise.

»Ich weiß, Sami«, antwortete sie. »Ich weiß.«

* * *

Seit 19 Jahren hatte er sich keinen Knochen mehr gebrochen. Ausgerechnet jetzt? Und wo war das verdammte Heft? Jeder hat seine Methode, mit so etwas umzugehen, er hatte seine: Seit er sechs Jahre alt war und schreiben konnte, trug er seine Knochenbrüche handschriftlich in eine kleine Kladde ein; nur dass er sie eben lange nicht mehr gebraucht hatte. Also, wo war das verdammte Teil? Wenn sie im Keller lag, in einer der Kisten, die dort verstaut waren, würde er den Bruch heute nicht mehr eintragen können. Das ist dann eben so, versuchte er sich einzureden; aber Titus Brandt wusste, dass seine Laune noch mieser werden würde, wenn er den Bruch nicht eintragen könnte.

Die Truhe neben dem Schreibtisch. Vielleicht.

Er wendete seinen Rollstuhl. Zum Glück war es der linke Unterarm, den es erwischt hatte. Komisch eigentlich. Wieso hatte er mit der linken Hand auf den Tisch gehauen? Wo er doch Rechtshänder war?

Was für ein Scheißtag.

Den Typen vom BfV mochte er nicht, Holger irgendwas. Wie alt war der, 23? 18? 21? Ein Baby. Dieses ganze Gelaber. Alles immer dreimal wiederholen. Als wären die Sassenthins schwer von Begriff.

Oder er.

Nein, in der Truhe war die Kladde auch nicht. Also doch im Schlafzimmer? Aber das Ding konnte doch nicht all die Jahre unbemerkt im Nachtschrank gewesen sein? Nachschauen. Hilft ja nichts.

Wenn er ehrlich war, war ausgerechnet Abu Karim der einzige

Lichtblick gewesen. Dem schien das alles nichts auszumachen. Die Umständlichkeit dieses Verfassungsschutz-Typen. Die Unbeholfenheit der Sassenthins, die nicht wussten, ob Abu Karim der Satan oder ein Engel war. Wahrscheinlich wäre es nur dann ein noch merkwürdigerer Tag gewesen, wenn sie sie nicht auf neutralem Boden im *Amal*-Büro getroffen hätten, sondern beim BfV, wie die es erst allen Ernstes vorgeschlagen hatten.

»Nein, da gehen wir nicht rein«, hatte Lotte ihn unterstützt. »Das sieht blöd aus, immer. Wir machen das bei uns, sag dem das. Bei uns ist alles, was wir brauchen.«

Zuletzt hatte das BfV nachgegeben.

Das ganze Treffen war in der Hoffnung anberaumt worden, dass Gent Sassenthin es tatsächlich schaffen würde, wie zuvor mit seinen Eltern vereinbart, zum verabredeten Zeitpunkt unbeobachtet in irgendein Internetcafé in Rakka zu gelangen. Tausend Dinge konnten schiefgehen. Eine Sache war auch beinahe schiefgegangen. Als ihm nämlich eingefallen war, dass Syrien eine Zeitzone voraus war. Und das Kalifat ironischerweise auch.

»Reden wir eigentlich über 14 Uhr Berliner Zeit oder 14 Uhr syrischer Zeit?«, hatte er also plötzlich in die Runde geworfen. Der BfV-Typ war sofort rot angelaufen, weil ihm die Frage nicht eingefallen war.

»Ganz sicher«, hatte dann jedoch ruhig und fest Karl Sassenthin gesagt, »ganz sicher hat Gent daran gedacht und sich ebenfalls gedacht, dass wir nicht sofort daran denken, und deshalb unsere Zeit zur Grundlage genommen.«

»In Ordnung«, hatte er geantwortet. »Dann verlassen wir uns da mal drauf. Sie kennen ihn am besten.«

Karl Sassenthin hatte recht behalten. Und tatsächlich hatten sie es fertiggebracht, innerhalb von einer halben Stunde siebzehn verschlüsselte E-Mails hin- und herzuschicken.

Den ersten Austausch hatte Gent Sassenthin genutzt, um sicherzustellen, dass Abu Karim wirklich anwesend war, indem er nach dem Restaurant gefragt hatte, in dem sie seine Konvertierung gefeiert hatten. Das zweite Paar Frage-und-Antwort-

E-Mails: Sind wirklich die Eltern da? Ja, sind sie, denn sie wissen, dass der Schlafsack, den er mitgenommen hat, grün ist.

Dann erst hatten sie sich den Fragen genähert, auf die es dem BfV-Bürschchen ankam:

Ja, Amman.

Ja, übermorgen.

Ja, 11 Uhr *Ortszeit*.

Ja, eine Stunde vorher würde Gent Sassenthin bereitstehen, um auf genau diesem Wege den Treffpunkt zu erfahren.

Denn, ja, das sah er ein: Der Mann, der gerade in Tegel sein Gepäck eincheckte, würde selbstverständlich bestimmen, wo das Treffen stattfände.

»Nur nicht in der deutschen Botschaft oder einer anderen Botschaft«, hatte Gent Sassenthin allerdings zurückgeschrieben.

Das hatte ein hektisches Telefonat des erneut rotwangigen BfV-Bürschchens mit dem BfV-hoffentlich-nicht-Bürschchen in Tegel nötig gemacht.

»Ja, wiederhole: Ja. Nicht in einer Botschaft.«

Die letzten vier E-Mails, die hin- und hergingen, enthielten einen Austausch zwischen Gent Sassenthin und Abu Karim. Der Imam lächelte leise, während er tippte, langsam und bedächtig, als könne nichts, rein gar nichts dazwischenkommen, wenn man einem IS-Terroristen in Rakka eine E-Mail schrieb. Die Sassenthins standen daneben, die Gesichter übermüdet, sie hatten das Ruder längst aus der Hand gegeben.

Ihn hatte das nervös gemacht. Woher nahm Abu Karim diese Ruhe? Aber er wusste natürlich, dass seine Angespanntheit mit Abu Karim gar nichts zu tun hatte. Sondern damit, dass alles bald rauskommen würde.

Schon lustig, dachte er, während er alles, was sich in seinem Nachttisch befand, Schlafmaske, Kerze und Streichhölzer, Nelkenöl, Massageöl, Kondome, Gleitcreme, auf den Boden warf, schon lustig, dass die Leute nie annehmen würden, dass auch ein Mann im Rollstuhl ehrgeizig sein kann.

Aber ich *bin* ehrgeizig. Ich foule beim Basketball. Ich will beim Marathon unter die ersten zehn.

Ich war wütend, als Gabriel letztes Jahr nach Gaziantep fahren durfte und ich nicht. Weil ich nicht *konnte*. Zu auffällig. Rollstuhl und so. *Das verstehst du doch.*

Drei Tage war Gabriel weg gewesen, es stand Spitz auf Knopf, mehr als einmal, ob der Schleuser wirklich ankommen würde oder ob unterwegs, in Syrien, etwas schiefgegangen war. Aber Gabriel hatte es geschafft. Hatte das Mädchen an der türkisch-syrischen Grenze in Empfang nehmen können, hatte es geschafft, sie im Mietwagen so schnell wie möglich außer Gefahr zu bringen, war die ganze Nacht durchgefahren, bis Ankara, bis vor das Tor der deutschen Botschaft. Hatte dann sogar noch gewartet, bis sie medizinisch untersucht und mit vorläufigen Papieren ausgestattet war. Und war mit ihr gemeinsam ins Flugzeug gestiegen – und als Held in Berlin angekommen.

Eine haben wir rausgehauen! Eine haben wir dem IS aus den Klauen gerissen!

Lotte hatte eine spontane Büroparty angeordnet, mit Käsestangen und lauwarmem Sekt vom Rewe nebenan. Sogar verdammte Luftschlangen hatte sie mitgebracht.

Und das alles für Gabriel, der drei Jahre nach ihm dazugestoßen war.

Nein, hier war die Kladde auch nicht. Verdammter Mist. Wenn sie im Keller ist, drehe ich durch. Was ist mit dieser Schublade in der Kommode, wo du immer Zeug reinsteckst, von dem du nicht weißt, wohin damit? Im Flur neben dem Eingang?

Er war nach Hause gefahren, nachdem alles auf den Weg gebracht worden war. Der BfV-Mann saß im Flieger. Der Babypuder-Typ hatte sich wohin auch immer auf den Weg gemacht. Die Sassenthins waren zurück in ihre Pension in Friedrichshain gefahren.

Und Abu Karim, was ging es ihn an, wohin der mit seinem Taxi verschwunden war?

Aber sobald er zu Hause angekommen war und sich mit einem

Bier und einer Zigarette an den Tisch gesetzt hatte, hatte er mit der linken Hand auf den Tisch gehauen.
Und jetzt fand er die Kladde nicht.
Nur einen Gipsverband, mit dem er fluchend seinen Unterarm versorgte. Und ein paar Aspirin, die er eilig hinunterstürzte.
Ich werde Ernst nicht anrufen, beschloss er.
Weil der mich nur fragen wird, wieso ich es Lotte immer noch nicht erzählt habe.

* * *

Abu Obeidas Kärtchen brachte sie durch alle Checkpoints hindurch bis fast an die nördliche Grenze des Kalifats. Sie erreichten den kleinen Ort, dessen Namen Gent nicht kannte, kurz vor Einbruch der Dunkelheit; der Muezzin hatte schon zu rufen begonnen.
»Was jetzt?«, fragte Gent, als sie nach dem Gebet ihre Schuhe wieder anzogen.
»Komm«, sagte Abu Obeida.
Zwei Straßen von der Moschee entfernt ging Abu Obeida auf eine cremefarben gestrichene Metalltür zu, zog einen Schlüssel aus der Tasche und öffnete. Er kramte ein Feuerzeug aus der Brusttasche, ging voran in einen kleinen Flur, öffnete dort einen Sicherungskasten, legte alle Hebel um und betätigte einen Lichtschalter. Es war stickig und heiß. In der Wohnung standen keine Möbel. Sie war leer, soweit Gent sehen konnte, abgesehen von ein paar an die Wand gelehnten, rot gemusterten Matratzen.
»Safe House«, sagte Abu Obeida.
»*Ma schah Allah*«, antwortete Gent.
»Dein letzter Abend in al-Sham«, sagte Abu Obeida.
»Ja«, sagte Gent. »Ich werde dich vermissen.«
»Ja«, sagte Abu Obeida. »Wir werden für dich beten.« Dann zog er sein Telefon aus der Tasche und führte ein kurzes Gespräch. »Es gibt einen Herd, dahinten, willst du Tee?«
»Nein«, sagte Gent.

Abu Obeida legte eine der Matratzen auf den Boden, setzte sich, zog die Schuhe aus und massierte seinen verletzten Fuß.

»Soll ich ihn mir jetzt mal ansehen?«, bot Gent an.

Abu Obeida winkte wortlos ab und bedeutete ihm mit einer weiteren Geste, sich stattdessen ebenfalls hinzusetzen.

Als es klopfte, sah Gent Abu Obeida fragend an.

»Ja«, sagt Abu Obeida. Also stand Gent auf und öffnete. Ein Bruder mit einem schwarzen Rucksack in der Hand trat ein. Abu Obeida begrüßte ihn und zeigte ihm sein Kärtchen. Der Bruder, der höchstens 19 Jahre alt war, nickte, ging durch den Flur in einen der hinteren Räume und rief nach einer Minute: »Ich bin so weit.«

Abu Obeida und Gent folgten dem Ruf und gelangten in einen Raum, der dem ersten zum Verwechseln ähnlich sah. Der Bruder hatte eine Haarschneidemaschine an eine Steckdose angeschlossen und wartete breitbeinig mit dem Gerät in der Hand neben einer der Matratzen. Er sieht aus wie Kalashin kurz vor dem Schießtraining, dachte Gent. Es dauerte eine Viertelstunde, bis er Gent rasiert und seine Haare an den nunmehr getrimmten Dreitagebart angepasst hatte.

Dann packte er alles wieder ein, nickte Abu Obeida zu und ging.

»Du wirst heute nicht mehr das Haus verlassen«, sagte Abu Obeida. »Ich hole Essen. Morgen früh, vor Sonnenaufgang, geht es weiter.«

* * *

Sami verzichtete auf das Hotelfrühstück, nachdem er am Buffet festgestellt hatte, dass es wie erwartet aus Fladenbrot-Vierteln mit wahlweise Schmierkäse-Ecken oder Plastiktöpfchen-Marmelade bestand. Vor dreißig Jahren, als Amman nur halb so groß gewesen war, da war das Abdali-Hotel möglicherweise einmal eine der ersten Adressen der Stadt gewesen; zentral gelegen zwischen dem Parlament, der Hauptstraße, die ins alte Stadtzentrum führte, und dem Ort, von dem aus die Sammeltaxis nach Damaskus abfuhren. Jetzt fuhr kein Taxi mehr nach Damaskus, weil die Grenze seit Jahren praktisch geschlossen war. Das alte Zentrum mit seinem heruntergekommenen Straßenbasar hatte seine Bedeutung an andere Stadtteile verloren, in denen Wolkenkratzer und Shoppingmalls aus dem Boden geschossen waren. Das Parlament war immer noch da. Aber nicht gerade wichtiger geworden.

Von außen sah das Hotel dennoch fast mondän aus. Trotz seiner vier Stockwerke wirkte es elegant, weil es sich in einem mutigen Bogen dem Abdali-Platz entgegenwölbte, auf dem zwischen parkenden Autos ein paar vergessene Bäume vor sich hin vegetierten. Wie fast alle Gebäude Ammans war das Hotel aus hellem Kalkstein gebaut. An seiner Fassade prangte sein Name in roten Lettern einer Schriftart, die Sami an ratternde Telexgeräte, Digitaluhren mit Taschenrechnern und dreistrahlige Düsenjets denken ließ.

Sami überquerte den Abdali-Platz und fand zwischen den kleinen Reisebüros entlang der Straße eine Autovermietung. Er nahm den kleinsten Wagen, den sie im Angebot hatten. Er hatte noch Zeit, deshalb machte es ihm nichts aus, dass er sich verfuhr. Schließlich fand er das Café in Dschabal Amman wieder, in dem er vor Jahren einmal gesessen und sich über den Blick auf das Meer der weißen, würfelförmigen Häuser gefreut hatte. Der Tee war gut. Die *Manaqisch* waren nicht so gut wie in Beirut. Aber das waren sie nirgendwo.

»Wo willst du ihn treffen?«, hatte Paul Drexler ihn kurz vor seiner Abreise gefragt. »Schon eine Idee?«

»Ja.«

»Du weißt, dass ich den BND bitten kann, den Ort vorab auszuchecken. Zur Not auch, euch während des Treffens im Auge zu behalten.«

»Nicht nötig.«

»Bist du sicher?«

»Sicher genug.«

»Also kein Händchenhalten?«

»Nein.«

»Sagst du mir trotzdem Bescheid, sobald du etwas ausgesucht hast, rechtzeitig, meine ich? Nur für den Fall ...«

»Ja.«
»Ich muss dir nicht sagen, dass es ...«
»Ja, ich weiß, der Gedanke ist mir auch schon gekommen.«

Drexler hatte recht. Natürlich konnte es eine Falle sein. Der IS war nicht blöd. Insbesondere nicht, wenn es um Attentate ging, um gezielte Morde. Solche Anschläge wurden zwar weniger ausführlich in den Zeitungen behandelt, als wenn irgendjemand im Namen des IS ein Sturmgewehr-Magazin leerte, aber sie waren viel aufwendiger – und schwieriger. Zum Beispiel der IS-Attentäter, der sich vor ein paar Jahren in der Türkei wochenlang an zwei Anti-IS-Aktivisten in Sanliurfa herangewanzt hatte. War wie zufällig ihr Nachbar geworden, hatte sich ihnen gegenüber ebenfalls als Flüchtling aus Rakka ausgegeben. War mit ihnen essen gegangen, hatte sich mit ihnen angefreundet.

Die beiden Aktivisten koordinierten die Arbeit einer Handvoll von Widerstandskämpfern, die noch unter der Herrschaft des IS in Rakka ausharrten und heimlich Informationen aus dem Kalifat an sie schickten. Wenn der IS zum Beispiel Propagandavideos veröffentlichte, in denen sich die Markttische in Rakka vor Waren nur so bogen, dokumentierten sie die wahren Lebensmittel- und Gaspreise – und dass nur noch IS-Kämpfer genug Geld hatten, um sich Fleisch zu leisten. Die beiden Männer in Sanliurfa übersetzten dieses Material und verbreiteten es per Facebook und Twitter. Eines Tages wurden sie ermordet aufgefunden. Erst erschossen, dann enthauptet. »Ihr werdet niemals sicher sein vor dem Schwert des IS«, hieß es in dem Bekennervideo.

Nein, der IS war nicht blöd. Er war raffiniert. Kein Wunder. Die *Amniyat*, die Sicherheitsdienste des IS, die solche Operationen planten, wurden von Profis geführt. Von Männern, die ihr Handwerk in Saddams Geheimdiensten gelernt hatten. Es gab so viele von ihnen beim IS, dass Sami sich manchmal fragte, wie sich diese ehemals Schnauzbart tragenden und Whiskey saufenden Offiziere eigentlich so als Gotteskrieger machten.

Nach dem Frühstück in Dschabal Amman fuhr Gent zum Third

Circle, einem der sieben Kreisverkehre, die Amman wie Perlen an einer Schnur von Ost nach West durchzogen und allgemein als Orientierungspunkte dienten. Das Le Royal, das er zuerst aufsuchte, war eines der Wahrzeichen der Stadt, ein wuchtiger Kalksteinturm auf ellipsenförmigem Grundriss. Etwas in die Jahre gekommen, aber immer noch fünf Sterne. Die Lobby war geeignet, befand er. Aber es gab zu viele Eingangstüren.

Zwischen Third Circle und Second Circle lag linker Hand das Interconti, ein flacher Bau mit zur Straße hin offenem Innenhof, seine nächste Station. Er würde ihn früh kommen sehen. Und es gab auch nur eine Tür, durch die er kommen konnte. Das war gut. Aber die Lobby gefiel ihm nicht. Zu viele zu dicke Pfeiler, die die Sicht versperrten. Und die wenigen Tische standen zu weit auseinander. Das bedeutete: entweder zu auffällig oder zu viele blinde Flecke.

Sami drückte dem Valet des Interconti zwei Dinar in die Hand, wendete den Wagen und fuhr die Zahran Street bis zum Fifth Circle hinauf. Das Four Seasons war keine Schönheit. Hoch und eckig, aber unoriginell. Doch die Lobby war perfekt. Fast alle Sessel standen so, dass er auf den Eingang blicken konnte. Weil gleich hinter der Lobby das Frühstücksbuffet begann, war zudem genügend Verkehr, um nicht aufzufallen. Aber auch nicht so viel Verkehr, dass er sich Sorgen machen musste, die Tische neben ihnen in der Lobby würden alle besetzt sein.

Sami setzte sich in einen der tiefen Sessel, bestellte einen American Coffee und beobachtete eine Viertelstunde lang den Eingang und den livrierten Mann, der die Röntgenmaschine und den Metalldetektor bediente. Nachdem er alles noch einmal überdacht hatte, schickte er Drexler eine SMS. Dann sah er auf die Uhr.

Noch vierundzwanzig Stunden.

Er fragte sich, ob Gent Sassenthin schon in der Stadt war. Oder noch auf dem Weg.

* * *

Jeder Journalist hatte seine eigene Macke. Klaus Krien zum Beispiel konnte, wie jeder beim *Globus* wusste, nur in absoluter Stille schreiben. Um seine Reportage über eine Sterbebegleiterin aufzuschreiben, der er vier Monate nicht von der Seite gewichen war, hatte er sich sogar eine ganze Woche lang in einem Tonstudio eingemietet. Henk Lauter, ihr Ressortleiter, schrieb für jede längere Geschichte, an der er saß, als Erstes eine Art Drehbuch, mit durchnummerierten Szenen samt Regieanweisungen und manchmal sogar mit kleinen Zeichnungen.

Sie selbst brauchte einen ersten Satz.

Der erste Satz – das war das Wichtigste. Wenn sie den gefunden hatte, schrieb sie den Rest manchmal in einem Rutsch durch. Ohne einen guten Einstieg war es ihr hingegen unmöglich, etwa schon mal an einer Passage zu feilen, die weiter hinten stehen würde. Der Einstieg enthielt alles, worauf es ankam. Er setzte den Ton. Er definierte ihre Distanz zum Geschehen. Er bestimmte den Grad der Aggressivität der Geschichte. Er signalisierte, welche Bedeutung sie ihrem eigenen Text beimaß.

Bevor sie ihren Flug nach Amman gebucht hatte, hatte Merle Schwalb den Nahostkorrespondenten des *Globus* in Kairo gefragt, ob er einen Tipp für sie habe. Wo es nett sei in Amman. Für den Fall, dass sie ein paar Stunden totzuschlagen haben würde. Ein Fall, der an diesem Morgen eingetreten war, nachdem sie festgestellt hatte, dass Sami sich aus dem Staub gemacht hatte, ohne ihr eine Nachricht zu hinterlassen.

Deshalb saß sie jetzt im Café Rumi in Dschabal Luweibdeh, das Kilian Zehren ihr empfohlen hatte – und alles, was er versprochen hatte, war wahr: arabische Hipster, europäische NGO-Mitarbeiter und amerikanische Austauschstudenten saßen friedlich nebeneinander an schönen, einfachen Holztischen, vor sich einen doppelten Espresso oder einen Tee mit Minze oder anderen Kräutern, der in roten oder blauen Emaille-Kannen serviert wurde. Zwei Stunden saß sie nun schon hier, beim dritten Tee, dankenswerterweise im Schatten, denn die Sonne brannte erbarmungslos und das Licht war gleißend; aber einen Einstieg hatte sie immer noch nicht.

Sie starrte auf die Notizen auf dem Stenoblock, den sie in einem Schreibwarengeschäft schräg gegenüber gekauft hatte. Es konnte nicht schaden, so früh wie möglich mit ihrer Geschichte anzufangen, hatte sie gedacht. Auch wenn sie noch nicht wissen konnte, wie die Geschichte ausgehen würde.

Oben auf die Seite hatte sie in großen Druckbuchstaben geschrieben: WER IST GENT SASSENTHIN? Schon eine halbe Stunde später hatte sie frustriert ergänzt: WORUM GEHT ES HIER EIGENTLICH, VERDAMMT?

In den neunzig Minuten seither hatte sie fast jede denkbare Kategorie eines ersten Satzes ausprobiert. In der Hoffnung, den richtigen Sound zu finden. Es gab natürlich Standards. Zum Beispiel: *das überraschende Detail*. Ein solcher Einstieg suggerierte sorgfältige Recherche und professionelle Distanz zugleich. Vielleicht so:

2748 Euro und 79 Cent: Auf diesen Betrag beziffert die Berliner Charité den Wert der Beute, mit der sich Gent Sassenthin ins Kalifat aufmachte.

Oder doch lieber *die Enthüllung* – sachlich, trotzdem dramatisch, das Wichtigste zuerst? So zum Beispiel, in diesem Fall natürlich etwas vorempfunden:

Deutschen Sicherheitsbehörden ist es unter Federführung des Bundesamtes für Verfassungsschutz (BfV) gelungen, dank der Informationen eines deutschen Aussteigers fortgeschrittene Anschlagsplanungen der Terrorgruppe ›Islamischer Staat‹ (IS) gegen europäische Ziele in Erfahrung zu bringen.

Peng! Oder?

Sie dachte an Klaus Krien, der sich eher die Schreibhand abhacken würde, als so einen Einstieg abzuliefern, selbst wenn sich aus Versehen eine *News* in sein Epos geschlichen haben sollte. Gut, dann versuchen wir es mal mit der *allwissenden Reportage*. Wie könnte das klingen? So könnte das klingen:

Vielleicht wäre alles anders gekommen, wenn Gent Sassenthin in jener verhängnisvollen Nacht genügend Bargeld dabeigehabt hätte, um den Taxifahrer zu bezahlen.

Das will man doch lesen. Oder?
 Aber Moment, nicht zu schnell: Es gibt noch mehr Möglichkeiten. Zum Beispiel *die psychologische Annäherung*. Ist zwar nicht leicht, das einen ganzen Text lang durchzuhalten, aber wenn es erst mal flutscht …

Da ist einer, der will Leben retten. Ein Rettungssanitäter. Er ist der junge Mann in der roten Weste, der aus dem Rettungswagen springt, uns aus dem Wrack schneidet und wiederbelebt, wenn wir einen Unfall haben. Dutzende Male hat er das gemacht. Ein Engel. Und da ist ein anderer, der findet nichts daran, wenn Menschen verstümmelt werden. Der macht es sogar selbst, wenn man es ihm befiehlt. Dutzende Male hat er das gemacht. Ein Teufel. Gent Sassenthin, 26 Jahre alt, aus der Nähe von Rostock, ist beides.

Bam! Doppel-Bam! Oder nicht? Immer noch nicht überzeugt? Na gut, dann bleibt immer noch der Oberklassiker, *der szenische Einstieg* – und da das Wetter sich hier bis morgen ganz sicher nicht ändern wird, können wir auch den ruhig schon mal vorempfinden:

Amman, ein Fünfsternehotel, 11 Uhr Ortszeit, draußen sind es fast 40, drinnen gut gekühlte 18 Grad: Von allen Hauptstädten des Nahen Ostens ist die jordanische vielleicht die langweiligste. Aber heute nicht. Denn in der folgenden halben Stunde wird sich hier entscheiden, ob der deutsche IS-Terrorist Gent Sassenthin zum Aussteiger wird.

Nein, dachte Merle Schwalb. Nein, das ist es nicht. Keiner dieser Einstiege. Und ich weiß schon, jaja, ich habe natürlich nicht vergessen, dass das Dritte Geschlecht eine Dokumentation bestellt hat. Und selbstverständlich kann ich ihr eine Dokumentation schreiben, vielleicht sogar eine preiswürdige.

Hier, bitte sehr, *Adela*:

Es ist eine laue Berliner Sommernacht, in der Gent Sassenthin den Mann trifft, der ihn zum Islam bringen und damit unwillentlich eine Kette von Verstrickungen in Gang setzen wird, die Deutschland und seine Sicherheitsbehörden noch lange beschäftigen sollen. Gent Sassenthin, 26 Jahre alt, geboren in der Nähe von Rostock, 1 Meter 89 groß und schlank, feiert in dieser Nacht im Tresor-Club. Er trinkt. Er schluckt Pillen. Er übergibt sich mehrfach. Gegen 3 Uhr 30 am Morgen hat er genug und winkt ein Taxi herbei.

Aber das ist es auch noch nicht. Für dich, *Adela*, funktioniert das vielleicht. Aber für mich nicht. Warum eigentlich nicht? Weil ich alles weiß, so viel wie noch nie bei einer Recherche. Und trotzdem gar nichts weiß. Vielleicht ist es immer so, dachte Merle Schwalb. Vielleicht ist Journalismus immer eine Anmaßung: *So* war es; *ich* habe es verstanden; *ich* erkläre es *euch*. Doch dieses Mal ist es mir zuwider.

Die folgende Geschichte, die um den deutschen IS-Terroristen Gent Sassenthin kreist, enthält große Lücken. In ihr finden sich zudem möglicherweise Spuren von Lügen, die uns nicht aufgefallen sind. Sowie eine ganze Reihe von Informationen, die wir nicht selbst überprüfen konnten. Obwohl wir ausgiebig recherchiert haben, sollten Sie diesen Artikel als eine Annäherung an die Wahrheit nach bestem Wissen und Gewissen betrachten.

Das war der einzige Einstieg, den Merle Schwalb nicht durchstrich, bevor sie bezahlte und ging. Auch wenn sie sicher war, dass sie ihn nie verwenden würde.

* * *

Es war ein merkwürdiges Gefühl, ein letztes Mal neben Abu Obeida zu beten. Der Gebetsruf hatte sie geweckt. Abu Obeida hatte ihm bei der Waschung den Vortritt gelassen und währenddessen mithilfe eines Kompasses, den er aus einer seiner wie immer zahlreichen Taschen gezogen hatte, die Gebetsrichtung bestimmt. Dann hatte auch Abu Obeida sich gewaschen; den verwundeten Fuß, wie Gent hören konnte, unter Schmerzen.

Jetzt standen sie nebeneinander, die Handflächen nach oben gekehrt, und außer dem Rascheln ihrer Kleidung und dem gemurmelten Gebet war nichts zu hören.

Dir allein dienen wir und Dich allein flehen wir um Hilfe an. Leite uns den rechten Pfad, den Pfad derer, denen Du gnädig bist, nicht derer, denen Du zürnst, und nicht derer, die in die Irre gehen.

Als sie fertig waren, tauschten sie den Gruß. Aber Abu Obeida sah ihn dabei nicht an. Warum nicht? Warum war er so steif? Gent konnte nichts anders, er zog Abu Obeida an sich und umarmte ihn. Das hatte er zuvor noch nie getan. Abu Obeida roch erdig, fast wie der Boden hier, dachte Gent, oder so wie meine Hände gerochen haben, als ich bei der Olivenernte eingeteilt war, gleich nach meiner Ankunft. Oder so wie der Stein, den er mir damals gereicht hat.

Abu Obeida hatte nie viele Worte gemacht. Aber er war immer da gewesen. Nicht durchgehend, aber immer dann, wenn es wichtig gewesen war. Jedenfalls kam es ihm jetzt so vor.

Die anderen jungen Brüder aus Spanien, aus Belgien, auch aus Deutschland – abgesehen von Kalashin und Shruki hatte er mit ihnen nie Freundschaft geschlossen. Vielleicht weil er älter war als sie. Oder weil sie immer so aufgekratzt waren, in seinen Augen jedenfalls. Er wollte nicht mit ihnen über ihre Erfolge beim Schießtraining reden. Oder über die Frauen, die man ihnen zur Hochzeit angeboten hatte. Oder über ihre Mutmaßungen über die Reichweite der Artillerie der Russen und Amerikaner. Abu Obeida war immer ruhig. Und er wusste mehr als sie alle zusammen. Er war kein Imam und kein Mufti. Doch er kannte den Staat. *Ihren* Staat. Er wusste, worauf es ankam. Wenn Abu Obeida vorbeikam, ihnen beim Schießtraining zusah und grummelte, dann wusste Gent, dass sie nicht gut genug waren. Wenn ein Bruder, von dem sie noch nie gehört hatten, zum Emir der *Hisbah* berufen wurde und Abu Obeida nickte, dann wussten sie, der Mann war der richtige. Wenn Abu Obeida an einem heißen Tag in einem Restaurant saß, die Beine ausstreckte und genießerisch eine Limonade trank, dann wusste Gent, dass es in Ordnung war, es ihm gleichzutun, sobald die Aufgaben für den Tag erledigt waren.

Eigentlich hat er mir, fast ohne ein einziges Wort zu sagen, das Leben hier erklärt, dachte Gent.

Und jetzt ...

»Abu Obeida«, setzte er an.

»Wir haben viel zu tun. Du hast viel zu tun«, unterbrach ihn Abu Obeida. »Komm.«

Gent folgte ihm zu der Matratze, auf der Abu Obeida geschlafen hatte. Am Fußende stand sein sandfarbener Rucksack, an dem Abu Obeida sich nun zu schaffen machte.

»Hier«, sagte er schließlich, drehte sich um und hielt Gent eine Plastiktüte hin. Eine Hose, ein Hemd und Socken waren darin. »Zieh dich um.«

Gent ging ins Badezimmer am Ende des Flures, zog sein Gewand aus und die Sachen an. Sie passten. Als er zurückkam, hielt Abu Obeida ihm einen dicken Umschlag hin.

»Mach auf.«

Gent öffnete den Umschlag. Ein Bündel Geld war darin.

»Zähl es«, sagte Abu Obeida.

»3000 Euro«, sagte Gent.

»Was ist noch drin?«, fragte Abu Obeida.

»Ein Pass«, sagte Gent.

»Genau.«

Es war ein polnischer Pass. Gent schlug ihn auf und sah Abu Obeida fragend an.

»Du hast noch geschlafen, als der Bruder ihn gebracht hat«, antwortete Abu Obeida.

Jan Budnik. Geboren am 3. Oktober 1993. Größe: 1,87 Meter.

Augenfarbe: blau. Der Mann auf dem Foto sah ihm tatsächlich einigermaßen ähnlich.

»Da ist noch mehr«, sagte Abu Obeida.

Ein zusammengefalteter DIN-A4-Zettel. Eine Flugbuchung: Adana – Istanbul – Amman.

Also tatsächlich Amman. So wie Abu Walid es am Ende des Treffens angedeutet hatte. So wie er in der E-Mail an *Mamuschka* geschrieben hatte.

»Du bist Archäologiestudent, falls dich jemand fragt. Du warst in Karataş, um die dir das Amphitheater anzusehen. Du warst eine Woche in der Türkei. Du fliegst nach Amman, weil du dir in Jordanien die Ruinen in Jerash ansehen willst. Für deine Abschlussarbeit. *Tamam?*«

»*Tamam*«, antwortete Gent.

Der Flug von Adana nach Istanbul ging um 15 Uhr. Gent rechnete nach.

»In zehn Stunden?«

»Ja.«

»Wie?«

»Der Fahrer ist bezahlt. Er hat alle anderen *Kuffar* bezahlt, die bezahlt werden müssen auf dem Weg zur türkischen Grenze. Sobald du in der Türkei bist, bist du allein. In zehn Minuten holt er dich ab.«

»Und in Amman?«

»Du bleibst ein paar Tage dort. Du musst dich daran gewöhnen, nicht mehr hier zu sein. Dann buchst du einen Flug nach Europa.«

»Wohin in Europa?«

»Wo ein Pole hinfliegt. Jetzt iss etwas!«

Sie hockten sich auf den Boden und aßen gemeinsam von den Resten des Abendessens. Als der schwarze Pajero vor der Haustür hielt, fasste Abu Obeida ihn mit der linken Hand an die rechte Schulter und sah ihn an.

»Los jetzt«, sagte er dann. »*Yallah.*«

Gent verließ die Wohnung, ohne sich umzusehen. Als er auf dem Beifahrersitz Platz nahm, fragte er sich, ob es Jan Budnik je gegeben hatte. Und falls ja, ob er wirklich Archäologie studiert hatte. Und wo er jetzt wohl sein mochte.

* * *

Am nächsten Morgen um halb elf betrat Merle Schwalb die Lobby des Four Seasons am Fifth Circle. In dem kleinen Hotelshop deckte sie sich mit der *Vogue*, der *Jordan Times* und dem *National Geographic* ein. Dann suchte sie sich einen Sessel möglichst nahe am Frühstücksbuffet. Darauf hatte Sami bestanden, nachdem er endlich nachgegeben hatte.

»O.K., du darfst mit rein. Aber du wirst nichts hören können. Das kannst du dir gleich abschminken. Auf keinen Fall wirst du neben uns sitzen, das ist viel zu riskant. Ich werde einen Tisch nahe am Eingang nehmen. Du nimmst einen nach hinten raus, zum Frühstück hin. Ist das klar?«

»Klar.«

»Merle, wenn du dich umzusetzen versuchst, breche ich alles ab.«

»Ich bin nicht bescheuert, Sami!«

»Hoffentlich.«

»Arschloch.«

Er hatte Gott sei Dank gemerkt, dass das nicht ernst gemeint war, und sogar ein halb verbogenes Lächeln hinbekommen. Dann waren sie schlafen gegangen. Und jetzt, da sie gerade einen Cappuccino bestellt hatte, bewies er ihr noch einmal, dass er kein Arschloch war, denn ihr Mobiltelefon blinkte und zeigte eine SMS von Sami an: »Er ist auf dem Weg.« Das bedeutete, dass irgendwo in Berlin, beim BfV oder bei *Amal*, wie verabredet eine E-Mail von Gent Sassenthin eingegangen war, und Samis Büronachbar Holger, den sie nur vom Erzählen kannte, Gent Sassenthin den Treffpunkt übermittelt hatte.

Sie überlegte, ihrem Ressortleiter Henk Lauter eine E-Mail zu schreiben, unterließ es jedoch. Stattdessen zog sie sich eine große Sonnenbrille aus dem Haar, setzte sie auf die Nase und begann zu lesen. So, dass sie über den Rand des Magazins hinweg Sami

Mukhtar sehen konnte, der etwa fünfzehn Meter Luftlinie von ihr entfernt in einem ganz ähnlichen Sessel saß und ihr seine breiten Schultern darbot.

* * *

Jetzt, dachte Gent, als er aus dem Taxi stieg und zur Drehtür des Hotels lief, ist der Moment gekommen, in dem ich zum Verräter werde. Die drei E-Mails an *Mamuschka*, die lassen sich ungeschehen machen. Aber in dieser Sekunde werde ich zum Verräter. Hier und jetzt.
    Es sei denn, ich drehe wieder um.
    Und dann?
    Unwillkürlich prüfte seine rechte Hand, ob der Memory-Stick noch in seiner Hosentasche lag. Ja, da war er, metallisch und kalt. Es sei denn was also? Nicht reingehen – und dann nach Warschau fliegen und die Brüder aufwecken?
    Die Brüder?
    Sind sie denn meine Brüder?
    Bin ich noch ihr Bruder?
    Ich weiß es nicht. Ich bin müde. Das ist das Einzige, was ich sicher weiß. Unendlich müde.

Nachdem der Schlepper ihn über die Grenze in die Türkei geschafft hatte, hatte er keine Zeit gehabt nachzudenken, denn er war spät dran gewesen. Er musste so schnell wie möglich zum Bus nach Adana hetzen; den Flug nach Istanbul erwischte er gerade noch. Adana war ein kleiner Flughafen, er hatte nicht mit Problemen gerechnet, und es hatte keine gegeben. Während des Fluges hatte er sogar ein wenig schlafen können. Aber Istanbul war anders. Und erst dort war ihm aufgefallen, dass er keinerlei Gepäck dabeihatte. *Scheiße.* Also hatte er von Abu Obeidas Geld einen Rucksack gekauft und ein paar Jeans und ein zweites Hemd und Toilettensachen und ein Buch, irgendeines, und noch ein T-Shirt und ein paar Socken und Unterwäsche. Auf der Toilette hatte er dann hektisch die Etiketten abgerissen, war auf dem Rucksack herumgetrampelt und hatte mit dem T-Shirt und einer Unterhose den Boden gewischt, damit nicht alles wie neu aussah. Noch ein bisschen von der Zahnpasta in die Kloschüssel, damit die Tube angebrochen ist; fünf Minuten auf der Zahnbürste herumkauen; Knicke in das Buch machen.

Ist das übertrieben?

Nein. Das musst du machen.

Doch, es ist übertrieben. Du drehst durch.

Alles hatte geblinkt. Er war das nicht mehr gewohnt. Der Alkohol, aufgetürmt zu Pyramiden, die Werbung, die Musik. Er hatte Kopfschmerzen bekommen. Alles war so laut.

Endlich der Abflug nach Amman. Von seinem Fensterplatz aus konnte er sehen, wie die kleine Lampe an der Spitze des Flügels an- und ausging, an und aus, an und aus. Er hatte sich eingesperrt gefühlt.

Aber ich bin doch frei.

Darum ging es doch.

Oder?

Als er in Amman ankam, war er nass geschwitzt gewesen. An der Passkontrolle: kein Problem. Aber als der Stempel in seinen Pass krachte, hätte er sich am liebsten die Ohren zugehalten. Sein Kopf dröhnte. Alles zu viel. Viel zu viel. Wieso sind die Frauen da drüben nicht verschleiert? Wieso rauchen alle, als wäre das erlaubt? Wo ist die *Hisbah*?

Taxistand – da!

»Wohin?«

Ja, wohin?

»Stadtzentrum.«

Das Erste, was ihm eingefallen war.

Scheiße, ich habe überhaupt keinen Plan.

Aber du bist frei!

Und wieso fühlt es sich nicht so an?

»Hier gut?«, fragt der Taxifahrer.

»Ja.«

Ich brauche ein Hotel, hatte er gedacht. Ich muss duschen, ich muss schlafen. Morgen früh ist nicht mehr lange hin. Er war die Straße entlanggelaufen, an der der Taxifahrer ihn hinausgelassen hatte, an Leuchtreklamen entlang, an Ständen, in denen selbst gemischtes Parfüm verkauft wurde, an Läden vorbei, in denen man Schachbretter oder Wasserpfeifen kaufen konnte. Obwohl schon nach Mitternacht, war alles noch hell erleuchtet, die Straße voller Menschen, es war ihm vorgekommen, als starrten alle ihn an. Erst nachdem er an drei Schildern vorbeigelaufen war, auf denen »Hotel« stand, wurde ihm klar, dass er in Wahrheit nach etwas anderem suchte.

In der Moschee war er der Einzige gewesen. Aber das war ihm egal. Allein das Gefühl, in bloßen Füßen über den Teppich zu laufen ... er war bis in die hinterste Ecke gelaufen, hatte sich hingesetzt, an eine Säule gelehnt, und die Augen geschlossen.

Ja, es ist immer noch ein Zufluchtsort.

Egal, was ich morgen tun werde.

Hierher darf ich immer noch kommen.

Ich werde gesehen. Und nicht nicht gesehen.

Der Erste, den ich sehen will, wenn alles klappt, wenn alles vorbei ist, hatte er gedacht, ist Abu Karim. Denn er hat recht gehabt: Der Pfeil, der mich verfehlen sollte, hat mich nicht getroffen.

Sonst wäre ich jetzt nicht hier.

Jetzt, dachte Gent, als er aus dem Taxi stieg und zur Drehtür des Hotels lief, ist der Moment gekommen, in dem ich zum Verräter werde. In dieser Sekunde. Hier und jetzt.

Außer ... außer dieser Moment ist gar nicht jetzt. Sondern in Wahrheit schon lange her. Habe ich es schon die ganze Zeit gewusst: dass es so kommen würde? Als ich in das Wassermelonenfeld schoss? Wie lange das her ist ...

* * *

Sami erkannte ihn sofort und unterdrückte den Impuls, sich aufzurichten. Stattdessen zwang er sich, den Blick von Gent

Sassenthin abzuwenden und auf den Mann zu lenken, dem er eine Stunde zuvor zwanzig Dinar zugesteckt hatte. Der Mann in der schwarzen Livree hatte Gent ebenfalls erkannt. Jedenfalls trat er in dem Moment, in dem Gent Sassenthin sich schon anschickte, an dem Metalldetektor vorbei in die Lobby zu gehen, vor ihn und deutete freundlich, aber bestimmt auf den Metalldetektor.

* * *

»Sind zwanzig Dinar nicht etwas wenig?«, hatte Merle Schwalb ihn beim Frühstück im Abdali-Hotel gefragt.

»Nein. Wenn ich ihm fünfzig gebe, macht er es zwar auch, hält meine Bitte aber für derart wichtig, dass er anschließend zum GID läuft, weil ihm ein Ausländer fünfzig Dinar gegeben hat«, hatte Sami geantwortet.

»Und was genau kriegst du für die zwanzig Dinar?«

»Erstens: Er wird Gent durch den Metalldetektor schicken und nicht drum herumlotsen, weil er ein Weißbrot ist und so gar nicht nach einem Terroristen aussieht.«

»Das heißt ...?«

»Das heißt, wenn er eine Pistole oder einen Sprengstoffgürtel hat, fällt es auf. Anders gesagt: Wenn es eine Falle ist, kommt er nicht bis zu uns.«

»Gut zu wissen. Und was noch?«

»Ich will wissen, ob Gent ein Handy hat.«

»Warum?«

»Ich will nicht, dass er mich heimlich fotografiert und dem IS Bilder sendet. Ich will nicht, dass er unser Gespräch heimlich aufnimmt.«

»Aber Handys sind nicht verboten ...«

»Achte auf den Mann, wenn du ihn nachher im Blickfeld haben solltest: Er wird Gent nach dem Metalldetektor noch abtasten. Und wenn er ein Handy ertastet, spreizt er den rechten kleinen Finger ab. Wenn nicht, dann macht er eine Faust.«

»Und dann? Ich meine, wenn er einen Finger abspreizt?«

»Dann nehme ich Gent Sassenthin als Erstes sein Handy ab.«

* * *

»Guten Morgen.«

»Hallo«, antwortete Gent Sassenthin, nachdem er sich kurz geräuspert hatte.

»Setzen Sie sich doch.«

»Ja.«

»Tee oder Kaffee?«

»Tee.«

Sami nickte. »Lassen sie uns warten, bis der Tee da ist, ja?«

Gent Sassenthin räusperte sich erneut. »Ja«, sagte er langsam.

Helle Stoffhose. Blaues, langärmliges Shirt ohne Aufdrucke oder Ähnliches, weiße Turnschuhe, notierte Sami in seinem Kopf. Keine äußeren Spuren von Verletzungen. Er ist nervös, aber er wirkt nicht irre oder psycho.

»Wie sind Sie nach Amman gekommen?«, fragte er, nachdem der Kellner den Tee abgestellt hatte.

»Ist das wichtig?«, fragte Gent Sassenthin.

»Das ist egal«, antwortete Sami hart und schnell. »Ich habe es Sie gefragt, also erwarte ich eine Antwort.«

»Es ist nicht egal«, antwortete Gent Sassenthin. »Mir ist es egal. Aber Ihnen nicht. Sie wollen es wissen, sonst hätten Sie nicht gefragt.«

»Soll ich raten? Dann wird das hier entweder länger dauern als nötig, was wir beide nicht wollen, oder es wird ein sehr kurzes Gespräch, was dann wiederum mir egal ist, aber Ihnen nicht, Herr Sassenthin.«

»Türkei.«

»Die Türkei ist groß.«

»Gaziantep. Adana. Amman. Wollen Sie meine Bordkarte sehen?«

»Ehrlich gesagt: Ja!«

Gent Sassenthin griff in seine Hosentasche und reichte ihm den Abschnitt der Bordkarte.

»Nur Handgepäck, wie ich sehe. Und Sie heißen Nowak. Interessant.«

»Sie wissen, wie ich heiße.«

»Pass.«

»Den brauche ich noch.«

»Wir werden sehen.«

»Ich gebe Ihnen den Pass nicht.«

»Herr Sassenthin, ich weiß jetzt, dass Sie als Nowak reisen. Also entweder haben Sie noch einen zweiten falschen Pass, dann können Sie mir diesen hier ruhig zeigen. Oder ich kann dafür sorgen, dass kein Herr Nowak dieses schöne Land hier auf dem Luft-, Land- oder Seeweg je wieder verlässt. Das wissen Sie, glaube ich, auch. Denn Sie sind nicht blöd.«

»Ja«, sagte Gent Sassenthin. »Aber ich habe ihn nicht dabei. Ist im Hotel.«

»Ich glaube, Sie haben ihn dabei.«

Diesmal griff Gent Sassenthin in seine Gesäßtasche.

»Danke«, sagte Sami, griff den Pass und steckte ihn in seine Hemdtasche, ohne ihn anzusehen.

»Sie sehen ihn sich ja gar nicht an.«

»Nein. Ich wollte nur, dass Sie mir schon mal etwas geben. Damit Sie sich dran gewöhnen, wie das ist.«

* * *

Gent hatte immer noch Kopfschmerzen. Er hatte fast gar nicht geschlafen. Die Musik in der Lobby war zwar nicht laut, aber sie machte ihn zusätzlich nervös. Wieso war hier überall Musik?

Er musste daran denken, wie Kalashin und Shruki am Abend manchmal einige der *Anasheed* nachgesungen hatten, die sie in den Videos gehört hatten. Sie hatten gute Stimmen, es hatte schön geklungen. Und sie konnten sich die arabischen Texte besser merken als er. Er konnte nicht gut singen. Aber immer dann, wenn ihm eine Zeile eingefallen war, hatte er eingestimmt.

Unser Staat schützt uns
Er beschützt unser Leben und unsere Gottgefälligkeit
Unser Staat wächst und dehnt sich aus
Er folgt den Geboten Allahs
Wir sind Krieger auf dem Pfade Allahs
Unsere Sache ist gerecht

Immer wenn sie zusammen gesungen hatten, war er ganz ruhig geworden. Nur ihre drei Stimmen, die von den Wänden zurückgeworfen wurde, und eine Melodie, die sich endlos wiederholte, sonst gar nichts. Manchmal war es ihm beim Singen vorgekommen, als blickten sie gemeinsam in eine weite Ebene. Oder als flögen sie über den Wolken dahin. Nach dem Singen hatten sie nie geredet. Als würden gesprochene Worte die Stimmung wieder verscheuchen, die sie gemeinsam hergestellt hatten.
Aber diese Musik war anders. Unruhig. Hektisch. Grell.
Ich vermisse Shruki und Kalashin, dachte er. Wenn sie mich hier sehen könnten ... Jetzt, in diesem Moment ...
Es gibt kein Zurück mehr.

Er griff in die Hosentasche, zog den Memory-Stick hervor, zeigte ihn dem Mann, der ihm gegenübersaß, und steckte ihn wieder ein.
»Deswegen sind Sie hier.«
»Ja«, sagte der Mann.

* * *

Es gab also Dokumente, etwas Schriftliches, etwas Handfestes. Das war gut. Das war seine Hoffnung gewesen. Er wollte mehr nach Berlin zurückbringen als nur Geschichten.
Aber er ist wirklich nicht blöd.
Er hat mir den Stick *nicht* gezeigt, weil er ihn mir gleich über-

geben wird. Er hat ihn mir gezeigt, um mir zu verstehen zu geben, dass er Verhandlungsmasse hat.

Er weiß, dass ich jetzt betteln muss.

Ich muss ihn wieder aus dem Gleichgewicht bringen. So wie Drexler gesagt hat: »Du musst der Chef sein in dem Gespräch. Die Autorität. Du darfst dir nicht auf der Nase rumtanzen lassen. Er will etwas von uns.« Na gut. Kein Problem. Lass uns spielen!

»Wollen Sie gar nicht wissen, wie es Ihren Eltern geht, Herr Sassenthin? Ob sie mir eine Nachricht für Sie mitgegeben haben?«

Es funktioniert. Er zuckt. Sein Blick. Da ist etwas.

»Wie geht es meinen Eltern?«

»Was glauben Sie denn?«

»Sagen Sie es mir einfach.«

»Nicht so gut.«

»Sind sie krank?«

»Krank vor Sorge, Herr Sassenthin.«

»Haben Sie eine Nachricht für mich?«

»Nein.«

Jetzt ist er wütend. *Gut.*

Peitsche. Peitsche. Peitsche.

Zuckerbrot.

»Aber Abu Karim lässt Sie grüßen.«

»Danke.«

»Bis jetzt haben wir noch nicht viel erreicht, Herr Sassenthin. Außer dass ich weiß, dass Sie einen USB-Stick in der Tasche haben, auf dem alles sein könnte, das neueste IS-Video eingeschlossen. Also, ich schlage vor, Sie fangen jetzt mal an.«

»Womit denn?«

»Na ja, Sie haben sich doch gemeldet. Sie haben ein Angebot gemacht. Nein, Sie haben ein Angebot in Aussicht gestellt. Mehr nicht. Ich kenne Ihr Angebot noch gar nicht.«

* * *

Ein Angebot? Ja, es war ein Angebot, das er vorgeschlagen hatte. Ein Handel. Ein Geschäft. Ein *Deal*. So wie es die *Kuffar* mögen, dachte er: *Kaufenkaufenkaufen! Habenhabenhaben!*
Doch für ihn würde es etwas anderes sein: ein Verrat.
Abu Obeida.
Shruki.
Kalashin.
Aber die *Kuffar* sind nicht die Einzigen, die *Deals* mögen. Ist das etwa nicht der Gedanke gewesen, der dir in den Kopf gekrochen ist? Schon in dem Moment, als du im Pajero saßest und Abu Obeidas Silhouette im Rückspiegel langsam kleiner wurde, bis ihr abbogt und du ihn gar nicht mehr sehen konntest?
Denn Allah ist es, der den vortrefflichsten Handel anbietet.
Die *Dunya* um die *Akhira*.
Das Diesseits um das Jenseits.
Das kurze Jetzt um die ewige Ewigkeit.
Das ist Allahs Handel.
Und du hast geglaubt, dass du dir mit Allah handelseinig warst.
Bis du es nicht mehr geglaubt hast.
Nicht mehr glauben konntest.
Und jetzt hast du keine Sicherheit mehr.
Jetzt kannst du nur noch hoffen.
Dass du das Richtige tust.

* * *

»Also?«, fragte Sami, aber er bemühte sich, keine Härte mehr in seine Stimme zu legen.
»Ich will zurück nach Deutschland, wenn das geht. Ich habe niemanden getötet. Ich habe keinen Anschlag geplant. Wenn es sein muss, gehe ich ins Gefängnis, aber nicht für lange. Das ist das, was ich will.«
»Gut. Ich tue jetzt mal so, als würde ich Ihnen das glauben. Wieso sind Sie hier? Hat der IS Sie auf eine Mission entsandt?«
»Ja. Ich soll nach Europa reisen.«

»Und dort?«

»Es gibt eine Liste. Es sind Schläfer. Ich soll sie wecken. Sie sollen Anschläge begehen.«

»Wie viele Schläfer?«

»37.«

»Blödsinn!«

»Es sind 37. Ich habe ihre Namen und ihre Adressen. Und für jeden ein Codewort.«

»So einen Scheiß habe ich noch nie gehört. Jeder uns bekannte IS-Terrorist, der je nach Europa zurückgeschickt worden ist, wusste ganz genau, wie man per E-Mail, WhatsApp, Telegram oder sonst wie verschlüsselt mit der Zentrale kommunizieren kann.«

»Das hier ist anders.«

»Warum?«

»Die Schläfer sind seit Jahren in Europa.«

»Als Flüchtlinge eingereist? Im *Summer of Love* 2015?«

»Nein.«

»Danach?«

»Früher. Viel früher.«

»Noch mal Blödsinn. Der IS hat erst 2014 die ersten Kader nach Europa geschickt. Kurz vor Ausrufung des Kalifats.«

»Ja.«

»Aber?«

»Das hier sind Schläfer von Shaikh Junis.«

»Wie bitte?«

»Kennen Sie Shaikh Junis?«

»Herr Sassenthin: Wie geht der Name von Shaikh Junis weiter?«

»Was meinen Sie?«

»Es gibt viele Shaikhs Junis, und vielleicht kennen wir nicht alle. Aber es gibt einen, der einen ziemlich einzigartigen Namen hat. Nach *Shaikh Junis*.«

»Ja.«

»Sie müssen das sagen.«

»Al-Mauretani.«

»Sind Sie sicher?«

»Ja.«

»Sie haben 37 Namen und Adressen und Codewörter, um 37 Mauretani-Schläfer aufzuwecken?«

»Ja.«

»Wissen Sie, wer Shaikh Junis war?«

»Ich weiß, dass er bei al-Qaida war.«

»Genau. Wie sollen denn seine Schläfer in die Hände des IS fallen? Die würden ja wohl eher bei *Dschabhat Fateh al-Sham* landen, oder etwa nicht?«

»Kann sein. Aber ich habe sie.«

»Von wem?«

»Abu Walid.«

»Wer ist Abu Walid?«

»Ich habe keine Ahnung.«

»Wie bitte?«

»Er ist wichtig. So viel ist klar. Er hat mich zu sich bringen lassen. Er hat mir den Stick gegeben. Er sagt, die Schläfer sind … sie haben alle irgendwelche speziellen Jobs in Europa. Sie halten sich bereit. Als Piloten, Lkw-Fahrer, solche Sachen.«

»Sie wissen nicht, wer Abu Walid ist?«

»Nein.«

»Wer hat Sie zu ihm gebracht?«

»Abu Obeida.«

»Abu Obeida – und weiter?«

»Weiß ich nicht.«

»Woher kommt Abu Obeida? Syrer? Iraker?«

»Halbinsel.«

»Halbinsel?«

»Saudi-Arabien.«

»Irgendein Saudi hat Sie zu einem Typen gebracht, über den Sie buchstäblich nichts wissen und der Ihnen eine Schnurre über al-Mauretani erzählt hat? So ungefähr, ja? Oder hab ich was verpasst?«

»Ja.«

Ja war die einzig richtige Antwort. Ja war die Antwort, auf die er gehofft hatte. Denn Ja hieß: Gent glaubt die Geschichte, obwohl der IS ihn nicht vollständig eingeweiht hatte, und das ist, dachte Sami, mit ziemlicher Sicherheit genau die Methode, mit der die Kackfressen einen Typen wie Gent präparieren würden: ein bisschen Budenzauber, aber nur so viel Infos wie nötig. Und er zweifelte nicht daran, dass Abu Obeida *der* Abu Obeida war. Abu Obeida al-Makki. Die graue Eminenz.

Sami leerte seine Tasse mit dem mittlerweile nur noch lauwarmen Kaffee und versuchte, dabei so gelangweilt wie möglich auszusehen.

»Und diese Infos, die sind auf diesem hübschen Memory-Stick, und den würden Sie mir überlassen?«

* * *

»Nein«, sagte Gent.

»Wie bitte?«, sagte der Mann, der ihm gegenübersaß.

»Ich gebe Ihnen fünf Namen. Und erst, wenn ich eine Garantie habe, dass ich nicht in den Knast muss, kriegen Sie den Rest.«

»Ich will alle Namen, ich will sie sofort, und Sie haben keine Bedingungen zu stellen.«

»Nein.«

»Moment«, sagte der Mann, der ihm gegenübersaß, und winkte dem Kellner.

Er ist gut, dachte Gent. Bloß nicht auffallen.

Zwei Minuten lang sagte keiner von ihnen ein Wort.

Dann kam der Kellner zurück, stellte Kaffee und Tee hin, und der Mann, der ihm gegenübersaß, richtete wieder das Wort an ihn.

»Vielleicht war ich nicht deutlich genug, Herr Sassenthin. Aber so wie ich es sehe, brauchen Sie uns mehr als wir Sie.«

»Es ist ein Nuklearmediziner dabei. Einer, der in einem Kraftwerk arbeitet. Einer, der Gefahrengut transportiert.«

»Wo leben die Männer?«

»Europa.«

»Wo, verdammt noch mal!«
»Überall.«
»Deutschland?«
»Vielleicht.«
»Ich will alle, die in Deutschland sind.«
»Sie kriegen fünf. Und ich sage nicht, woher sie sind. Und wenn ich eine Garantie habe ...«
»Garantie?! Glauben Sie im Ernst, Herr Sassenthin, ein deutscher Beamter wird Ihnen eine Garantie ausstellen? Wie Sie sich das vorstellen, läuft das nicht.«
»Ich nehme auch Ihr Wort.«
»Jetzt weine ich gleich.«
»Ich meine es ernst. Ich weiß, dass ich nichts Schriftliches kriegen werde. Ich weiß, dass Sie die Informationen prüfen müssen. Aber wenn ich Ihnen jetzt alles gebe, wer sagt mir, dass Sie mich nicht fallen lassen? Sie kriegen fünf. Sie prüfen die Namen und die Adressen. Wenn die fünf stimmen, werden Sie den Rest haben wollen. Den kriegen Sie, wenn ich in Deutschland bin. Bei meinen Eltern.«
»Wie süß.«
»Ich kann auch gehen.«
»Ja, aber dann können Sie direkt in den Untergrund gehen. Viel Spaß.«
»Ja. Aber Sie haben dann die Namen nicht.«
»Herr Sassenthin, es würde Ihrem Anliegen helfen, wenn Sie uns die Namen derer geben, die in Deutschland sind.«
»Sie kriegen fünf. Zufällig ausgewählt.«
»Ich will sie sehen. Jetzt. Geben Sie mir den Stick, ich habe einen Laptop dabei.«
»Der Stick, den ich Ihnen vorhin gezeigt habe, ist leer.«
»Was soll der Quatsch?«
»Ich wollte sichergehen, dass Sie kein Überfallkommando mit ins Hotel gebracht haben, um mir meine Informationen ohne Gegenleistung abzunehmen.«
»Und wo sind die Informationen?«

»Die Straße runter ist ein Fitnessstudio. Im Erdgeschoss ist der Umkleideraum. Der richtige Stick ist dort. Schrankfach Nummer 139. Die Kombination ist 1375. Wir können zusammen hingehen, wenn Sie wollen.«
»Sie sind gut vorbereitet.«
»Ja.«
»Also doch ein Spieler.«
»Ich spiele nicht.«

* * *

Sie flogen noch am selben Nachmittag zurück. Diesmal saßen sie von Beginn an in der ersten Klasse. Merle Schwalb hatte ihn nicht gefragt, wie er das organisiert hatte. Stattdessen freute sie sich, dass er dieses Mal ein Glas Champagner trank und sogar mit ihr anstieß.

»Schade, dass es heute eine andere Stewardess ist«, sagte Merle Schwalb.

»Ja, sie hätte sich gefreut, dass es uns so gut geht«, antwortete Sami ohne eine Spur von Zynismus in seiner Stimme. Bis sie über Zypern waren, hatte er ihr eine Zusammenfassung seines Treffens mit Gent Sassenthin gegeben, das sie nur aus der Ferne hatte beobachten können. Er zeigte ihr sogar den USB-Stick.

»Hast du draufgeschaut?«
»Auf den Stick? Sicher. Spanien, Belgien, Finnland, Dänemark und Tschechien.«
»Kein deutscher Schläfer dabei?«
»Egal. Ich glaube ihm, dass wir den Rest kriegen, wenn diese hier stimmen.«
»Kriegt er dann den Deal, der ihm vorschwebt?«
»Ganz ehrlich? Könnte sein. Am Ende entscheidet der Generalbundesanwalt wahrscheinlich. Aber die Infos sind potenziell sehr, sehr, sehr relevant, Merle, da muss man dankbar sein!«
»Hast du deinen Chefs schon Bescheid gesagt?«
»Ja.«

»Sind sie happy?«

»Wir sind nie happy. Aber wir sind ... na ja, O.K., ich denke, heute ist happy vielleicht doch das angemessene Wort.«

»Vermerk hast du sicher auch noch rausgehauen, wie ich dich kenne?«

»Na sicher!«

Sie hatte ihn noch nie so erlebt. So heiter. So leicht.

Das große Ding, hatte sie gedacht.

Jetzt hat er es am Wickel.

Ich freue mich für ihn.

Umso schlimmer, dass sie es war, ausgerechnet sie, die ihm, etwa vier Stunden später, als sie gerade mit ihrem Gepäck den Flugsteig 14 in Tegel verließen und zum Bussteig liefen, die Stimmung versauen musste.

»Das ist jetzt nicht wahr!«, sagte sie, während sie auf ihr Handy starrte, das gerade die E-Mails heruntergeladen hatte, die während des Fluges bei ihr angekommen waren, und blieb vor der automatischen Glastür stehen, die nach draußen führte.

»Was ist denn?«

»*Argus Online.*«

»Ja?«

»IS-Schläfer enttarnt – Erfolg für das BKA.«

»Wie bitte?«

»Ich lese vor, O.K.? Den deutschen Sicherheitsbehörden ist es unter Federführung des Bundeskriminalamtes (BKA) gelungen, mehrere Namen von Schläfern der Terrororganisation IS in Erfahrung zu bringen. Die Angaben stammen von einem Aussteiger und werden nach Informationen von *Argus Online* derzeit ausgewertet. Die Operation sei ein großer Erfolg, sagt ein hochrangiger deutscher Sicherheitsbeamter, der mit dem Fall vertraut ist.«

Sami riss ihr das Handy aus der Hand und las die Meldung selbst noch einmal.

Dann gab er ihr das Telefon wortlos zurück.

Sie hatte erwartet, dass er ausrasten würde. Seine Tasche

durchs Terminal werfen, schreien, etwas in der Art. Stattdessen hatte sich lediglich eine senkrechte Furche zwischen seinen Augenbrauen gebildet.

»Das war Eulenhauer, oder?«, fragte sie.

»Ja.«

»Wieso bist du so ruhig? Er versucht, deine Operation zu stehlen.«

»Soll er doch.«

»Wie jetzt?«

»Macht das BKA ständig. Ist doch gut, wenn Eulenhauer glaubt, dass es ein Erfolg ist.«

»Und das schluckst du einfach so?«

»Ich habe keine Zeit, mich mit Eulenhauers Ego zu befassen. Mir macht was anderes Sorgen.«

»Was denn?«

»Dass es Leute beim IS gibt, die Deutsch können.«

10

Das Hotel nahe dem alten römischen Amphitheater, in dem Gent untergekommen war, hieß *al-Wardah*, »die Rose«, und kostete zehn Dinar pro Nacht. Das Zimmer war nur wenige Quadratmeter groß, der Boden aus Zement, das Fenster klein und fast blind. In der Ecke befand sich ein kleines Waschbecken. Die Toilette war den Gang runter. Neben dem Waschbecken stand ein wackeliges Schränkchen, in dem er einen zusammengerollten Gebetsteppich vorgefunden hatte, und auf dem nun sein Rucksack lag. Das Bett bestand aus einem metallenen Rahmen mit dicken Metallfedern und einer dünnen Matratze darauf. Die Decke war aus Wolle und kratzte. An der Decke prangte eine Neonröhre. Mehr gab es nicht in dem Raum. Das hatte ihn beruhigt. Er unterschied sich kaum von seinem Zimmer in Rakka.

Aber er konnte nicht den ganzen Tag im Zimmer bleiben.

Und er konnte auch nicht den ganzen Tag die Straße vor dem Hotel auf und ab laufen.

Wenn er aus dem Hotel auf die Straße trat, befand er sich am Anfang des *Souq* von Amman. Der *Souq* war nicht groß. Sicher, größer als der von Rakka. Aber nicht sehr groß.

Zwei oder drei Straßen nahm der Gold- und Silberbasar ein. Entlang der Hauptstraße gab es vor allem Geschäfte für Stoffe und Kleidung, unterbrochen von Läden, in denen Touristen Wasserpfeifen und kleine Holzkästchen mit Intarsien oder Kühlschrankmagnete mit dem Konterfei des Königs kaufen konnten. Dann folgten Geschäfte für Gewürze und Naturschwämme und

Kräuter, dann Geschäfte für Eisenwaren, Pfannen, Kessel, Teekannen. Dann kamen ein paar Fleischereien und Fischgeschäfte und Läden mit in Drahtkäfige gesperrten Hühnern und Tauben. Zwischendrin standen Garküchen, in denen es Falafel und Kebab gab. Oder Eckläden, in denen Orangen- oder Zuckerrohrsaft angeboten wurden. Vor den Geschäften hockten dicke Bäuerinnen in langen, dunklen Gewändern auf dem Boden, die Büschel von Minze oder Petersilie anboten, und daneben standen hagere Männer, die Verlängerungs- und Ladekabel und Mehrfachsteckdosen und kleine Taschenlampen zu verkaufen versuchten. Ein Mann hatte einen Bauchladen mit billigen Zauberartikeln und ließ Plastikblumen aus Plastikrohren sprießen. Gent musste an den Magier denken. Er schob den Gedanken schnell zur Seite.

Nach zwei Tagen kannte er den *Souq*. Jede Straße. Jede Gasse. Ihm fiel auf, dass die ersten Händler ihn zu grüßen begannen. Mit einem leisen Nicken. Oder ein paar einladenden Worten. Sie hatten ihn wiedererkannt. Den langen Westler, der immer in denselben Klamotten herumlief. Natürlich fiel er auf.

Er durfte aber nicht auffallen.

Aus demselben Grund konnte er aber auch nicht den ganzen Tag im Zimmer hocken. Das fiel ebenso auf. Wer würde so etwas schon machen?

Zum Beten ging er in die große Moschee ein paar Hundert Meter die Straße hinunter. Viele Menschen beteten dort. Das war gut.

Das Gespräch mit dem Mann vom Verfassungsschutz – er wusste nicht, wie er es deuten sollte. War es gut gelaufen? War es schlecht gelaufen? Er wusste es nicht.

Immerhin hatte er nicht mehr preisgegeben, als er sich vorgenommen hatte. Fünf Namen. Die er wirklich zufällig ausgesucht hatte.

Einmal am Tag suchte er in den Gassen des *Souq* ein Internetcafé auf, jedes Mal ein anderes, um seine E-Mails zu checken. Bisher war keine Nachricht eingetroffen.

Er hatte keine Vorstellung davon, wie lange es dauern würde, bis der Mann, der ihm in dem Hotel gegenübergesessen hatte, die

Namen und die Adressen überprüft haben würde. Noch war es in Ordnung, dass er hier war. Niemand in Rakka würde erwarten, dass er sich jetzt schon aus Europa meldete.

Er redete mit niemandem länger als nötig. Dabei hätte er das gerne getan. Manchmal jedenfalls. Es war nicht schön, alleine zu sein und sich zu verstecken. Er war lange nicht mehr alleine gewesen.

Er versuchte, nicht zu viel nachzudenken. Er wusste, dass die Spiralen von Möglichkeiten, in denen er sich dann verlieren würde, ihm nicht guttun würden.

Was, wenn? Wenn nicht? Und wie? Und dann?

Er fühlte sich nackt ohne den Bart, den er so lange getragen hatte.

Morgens setzte er sich auf einen Plastikstuhl in einem der kleinen Straßenrestaurants, bestellte einen Teller Hummus und einen Tee und blieb so lange sitzen, wie es möglich war, ohne aufzufallen.

Mittags dasselbe.

Dann Internetcafé.

Dann Abendessen.

Zwischendurch beten.

Das Gefühl, dass jeder ihn anstarrte, wurde von Tag zu Tag heftiger.

Einmal kletterte er die Stufen des Amphitheaters hoch, nur um etwas zu tun zu haben, und setzte sich auf den Rand. Neben ihm saßen zwei japanische Backpacker mit Lunchpaketen und Tetrapacks, aus denen sie mit kleinen rot-weißen Strohhalmen Saft saugten.

Einmal kraxelte er die steile Straße hoch, die zum Festungshügel führte, und genoss für einen Moment die Brise, die dort wehte und ihn die Hitze vergessen ließ, die über der Stadt lag. Aber er kletterte wieder hinunter in den Souq, als er hinter einer der antiken Säulen zwei kleine Jungen erkannte, von denen einer auf ihn zeigte und dem anderen leise etwas ins Ohr flüsterte.

* * *

»Hey, Merle!«

»Frederick!«

Eine Sekunde lang ärgerte sich Merle Schwalb, dass sie überhaupt ans Telefon gegangen war. Sie war gerade erst zu Hause angekommen. Sami hatte sie im TXL-Bus bis zum Hauptbahnhof begleitet. Und obwohl sie von dort aus nur noch mit der Tram bis zur Eberswalder hätte fahren müssen, um danach in sieben Minuten nach Hause zu laufen, hatte sie sich ein Taxi genommen, weil sie so erschöpft war.

Sie hatte sich, kaum dass sie ihre Reisetasche ins Bad gestellt hatte, eine Decke auf die kleine Rasenfläche vor ihrer Terrasse gelegt, um dort ein wenig zu schlafen, als das Telefon geklingelt hatte.

Anonymer Anrufer, deshalb war sie überhaupt nur rangegangen. Blöder Reflex.

»Na, wie geht's?«

»Bin etwas geschrottet gerade, Frederick. Sorry. Was gibt's denn?«

Aber bevor Frederick Rieffen antworten konnte, fiel es ihr ein. Die Bedenkzeit, die sie sich ausgebeten hatte, war abgelaufen.

»Ich weiß schon, sorry!«, versuchte sie schnell zu sagen, »wir hatten das ja so ausgemacht!«

Aber Frederick hatte seinerseits schon angefangen zu sprechen, sodass sie gleichzeitig redeten: »Unser Angebot, Merle, ich hoffe, du hast es nicht vergessen.«

Er klang einen Hauch beleidigt. Oder bildete sie sich das ein? Peinlich. Blöd von dir ranzugehen, wenn du in so einem Zustand bist.

»Frederick, ich bin gerade von einer Reise zurückgekommen, echt, tut mir leid!«

»Jetlag?«

»Ja«, log sie. »Total.«

»Wollen wir vielleicht morgen noch mal reden? Ein Tag macht's jetzt auch nicht.«

Sie gab sich einen Ruck und setzte sich auf.

So geht das auch nicht, dachte sie.
Du hast doch gar nicht richtig zu Ende nachgedacht.
»Nein, Frederick. Ich würde dir gerne was anderes vorschlagen. Ich will ... ich hab da noch eine Sache am Laufen, die muss ich erst abschließen, sonst habe ich den Kopf nicht frei.«
»Große Geschichte mit Erlinger?«
»Frederick ...«
»Ich weiß, kannste mir nicht sagen.«
»Pass auf, kannst du mir, kann ich die Bedenkzeit noch mal verlängern? Sagen wir noch ... noch mal vier oder fünf Tage? Ginge das?«
»Merle, wenn du bis jetzt noch nicht ...«
»Frederick, bitte!«
»O.K. Kein Problem. Meldest du dich?«
»Ja!«, sagte sie, so fest und bestimmt sie es fertigbrachte. »Ich melde mich. Versprochen.«
»Gut«, sagte Frederick Rieffen und legte auf.
Er klang immer noch ein bisschen beleidigt. Oder enttäuscht.

* * *

Kontaktaufnahme zum Zwecke der Erkenntnisverdichtung. So hieß im Behördensprech, was Sami am Morgen nach seiner Rückkehr aus Jordanien in seinem Büro in Treptow erledigte. Er schickte je eine E-Mail an die Partnerdienste des BfV in Belgien, Finnland, Dänemark, Tschechien und Spanien, in der er erklärte, dass das BfV einige Namen und Adressen mutmaßlicher IS-Schläfer beziehungsweise früherer al-Qaida-Schläfer in Erfahrung gebracht hatte. Dann kopierte er von Gent Sassenthins Memory-Stick, den er mit ihm zusammen aus dem Fitnessstudio in Amman geholt hatte, für jede Behörde einzeln die Daten, die ihr Hoheitsgebiet betreffen, in die E-Mail. Er bat freundlich und dringend um Überprüfung der Angaben und schickte alles ab.

Er wusste, dass es keinen Sinn hatte, vor dem Rechner auf eine Antwort zu warten. Er war ziemlich sicher, dass er nicht einmal an diesem Tag eine Antwort erhalten würde. Sicher, sie arbeiteten besser und schneller zusammen als noch vor zwei oder drei Jahren. Aber reibungsloser als zwischen deutschen Behörden oder zwischen zwei deutschen Bundesländern ging es auch in Europa nicht.

»Wirst du etwas wegen des *Argus-Online*-Artikels unternehmen?«, hatte Merle ihn auf der Rückfahrt vom Flughafen im TXL-Bus gefragt.

»Nein, was denn?«

»Ich weiß nicht, aber wenn das Gent gefährdet?«

»Ich bin nicht sein Aufpasser«, hatte er geantwortet. »Soll ich zurückfliegen und ihn da rausholen? Das geht nicht. Der Artikel ist in der Welt. Aber er war jetzt auch nicht riesig. Vielleicht sieht ihn keiner.«

»Und wenn?«

»Keine Ahnung. Gent ist in Jordanien. Nicht mehr in Rakka. Das ist ja schon mal was.«

»Willst du ihn nicht wenigstens warnen?«

»Merle, das geht nicht. Ich weiß doch nicht mal, ob Gent vertrauenswürdig ist. Seine Angaben müssen erst mal geprüft werden. Noch ist er für uns einfach nur ein IS-Mitglied. Wir können die nicht voreinander warnen.«

Es war möglich, dass er dabei etwas abgeklärter geklungen hatte, als er es in Wahrheit war. Doch was er ihr im Bus gesagt hatte, war trotzdem wahr. Zu diesem Ergebnis kam er auch, nachdem er sich ein weiteres Mal selbst befragte. Dann fuhr er seinen Rechner herunter.

Genug. Es war genug.

Heute kein Gent Sassenthin mehr.

Und er hatte kein schlechtes Gewissen, fühlte kein Bedauern, er war seltsamerweise vollkommen mit sich im Reinen, als er das Gelände verließ. Er hatte getan, was er tun konnte. Erreicht, was er hatte erreichen wollen. Jetzt waren andere am Zug.

Sami fuhr nach Hause, legte sich halb ausgezogen ins Bett und genoss es, wie die Sonne durch das Fenster auf seinen Oberkörper brannte, während er vor sich hin döste.

Erst drei Stunden später stand er auf und machte sich einen Espresso. Dann rief er Maha in Beirut an und fragte sie nach ihrem Rezept für *Manaqisch*.

Dann schickte er Nina eine SMS und ging einkaufen.

»Das Geheimnis sind nicht die Zutaten, *Habibi!*«, hatte Maha gesagt.

»Wie du den Teig machst?«
»Nein, auch nicht.«
»Aber was denn dann? Bei mir werden sie am Ende manchmal hart. Oder zäh. Bei dir nicht. Wieso?«
»Sag mir erst, wie sie heißt!«
»Nina.«
»Ist sie hübsch?«
»Nicht so hübsch wie du.«
»Gut, dann verrate ich es dir.«

Maha lachte, erklärte und schimpfte gleichzeitig mit einem ihrer drei Kinder, bis er alles verstanden hatte.

»Hast du denn überhaupt gutes *Saatar* da bei dir?«, hatte sie zum Schluss gefragt.

»Frisch aus Amman mitgebracht.«
»Gut. Wann kommst du mich besuchen?«
»Sobald ich kann.«
»Pass auf dich auf, Sami!«

Er setzte die Hefe mit etwas warmem Wasser und einer Prise Zucker an und siebte das Mehl in eine große Schüssel, während sie vor sich hin blubberte. Dann grub er einen Krater in die Mitte des Mehls, goss die Hefepampe hinein, gab ein wenig Salz dazu, einen großzügigen Schuss Olivenöl und warmes Wasser nach Gefühl.

Nur nicht zu viel. Ist der Teig erst einmal zu feucht, ist er nicht mehr zu retten.

Lieber nach und nach tröpfchenweise etwas Wasser nachschütten, wenn es zu trocken wird.

Sami suchte und fand den Holzlöffel und begann, Mehl und

Flüssigkeit zu mischen. Das war anstrengend, aber unvermeidlich. Erst als der Teig fast nicht mehr am Löffel klebte, hob er ihn aus der Schüssel, ließ ihn auf seine bemehlte Arbeitsplatte fallen und begann, ihn zu kneten.

Immer ein bisschen länger, als einem lieb ist, rief er sich in Erinnerung.

Als er eine schöne, nicht zu feste, nicht zu feuchte elastische Kugel in der Hand hielt, rieb er sie mit Öl ein, legte sie zurück in die Metallschüssel und deckte sie mit einem Handtuch zu.

Zeit zu duschen. Lange zu duschen.

Und sogar Zeit, sich noch einmal hinzulegen, bevor er sich anzog.

Dann mischte er Öl und *Saatar* in einem Schälchen, bis die Konsistenz stimmte, formte aus dem Teig die *Manaqisch*, bestrich sie mit der Mischung und schob sie in den Ofen.

Und dann kam Nina.

»Was riecht denn hier so gut?«, fragte sie, als sie den Kopf durch die Wohnungstür steckte.

»Du«, sagte Sami und musste lachen, weil er sich vorstellte, wie Maha über ihn lachen würde, wenn sie ihn sehen könnte.

Er umarmte sie, und Nina umarmte ihn, und es war schön, ihre dünnen Arme auf seinen Schultern zu spüren und ihre kleinen Hände in seinem Nackenhaar.

»Ich hab dich vermisst«, sagte er und wunderte sich über sich selbst.

Als die *Manaqisch* fertig waren, holte er sie aus dem Ofen.

Seine Wohnung hatte keinen Balkon. Aber über dem Absatz am Ende der Treppe, die zu seiner Wohnung führte, konnte man, wenn man wusste, wonach man suchte, an der Decke vier dünne schwarze Linien erkennen, die ein Quadrat formten, in dessen Mitte sich eine metallene Öse befand. Mit einem Haken, der an einem Besenstil befestigt war, öffnete Sami die Klappe. Sie führte auf das Hausdach. Er stieg auf einen bereitstehenden Hocker, zwängte sich als Erstes durch die Luke und zog Nina dann hoch, bis sie sich an der Kante abstützen und ihren Körper nachziehen konnte.

Sie liefen fast bis zum westlichen Rand des Daches und setzen sich. Der Blick war weit und nahezu unverstellt. Sie sahen den Kanal glitzern und die U1 vom Görlitzer Bahnhof zum Kottbusser Tor rauschen. Die Dachpappe hatte die Hitze des Tages gespeichert und war angenehm warm. Genau wie die laue Abendluft. Sie aßen *Manaqisch* und warteten auf den Sonnenuntergang.

»Wo warst du eigentlich? Du bist tagelang nicht ans Handy gegangen.«

»In Jordanien.«

»Auf geheimer Mission?«

»Ja.«

»Verstehe.«

Sami wusste, dass sein ehemaliger Ausbilder Markus Helten seiner Ehefrau nie von der Arbeit erzählte. Sie wusste natürlich, dass er beim BfV arbeitete. Aber Helten hatte ihm gesagt, dass er nie etwas Operatives mit ihr teilte. Keine Namen. Keine Andeutungen darüber, mit welchen Partnerdiensten er zusammenarbeitete. Keine irren Storys über seine Quellen. Er lästerte zu Hause nicht einmal über Kollegen, um deren Namen zu schützen.

»Bedeutet das nicht, dass du deiner Frau am Ende misstraust?«, hatte Sami ihn gefragt.

»Nein.«

»Verstehe ich nicht. Wenn du ihr vertraust, total vertraust, wieso teilst du dann nicht alles mit ihr?«

Sami erinnerte sich, dass Helten einen langen Schluck aus seiner Bierflasche genommen und nachdenklich auf die Tischtennisplatte geblickt hatte, als sei dort irgendwo eine Antwort eingraviert, die Sami Mukhtar, der Anfänger in der Ausbildung in Heimlichheim, begreifen würde.

»Ich habe«, hatte Helten danach langsam erzählt, »einen guten Freund. Ist beim BND. Der war gut im Geschäft. Richtig gut. Proliferation. Aber dann ist er fremdgegangen, und seine Frau ist ihm draufgekommen.«

»Ja, und?«

»Ehekrise, die üble Sorte. Seine Frau war sehr eifersüchtig. Sie hat ihm nicht verziehen. Es gab eine hässliche Scheidung. Und sie wusste zu viel. So viel, dass sie anfing, ihm damit zu schaden.«
»Wie das?«
»Sie kannte seine Kollegen und deren Frauen. Sie hat sich mit den Frauen getroffen und Wahrheiten gemischt mit Halbwahrheiten und Lügen erzählt. Es wurde ein Problem, verstehst du?«
»Ehrlich gesagt, noch nicht so ganz.«
»Sammy, du weißt nie, was aus einer Beziehung wird. Das will ich sagen. Besser, man ist vorsichtig.«

»Erinnerst du dich daran, als ich dir von dem Terroristen erzählt habe, der tot ist?«
»Der, mit dem du spielen wolltest?«
»Er lebt. Ich habe ihn getroffen.«
»Er war gar nicht tot?«
»Nein, der IS hat ihn nur für tot erklärt, um ihn auf eine Mission zu schicken.«
»Noch einer mit Mission.«
»Ja. Aber seine Mission bestand darin, in Europa Schläfer aufzuwecken, damit sie Anschläge begehen.«
»Und du hast ihn getroffen?«
»Ja. In Jordanien.«
»Warum?«
»Weil er aussteigen will. Zumindest sagt er das. Ich war da, um das zu checken. Und um eine Probe seiner Informationen zu holen.«
»Eine Probe ... was heißt das?«
»In diesem Fall: fünf Namen. Wir prüfen die gerade.«
Nina lehnte ihren Kopf an seine Schulter und zündete sich eine Zigarette an. »Du musst mir das nicht erzählen, Sami. Also, ich freue mich, wenn du was mit mir teilst. Aber ich will nicht, dass du denkst, du musst es mir erzählen.«
»Ich glaube, dass ich es dir erzählen will.«
»Ja?«

»Ja.«
»Schön. Dann höre ich zu.«

Er begann noch einmal von vorne. Ganz von vorne. Bei seinem Verdacht, dass Gent Sassenthin, ein abgebrochener Medizinstudent aus Rostock, ein IS-Terrorist sein könnte. Er erzählte von seiner Wühlerei in den IS-Einreisebögen. Von den Meldungen aus dem Ausland, die ihn in seinem Verdacht bestätigt hatten.

»Und dann kam plötzlich die Meldung vom IS, er sei tot. Gestorben als Selbstmordattentäter im Irak. Puff, alles vorbei.«

»Aber du hast es nicht geglaubt?«

»Doch, erst schon.«

»Was ist passiert?«

»Ich habe erfahren, dass er seiner Mutter geschrieben hat. Eine E-Mail. Mit einem Lebenszeichen.«

»Wie hast du das erfahren?«

»Das ist das Einzige, was ich dir nicht erzählen kann.«

Er wollte Merle nicht reinziehen. Das war zu gefährlich. Für Merle. Und für ihn selbst. Niemand im Amt durfte je erfahren, dass er sie mit nach Amman genommen hatte.

»Und dann? Dann wusstest du, dass er lebt?«

»Ja. Auch wenn er offiziell natürlich weiterhin tot war.«

»O. K., jetzt wird's kompliziert.«

»Ja, ist es. Es ist wie ein Puzzle zusammensetzen. Nur dass die Teile aus verschiedenen Puzzlespielen stammen, sozusagen.«

Nina sagte nichts, sah ihn aber fragend an. Sie will, dass ich weiterrede. Also gut. Auch wenn ich nicht sicher bin, ob das Sinn ergibt, was ich hier vor mich hin stottere.

»Informationen reisen nicht immer mit derselben Geschwindigkeit, zum Beispiel«, fuhr er fort. »Manchmal ist es wie bei einem Gewitter, wenn du … wenn du den Blitz siehst, aber den Donner noch nicht hörst. Macht das Sinn? Von dem ersten Lebenszeichen habe ich erst erfahren, nachdem der IS ihn für tot erklärt hatte. Obwohl es vorher abgeschickt wurde. Dann kam das zweite Lebenszeichen. Da musste ich dann erst mal rausfinden, ob es wirklich von *nach* der Todesmeldung war. Ob es also ein aktuelles Lebenszeichen war. Oder ein veraltetes. Dann kam aber schon die dritte Nachricht, und plötzlich wollte er aussteigen. Manchmal passt fast nichts zusammen. Und ich weiß nie genug. Irgendetwas fehlt immer.«

»Und dann wollte er sich treffen?«

»Ja, in Jordanien.«

»Ein Terrorist, der offiziell tot ist, ja?«

»Genau. Er sollte über Jordanien nach Europa reisen. Mit einem falschen Pass. Also eigentlich mit einem echten Pass. Gehörte nur jemand anderem.«

»Und glaubst du ihm? Dass er aussteigen will?«

»Ich weiß es nicht. Eher ja. Aber der IS ist raffiniert. Es kann ein ganz anderer Plan dahinterstecken. Deshalb ist es wichtig, dass wir jetzt bald erfahren, ob die Probe, die er mir gegeben hat, echt ist.«

»Wie war er?«

»Der Terrorist?«

»Ja, oder der Aussteiger. Wie war er?«

»Ich weiß nicht. Nett, irgendwie.«

»Nett?«

»Na ja, er war jetzt kein Monster. Also wirkte nicht so, meine ich. Ganz normal. Ein bisschen müde, ein bisschen ängstlich. Eher klug, fand ich. Konnte gut reden.«

»Was hat er beim IS gemacht?«

»Wissen wir nicht genau. Möglicherweise hat er Urteile vollstreckt.«

»Todesurteile?«

»Vielleicht. Aber das kann ich mir irgendwie nicht vorstellen.«

»Kann man denen das denn ansehen? Spürst du das, ob einer einen getötet hat?«

»Nein. Nein, du hast recht.«

»Ich will gar nicht recht haben, ich frag nur.«

»Ich versteh schon. Aber du hast trotzdem recht. Vielleicht wünsche ich mir ja auch nur, dass er halbwegs sauber ist.«

Mittlerweile hatten sie sich nebeneinander auf die Decke gelegt, die er mit aufs Dach genommen hatte. Die Sonne war längst untergegangen. Sie lag vor ihm, er hatte sich an sie geschmiegt und seine Hände streichelten ihren Bauch.

»Manche Dinge werden erst mit der Zeit klarer«, sagte Nina.

»Ja«, antwortete Sami.

***

Zwei Tage hatte Merle Schwalb gebraucht, um das Schicksal von Jan Budnik zu recherchieren. In der fertigen Geschichte, in der *Dokumentation*, die Adela von Steinwald sich wünscht, würde diese Recherche vermutlich nicht mehr als einen Absatz füllen. Trotzdem, so etwas gehörte zum Handwerk.

Auf dem Rückflug aus Amman hatte Sami ihr den Namen verraten, der in dem Reisepass stand, den Gent Sassenthin bei sich gehabt hatte. »Vielleicht kannst du ja etwas damit anfangen«, hatte er gesagt.

Jan Budnik, hatte sie herausgefunden, war Absolvent der Universität Krakau, ein vielversprechender, junger Archäologe, der schon ein paar Aufsätze publiziert hatte. Über Facebook hatte sie eine ehemalige Kommilitonin ausfindig gemacht, die sie wiederum an Budniks Freundin weitervermittelt hatte, Teresa hieß sie. Teresa hatte ihr bestätigt, dass Jan Budnik im türkisch-syrischen Grenzgebiet auf Expedition gewesen war, keine organisierte Grabung, eher eine Art akademisches *sightseeing*.

»Er wollte das unbedingt, da gab es ein Amphitheater, über das er etwas herausfinden wollte, er hat gesagt, es wird ihm schon nichts passieren.«

Sie hasste sich dafür, dass sie Teresa am Telefon die Nachricht überbringen musste, dass Jans Pass in Syrien aufgetaucht war.

»Nein, Teresa, ich weiß nicht, wann und wie«, log sie, weil sie wusste, dass die Wahrheit zu heikel war. Für den Moment jedenfalls. »Keine Ahnung, das tut mir sehr leid, mehr Informationen habe ich nicht!«

Sie nahm sich vor, Teresa anzurufen, sobald alles vorüber war. Was auch immer das bedeutete.

Danach hatte sie mit zwei IS-Experten in London und Paris telefoniert. Beide hatten ihr bestätigt, dass der IS einerseits originale, also echte syrische Blankopasspapiere und die dazugehörige Technik erbeutet hatte und damit quasi jeden zu einem Syrer mit echtem Pass machen konnte. Aber beide stimmten ebenfalls darin überein, dass der IS auch schon gestohlene Pässe an seine Kader ausgegeben habe. So wie offenbar in diesem Fall. Es werde vermutet, erfuhr sie, dass der IS in der Türkei Kader stationiert habe, die passende Personen entführten und verschwinden ließen, nur um an deren Pässe zu kommen.

Zwei Tage Recherche: War das viel oder wenig für diese Ausbeute? Egal. Noch gab es keine Deadline für ihren Artikel.

Merle Schwalb lehnte sich zurück und nahm eine Marlboro aus der Schachtel in der Schublade ihres Schreibtisches. Die Zigarette war alt und trocken, die Packung lag dort seit sicher einem Jahr, fast unangerührt.

Sie öffnete das Fenster und suchte nach etwas, das sie als Aschenbecher benutzen konnte. Dabei fiel ihr Blick auf den kleinen Fernseher, den sie fast immer lautlos laufen ließ.

Die Bilder, die sie auf dem Fernseher sah, ließen sie schlagartig an eine Reise denken, die sie drei Jahre zuvor nach Cordoba geführt hatte. In die Mezquita, die alte Omayaden-Moschee im Zentrum der Stadt.

Sie erinnerte sich gut an die langen Reihen schlanker maurischer Bögen, die mit ihren immer abwechselnd rot und weiß gesetzten Steinen so rätselhaft leicht wirkten, dass sie bis in die Unendlichkeit zu führen schienen. Jedenfalls da, wo die Mezquita noch wie eine Moschee aussah und die Plumpheit, mit der sie im 13. Jahrhundert in eine Kathedrale umgebaut worden war, nicht allzu sehr ins Auge stach. Die Mezquita war voller Touristen gewesen. Und alle paar Meter hatten dezente Aufpasser in grauen Anzügen all jene Besucher, die irgendwie muslimisch aussahen, ermahnt, dass sie in der Mezquita keinesfalls beten dürften.

Was für ein Schwachsinn, hatte sie gedacht; das hier ist der erste Ort auf der Welt, an dem sogar ich beten will.

Aber weil sie wusste, dass die Mezquita meistens voller Touristen war, und weil sie wusste, dass man in dem Gebäude kein muslimisches Gebet verrichten durfte, wusste sie auch, dass etwas an dem Bild, das sie auf ihrem Monitor sah, nicht stimmen konnte.

Denn die Mezquita war leer.

Bis auf zwei junge Männer in schwarzer Kleidung, die nebeneinander auf dem Boden knieten und mit ihren Stirnen den Boden berührten.

Es gab noch mehr Hinweise.

Die beiden Sturmgewehre zum Beispiel, die neben den beiden Männern auf dem Boden lagen.

Oder dass man, wenn man genau hinsah, wozu sie sich nun zwang, auf einigen der rot-weißen Bögen rote Spritzer und Einschusslöcher erkennen konnte. Und dass am Fuße der filigranen Säulen, die diese Bögen trugen, Menschen lagen. Einige grotesk verrenkt. Andere mit offenen Mündern.

»BREAKING NEWS«, stand in dem fetten, roten Balken am unteren Rand ihres Fernsehers. »TERRORISTS ATTACK HISTORIC MOSQUE IN SOUTHERN SPAIN«.

»Fuck!«, sagte Merle Schwalb, klappte ihren Laptop zu, klemmte ihn sich unter den Arm und rannte zum Fahrstuhl, um in den 14. Stock zu fahren. Denn es war Dienstag, also noch eine Ewigkeit, bis das nächste Heft erscheinen würde. Es gab nur einen Ort, an dem jetzt alles zusammenlaufen würde: den Newsroom von *Globus Online*.

Als sie dort ankam, waren Arno Erlinger und Lars Kampen schon da. Erlinger stand neben einem der Chefs vom Dienst der Onliner, einem staksigen Typen in braunem Cordjackett, der aussah wie frisch von der Uni und einen noch nicht fertig gewachsenen Hipster-Bart trug. Der CvD zeigte achselzuckend auf einen Vierer-Arbeitsplatz am Rande des Newsrooms, der mit Akten übersät war. Erlinger nickte, lief mit ausgreifenden Schritten hin und fegte mit seinen langen Armen in einer einzigen, fließenden Bewegung alle Aktenordner auf den Fußboden. Dann setzte er sich an einen der Stühle, die um den Tisch herum standen, rupfte ein Netzwerkkabel aus der im Fußboden eingelassenen Buchse und verband es mit seinem Laptop. Kampen nahm neben Erlinger Platz. Merle Schwalb ging auf die beiden zu und setzte sich ebenfalls an den Tisch, den beiden gegenüber.

»Schwälbchen!«, sagte Erlinger, aber ausnahmsweise ohne zu grinsen.

Merle Schwalb nickte, schloss ihren Laptop an und klappte ihn auf.

Das Bild mit den beiden knienden Männern war jetzt nicht mehr zu sehen. Stattdessen zeigte CNN Dutzende Polizeiwagen mit Blaulicht, die vor der Mezquita standen. »LIVE«, stand auf dem roten Laufband. »SPANISH COUNTER-TERRORISM FORCES ARRIVE AT SCENE OF ATTACK«.

»Die beiden betenden Typen gesehen?«, fragte Merle Schwalb.

Erlinger und Kampen nickten.

»Sind das die Täter?«

»Ja«, sagte Kampen ohne aufzusehen. Merle konnte mit einem Seitenblick erkennen, dass er Twitter durchforstete. »Sieht aus, als hätten sie drinnen erst alles zusammengeschossen und dann auf die Uhr geschaut und festgestellt, dass Gebetszeit ist«, murmelte Kampen.

»Wie viele Tote?«, fragte Merle.

»Unklar«, antwortete Erlinger. »Zu früh.«

CNN zeigte nun wieder das Foto der betenden Täter. Es war offensichtlich von außen aufgenommen worden, durch eine Tür oder ein Fenster hindurch, wie Merle Schwalb vermutete, denn am linken Bildrand war eine verschwommene, bräunliche Struktur auszumachen, wahrscheinlich ein Balken oder ein Fensterrahmen, der im Weg gewesen war.

»Sind die beiden noch drin?«

»Auf Twitter schreiben Augenzeugen, dass irgendeine Art Spezialkommando das Ding gerade stürmt«, antwortete Kampen.

»We are hearing shots now!«, rief in dem Moment der CNN-Reporter aufgeregt in sein Mikro. »I can confirm the sound of gunfire, but it is unclear, who is shooting.«

Paris, Brüssel, Nizza, Ansbach, Würzburg, Berlin, Manchester: Beim *Globus* hatte sich längst eine Routine etabliert, wenn es einen Anschlag in Europa gab. Die Onliner würden die ersten Stunden damit verbringen, einen aktuellen und möglich akkuraten Nachrichtenstand auf die Webseite zu bringen: Was schreiben die Agenturen, was melden die spanischen Lokalreporter vor Ort, was wissen wir und was nicht? Die Großhirne des Print-*Globus*, also die Ressortleiter, dazu Adela von Steinwald und die *Elder Statesmen* des Politikressorts würden im 16. Stock ausfechten, wer von ihnen diesmal dran war, innerhalb von zwei oder drei Stunden eine »Einordnung« für die Webseite zu verfassen, die meistens darauf hinauslief, dass es am besten sei, Ruhe zu bewahren, die Sicherheitsbehörden ihre Arbeit machen zu lassen und den Terroristen, deren Ziel die Verunsicherung Europas sei, nicht nachzugeben. Was sonst sollten sie auch schreiben?

Erlinger und Kampen indes zogen in solchen Momenten augenblicklich in den Krieg. Sie kannten nur ein Ziel: In kürzerer Zeit mehr herauszufinden als alle anderen Nachrichtenseiten, und zwar so lange, bis es an der Zeit war, sich der Produktion des nächsten Print-Heftes zuzuwenden. Kampen scannte das Netz auf seinem Laptop und parallel auf einem iPad. Erlinger rief mit zwei Mobiltelefonen gleichzeitig all jene seiner Kontakte an, die irgendetwas wissen könnten.

»Soll ich was Bestimmtes machen?«, fragte Merle Schwalb.

»Kennen Sie jemanden bei der spanischen Polizei? Falls ja: anrufen. Falls nicht: bitte leise arbeiten, danke«, sagte Erlinger in das Piepsen von News-Alerts hinein, die von den Schreibtischen der Online-Redakteure um sie herum zu ihnen herüberdrangen.

»WITNESSES OF TERROR ATTACK SAY DOZENS SHOT

DEAD INSIDE HISTORIC MOSQUE«, verkündete das rote CNN-Laufband.

Erlinger stand auf, lief um den Tisch herum und sprach eindringlich in eines seiner beiden Handys. Merle Schwalb schnappte nur Fetzen der Unterhaltung auf.

»Stell dich nicht so an!«, hörte sie.

»Warte, warte, warte ... mit zwei M? Wie Murmeltier, ja? Zwei M?«

»Sekunde, anderes Gespräch!«

»Erzähl mir was Neues! Was Neues, Mann!!«

Dann hielt Erlinger sich das andere Handy ans Ohr: »Hallo ... ja ... ah ja ... O.K., danke.« Er hielt kurz an seinem improvisierten Arbeitsplatz an, machte Merle ein Zeichen, dass er etwas zum Schreiben brauche, und kritzelte, nachdem sie ihm ihren Stift und Block gereicht hatte, ein paar Zeilen hin.

»Ich habe einen Namen!«, rief er Kampen zu und schleuderte ihm den Block entgegen.

Dann klingelte sein anderes Handys aufs Neue, und er nahm seinen Marsch durch den Newsroom wieder auf. Kampen verdrehte die Augen, weil er Erlingers Schrift nicht sofort entziffern konnte, fing schließlich aber doch an, in seine Tastatur zu hacken.

»Wir werden 'ne Zusammenstellung brauchen, was der IS so zu Spanien gesagt hat«, sagte Merle Schwalb.

»Mach«, sagte Kampen.

Merle Schwalb begann nach »Islamic State + Spain« zu googeln.

Ist das jetzt eigentlich Ausnahmezustand, fragte sie sich, oder schon Alltag? *Bum.* Wieder ein Anschlag. Und wieder funktioniere ich. Was sonst? Soll ich jetzt etwa rumheulen?

»Hast du ihn gefunden?«, rief Erlinger ungeduldig von irgendwoher. »Hallo, Lars? Hast du den Typen?«

»Den gibt's drei Mal«, brüllte Kampen zurück.

»Ist 1998 geboren«, antwortete Erlinger, während er mit der rechten Hand das Mikrofon seines einen Handys abdeckte und das zweite Handy unter sein Kinn geklemmt weiter mit sich herumtrug. »Und versuch's auch mal mit zwei M!«

Kampen hackte und tippte mit glühendem Kopf.

Das ist doch verrückt, dachte Merle Schwalb, während sie selbst hastig zusammenschrieb, wie viele spanische Islamisten sich in den letzten Jahren dem IS angeschlossen hatten. Wir wissen, dass es passieren wird. Und wenn es passiert, dann tun wir jedes Mal, als wäre es eine Sensation. Es ist natürlich eine. Aber irgendwie auch nicht, oder? Aber kann man das sagen? Schreiben? *Fühlen?*

»Glaub, ich hab ihn!«, rief Kampen nach drei weiteren Minuten.

»Facebook?«

»Ja.«

»Mach Screenshots, und sicher seine Freunde-Liste!«, befahl Erlinger. »Bevor's runtergenommen wird.«

»Erledigt.«

Merle Schwalb ergänzte ihre Zulieferung um drei Zitate aus IS-Magazinen, in denen Spanien als Anschlagsziel hervorgehoben worden war.

»POLICE SHOOT DEAD TWO ATTACKERS IN HISTORIC MOSQUE IN CORDOBA«, vermeldete zwischendrin das rote Laufband.

Jetzt waren die beiden also tot. Ob sie das so geplant hatten? Es sich gewünscht hatten?

Zwei Absätze, entschied sie. Mehr nimmt Erlinger sowieso nicht mit rein.

Sie hatte ihre Zulieferung gerade an Erlinger gemailt, damit der sie in das Stück einbauen konnte, als plötzlich das Dritte Geschlecht den Newsroom betrat, ihren Tisch ansteuerte und sich auf den verbliebenen freien Platz an ihrem Tisch setzte.

»Ich höre, Sie gehen gleich mit Namen raus?«, fragte Adela von Steinwald Arno Erlinger.

»Ja, wir haben einen der Täter sicher identifiziert, Spanier aus Valencia, seine Facebook-Bilder zeigen ihn mit Waffen, vermutlich in Syrien oder im Irak. IS-Fahne auch da. Passt alles.«

»Sind wir die Ersten mit dem Namen?«

»Bis jetzt ja.«

»Gut. Und der zweite Mann?«

»Ich arbeite dran«, sagte Kampen ohne aufzusehen.

»Gut.«

Plötzlich richtete sich Kampen auf und wandte seinen Kopf in Richtung des Tisches, an dem der CvD von *Globus Online* saß.

»Ey, Pixel-Schubser! Räum die Seite frei«, schrie er in voller Lautstärke und schnipste dabei mit den Fingern. »Der IS bekennt sich gerade!«

»Auf Telegram?«, fragte Erlinger.

»Ja.«

»Arabisch?«

»Ja. Kommt immer zuerst auf Arabisch. Aber ich hab's durch *Google translate* gejagt, da steht Cordoba drin, also wird's das sein.«

»Eilmeldung!«, verfügte das Dritte Geschlecht.

»Ja«, antwortete Erlinger, und brüllte nun seinerseits den CvD an: »Ey, schreib mit und eil das dann: *IS übernimmt Verantwortung für Anschlag in Cordoba, in Kürze mehr auf Globus Online.* Hast du das?«

»Seid ihr euch denn sicher?«, fragte der CvD zurück. »Die Agenturen haben noch nichts.«

»Jetzt mach!«, sagte Erlinger, ohne weitere Auskunft zu erteilen. »Was steht noch drin?«, fragte er stattdessen Kampen. »Übersetzung fertig? Ich brauche einen Satz, mindestens, am besten jetzt!«

»Grob hab ich's. Aber Ibrahim schaut noch mal drüber, er braucht zwei Minuten, sagt er, dann haben wir den ganzen Wortlaut.«

»O.K.«

Ibrahim, das wusste Merle Schwalb, war ein syrischer Student, den die zwei verbliebenen Fragezeichen gelegentlich als Übersetzer einspannten.

Erlinger nahm nun Platz und rief an seinem Laptop abwechselnd im Sekundentakt die Webseiten von *New York Times, Guardian, Spiegel Online* und *Norddeutscher Zeitung* auf.

»Ist die Eilmeldung bald mal auf der Seite?«, fragte er den CvD. »Wie lange dauert das denn?«

Der CvD hielt Erlinger eine Hand mit fünf abgespreizten Fingern entgegen und ließ einen nach dem anderen verschwinden.

»*Jetzt*«, antwortete er schließlich. »In dieser Sekunde.«

»Jawoll!«, sagte Erlinger, hieb mit der rechten Hand auf den Tisch, atmete mit vollen Backen aus, suchte Kampens Blick, hielt ihm grinsend seine offene Handfläche hin und ließ Kampen einschlagen.

»Gut so, weitermachen«, sagte das Dritte Geschlecht leise und erhob sich. Für den Bruchteil einer Sekunde schien es Merle, als wolle sie Arno Erlinger im Vorübergehen ihre Hand auf die Schulter legen. Aber falls sie das erwogen haben sollte, überlegte die Chefin es sich anders und verließ den Newsroom.

In dem Moment, in dem sich die Glastür hinter Adela von Steinwald mit einem sanften Schmatzgeräusch geschlossen hatte, setzte sich Lars Kampen ein zweites Mal ruckartig auf.

»Wow«, sagte er und pfiff durch die Zähne, »die sind ja hyperaktiv da unten! Es gibt jetzt auch noch ein Bekennervideo.«

»Lad runter«, sagte Erlinger. »Ist ja wie Weihnachten!«

»Bin dabei«, sagte Lars Kampen, die Augen zusammengekniffen, die Lippen aufeinandergepresst, einen Kopfhörerstöpsel im rechten Ohr.

»Sekunde noch … So, da ist es. Ich sehe schon mal zwei Fusselbärte, die irgendwo in der Wüste rumstehen und reden, allerdings auf Spanisch.«

Einen Moment später ergänzte er triumphierend: »Der eine ist definitiv derselbe wie in dem Facebook-Profil … Es gibt nur arabische Untertitel, deshalb kann ich nicht verstehen, was sie sagen.«

Plötzlich veränderte sich Kampens Gerichtsausdruck. Sein Mund stand jetzt halb offen. Seine Augen waren aufgerissen.

»Hier ist noch ein dritter Typ«, sagt er leise. Und dann: »Arno, das musst du sehen!«

* * *

Drei Tage nach seinem Treffen mit dem Mann, der ihm im Four Seasons gegenübergesessen hatten, es war ein Dienstag, wie eine große Digitaluhr im Schaufenster eines Uhrengeschäftes neben seinem Hoteleingang verkündete, machte sich Gent vor dem Mittagsgebet wie gewohnt auf den Weg in die große Moschee. Im Schaufenster des Uhrengeschäfts stand auch ein Fernseher, in dem ein arabischer Nachrichtensender eingeschaltet war. Gent sah kurz hin. Es sah aus, als zeigte der Sender Bilder eines Anschlags. Er sah schnell wieder weg und lief weiter.

Nachdem er in der Moschee angekommen war, suchte er sich einen Platz am Rand der fünften oder sechsten Reihe. Plötzlich hatte er erneut das Gefühl, dass jemand ihn anstarrte.

Das Gefühl war stärker als zuvor.

Dieses merkwürdige Prickeln, das man spürt, wenn man beobachtet wird.

Kam der Blick von rechts? Von vorne? Von hinten?

Du betest, Abdallah!

Konzentriere dich ...

Doch das Gefühl ging nicht weg. Und der Wechsel zwischen Stehen und Knien war zu schnell, die Reihen waren zu dicht, um unter den Hunderten Betenden den einen auszumachen, der ihn vielleicht oder auch nicht anstarrte.

Du wirst paranoid, dachte er, während er nach dem Gebet seine Schuhe aus dem Holzregal nahm und sie sich anzog.

Reiß dich zusammen!

Dann spürte er eine Hand an seiner rechten Schulter.

Er drehte sich um und sah in ein Gesicht, das er kannte und zugleich nicht kannte.

»*Salam*, Abdallah«, sagte Kalashin.

Er trug keinen Bart.

»Komm mit!«

* * *

Eilt: Den beiden Soldaten des Kalifats Abu Omar al-Andalusi und Abu Hasan al-Qurtubi, möge Allah sie als Märtyrer annehmen, ist es gelungen, unter den Ungläubigen ein Massaker anzurichten, das Dutzende Getötete und Verletzte zur Folge hatte.

Die Operation ereignete sich in Cordoba in Al-Andalus. Den beiden heldenhaften Märtyrern ist es gelungen, ihrem Plan gemäß die große Moschee von Cordoba wiederzuerobern und dort das Gebet zu verrichten, bevor sie von den kreuzfahrerischen Unterdrückern ermordet wurden. Ihre Operation ist der Anfang der Rückeroberung von Al-Andalus. Und wir werden nicht aufhören, bevor nicht Allahs Wort das höchste in der Welt ist.

»Danke«, sagte Paul Drexler, nachdem Sami ihm den Text des Bekennerschreibens übersetzt hatte, nahm einen Schluck aus seinem Teeglas und stellte es wieder neben Samis Tastatur. »Ist an dem Ding irgendetwas außergewöhnlich?«

»Es ist ziemlich schnell gekommen. Aber nicht verdächtig schnell. Sie haben abgewartet, bis die beiden Angreifer von den spanischen Behörden für tot erklärt wurden. Deshalb *Märtyrer*. Und dann haben sie das Bekennerschreiben rausgehauen.«

»Und der Verbreitungsweg?«

»Wie immer, *Amaq* via Telegram. *Amaq* ist die Möchtegern-Nachrichtenagentur des IS, das machen sie immer so. Ich schätze, die Kollegen im GIZ schreiben das alles gerade ordentlich auf.«

»Täterwissen?«

»Nur die Kampfnamen der beiden Attentäter. Dass sie in der Moschee gebetet haben, kann wirklich Teil des Plans gewesen sein. Aber der IS kann das auch von diesem Paparazzi-Foto wissen, das Bild lief ja überall.«

»Ja. Danke. Ich werde mich dann mal auf den Weg nach oben machen.«

»Vergiss deinen Tee nicht«, sagte Sami. Er griff nach dem Glas, um es Drexler zu reichen, aber in dem Moment sah er im Augenwinkel, dass über den Telegram-Kanal von *Amaq* eine neue Meldung einlief.

Videobotschaft der beiden Märtyrer von Al-Andalus, stand in Arabisch darüber.

»Warte mal, Paul! Das willst du vielleicht noch mit ansehen.«

Drexler setzte sich wieder auf den Stuhl, den er zuvor von Holgers Schreibtisch herübergerollt hatte.

»Also doch Täterwissen. Jedenfalls waren die beiden Täter zuvor beim IS, wie es aussieht«, sagte Sami, nachdem die ersten dreißig Sekunden des Films abgelaufen waren. »In den arabischen Untertiteln steht, dass die beiden Abu Hasan und Abu Omar sind.«

»Steht da auch, dass diese Wüste, in der sie rumstehen, in Syrien ist?«

»Da steht nur, dass die Botschaft im gesegneten Kalifat aufgezeichnet wurde«, sagte Sami.

»Hm«, sagte Drexler. »Und wie sind sie von dort nach Spanien gekommen? Und wann?«

»Ja«, sagte Sami. »Das ist die Frage. Vielleicht wie Sassenthin, mit einem gut gefälschten oder einem echten falschen Pass?«

»Ja, könnte sein. Gut, das muss warten. Ich muss los, die warten oben.«

Drexler stand auf und ging zur Tür, diesmal mit seinem Teeglas in der Hand. Doch Sami rief ihn zurück, bevor er die Tür öffnen konnte: »Wir haben ein Problem, Paul!«

The Kuffar will bleed. Europe will be hit. The Kuffar will cry many, many tears. And our state will prevail!

Das war alles, was der dritte Mann sagte, der nach den beiden Attentätern plötzlich in dem Video auftauchte.

»Ist das etwa …?«, fragte Drexler.

»Ja.«

»Bist du sicher, dass er das ist?«

»Kein Zweifel.«

»Das kann doch nicht wahr sein!«

»Ja.«

»Ich meine … das kann doch nicht wahr sein!«

»Paul, glaubst du, ich begreife nicht, was das bedeutet?«

Paul Drexler stand auf und begann durch Samis Büro zu laufen, wobei er sich mit der rechten Hand rhythmisch an die Stirn klopfte. Er lief etwa eine Minute auf und ab, bevor er sich wieder an Sami wandte.

»Die Namen, die Sassenthin dir in Amman gegeben hat, diese fünf Namen, ja? Du hast die an die Partner gesteuert, oder?«

»Sofort am nächsten Morgen.«

»Hast du schon eine Antwort bekommen?«

»Natürlich hat sich noch niemand gemeldet, Paul! Ich glaube nicht, dass unsere Anfrage bei denen Priorität hat.«

»Ja, das hatte ich befürchtet. Also, pass auf. Es werden jetzt vier Dinge passieren. Als Erstes wirst du alle diese Partner sofort noch einmal anschreiben und denen erklären, dass wir eine Antwort brauchen, und zwar *vorgestern*.«

»O.K.«

»Denn zweitens wird in ein paar Minuten Eulenhauer bei mir Alarm schlagen. Weil er nämlich drittens mit dem, was er sagen wird, absolut recht hat: Gent Sassenthin ist verbrannt.«

»Ja.«

»Ist dir das wirklich klar?«

»Ja«, antwortete Sami.

Drexler sah ihm direkt in die Augen.

Will er, dass ich es sage?

Oder will er, dass es ich es gerade nicht sage?

»Es sei denn ...«, sagte Sami schließlich zögernd.

»Ja, Sami. Genau. Es sei denn ... Und deshalb ist das die vierte Sache, die passieren wird«, sagte Paul Drexler und verließ das Büro. »Du weißt, was ich meine, oder?«

»Ja.«

»Gut.«

Sami wandte sich seinem Rechner zu, dachte kurz über die beste Reihenfolge nach und begann dann zu tippen: »Herr Sassenthin, wenn Sie irgendeine, ich wiederhole: IRGENDEINE Chance wahren wollen, dass aus dem Deal, über den wir in Amman gesprochen haben, etwas wird, dann müssen Sie mir SOFORT UND OHNE ZICKEN den GESAMTEN Inhalt des Memory-Sticks zuschicken. ALLES, SOFORT. ENDE.«

Danach rief er Titus Brandt an.

»Herr Brandt? Ich kann jetzt nichts groß erklären. Aber ich maile Ihnen in dieser Sekunde eine Botschaft für Gent Sassenthin.

Und Sie müssen unverzüglich mit den Eltern reden und dafür sorgen, dass die abgeschickt wird. Sofort, O.K.?«

Dann schrieb er fünf gleichlautende Nachrichten an die Ansprechpartner des BfV in Tschechien, Belgien, Finnland, Dänemark und Spanien.

URGENT: Because of a possible link to the attackers in Cordoba today we request that you IMMEDIATELY check on the name and address of the alleged terror suspect that we shared with you last week and that you inform us about any findings AS SOON AS POSSIBLE.

Dann stützte er seinen Kopf in seine Hände und blickte durch seine Finger hindurch auf einen der Klinkerbauten des ehemaligen preußischen Telegrafenamtes.

Er dachte an Nina und daran, wie er vor ihr angegeben hatte.

Und er erinnerte sich daran, wie er vor ein paar Stunden noch Merle Schwalb getroffen hatte, im Starbucks an der Friedrichstraße, um ihr dabei zu helfen, ein paar Lücken in ihrer Geschichte zu schließen.

»Schon irgendwie cool, wie du das in Amman *gehandelt* hast«, hatte Merle gesagt.

Ach ja?
Findest du?
Und was, wenn ich doch nur ein Idiot bin?
Ein Idiot, der sich eingebildet hat, dass er der beste Player von allen ist?

* * *

»Das muss doch nichts heißen, dass er da zu sehen ist«, sagte Elisabeth Sassenthin.

»Das wissen wir ja eben nicht«, antwortete Titus Brandt so geduldig, wie es ihm möglich war.

Du kannst dir nie wirklich vorstellen, wie es den Eltern geht. Also stell es dir vor, so gut du kannst, und dann denk dir noch ein bisschen dazu. Eher mehr.

Lottes weise Worte.

»Die werden ihn dazu gezwungen haben«, sagte Elisabeth Sassenthin.

»Das ist gut möglich«, antwortete Titus.

Seit drei Stunden saßen sie nun schon vor dem Laptop von Karl Sassenthin. Es war ein Glücksfall gewesen, dass er die Sassenthins nach dem Anruf von Sami Mukhtar in Potsdam hatte aufstöbern können, wo sie eine Schwester von Elisabeth Sassenthin besucht hatten. Und dass Karl Sassenthin den mit dem Verschlüsselungsprogramm ausgestatteten Laptop zufällig dabeihatte. Es hatte nicht einmal eine Stunde gedauert, bis die beiden in der Bergmannstraße eingetroffen waren und er gemeinsam mit ihnen die Nachricht, die Sami Mukhtar ihm gesendet hatte, an Gent weitergeleitet hatte.

Betreff: WICHTIG!

»Möchten Sie vielleicht einen Kaffee?«, fragte er, als ihm einfiel, dass er den Sassenthins noch gar nichts angeboten hatte. Beide nickten, also nickte er ebenfalls, wendete seinen Rollstuhl und steuerte auf die Kaffeemaschine zu.

»Es wäre ja denkbar«, sagte Elisabeth Sassenthin, »dass er gerade nicht antworten kann. Das wäre dann ja nur ein Missverständnis.«

»Elli«, hörte er in seinem Rücken Karl Sassenthin sagen. »Alle tun, was sie können. Wir müssen ruhig bleiben.«

»Ich kann aber nicht ruhig bleiben. Vielleicht sollten wir nach Amman fliegen. Wenn er uns sieht, glaubst du nicht auch, dass er dann mit uns kommt?«

»Das dauert viel zu lange, Elli. Und wir wissen doch gar nicht, wo wir ihn da finden sollen.«

»Frau Sassenthin«, sagte Titus Brandt und kehrte mit den beiden Kaffeetassen zurück an den Tisch, »es kommt jetzt auf die nächsten Stunden an.«

»Aber genau das verstehe ich nicht. Er hilft doch mit! Er hat doch diese Namen rausgerückt.«

»Ja, aber er ist auch auf diesem Video zu sehen. Und das heißt, dass die Sicherheitsbehörden jetzt nicht mehr sicher sind, ob sie ihm trauen können. Er kannte die beiden Attentäter. Das ist bewiesen. Wer weiß, wen er noch kennt? Was er sonst alles nicht mitgeteilt hat?«

Wenn dieses Ding hier in die Hose geht, dachte Titus, wenn Gent Sassenthin sich nicht meldet und nicht sofort mit allem rausrückt, was er weiß, dann wird alles herauskommen. Stell dich besser darauf ein.

Sein Handy piepste.

»Immer noch nichts?«, las er auf dem Display. Eine weitere Nachricht von Sami Mukhtar. Wie immer zur vollen Stunde.

»Nein«, schrieb Titus Brandt zurück.

Er fragte sich, wie oft Sami Mukhtar überhaupt noch fragen würde.

* * *

Gent versuchte die Flut der Bilder, die durch sein Gehirn jagten, zu unterdrücken, aber er hatte keine Kontrolle mehr. Sie prasselten auf ihn ein, lösten einander ab, als seien sie alte Bekannte, die sie aber unmöglich sein konnten, flossen ineinander, flackerten auf wie Blitze, grell und überzeichnet, bis er sich gar nicht mehr sicher war, ob es überhaupt Bilder waren.

Er sitzt auf einem roten Dreirad, die Beine reichen kaum bis zum Boden.

Er hockt in einer Plastebadewanne, bis zum Rand voll mit Schaum, auf den beigen Kacheln im Badezimmer sind dunkelbraune Blumen, das sieht er genau, und *Mamuschka* wäscht ihm die Haare.

Er bückt sich nach einem Vogel, der gegen die Glastür in der Küche geflogen ist, und stupst ihn an, und Vati tröstet ihn.

Er baut sein Gewehr auseinander und wieder zusammen, und Abu Obeida knurrt und schaut auf seine Digitaluhr.

Er stößt einen Becher mit Kakao um, der Inhalt fließt auf einen Pappteller mit Schneewittchen-Kuchen, es ist sein Geburtstag, und alle lachen.

Er und Greta, sie sitzen in einem Tretboot, und da ist ein Schwan.

Er sitzt in einem Zug, den grünen Schlafsack über den Kopf gezogen.

Er kniet auf dem nassen Rasen im Garten und hält Gretas leblosen Arm in die Höhe.

Er schießt in das Wassermelonenfeld, seine Finger sind taub, es ist so laut, und ihm ist schlecht.

Er schwitzt, der Schweiß läuft ihm von der Stirn über die Augenbrauen und in die Augen hinein, er ist salzig und vermischt mit Staub, er brennt in den Augen, aber er kann den Schweiß nicht wegwischen, denn seine Hände sind auf dem Rücken gefesselt. Mit Kabelbinder. Kalashin war schnell.

»Komm mit«, hatte Kalashin gesagt, und er war ihm quer durch das Gedränge der sich vom Gebet erhebenden Männer bis in das auf der Straße wartende Auto gefolgt.

Warum bin ich nicht weggelaufen?

»Was macht ihr hier?«, hatte er gefragt, nachdem er hinten im Auto Platz genommen und gesehen hatte, dass Shruki hinter dem Steuer saß. Auch Shruki hatte keinen Bart mehr.

»Nicht jetzt«, hatte Kalashin gesagt, der plötzlich neben ihm saß und ihn blitzschnell fesselte.

Warum bin ich nicht weggelaufen?

Ich habe mich gefreut, ihn zu sehen.

Aber warum bist du nicht weggelaufen?

»Warum seid ihr hier? Warum habt ihr mich gesucht?«, fragte er, nachdem sie etwa eine halbe Stunde gefahren waren und Amman hinter sich gelassen hatten. Sie fuhren auf einer staubigen Autobahn. Richtung Süden, wie er vermutete, aber er war nicht sicher.

»Machst du?«, fragte Shruki.

»Ja«, sagte Kalashin und hieb Gent einen Wagenheber über den Kopf.

Den kenne ich! Diese Wagenheber kenne ich! Die liegen immer unter dem Ersatzreifen. Solche mit Kurbeln.

Das hatte er gedacht, bevor der Schmerz sich einstellte und sein blutender Kopf gegen die Scheibe rechts von ihm sackte.

Der Geruch von geräucherter Flunder.

Das Gefühl, ein Holzboot in der Hand zu halten.

Der Saft der Brombeeren von der Hecke hinter dem Haus.

Das helle Sonnenlicht durchdrang seine geschlossenen Lider und machte rote Muster, die im Rhythmus seiner Kopfschmerzen tanzten.

Als er die Augen wieder aufschlug, nach einer Minute, nach einer Sekunde, nach einer Stunde, nach einer Ewigkeit, hatte das Licht draußen sich verändert, es war weicher geworden, er wusste nicht, wie viel Zeit vergangen war, aber er war sicher, es war jetzt Nachmittag. Sie fuhren immer noch, immer noch auf derselben staubigen Autobahn, soweit er erkennen konnte; ab und zu überholte Shruki einen rumpelnden, bunt angemalten alten Mercedes-Lkw.

»Wo fahren wir hin?«, fragte er.

Er ahnte, was passieren würde, und als es geschah, als Kalashin ihn erneut mit dem Wagenheber schlug, war er fast dankbar, denn diesmal wurde er richtig ohnmächtig, keine Bilder, stattdessen ein schwarzes Zimmer ohne Fenster.

* * *

Die Finnen waren die Ersten, die sich meldeten. Dann die Dänen. Danach die Tschechen. Schließlich die Belgier. Zuletzt die Spanier. Die Antwort der Spanier war am kürzesten. Kein Wunder, die hatten von allen am wenigsten Zeit. Es war 17 Uhr 30, als die E-Mail aus Madrid eintraf.

Nachdem er die letzte Antwort gelesen hatte, trat er mit voller Wucht gegen den Aktenschrank hinter seinem Schreibtisch. Dann wählte Sami Paul Drexlers Durchwahl.

»Die Antworten sind da«, sagte er.

»Wo sollen wir uns treffen?«

»GTAZ. Hat keinen Sinn, es für uns zu behalten.«
»In 15 Minuten? Ich sage Eulenhauer und so Bescheid.«
»Ja.«
»Hat Sassenthin sich gemeldet?«
»Nein.«
»Wir können nicht länger warten.«
»Warum eigentlich nicht?«, fragte Sami und dachte an sein Gespräch mit Nina auf dem Dach.
»Weil es jetzt nicht mehr darum geht, ob wir ihm glauben oder nicht, Sami! Jetzt geht es darum, dass ich später gerne sagen können möchte, dass wir aus der ganzen Nummer raus waren, *bevor* Sassenthin sich jetzt vielleicht selbst noch irgendwo in die Luft sprengt.«
»Ich weiß«, sagte Sami.

Das GTAZ war ein seltsames Konstrukt. Als er das erste Mal abgeordnet wurde, um das Bundesamt für Verfassungsschutz dort zu vertreten, hatte Drexler ihn zuvor kurz beiseitegenommen.

»Das GTAZ«, hatte er ihm gesagt, »existiert nur, wenn es gerade existiert. Es hat keinen Chef. Es ist keine Behörde. Es ist etwas, dass jedes Mal wieder zum Leben erweckt werden muss, wenn *wir*, die Nachrichtendienste, mit *denen*, der Polizei und all den anderen, dem Generalbundesanwalt, dem BaMF und so weiter, reden müssen. Einiges hier findet regelmäßig statt, ist verstetigt, geordnet, schön brav organisiert in Arbeitsgemeinschaften und Untergruppen mit Tagesordnungspunkten und fixen Terminen. Anderes nicht. Das meiste wird protokolliert, denn du weißt ja, dafür bist du lang genug dabei: Melden macht frei, und wer schreibt, der bleibt. Andere Sachen werden nicht protokolliert. Nicht jeder muss alles mitkriegen. Nicht jeder muss wissen, wer wen kennt, wer wem eine schnelle Frage beantworten kann, ohne dass das in den Akten auftaucht, Trennungsgebot, und so weiter … Aber genau das macht unsere Arbeit leichter. Das GTAZ, Sami, ist der Himmel, eine weiße Lüge, eine Zimmer gewordene Grauzone, ein dreckiger Engel – oder wie manche sagen: ein Puff.«

»Ein Puff?«
»Weil jeder reinwill, aber ohne gesehen zu werden.«
»Und ich werde jetzt entjungfert, oder was?«
»Wenn du so willst, ja.«
»Ich bin bereit.«
»Aber heul mich nicht voll, wenn du anschließend nicht schlafen kannst!«
»So schlimm?«
»Ich mach nur Quatsch! Und jetzt rein da!«

Die Runde, die Drexler an diesem Nachmittag einberief, war denkbar klein. Drexler. Mukhtar. Eulenhauer vom BKA. Holterkamp vom BND. Alle standen. Alle hatte die Arme vor der Brust verschränkt.

»Wir machen es kurz, verehrte Kollegen«, begann Drexler. »Die Partnerdienste Finnlands, Belgiens, Spaniens, Dänemarks und Tschechiens haben sich heute, nach neuerlicher Aufforderung wegen Sassenthins Erscheinen in dem Bekennervideo des IS, bei uns rückgemeldet.«

»Ja?«, fragte Eulenhauer leise.

»Fünf Namen hatten wir eingesteuert, mit fünf dazugehörigen Adressen. Wir haben fünf Nieten gezogen.«

»Bitte wiederholen Sie das«, sagte Eulenhauer.

»Weder die Identitäten noch die Adressen konnten sich verifizieren lassen.«

»Ich verstehe noch immer nicht ganz«, sagte Eulenhauer.

»Was gibt's da nicht zu verstehen?«, blaffte Sami. »Sassenthin hat uns 'ne Tüte Konfetti geliefert, Falschgeld, Luftballons. Da ist nichts, *nada*, die fünf *Abus* existieren nicht. Es gibt nicht mal die Straßen.«

»Sie haben's versemmelt« sagte Eulenhauer. »Nicht nur dass Ihr angeblicher Aussteiger die Cordoba-Attentäter kannte, nein, er hat Ihnen in Amman auch noch ein Märchen verkauft.«

»Herr Eulenhauer«, mischte sich Paul Drexler ein, »wir finden das auch nicht toll, aber ich muss doch bitten …«

»Wir haben's versemmelt«, unterbrach ihn Sami.

»Sie haben's versemmelt«, wiederholte Eulenhauer ungläubig und hieb dem stumm und ausdruckslos neben ihm stehenden Holterkamp auf die Schulter. Dann zupfte er sein Jackett zurecht. »Ich möchte hiermit zu Protokoll geben, dass ich von Anfang gegen diese Operation war«, erklärte er, »dass ich sowohl Vorbehalte gegenüber dem Einsatz von Herrn Mukhtar hatte und diese auch ausgedrückt habe, wie auch gegenüber der Selbstermächtigung des BfV wie auch gegenüber dem vermeintlichen Überläufer. Wir haben damit nichts zu tun.«

»Es gibt kein Protokoll«, sagte Drexler.

»Oh, es wird ein Protokoll geben, glauben Sie mir«, sagte Eulenhauer. »Und ich kann Ihnen noch etwas versprechen: Dieses Ding geht allein aufs BfV.«

»Wir waren alle in der entscheidenden Sitzung anwesend.«

»Das spielt keine Rolle, Drexler. An mir bleibt das nicht hängen, Sie werden sehen!«

Eulenhauer drehte sich um und verließ den Raum. Holterkamp schien für einen Moment unschlüssig, ob er Eulenhauer auf dem Fuße folgen sollte, entschied sich dann aber dafür, auf Sami und Drexler zuzugehen.

»Tut mir leid«, sagte er. »Ehrlich.«

Dann verließ auch er den Raum.

* * *

Er wachte auf, als sie ihm einen Eimer Wasser ins Gesicht schütteten.

Er sah sich um. Eine Autowerkstatt. Klein. Alt. Dunkel. Eine Werkbank an einer Seite. Ein aufgebocktes Auto, ein alter, blauer Volvo, in der Mitte. Sie mussten ihn hineingetragen haben. Er saß auf einem Stuhl in einer Ecke. Gefesselt. Vor ihm Kalashin. Und Shruki.

»Wieso seid ihr hier?«, fragte er erneut.

»Wegen dir«, sagte Shruki ruhig.

»Aber warum?«

»Abu Obeida lässt dich grüßen«, sagte Shruki und warf ihm einen Schraubenschlüssel gegen den Brustkorb.

»Was soll das alles?«, fragte Gent, nachdem es ihm gelang einzuatmen.

Shruki sah ihm direkt in die Augen. Abschätzig. Angeekelt.

»Abu Obeida war der Erste, der Zweifel hatte. Er hat uns gefragt: Ist Abdallah wirklich bei uns? Immer? Oder ist er manchmal woanders? In seinen Gedanken? Das hat er uns gefragt.«

Shruki spuckte auf den Boden, einen fetten Batzen gelbes Sekret, direkt vor seine Füße.

»In meinen Gedanken?«

»Ja, in deinen Gedanken. Wir kennen deine Gedanken nicht, haben wir Abu Obeida gesagt.«

»Wir haben dich verteidigt«, sagte Kalashin.

»Aber?«, fragte Gent.

»Abu Obeida ist erfahren. Er hat ein Gefühl für solche Dinge. Er wollte dich testen.«

»Was?«, sagte Gent. »Was meinst du?«

»Es war seine Idee«, sagte Kalashin. »Er hat mit Abu Walid gesprochen. Er hat dich zu ihm geschickt, damit er dir eine Mission gibt.«

»Eine Prüfung«, sagte Shruki. »Für den Bruder, der angeblich keine Zweifel kennt. Es war ein Test, Abdallah.«

»Was meinst du?«, wiederholte Gent.

»Es war ein einfacher Plan.«

»Was denn?«

»Es gibt keine Schläfer.«

»Es gibt keine Schläfer?«

»Kalashin und ich waren es, die uns die Namen und Adressen ausgedacht haben.«

»Ich verstehe immer noch nicht.«

»Bist du dumm? Bist du *dumm*, Abdallah?«, fragte Shruki und kam drohend auf ihn zu.

»Ihr habt sie euch ausgedacht? Warum?«

»Weil das Teil deiner Prüfung war, Abdallah! Wir schicken dich nach Europa. Ja? Damit du die angeblichen Brüder aufsuchst. Ja? Und wenn du sie aufsuchst, was passiert dann, Abdallah, hm? Du stellst fest, dass sie falsch sind, richtig? Da ist niemand, wenn du klingelst. Kein Schläfer zum Aufwecken. Also würdest du dich bei uns melden. Weil du denkst, es stimmt etwas nicht.«

»Wenn du kein Verräter bist«, ergänzte Kalashin.

»Wenn du *kein* Verräter bist«, stimmte Shruki zu.

»Aber ich bin doch noch gar nicht dort! Wie könnt ihr glauben, dass ich ein Verräter bin! Ich bin doch noch nicht mal auf dem Weg nach Europa!«

»Aber wenn du ein Verräter bist, was dann? Das haben wir Abu Obeida gefragt«, fuhr Shruki fort. »Was dann? Und weißt du, was Abu Obeida geantwortet hat?«

»Nein«, sagte Gent.

»Abu Obeida hat gelacht. Wenn er ein Verräter ist, verrät er den *Kuffar* lauter unnütze Namen! Dann sind die eine Weile schön beschäftigt. Abgelenkt. Das war Abu Obeidas Plan«, sagte Shruki. »Abdallah weiß sowieso nicht genug über uns, das er den *Kuffar* sonst verkaufen kann, hat Abu Obeida auch noch gesagt. Er war nicht lang genug hier. Er weiß nichts. Sie sperren ihn ein, und wir sind ihn los. Besser. Bevor er noch von hier aus als Spion für die *Kuffar* arbeitet!«

»*Wenn* er ein Verräter ist«, sagte Kalashin.

»*Wenn* er ein Verräter ist«, ließ Shruki ein Echo erklingen.

»Der erste Hinweis«, hob Shruki wieder an und warf Gent im selben Moment eine dicke, rostige Mutter gegen die Stirn, dick wie ein Kreis, den man aus Zeigefinger und Daumen formt, während er einen Schritt auf Gent zukam, »der erste Hinweis, willst du wissen, was das war?«

»Ja«, sagte Gent leise.

Das Blut, das sein Gesicht hinunterlief, schmeckte frisch und süß.

»Du wolltest nicht sterben und du wolltest nicht töten, sagt

Abu Obeida. Du warst sehr zufrieden damit, zu leben und nicht zu töten.«

»Und in deinem Gespräch mit Abu Walid – hast du da auch nur einmal gefragt, was du machen sollst, nachdem du die Schläfer aufgeweckt hast?«, fragte Kalashin.

»Nein«, sagte Gent.

»Warum nicht, haben wir uns gefragt, nachdem Abu Walid es Abu Obeida und Abu Odeida es uns erzählt hat. Das wäre doch eine naheliegende Frage. Soll ich dort dann auch eine Operation ausführen? Soll ich zurückkommen? Ist er in Gedanken also vielleicht wirklich woanders, haben wir uns gefragt. Ist er in Gedanken schon froh, dass er bald in Europa ist und auspacken kann?«, sagte Shruki.

»Vielleicht«, sagte Kalashin. »Möglich, haben wir gedacht.«

»Ich bin kein Verräter!«, sagte Gent.

»Doch, du bist ein Verräter«, sagte Shruki. »Du willst wissen, warum wir hier sind? Dich nicht nach Europa fahren lassen, damit du in einem Knast der *Kuffar* verschimmelst? Ich sage dir warum: Wir waren überrascht, Abdallah, sogar Abu Obeida war überrascht, dass du uns schon verraten hast, bevor du überhaupt nach Europa geflogen bist.«

»Ich weiß nicht, wovon ihr redet«, sagte Gent müde.

Kalashin lachte auf.

* * *

Die hektischen Stunden im Newsroom von *Globus Online* hatten sie abgelenkt. Abgelenkt von der Frage, von der sie wusste, dass sie noch an diesem Tag unausweichlich auf sie zukommen würde.

Jetzt war es so weit.

Aber sie war noch nicht so weit.

Was für ein schöner Abend, dachte sie trotzig, während sie aus dem Panoramafenster in Adela von Steinwalds Besprechungszimmer schaute, das einen weiten Blick Richtung Nordosten eröffnete. Es wird ein wunderschöner Abend werden, das sehe ich jetzt schon. Einer von diesen lauen Sommerabenden, die eigentlich erst im Juli oder August kommen, einer von der Sorte, wo man bis Mitternacht ohne Strickjacke draußen sitzen kann und Berlin sich ausnahmsweise mal einfach nur richtig anfühlt. So einer von diesen Abenden mit hohem, hellblauem Himmel und rosa und lila Wölkchen dran, an dem alle Menschen plötzlich irgendwie schön aussehen. So ein Abend wird das heute.

Sie ließ ihren Blick schweifen, sah die träge im Frühabendlicht glitzernde Spree und dachte an die Bars weiter unten zwischen Ostbahnhof und Jannowitzbrücke, wo man die Füße im warmen Sand vergraben konnte, während man in tiefen Liegestühlen versank. Sie erkannte die funkelnde Kuppel der Synagoge in der Oranienburger Straße weiter rechts und stellte sich vor, wie sie später von dort aus in die Veteranenstraße laufen und draußen auf der Straße vor der Weinerei ein Glas Rosé trinken würde. Oder sollte sie lieber checken, welche Filme heute im Freiluftkino im Volkspark Friedrichshain oder am Mariannenplatz in Kreuzberg liefen?

Natürlich wusste sie, dass nichts davon an diesem Abend geschehen würde. Um das zu erfahren, brauchte sie sich nicht umzudrehen, um in Adela von Steinwalds und Arno Erlingers Gesichter zu blicken. Also drehte sie sich auch nicht um, als das Dritte Geschlecht endlich das Wort ergriff.

»Frau Schwalb, es ist jetzt 18 Uhr. Sie haben uns sechs Stunden lang hingehalten. Wir müssen eine Entscheidung treffen.«

»Ich bleibe bei dem, was ich gesagt habe«, sagte Merle Schwalb.

Arno Erlinger stöhnte gequält auf. »Schwälbchen, müssen wir das alles wirklich noch mal durchkauen?«

»Ich fürchte ja.«

»Also gut«, sagte Adela von Steinwald, hörbar um Ruhe bemüht. »Ein letzter Versuch, das hier einvernehmlich zu regeln. Ich fasse zusammen. Frau Schwalb, nur weil Sie darauf bestanden haben, hat *Globus Online* bis jetzt immer noch nicht gemeldet, dass wir wissen, wer der dritte Mann in dem IS-Video ist, das die beiden Attentäter von Cordoba zeigt. So weit richtig?«

»Leider«, sagte Erlinger.

»Wir wissen aber sehr wohl«, fuhr die Herausgeberin und Chefredakteurin fort, »dass es sich um Gent Sassenthin handelt.«

»Ja«, sagte Merle Schwalb.

»Und was spricht dagegen, das zu melden? Aus Ihrer Sicht?«

»Niemand sonst weiß, wer er ist. In dem Video wird nicht einmal sein Kampfname erwähnt oder eingeblendet. Für alle anderen, die das Video sehen, ist er nur irgendein dritter Typ. Er redet ja nicht mal Deutsch.«

»Frau Schwalb, das war jetzt im Grunde ein Plädoyer dafür, es zu melden. Nur falls Sie das nicht gemerkt haben sollten«, sagte das Dritte Geschlecht.

»Was dagegen spricht«, antwortete Merle Schwalb, »ist die Tatsache, dass wir die Konkurrenz auf die Spur setzen, wenn wir es melden.«

»So ein Blödsinn, wir sind doch nicht die Einzigen, die wissen, dass das Gent Sassenthin ist!«, schleuderte Erlinger zurück. »Die Behörden wissen es auch. Und genau deshalb wird es irgendwann auch die Konkurrenz erfahren, die haben nämlich auch Telefone, und dann werden die es eben melden, und zwar vor uns, wenn das hier so weitergeht!«

»Ja, Erlinger, das kann passieren, stimmt«, entgegnete Merle Schwalb. »Aber wir wissen, dass Gent Sassenthin *lebt*. Und die Konkurrenz nicht. Das heißt, die Konkurrenz wird davon ausgehen, dass das Video *vor* der IS-Meldung von Sassenthins Tod aufgenommen wurde, und fertig.«

»Aber warum können *wir* das dann nicht melden? Ich kapiere es immer noch nicht.«

»Wenn wir melden, dass er es ist und dass er lebt, gefährden wir nicht nur eine Operation des BfV, sondern dann ist außerdem mein Deal mit meinem Kontakt dort im Eimer – und das war's dann mit meinem exklusiven Zugang zu dem ganzen Fall und der Rekonstruktion, die wir planen.«

»Dann melden wir halt nur, *dass* er es ist. Und nicht, dass er noch lebt«, sagte Erlinger.

»Sie wollen unsere Leser anlügen?«, fragte Merle Schwalb zurück.

»Ach kommen Sie, jetzt tun Sie mal nicht so katholisch, Schwälbchen. Wir halten einen Teil unserer Informationen zurück, weil es ein übergeordnetes Interesse gibt. Wo ist das Problem?«

Ich will nicht hier sein, dachte Merle Schwalb. Ich will draußen sein. An der Luft. Am Wasser. Und ich will auch morgen nicht wiederkommen. Sie dachte an Henk Lauters Wohnwagen auf der Insel. An den Blick auf die Ostsee und die Hängematte. An Conny und Babs.

Aber du bist selbst schuld. Du hast es gewollt, all das hier, genau das hier. Du hast dich dafür entschieden. Als du deinen Kaffee in die Hecke geschüttet hast.

»Also«, unterbrach das Dritte Geschlecht schließlich die Stille.

»Also was?«, sagte Erlinger gereizt.

»Frau Schwalb, was sagt denn Ihr Kontakt im GTAZ eigentlich dazu? Der muss doch ahnen, was hier bei uns los ist!«

Merle Schwalb musste lachen. »Bei *uns*? Was bei *uns* los ist? Was glauben Sie, was bei *denen* los ist!«

»Wären Sie so freundlich, einfach meine Frage zu beantworten?«, sagte das Dritte Geschlecht unbeeindruckt. »Das würde mir vollkommen reichen.«

Anstelle einer Antwort drehte sich Merle Schwalb um, zog ihr Handy aus der Tasche, ging zu Adela von Steinwald und zeigte ihrer Chefin die letzte SMS, die Sami ihr geschickt hatte.

»Wehe, Merle!«, las das Dritte Geschlecht vor. »Ein Wort zu viel von euch, und unsere Abmachung hat sich erledigt. Ich brauche Zeit. Ich muss sehen, was sich retten lässt.«

»Und davon lassen Sie sich einschüchtern?«, fragte Erlinger. Er brachte es fertig, ehrlich erstaunt zu klingen.

»Arno, wie tief steckt Ihr bester GTAZ-Kontakt in der Sache drin?«, fragte Adela von Steinwald, bevor Merle Schwalb sich eine Beleidigung für Erlinger zurechtlegen konnte.

»Einigermaßen.«

»Rufen Sie ihn an. Messen Sie mal bei dem Fieber. Ich will wissen, ob er auch so einen Alarm macht wie der Kontakt von Frau Schwalb.«

»Ist es Eulenhauer?«, fragte Merle Schwalb.

»Das werde ich Ihnen garantiert nicht sagen«, sagte Erlinger.

»Ich wette, es ist Eulenhauer. Und in dem Fall bestehe ich darauf, mitzuhören.«

»Wie kommen Sie denn auf diese Schnapsidee?«, fragte Erlinger.

Ist jetzt auch egal, dachte Merle Schwalb. Ist jetzt wirklich egal, ob ich hier noch eine Szene mehr mache oder nicht.

»Weil ich Eulenhauer nicht traue«, sagte sie.

»Und wenn es nicht Eulenhauer ist?«

»Ihnen traue ich auch nicht, Erlinger.«

»Das muss ich mir nicht anhören.«

»Wollen Sie gehen?«

»Schwälbchen, ich glaube, sie sollten mal ... ich weiß auch nicht, in eine Papiertüte atmen oder so.«

»Wenn Sie mich noch einmal Schwälbchen nennen, können Sie gleich mal in was ganz anderes atmen«, sagte Merle Schwalb.

»Ruhe«, rief das Dritte Geschlecht. »Alle beide. Arno, Sie rufen Ihren Mann an. Jetzt. Und wir hören zu. Alle beide.«

Merle Schwalb musste lächeln, aber sie wollte nicht, dass Erlinger oder das Dritte Geschlecht es sahen, also drehte sie sich wieder um, sah aus dem Fenster und folgte mit ihren Augen einem der Ausflugsdampfer, der in Richtung Regierungsviertel am *Globus*-Hochhaus vorbeikroch.

»Hallo«, hörte sie nach einer Weile Erlingers Stimme. »Ja, ich bin's noch mal. Sagen Sie mal, was würde eigentlich passieren, wenn wir melden, dass der dritte Mann auf dem Video Sassenthin ist?«

Die Antwort war lang, und abgesehen von verzerrten Tönen bekam sie sie nicht mit.

»O.K.«, sagte Erlinger nach etwa einer Minute, »und wenn wir auch noch schreiben, dass er am Leben ist, dass sein Tod *gefakt* war und so? ... Alles? ... Sie meinen das ernst, Sie verarschen mich nicht ... Ja, ich höre ... Das BfV alleine, ja?«

Wieder eine Pause. Diesmal länger als eine Minute. Sie hörte, wie Erlingers Stift über den Block fuhr.

»Abu Karim – den meinen Sie, oder? ... Verstehe ... Ja, mir hat neulich schon mal jemand angedeutet, es gäbe da ein Problem ... Ja, hab's alles, danke ... O.K., danke ... Nur noch mal zur Sicherheit, Herr Eulenhauer, damit's keine Missverständnisse gibt: Wir würden damit jetzt rausgehen, ja? Unter Zwei, wie immer? Hochrangiger Beamter einer deutschen Sicherheitsbehörde? ... O.K. Alles klar. ... Ja, machen wir so.«

»Arno?«, fragte das Dritte Geschlecht, nachdem Erlinger das Gespräch beendet hatte.

»Das war sehr aufschlussreich«, sagte Erlinger. »Könnte noch ein amüsanter Abend werden heute. Und ich denke, die Idee, dass wir irgendwann später noch eine große Dokumentation dieses ganzen Debakels aufschreiben, ist gerade eine ganze Drehung interessanter geworden. Könnte allerdings sein, Frau Schwalb, dass wir die Rollen der Helden und der Versager etwas umdenken müssen.«

Merle Schwalb drehte sich um und verließ grußlos den Raum.

Sie wusste, dass es vorbei war.

Dass sie verloren hatte.

Sie sah auf die Uhr. Es war kurz nach 19 Uhr. Sie musste Sami anrufen, um ihm Bescheid zu sagen. Mehr gab es nicht zu tun.

Außer einer Sache.

* * *

Um 19 Uhr 12 rief Sami Mukhtar bei Titus Brandt an.

»In einer Stunde, spätestens in zwei Stunden, wird alles auf *Globus Online* stehen. Sie sagen es besser jetzt schon den Eltern. Ich kann nichts mehr machen.«

»Woher wissen Sie das? Wir können Sie sich da so sicher sein?«

»Ich weiß es, glauben Sie mir.«

»Alles?«

»Ja. *Globus Online* wird melden, dass Gent lebt. Dass er der dritte Mann auf dem Video ist. Dass das BfV ihn in Amman getroffen hat. Dass seine Lieferung Falschgeld war.«
»Also *game over*?«
»Ich weiß nicht, was das für Sie bedeutet. Aber wir sind raus. Wir haben den Deal geprüft, und es gibt keinen Deal.«
»Danke für die Nachricht. Wird nicht angenehm.«
»Kann ich mir denken.«
»O. K., dann ... Ich weiß auch nicht, bis bald?«
»Herr Brandt? Bevor Sie auflegen ...«
»Ja?«
»Das ist noch eine Sache, die in dem Artikel stehen wird.«
»Ja?«
»Die betrifft Sie. Also genau genommen Abu Karim. Ich denke, Sie wissen, was ich meine ... Herr Brandt?«
»Ja. Danke.«

Sie hatten also herausgefunden, dass Abu Karim Anis Amri bei sich hatte übernachten lassen. Auf etwas anderes konnte sich Sami Mukhtars Andeutung gar nicht beziehen.

Als er eine halbe Stunde später bei Lotte ankam, öffnete sie ihm wortlos die Tür zu ihrem winzigen Häuschen in der Nähe des Flughafens Tempelhof, das in einer dieser niedlichen Siedlungen stand, die in den Zwanzigern für Piloten und ihre Familien gebaut worden waren, von denen ihr Großvater einer gewesen war.

Die Erinnerungen übermannten ihn augenblicklich. Das Gästezimmer unten rechts hinter der Garderobe, in dem sie die ersten Monate gemeinsam gearbeitet hatten. Die Mettbrötchen, die Lotte ihnen abends geschmiert hatte. Dazu ein Bier, immer Berliner Kindl, und ein bisschen gegenseitiges Mutmachen, dass irgendwer schon irgendeinen ihrer zahllosen Projektvorschläge bewilligen und bezuschussen würde, ganz sicher, ganz bestimmt, damit er auch im nächsten Monat so etwas wie ein Gehalt überwiesen bekam.

»Schön, mal wieder hier zu sein«, sagte Titus, nachdem er sich aus seiner Jacke geschält und den Rollstuhl in Lottes Küche gesteuert hatte.

»Ach hör doch auf.«

»Du weißt ...?«

»Ich weiß alles.«

»Was meinst du, du weißt *alles*?«

»Ich glaube, es ist besser, du erzählst erst mal, Titus. Deshalb hast du mich doch angerufen, oder? Red du mal ruhig erst mal. Danach können wir ja immer noch sehen, ob ich wirklich *alles* weiß, oder ob du noch mehr vor mir zurückhältst.«

Auf dem Tisch stand kein Bier, und Lotte bot auch keines an. Also begann er zu erzählen. Es dauerte nicht lange. Vielleicht drei Minuten.

»Hast du so wenig Vertrauen zu mir, Titus? Nach all den Jahren?«

»Ich wollte den Fall nicht gefährden.«

»Nein. Du wolltest ihn nicht verlieren.«

»Ja«

»Ja.«

Eine Minute oder zwei sagte keiner von ihnen ein Wort. Soll ich jetzt gehen, fragte er sich. Ist es vorbei? War's das? Jetzt weiß sie es halt, ist sauer, und irgendwann vertraut sie mir vielleicht wieder?

»Lotte?«

»Ja?«

»Woher weißt du das eigentlich?«

»Du möchtest wissen, wie es aufgeflogen ist, ja? Kann ich dir sagen, Titus. Vor etwa einer Stunde hat mich ein Herr Eulenhauer vom BKA angerufen. Der hat es mir erzählt.«

»Aber woher weiß er das denn?«

»Dass Anis Amri bei Abu Karim übernachtet hat? Hat das LKA Berlin nachträglich rekonstruiert. Frag mich nicht, wie.«

»Nein, das meine ich nicht.«

»Ach du meinst, woher sie wissen, dass *du* es wusstest?«

»Ja.«

»Das kann ich dir auch sagen, Titus. Dieser Eulenhauer hat Badr al-Din befragen lassen. Heute Abend. Und Badr al-Din hat Angst. Dass der ganze Mist von vorne anfängt. Also hat er, richtigerweise, alles erzählt. Auch dass er dich an der Tür gesehen hat. Dass du es gehört haben musst, als Abu Karim es ihm erzählt hat.«

»Wieso hat das BKA Badr al-Din befragt? Warum? Warum gerade jetzt?«

»Weil Eulenhauer überlegt, ob er Ermittlungen gegen Abu Karim einleitet. Und dann, Titus, wird in irgendwelchen Akten stehen, dass wir Amateure es zugelassen haben, dass ein Mann in diesem Sassenthin-Fall als Vermittler auftritt, von dem wir *wussten*, dass er einen anderen IS-Terroristen beherbergt hat.«

»Scheiße.«

»Ah, der Groschen fällt!«

»Lotte, es tut mir so leid.«

»Weißt du was? Ich glaub dir das sogar.«

»Aber?«

»Es ist zu spät.«

»Was heißt das?«

»Dass ich dich suspendieren muss. Für den Anfang.«

* * *

www.globus-online.de

11. Juni, 21:12 Uhr

Terrorismus
Deutscher IS-Mann hatte Kontakt zu Cordoba-Attentätern

Exklusiv: Der Anschlag in Cordoba hat einen brisanten Deutschland-Bezug. Im IS-Bekennervideo taucht der deutsche IS-Terrorist Gent S. auf. Dem Verfassungsschutz hat der Rostocker sich noch vor Kurzem zuvor als Aussteiger angedient. *Von Arno Erlinger und Lars Kampen*

Berlin – Bei dem Anschlag im südspanischen Cordoba, dem heute 23 Menschen zum Opfer gefallen sind, führt eine Spur nach Deutschland. In dem Bekennervideo, in dem die Terrororganisation »Islamischer Staat« (IS) sich zu dem Anschlag in der historischen Moschee der Stadt bekannte, präsentierte die Terrorgruppe nicht nur die beiden mittlerweile von spanischen Antiterroreinheiten getöteten Attentäter, sondern auch eine kurze Botschaft des deutschen IS-Terroristen Gent S. aus Rostock. »Die Ungläubigen werden bluten«, droht der 26-Jährige in der Aufnahme auf Englisch, die *Globus Online* vorliegt, »Europa wird getroffen werden.«

Es ist unklar, wann die Botschaft aufgenommen wurde. Aber sie wurde über die üblichen IS-Kanäle im Internet verbreitet, und die deutschen sowie die spanischen Sicherheitsbehörden haben keine Zweifel an der Authentizität des Videos, das augenscheinlich in den vom IS beherrschten Gebieten entweder in Syrien oder im Irak aufgezeichnet wurde. Der IS hat Spanien mehrfach als Anschlagsziel hervorgehoben.

Besonders brisant an dem Video: Nach Informationen von *Globus Online* hatte sich Gent S., der aus der Nähe von Rostock stammt und sich vor rund einem Jahr dem IS angeschlossen hat, erst vor einer Woche dem Bundesamt für Verfassungsschutz (BfV) als Aussteiger und Informant angeboten. Sein vermeintliches Angebot war offenbar derart verlockend, dass ein Mitarbeiter des BfV ihn im Nahen Osten traf. Das BfV setzte sich dabei in einer Abspracherunde im Gemeinsamen Terrorismusabwehrzentrum in Berlin-Treptow

(GTAZ) gegen die Bedenken anderer Sicherheitsbehörden durch. Die Informationen über angebliche Schläferzellen des IS in Europa entpuppten sich allerdings als wertlos: »Wir müssen davon ausgehen, dass der IS das BfV und europäische Partnerdienste mit seinen wertlosen Informationen ablenken wollte«, sagt ein hochrangiger Mitarbeiter einer deutschen Sicherheitsbehörde.

Tatsächlich scheint das BfV Gent S. erstaunlich viel Vertrauen entgegengebracht zu haben. So spielt in seiner Radikalisierungsgeschichte ein Berliner Imam mit jemenitischen Wurzeln eine herausgehobene Rolle. Dieser Imam hat nach Information von *Globus Online* drei Tage vor dessen verheerenden Anschlag auf den Weihnachtsmarkt am Berliner Breitscheidplatz den IS-Terroristen Anis Amri bei sich übernachten lassen. Trotzdem ließ das BfV zu, dass der Mann, der sich Abu Karim nennt, in den Verhandlungen mit Gent S. als eine Art Vertrauensperson hinzugezogen wurde. Zumindest ein Mitarbeiter der Berliner Radikalisierungs-Beratungsstelle »Amal«, die ihrerseits in die Verhandlungen zwischen BfV und Gent S. einbezogen war, wusste nach Informationen von *Globus Online* von dieser Verstrickung.

Wo sich Gent Sassenthin derzeit aufhält, ist ungewiss. Der IS hatte ihn vor zwei Wochen in mehreren Publikationen für tot erklärt. Angeblich war er demnach als Selbstmordattentäter an der Mosul-Front im Irak ums Leben gekommen. Aber nach Informationen von *Globus Online* handelte es sich bei diesen Meldungen um Ablenkungsmanöver, denn Gent S. nahm erst nach deren Veröffentlichung Kontakt mit dem BfV auf.

Insgesamt werden mehrere Tausend europäische Rekruten in den IS-Gebieten vermutet. »Es ist möglich, dass Gent S. eine zentrale Rolle bei Anschlagsplanungen des IS im Ausland spielt«, sagt ein hochrangiger Beamter einer deutschen Sicherheitsbehörde.

Mitarbeit: Merle Schwalb

* * *

Shruki griff in die Brusttasche seines Hemdes und zog zwei Blätter Papier heraus. Eines reichte er Kalashin. Das zweite strich er glatt und las dann vor: »Den deutschen Sicherheitsbehörden ist es unter Federführung des Bundeskriminalamtes (BKA) gelungen, mehrere Namen von Schläfern der Terrororganisation IS in Erfahrung zu bringen. Die Angaben stammen von einem Aussteiger und werden nach Informationen von *Argus Online* derzeit ausgewertet.«

»Abu Obeida«, sagte Shruki. »Ich hab ihn noch nie so wütend gesehen wie als wir ihm das gezeigt haben.«

»Er wollte selbst kommen«, sagte Kalashin. »Aber wir ...«

»Wir haben gesagt, wir machen das«, unterbrach ihn Shruki und zog ein Messer aus einer Lederscheide unter seinem grauen Hemd. Kalashin strich langsam das zweite Blatt Papier glatt, das Shruki ihm gegeben hatte, und heftete es Gent mit zwei Klebestreifen auf die Brust. Gent sah, dass es die Fahne des IS und einige Zeilen arabischen Text zeigte. Als Nächstes holte Kalashin eine kleine Kamera aus der Tasche und richtete sie auf Gent.

Dann trat Shruki auf ihn zu.

Es ist vorbei, dachte Gent, als das Messer in seinen Bauch fuhr.

Gleich ist es vorbei.

Er blickte auf die an der Decke baumelnde Glühbirne, aber sie verschwamm. Dann sah er sie doppelt, sie kreiste um sich selbst.

Das Messer fuhr ein zweites Mal in seinen Körper. Diesmal etwas höher.

Die Erdachse, dachte Gent, während die beiden Lichter weiter umeinander kreisten, ein großer gelber Fleck, ein kleiner gelber

Fleck, sie ist geneigt, die Erdachse, sie ist geneigt, deshalb gibt es die Jahreszeiten.

Natürlich!

Das Messer fuhr ein drittes Mal in seinen Körper. Durch das Blatt Papier hindurch, dass Kalashin zuvor auf seine Brust geheftet hatte.

Der Pfeil, dachte Gent.

Der Pfeil, der mich nicht verfehlen sollte, hat mich getroffen.

Dann dachte er gar nichts mehr.

Epilog

»*Mitarbeit: Merle Schwalb*«, sagte Sami, während er neue Holzscheite in der gusseisernen Feuerschale aufschichtete, und ließ es absichtlich wie eine Frage klingen.
»Ich weiß«, sagte Merle Schwalb.
»Was?«
»Das war scheiße.«
»Haben sie dich vorher gefragt? Erlinger und Kampen?«
»Rate mal.«
»Haben sie nicht.«
»Haben sie nicht.«
»Und dann?«
»Ich wollte, dass sie es rausnehmen, nachdem ich es gesehen habe. Aber das Dritte Geschlecht hat interveniert.«
»Warum?«
»Weil irgendeiner das immer findet, hat sie gesagt. Irgendein verlauster Blogger, Niggemeier, irgendeiner halt, und der stellt dann Fragen, wieso wir einen Namen zurückgezogen haben.«
»Und dann?«
»Dann habe ich gesagt: Mir doch egal. Lasst meinen Namen halt drin.«
»Ist dir aber nicht egal.«
»Nein.«

Sami ging zurück zu dem Campingtisch neben dem Wohnwagen, suchte und fand im Halbdunkel die Kühltasche mit dem Bombay Saphire, den Merle Schwalb vor ihrem Rückflug in Amman im Duty-Free-Shop gekauft hatte, griff nach dem Tonic Water und mixte für sie beide einen Drink. Die Eiswürfel waren fast geschmolzen. Es würde auch so gehen.

Er setzte sich in den Klappstuhl neben sie.

Es war schön, in das Feuer zu schauen.

»Auf die Lügenpresse«, sagte Merle Schwalb sarkastisch und hielt ihm ihr Glas entgegen.

»Auf das Behördenversagen«, antwortete er und ließ sein Glas an ihres klimpern.

Eine Weile sagte keiner von ihnen ein Wort. Merle Schwalb schlug eine Mücke auf ihrem Oberschenkel tot.

»Scheiße gelaufen alles, oder?«, sagte sie schließlich.

»Natürlich«, stimmte er zu.

Er war sich nicht sicher gewesen, ob er ihre Einladung annehmen sollte. Ein Campingplatz an der Ostsee, ein Wohnwagen, der eigentlich Henk Lauter gehörte? Das alles klang reichlich dubios. Und die Maulwurf-Skulptur hinter der Einfahrt hatte ihn fast dazu gebracht, umzukehren. Jetzt war er trotzdem froh, dass er nicht kehrtgemacht hatte. Vielleicht war Merle wirklich die Einzige, mit der ein solches Gespräch führen konnte. Vielleicht ging es ihr andersherum genauso.

»Pst, hör mal«, sagte Merle plötzlich.

Von der Parzelle nebenan, wo es fast eine halbe Stunde lang ruhig gewesen war, drangen Gitarren-Akkorde an ihr Ohr.

Knock-knock-knockin' on heaven's door, setzte eine ernsthafte Frauenstimme ein.

»Das sind Conny und Babs«, sagte Merle leise.

Sie hörten bis zum Ende zu. Bis das leise Plätschern der Wellen und das noch leisere Rauschen der Birken wieder die einzigen hörbaren Geräusche waren.

»Was glaubst du, was Gent gerade macht?«, fragte Merle Schwalb.

Für einen Moment war das angenehme Gefühl, das der Gin und der Song in seinem Kopf angerichtet hatten, weg.

»Ich weiß nicht«, antwortete Sami.

»Sich verstecken?«

»Ich hab keine Ahnung. Vielleicht wird er versuchen, in Jordanien zu leben. Sucht sich 'nen Job. Irgendwo, wo ihn keiner findet.«

»Zurück ins Kalifat?«

»Schwierig. Sehr gefährlich. Ich glaube, das würde er auch gar nicht wollen.«

»Er wollte wirklich raus, oder?«

»Ja, da bin ich sicher.«

»Hat er gewusst, dass die Namen alle falsch waren?«

»Ich glaube nicht. Sonst hätte er das nicht riskiert, uns zu kontaktieren. Er muss geglaubt haben, dass er echte Ware hat.«

»Aber wieso hatte er keine echte Ware?«

Das war genau die Frage, über die Sami nachgrübelte, seit er die Ergebnisse der Partnerdienste am Tag des Cordoba-Anschlags erhalten hatte. Wieso hatte der IS Gent Sassenthin mit wertlosen Informationen auf eine Mission geschickt?

Er war überzeugt, dass Gent Sassenthin wirklich Abu Obeida und Abu Walid getroffen hatte. Und diese beiden Männer waren keine Leichtgewichte. Die hatten keine Zeit, sinnlose Spielchen zu spielen. War es den beiden wirklich nur darum gegangen, die Sicherheitsbehörden zu verwirren? Aber dann hätte der IS ihnen doch alle Namen gegeben, nicht bloß fünf! Der Aufwand, sie zu checken, wäre für sie viel größer gewesen.

Nein, es musste da noch etwas geben, etwas, das er nicht wusste. Etwas, das er vermutlich auch nie erfahren würde. Eine Lücke. Ein fehlendes Puzzleteil, an das er nicht herankam, egal wo er suchte.

»Im Grunde«, sagte Merle Schwalb leise, »im Grunde ist alles verkehrt. Alles verkehrt herum. Wie ein Spiegelbild fast schon. So wie es jetzt in der Welt ist, meine ich.«

»Hm?«

»Schau mal: Abu Karim ist jetzt der Bösewicht. Das BKA hat ein Verfahren eröffnet. Er ist für die jetzt das Bindeglied zwischen zwei IS-Terroristen, zwischen Anis Amri und Gent Sassenthin. Kein Mensch wird ihm glauben, dass das alles Zufall war.«

»War es denn Zufall?«

»Ja. Ganz bestimmt. Vielleicht ist Abu Karim naiv. Aber der wahre Böse ist ja wohl Abu Muhanad. Das große Phantom, gegen das aber leider niemand genug in der Hand hat. Der ist die Spinne im Netz! Der hat Gent scharf gemacht. Und ich würde mich auch nicht wundern, wenn der Gent zum IS vermittelt hat. Aber wer redet über den? Keiner!«

»In eurem Artikel taucht er jedenfalls nicht auf.«

»Eben. Und Gent ...«

»Gent geht in die Geschichte ein als IS-Terrorist.«

»Ja. Weil der IS ihn als Selbstmordattentäter ausgegeben hat, der er nicht war.«

»Und weil er auf dem Cordoba-Video ist.«

»Ja, und weil er auf dem Cordoba-Video ist. Warum ist er da überhaupt drauf, was glaubst du?«

»Soll ich es ehrlich sagen?«, fragte Sami und nahm einen Schluck Gin Tonic.

»Hey, wir sind unter uns. Deshalb sind wir ja hier.«

»Ich hab's hundert Mal in meinem Kopf hin- und hergedreht, Merle. Ich glaube, dass Abu Obeida und Abu Walid nicht gewollt haben können, dass er auf dem Video drauf ist. Das ergibt überhaupt keinen Sinn. So eine Sichtbarkeit. Und deshalb glaube ich, es war 'ne verdammte Panne!«

»Eine Panne?«

»Ja. Irgendetwas ist da schiefgelaufen. Ist doch denkbar. Wenn ich mir allein angucke, was bei uns schon so alles schiefläuft ... Wieso nicht beim IS?«

»Vielleicht«, sagte Merle Schwalb langsam.

Aber Sami ahnte, dass dies nicht die Frage war, die sie am meisten umtrieb.

Er trank aus, stand auf, nahm beide Gläser und mixte noch zwei Drinks.

Eine Runde noch.

Warum denn nicht?

Wenn nicht heute, wann dann?

»Was wirst du jetzt machen?«, fragte sie ihn, nachdem er ihr das Glas hingestellt hatte. »Ich meine, ändert sich für dich jetzt irgendwas, im GTAZ oder so?«

»Bin jetzt halt ein bisschen der Loser gerade. Aber sonst bleibt alles so, wie es ist. Wenn ich es will jedenfalls.«

»Und, willst du?«

»Weiß nicht. Ich denke schon.«

Merle Schwalb nahm ein kleines Stöckchen, mit dem sie gespielt hatte, und warf es in die Hecke. »Ich nicht«, sagte sie.

»Was meinst du?«

»Ich will nicht, dass es so bleibt. Ich kann das nicht mehr. Keine Lust mehr. Das Dritte Geschlecht, Erlinger, worum geht es denen eigentlich? Die sind auch noch stolz auf ihre Geschichte. Ich nicht.«

»*Mitarbeit: Merle Schwalb*«, sagte Sami. »Du hängst mit drin. Genau wie ich.«

»Nicht mehr lange«, sagte Merle Schwalb.

»Was meinst du?«

»Ich geh zu *somethingisrotten*. Ich rede morgen mit denen. Und ich nehme die ganze Gent-Geschichte mit. Alles. Das wird mein erstes Ding bei denen. Ich habe mich entschieden.«

»Echt jetzt?«, fragte Sami.

»Ja«, sagte Merle Schwalb und zog einen Zettel aus ihrer Hosentasche. »Ich habe auch schon einen ersten Satz.«

Dank

Ich danke meinem Freund Christian Budnik für seinen unbestechlichen Blick, seine extrem wertvollen Anmerkungen und seine Mühe. Sein Rat ist für mich unverzichtbar, und wer solch einen Freund hat, der hat Glück.

Ich danke Claudia Dantschke, Leiterin der Berliner Beratungsstelle Hayat, deren zahlreiche Kommentare das Buch realistischer gemacht haben. Wichtiger aber als das ist die Arbeit von Claudia Dantschke und ihren Kolleginnen und Kollegen – für die Betroffenen und für deren Angehörige. Umso besser, dass Hayat eine hochprofessionelle Organisation ist und mit der Beratungsstelle Amal, die in diesem Buch vorkommt, nicht verglichen werden kann.

Ich danke den Islamwissenschaftlern und Verfassungsschützern Benno Köpfer, Behnam Said und Hazim Fouad für ihre Bereitschaft, einige Fachfragen zu beantworten. Ich danke auch den anderen Mitarbeitern von Sicherheitsbehörden, die mir mit Auskünften weitergeholfen haben, hier jedoch leider nicht genannt werden können. Wo ich ihnen gefolgt bin, ist das Buch wirklichkeitsnäher geworden.

Ich danke meiner Schwester Yasmine Musharbash für ihre hartnäckigen Fragen, von denen ich einige eigentlich gar nicht beantworten wollte. So ist es besser.

Ich danke Harry Baus vom Beratungszentrum zur Inklusion Behinderter (BZI) des Akademischen Förderungswerks an der Ruhr-Universität Bochum, der mir geholfen hat, den Alltag von Titus Brandt realistischer zu beschreiben.

Ich danke Raul Krauthausen für die prompte Beantwortung meiner Fragen zum Thema Rollstuhlsport.

Ich danke Georg Heil, der einen Teil seines Wissens über deutsche Dschihadisten mit mir geteilt hat.

Ich danke meinem Lektor Lutz Dursthoff von Kiepenheuer & Witsch, der es zum Lektorat zwar leider nicht nach Jordanien geschafft hat – und dessen Leistung deshalb nur umso höher eingeschätzt werden muss.

Vor allem aber danke ich von Herzen meiner Familie, die mich während des Schreibens nicht nur ertragen, sondern auch noch unterstützt hat.

Yassin Musharbash
Amman, im Juni 2017

#FreeDeniz

Yassin Musharbash. Radikal. Thriller. Taschenbuch.
Verfügbar auch als E-Book

Lutfi Latif ist ein charismatischer Intellektueller mit ägyptischen Wurzeln, einer ebenso klugen wie hübschen Frau und dem Potenzial, die deutsche Islamdebatte komplett aufzurollen. Aber kaum in den Bundestag gewählt, gerät der Vorzeigemuslim ins Fadenkreuz von Radikalen ...

Eine Momentaufnahme einer Gesellschaft im Alarmzustand. Eine Spurensuche in mehr als nur einem Milieu, in dem Radikale auf dem Vormarsch sind.

»Ein verdammt guter Politthriller« *Die Welt*

Leseproben und mehr unter www.kiwi-verlag.de

Kostenlos mobil weiterlesen! So einfach geht's:

 1. Kostenlose App installieren

 2. Aktuelle Buchseite scannen

 3. Mobil weiterlesen – bis zu 25 % des Buchs

 4. Bequem zurück zum Buch durch identische Seitenzahl

Hier geht's zur kostenlosen App für Smartphones und Tablets:
www.papego.de/app

Erhältlich für Apple iOS und Android.
Papego ist ein Angebot der Briends GmbH, Hamburg.
www.papego.de